半 塘 文 库

江苏省重点高校建设项目
"人文传承与区域社会发展"重点学科
"文学转型与区域社会发展"研究方向课题成果

人文传承与区域社会发展研究丛书
·半塘文库·

ON THE LIVE OF DISCOURSE OF THE
TRADITIONAL LITERARY THEORY IN CHINA

中国传统文论话语存活论

古 风◇著

社会科学文献出版社
SOCIAL SCIENCES ACADEMIC PRESS (CHINA)

本书为国家社会科学基金项目
（05 BZW 004）

总　　序

　　文化是构成国家综合国力的重要组成部分，文化作为软实力日益受到各国的高度重视。一个国家、一个民族的发展程度是与其文化的发展紧密联系的。当今世界，国家与国家之间的发展差距，不仅体现在经济和军事实力，更体现在文化发展水平，这已为历史和现实所证明。

　　20 世纪 80 年代以来，随着人们对地理人文空间因素的日益重视，我国人文社会科学学术领域出现了区域化研究的趋势。21 世纪以来，区域文化的研究与开发较以往呈现出更加丰富的内涵和更加锐利的前进态势，围绕各大区域文化进行的文化学、人类学、政治学、经济学、社会学研究也不断深入进步。从理论与现实角度考察，面对经济全球化的浪潮，要实现区域经济的现代化发展必须高度重视和发挥区域文化的优势，挖掘区域文化的资源。

　　江苏历来是人文荟萃、文化昌盛之地。21 世纪以来，为发扬优秀区域文化精髓，建设文化强省，促进全省各项事业又好又快地发展，江苏省人民政府制定了《江苏省 2001 ~ 2010 年文化大省建设规划纲要》，明确指出："江苏省在历史演进过程中，形成了吴文化、楚汉文化、淮扬文化、金陵文化等一批特色鲜明的地域文化以及一批具有全国影响的学术流派，要在加强研究、保护的基础上继承创新，赋予传统文化以新的生命力。"在此思想指导下，江苏各地纷纷提出建设文化大市、文化强市的目标，学术界率先行动，出版了一批区域文化研究的论著，江苏省教育厅则及时地批准成立了扬州大学"淮扬文化研究中心"等一批区域文化研究的重点基地，以推进区域文化的研究和深入发展。

江苏高校林立，各大学因其所处的具体地域不同，在某种意义上也归属于特定的区域文化。特定的区域文化始终对大学的文化形成和发展有着重要的影响。同样，大学所负载的学术、文化与社会责任也日益被推上了更高层次的战略平台。因此，研究、挖掘、整合区域文化使之与大学文化有机地融合，不仅对推动区域文化研究与发展，提高区域文化软实力、构建区域和谐社会、促进区域科学发展具有重要意义，而且，大学吸取特定区域文化精髓的过程，对创建大学自身的特色文化氛围、凝炼大学精神也具有重要意义。在某种程度上甚至可以说，一所缺乏文化传统和历史记忆的大学不是一所好大学；同样，一所没有文化底蕴和历史积淀的大学也绝非真正意义上的高水平大学。

哈佛大学前校长德里克·博克说过："无论是在城市还是乡镇，大学的文化、反世俗陈规的生活方式和朝气蓬勃的精神面貌，常常成为刺激周边社区的载体，同时也是他们赖以骄傲的源泉。"

扬州大学所处的苏中地区，是淮扬文化的核心区之一。作为淮扬文化区域唯一的省属重点综合性大学，扬州大学具有学科门类齐全、多学科交叉融合的显著特点。学校集中人文社会科学诸学科的精干力量，发挥融通互补、协同作战的优势，继承发扬以任中敏先生为代表的老一代学术大师的风范，对内涵丰富、底蕴深厚的中国传统文化包括区域文化进行多方面的综合研究，挖掘整理其丰厚资源并赋予时代精神，阐扬其独特蕴涵并寻找其与当前经济建设、社会建设、政治建设、文化变革相结合的生长点，以求对地方乃至全省经济社会发展作出积极的贡献。

江苏省人民政府在"九五"和"十五"期间对扬州大学进行

重点投资建设的基础上，在"十一五"期间对扬州大学继续予以重点资助，主要培植能够体现学科交融、具有明显生长性且预期产生良好经济、社会效益的五大重点学科，其中包括从人文社会科学诸学科中凝炼而成的"人文传承与区域社会发展"重点学科。这一重点学科的凝成体现了将江苏优秀的古代文化与灿烂的现代文明有机交融、相得益彰、交相辉映和发扬光大的理念，符合扬州大学人文社会科学诸学科已有的专业背景、研究基础和今后的学科发展和学术追求。该重点学科包括"文学转型与区域社会发展"和"历史文化与区域社会发展"两个研究方向，其建设的标志性成果就是以任中敏先生别号命名的《半塘文库》和以区域名称命名的《淮扬文化研究文库》，总计50余种学术专著，计1500万字。"文库"是"十五"期间"扬、泰文化与'两个率先'"重点学科研究成果的新发展，汇集了扬州大学众多学者的智慧和学识，体现了社会各方面的关心和支持，可谓是一项规模宏大、影响深远、功在当代、利在千秋的大型文化工程。可以期待，"文库"的出版将对当前物质文明、政治文明、精神文明、社会文明和生态文明等"五个文明"建设，对构建和谐社会、促进区域科学发展起到积极有力的推动作用。

　　在人文传承与区域社会发展研究丛书出版之际，我们向始终支持和关心"人文传承与区域社会发展"重点学科建设的教育部社科司、江苏省教育厅的领导及专家表示衷心感谢，对负责定稿的中国社会科学院诸位专家学者表示衷心感谢！同时也衷心感谢社会科学文献出版社的领导和编辑为丛书出版付出的辛勤劳动！

扬州大学人文传承与区域社会
发展研究丛书编辑委员会
2010 年 12 月

目　　录

导论　存活论的对象、概念和方法……………………………… 1

上编　"存活"现象的宏观研究

第一章　调查 ……………………………………………………… 19

第一节　20世纪外国文论话语引进状况调查报告 …… 19

第二节　中国传统文论话语的边缘化状况调查报告 ……… 44

第三节　中国传统文论话语的存活状况调查报告 ………… 56

第二章　话语 ……………………………………………………… 85

第一节　"话语"理论的引入及研究概况 …………… 86

第二节　全球化语境中的"中国话语"问题 ………… 90

第三节　从话语视角看中国文学理论的创新 ………… 95

第四节　从关键词看中国现代文论的发展 …………… 103

第五节　本土话语与"失语症" ……………………… 121

第六节　中国文学理论的话语重建策略 ……………… 125

第七节　中国文学理论话语研究的新拓展 …………… 133

第三章　转换 ……………………………………………………… 136

第一节　中国古代文论的现代转换 …………………… 137

第二节　古代文论现代转换的几个问题 ……………… 152

下编 "存活"现象的微观研究

第四章　文学 ……………………………………………… 167

　　第一节　"文学"范畴存活概述 ……………………………… 167

　　第二节　1949 年以来文学观念的演变与文学的发展 ……… 171

　　第三节　当前"文学"学科观念的混乱与对策 …………… 193

　　第四节　"一学三支论"与文艺学学科模型设计 ………… 197

　　第五节　"文学理论学"的基本内涵建设 ………………… 201

　　第六节　关于当前我国文学教育的几个问题 …………… 204

第五章　言志 ……………………………………………… 221

　　第一节　"言志"范畴存活概述 ……………………………… 221

　　第二节　"诗言志"产生年代考 …………………………… 222

　　第三节　"诗言志"内涵的现代阐释 ……………………… 227

　　第四节　"诗言志"的转换与当代文学理论建设 ………… 248

第六章　意境 ……………………………………………… 262

　　第一节　"意境"范畴存活概述 ……………………………… 262

　　第二节　现代语文视阈中的"意象"与"意境" …………… 263

　　第三节　意境与当代审美 ………………………………… 269

　　第四节　意境理论的现代化 ……………………………… 278

第七章　美 ………………………………………………… 284

　　第一节　"美"范畴存活概述 ……………………………… 284

　　第二节　羊女为美：对"美"的另一种解读 …………… 285

第三节　中国古代原初审美观念新探……………………… 290

第四节　20 世纪中国古代美学研究方法反思 ……………… 311

结论　存活论的基本观点聚焦…………………………… 324

附录　存活在现代文论中的中国古代文论范畴研究………… 341

主要参考文献…………………………………………… 349

后　记…………………………………………………… 357

导 论
存活论的对象、概念和方法

中国现代文论是伴随着中国现代化思潮发展起来的，并且成为中国现代化思潮的一部分。它在发展过程中，疏远了传统文论，甚至搁置了传统文论，几乎是采用了外来文论资源建设起来的。其结果便造成了众所皆知的事实，即我们今天所使用的文学理论话语基本上都是外来的，即从日本、苏联、欧美的文学理论中引进的。那么，我们不禁要问：具有悠久历史的中国传统文论话语都到哪里去了？难道它们都消亡了吗？这是一个很值得我们研究的问题。

一 本课题的研究对象

本课题以"存活在现代文论中的中国古代文论范畴"作为研究对象，在调查其存活状况的基础上，主要探讨其历史渊源、现代命运、存活状态、存活路径、现代转换和理论建构等问题。

"话语"（Discourse）一词，本源于拉丁文"discursus"，其本义是指"讲话"或"谈话"。后来，经过新批评、结构主义和后结构主义等学派的阐释，尤其是通过福柯的论述，成为一个内涵丰富、具有世界影响的概念。在本课题中，我们使用的"话语"一词，主要指文学理论的概念、术语和范畴等。

我们认为，"话语"是文学理论构成的主要元素，也是浓缩着文学思想的理论构件和载体。所以，"话语"不仅呈现着、也决定着文学理论的基本面貌。从纵向看，一个时代有一个时代的文学理论话语；从横向看，一个民族有一个民族的文学理论话语，一个国家有一个国家的文学理论话语。因此，"话语"就成为我们观测文学理论现象的窗口，也成为我们研究文学理论问题的一个切入点。

中国现代文学理论话语是我国文学现代化的产物。100 多年来，在我国文学现代化的过程中，文学理论也与时俱进，不断进行着现代化的工作。从外国文论著作的翻译到外国文学思想的接受，从现代文学理论的教学到文学基本原理的运用，从经典马克思主义文论的学习到中国马克思主义文论的形成，从追踪西方现代文学思潮的发展到紧随其后的模拟和创新，等等。总之，到目前为止，中国文学理论已基本完成了现代化的任务，形成了中国现代文论的基本体系。

中国现代文学理论的基本体系主要由四种形态的文学理论构成，即文学基本理论、西方文论、马克思主义文论和中国古代文论。其中，西方文论是指由我国现代学者研究和建构起来的西方文论体系；马克思主义文论是指由我国现代学者研究和建构起来的马克思主义文论体系；中国古代文论是指由我国现代学者研究和建构起来的中国古代文论体系。这三种形态的文学理论都只是特殊的文学理论，它们的理论都具有特定的"能指"和"所指"。具体地说，西方文论是由西方文学话语、观念和思想构成，主要适用于西方文学研究；马克思主义文论是由马克思主义代表人物的文学话语、观念和思想构成，主要适用于马克思主义的文学研究；中国古代文论是由中国古代文学话语、观念和思想构成，主要适用于中国古代文学研究。因而这三种形态的文学理论基本上存在于学术研究的层面。这只是问题的一个方面。另一方面，我们还要看到：中国学者研究西方文论，必然会有中国视角、中国需求和中国立场等，因而这种西方文论也就会染上中国色彩，是一种中国化了的西方文论；中国学者研究马克思主义文论，也必然会有中国问题、中国需求和中国立场等，因而这种马克思主义文论也就会具有中国特色，是一种中国化了的马克思主义文论；中国现代学者研究中国古代文论，也必然会有现代意识、现代需求和现代方法，因而这种中国古代文论也就会带有现代色彩，是一种现代化了的中国古代文论。所以，这三种形态的文学理论，从本质上说都属于中国现代文学理论的范畴，而且共同构成中国现代文学理论的基本内容。

因此，在中国现代文学理论中，只有文学基本理论（诸如"文学概论"、"文学理论"和"文学基本原理"等）才是一般的文学理论。它主要是由当今通用的文学话语、观念和思想构成。它与其他三种形态的文学理论的关系是：西方文论、马克思主义文论和中国古代文论都会给它提供文学资源，诸如文学话语、观念和思想的材料等；它也会为这三种形态的文学理论研究提供文学观念、文学原理和文学方法等方面的指导。它不仅存在于学术研究的层面，也会直接地参与当下的文学理论和批评活动。从时间维度看，它虽立足于当代，却也从古代、近代和现代的文论资源中汲取营养，以便超越当代；从空间维度看，它虽立足于中国，却也从西方和东方其他国家的文论资源中汲取营养，以便超越中国。因而与西方的文学基本理论（诸如"文学批评"和"文学理论"等）相比，这是一种视野更为开阔、内涵更为丰富的文学基本理论。它力图在文学哲学的高度，研究人类文学活动的一般问题和一般规律。

因此，它是一般的文学理论，是一种更普遍和更适用的文学理论。

只有这样的文学基本理论才能够代表中国现代文论，也才是真正意义上的中国现代文论。具体说来，中国现代文学基本理论主要包括偏重于基本理论建设的"文学原理"和偏重于文学实践活动的"文学理论与批评"两个方面。前者是由比较稳定的现代文学知识所构成的理论体系，多用于大学里的文学专业教学；后者是由当下的文学理论研究和文学批评活动所构成，它们的话语和内容往往是动态的、时尚的和不稳定的。由于长期以来西方文学理论一直处于强势地位，又由于100多年来我国文学理论在现代化的过程中一直是以西方文论作为学习和参照的对象。所以，我国现代文论体系中的文学基本理论的观念和思想也基本上是来源于西方的，其文论话语也基本上是西方式的话语。这就回到了本文开头所提出的问题，我们要探讨在我国现代文论话语中有没有中国传统文论的话语存活下来的问题。

因为，这是一个长期被遮蔽和忽视了的问题。具体地说，从事现代文论研究的学者忽视了这个问题。如南帆主编的《二十世纪中国文学批评99个词》（2003）、尹康庄的《20世纪中国文学主流话语研究》（2006）和陈希的《中国现代诗学范畴》（2009），还有赖干坚的《中国现当代文论与外国诗学》（2003）和方珊的《中国当代文学理论体系研究》（2005）等①，都对我国现代文论话语有所研究。他们只是关注西式话语，并对于这些文论话语的西方渊源进行了梳理，而忽视了中国传统文论话语问题。同样，从事古代文论研究的学者也忽视了这个问题。近20多年来，关于中国古代文论范畴的研究一直是个热点，发表的成果包括论文、专著和辞典等，多不胜数。其中代表性的成果有张海明的《经与纬的交结：中国古代文艺学范畴论要》（1995）、詹福瑞的《中古文学理论范畴》（1997）、曹顺庆等的《中国古代文论话语》（2001）、马睿的《从经学到美学：中国近代文论知识话语的嬗变》（2002）、汪涌豪的《中国文学批评范畴及体系》（2007）和李剑波的《清代诗学话语》（2007）等②。有些范畴的研究相当深入，如"意象"有5部专著，"意境"有10多部专著。但是，这些研究的范围都没有超

① 南帆主编《二十世纪中国文学批评99个词》，浙江文艺出版社，2003；尹康庄：《20世纪中国文学主流话语研究》，中国社会科学出版社，2006；陈希：《中国现代诗学范畴》，中山大学出版社，2009；赖干坚：《中国现当代文论与外国诗学》，厦门大学出版社，2003；方珊：《中国当代文学理论体系研究》，中国文联出版社，2005。

② 张海明：《经与纬的交结：中国古代文艺学范畴论要》，云南人民出版社，1995；詹福瑞：《中古文学理论范畴》，河北大学出版社，1997；曹顺庆等：《中国古代文论话语》，巴蜀书社，2001；马睿：《从经学到美学：中国近代文论知识话语的嬗变》，四川民族出版社，2002；汪涌豪：《中国文学批评范畴及体系》，复旦大学出版社，2007；李剑波：《清代诗学话语》，岳麓书社，2007。

出"古代",即对于文论范畴在古代的存在状态已研究得比较全面和深入了。然而,对于古代文论范畴在现代的存活状态的研究却很少有人问津。

正因为如此,我们才将中国传统文论话语即包括概念、术语和范畴等在现代文论中的存活问题作为本课题研究的对象。这不仅对于古代文论话语的研究是必要的,而且对于我国现代文论话语的研究和重建也是十分必要的。

二 与本课题相关的几个主要概念

为了展开对中国传统文论话语现代存活问题的研究,首先要界定和阐释几个相关的主要概念,从而表达我们的基本观点。

1. 现代化

"现代化"(Modernization)是一个外来词,是"五四"以后引入国内的。如 20 世纪 20 年代,柳克述的《新土耳其》(1927)和胡适的《文化的冲突》(1929)等就使用了这个词。到了 30 年代,该词就流行开了[①]。

有人将"现代化"等同于"欧化"和"西化",也有人说"现代化"是"资本主义化",其实这些看法都是不正确的。固然,现代化起源于欧洲,发展于西方;同时,我国人民对于现代化道路的探索和认识经历了 100 多年的历史,而且"欧化"和"西化"的说法也一直延续到今天。但是,我们认为,不能够说"西方"就是现代化的一切,它只是现代化的一种形态而已;同样,资本主义也不是现代化的全部,也只是现代化的一种方式而已。世界历史的经验证明,"现代化"是一个内涵丰富而复杂的概念,它没有固定的内涵和模式。所以,人类的"现代化"也应该是多元的、丰富多彩的。因此,"现代"也不只是一个时间概念,而是一个文明形态的概念。所以,"现代化"就是人类社会发展的一种文明形

---

① 罗荣渠:《从"西化"到现代化》,北京大学出版社,1997,第 13 ~ 14 页。

态。它的基本特征是：个性化的生活方式、工业化的生产方式、民主化的社会制度和科学化的文化形态等。

"现代化"是一个全球性的政治、经济和文化的发展趋势，也是人类社会发展的共同目标。但是，每个国家和地区的现代化时间、方式和路径是不同的，其发展程度也是极不平衡的。西方国家的现代化经历了300多年，我国的现代化（从"洋务运动"算起）经历了140多年；西方国家的现代化走的是资本主义道路，我国的现代化却在不断探索中前进，经历了资产阶级民主革命、新民主主义革命和社会主义革命等阶段，现在我们才终于成功地走出了一条有中国特色的社会主义道路①。

在人类文化现代化的过程中，文学也在进行着现代化。文学现代化的主要标志是文学本体观念、形态和学科的建立。以我国文学现代化的情形来看：在文学观念层面，是"纯文学"观念的建立；在文学形态层面，是"白话"的语言形态和"四分法"（即诗歌、散文、小说、戏剧）的文体形态的建立；在文学学科层面，是文学史、文学理论和文学批评等学科体系的建立。再进一步来看，文学理论的现代化，就是形成了文学基本理论、西方文论、马克思主义文论和中国古代文论的学科体系。但是，值得注意的是：我国文学的现代化并不是在本土文学传统的基础上进行的，而是在与本土文学传统断裂的情况下，主要依靠西方文学资源建立起来的。如果说，我国在政治、经济和法律等领域的现代化方面，成功地走出了一条具有中国特色的社会主义道路的话；那么，我国文学的现代化

① 研究西方现代化的著作有：〔美〕塞缪尔·亨廷顿等：《现代化：理论与历史经验的再探讨》，罗荣渠主编，上海译文出版社，1993；〔德〕哈贝马斯：《现代性的地平线》，李安东、段怀清译，上海人民出版社，1997；〔英〕安东尼·吉登斯：《现代性的后果》，田禾译，上海译林出版社，2000。研究中国现代化的著作有：罗荣渠：《现代化新论——世界与中国的现代化进程》，北京大学出版社，1993；罗荣渠主编《从"西化"到现代化》，北京大学出版社，1990；许纪霖等主编《中国现代化史》，上海三联书店，1995；虞和平：《中国现代化历程》，江苏人民出版社，2002。

是否成功？因涉及的内容很多，在这里不便进行评价。但是，我们认为，我国在文学理论现代化方面似乎并没有找到正确的道路。因此，这个问题值得我们再认真地研究。

关于文学现代化的研究，国外著作被翻译成中文的只有伊夫·瓦岱的《文学与现代性》和彼得·威德森的《现代西方文学观念简史》两种①。国内的研究成果却比较多。在 20 世纪 80 年代初期，严家炎先生就较早地关注和研究了中国文学的现代化问题②。这个时期，王瑶先生也很重视中国文学的现代化问题，提出了"中国文学研究现代化进程"的课题和研究计划③。随后，便出现了一大批研究成果。诸如：徐鹏绪、张俊才的《中国文学现代化的先导——近代文学发展史纲》、袁进的《中国文学观念的近代变革》、陈平原的《文学史的形成与建构》、宋剑华主编的《现代性与中国文学》、王一川的《中国现代性体验的发生》、张新颖的《20 世纪上半期中国文学的现代意识》、李欧梵的《中国现代文学与现代性十讲》、杨联芬的《晚清至五四：中国文学现代性的发生》等④。钱中文先生较早地研究了文学理论现代化问题，随后有邢建昌、姜文振的《文艺美学的现代性建构》，姜文振的《中国文学理论现代性问题研究》，程正民、程凯的《中国现代文学理论知

①　〔法〕伊夫·瓦岱：《文学与现代性》，田庆生译，北京大学出版社，2001；〔美〕彼得·威德森：《现代西方文学观念简史》，钱竞、张欣译，北京大学出版社，2007。

②　严家炎：《鲁迅小说的历史地位》，《文学评论》1981 年第 5 期。

③　王瑶主编《中国文学研究现代化进程》，北京大学出版社，1996；陈平原主编《中国文学研究现代化进程二编》，北京大学出版社，2002。

④　徐鹏绪、张俊才：《中国文学现代化的先导——近代文学发展史纲》，百花文艺出版社，1993；袁进：《中国文学观念的近代变革》，上海社会科学院出版社，1996；陈平原：《文学史的形成与建构》，广西教育出版社，1999；宋剑华主编《现代性与中国文学》，山东教育出版社，1999；王一川：《中国现代性体验的发生》，北京师范大学出版社，2001；张新颖：《20 世纪上半期中国文学的现代意识》，生活·读书·新知三联书店，2001；〔美〕李欧梵：《中国现代文学与现代性十讲》，复旦大学出版社，2002；杨联芬：《晚清至五四：中国文学现代性的发生》，北京大学出版社，2003。

识体系的建构》和傅莹的《中国现代文学理论发生史》等①，都从各自不同的角度，探讨了中国文学理论现代化的问题。

本课题中"现代"一词的概念，从时间层面，我们采用了黄子平、陈平原和钱理群的观点，是指整个 20 世纪②；从内涵层面，我们将它看作是人类社会发展的一种文明形态。

2. 全球化

"全球化"（Globalization）也是一个外来词，又称"全球性"、"世界化"（如法语 mondialisation）等。这是 20 世纪 80 年代中期在西方学界出现的新概念。虽然，我们还无法得知是谁最早提出了这个概念，但至少可以说到 90 年代初期这个概念就很流行了。也就是在这个时期，"全球化"的概念被引入到国内来了。

关于"全球化"概念的内涵，国内外学界有各种各样的说法，很难做出统一的准确的界定。而且，我们认为，也不需要对它做出统一的界定。有人将帝国主义时代的殖民地扩张看作"全球化"，这是错误的，我们理解的"全球化"是非暴力的。有人将资本主义国家"世界市场"的拓展看作"全球化"，这也是错误的，我们理解的"全球化"是非强迫的。有人将"全球化"等同于"美国化"，这也是错误的，我们理解的"全球化"不是一元化，而是多元化；不是霸权的，而是平等的。还有人将"全球化"等同于"国际化"，这也是错误的，因为"国际化"现象在不同时代都出现过，而不是现在才有的新现象。我们所理解的"全球化"不是"全球的"，并不是凡具有"全球的"性质的事物和现象就都是

---

① 钱中文：《文学理论现代性问题》，《文学评论》1999 年第 2 期；《再谈文学理论现代性问题》，《文艺研究》1999 年第 3 期。邢建昌、姜文振：《文艺美学的现代性建构》，安徽教育出版社，2001。姜文振：《中国文学理论现代性问题研究》，人民文学出版社，2005。程正民、程凯：《中国现代文学理论知识体系的建构》，北京大学出版社，2005。傅莹：《中国现代文学理论发生史》，上海文艺出版社，2008。

② 黄子平、陈平原、钱理群：《论"二十世纪中国文学"》，《文学评论》1985 年第 5 期。

"全球化"。总之，以上这些看法都是错误的，因为他们将"全球化"的概念泛化了。

我们认为，"全球化"是一种新现象、新概念和新思维。所谓"新"，就是为过去所没有，是最近才出现的现象、概念和思维。它有一个明确的时间界限，具体说就是近 20 多年以来的事情。所以，上文所列举的那些观点大多不在这个时间范围之内。所谓"全球化"，是指在近 20 多年来才出现的新现象、新概念和新思维。首先，它是指人类社会近 20 多年来的发展现状。随着跨国公司、国际组织、联合反恐、电子科技和大众传媒的发展，人类社会的联系日益超越族群和国家的界限，表现出从未有过的快捷和密切。其次，"冷战"结束之后，"发展"成为主旋律，国家与国家之间在政治、外交、经济和文化等方面的交流日益频繁，总的趋势是合作多于对抗。大家似乎有了一个共识：在当今时代，任何一个国家要获得发展，都离不开相对稳定与和平的国际环境。再次，这是一次思维方式的革命。当今时代，任何一个国家的政治家和思想家在思考政治、经济和文化问题时，不管他们是否情愿和自觉，都必须具备"人类意识"和"全球意识"。因此，"全球化"既是一种客观存在的社会新现象，也是一种新概念和新思维。

应该看到，"全球化"是"现代化"发展的必然结果，两者之间有着千丝万缕的联系。正如国外有些学者所说的那样，"现代性具有内在的全球性"，还有人将"全球化"解释为"本能性的现代化"[1]。因为，现代企业和现代经济的发展早已溢出了族群和国家的界限，现代传媒更是加快了各种文化传播的速度和密切了各种文化之间的联系。所以，现代经济和现代科技的发展，必然会带来一个新的时代——全球化时代的到来。正如这个时代的象征物——"国际互联网"（Internet）那样，全世界现代化程度较高的国家之间已经建立了各种各样的政治网、经济网和文化网。全球就是一个

---

[1] 梁展编选《全球化话语》，上海三联书店，2002，第 42 页。

巨大的网络，每个个人、族群和国家就都被笼罩在这个巨大的网络之中了。当然，我国现代文学理论也在其中。

3. 边缘化

在人类社会的现代化进程中，各种传统文化都受到了现代文化的冲击，从而动摇了它所具有的中心地位，由此向边缘地位跌落。"边缘化"一词，就是指在现代化的冲击下，"传统"由中心向边缘的跌落过程。在本课题中，"边缘化"一词是指我国古代传统文论话语由中心向边缘跌落的过程和现状。

因为，现代化的过程，就是"传统"与"现代"的对决和较量的过程。现代化的胜利常常是以"传统"的退却、妥协和消亡为代价的。因此，凡是现代化发达的地方，传统文化的气息就很稀薄；凡是传统文化气息浓厚的地方，现代化的进展却很落后。这是被现代人类学和社会学研究反复证明了的事实。

在刚刚过去的 20 世纪，我国文学理论经历了"现代化"和"全球化"两次大浪潮的洗礼，古代传统文论话语逐渐被边缘化了，而外来文论话语却越来越占据了中心地位。当然，这种现象不仅只是表现在文学理论方面，其他学科也都存在着类似的现象；也不仅只表现在我国文学理论方面，其他非西方国家的文学理论也都是如此。"现代化"成为人类社会发展的共同目标，这是人类文化进步的表现。但是，"现代化"又好像是一把双刃剑，它也给人类文化的发展造成了许多负面影响。它提高了人类的生活质量，但也破坏了人类生活的生态环境；它提高了人类的文化水平，但也破坏或者毁灭了人类古老的传统文化。这就是英国学者吉登斯所说的现代化的"两重性"。[①] 随着"全球化"时代的到来，人类面临着更加严峻的挑战和危机。据有关研究表明：人类现存的语言约有6000 种，到 2050 年至少会有 3400 种语言从地球上消失，到 22 世纪将会有 90% 的语言要消亡。2001 年联合国环境规划署指出，一

---

① 赵一凡等主编《西方文论关键词》，外语教学与研究出版社，2007，第 648 页。

种语言及其文化环境的消失，就好比烧掉一种孤本文献。① 文学是语言的艺术。因此，随着人类语言的大量消亡，就会有多少种语言的文学（包括口头文学和书面文学）也要随之消亡呢？这是值得我们认真思考的问题。

4. 隐性传承

"隐性传承"是本课题提出的一个新概念，是指我国古代传统文论话语在被边缘化的过程中，其中有一些具有活力的话语并没有消亡，而是通过很隐蔽的方式被传承了下来。

因为，从理论上说，"传统"和"现代"并不是一对天然的敌人，也不是天生就势不两立、水火难容的。"传统"和"现代"两者只是一对相对的概念，而不是绝对的概念。首先，"传统"是一个历史的积累过程，今天是"现代"的东西，过不了多久也许就会成为"传统"的东西。其次，"传统"也是一个历史选择的过程，"优存劣汰"是其选择的原则。凡是能够成为"传统"的东西，基本上是优秀的、精华的东西。这些东西都是人类社会成功经验的凝结，其中有一些具有普世价值，是不会过时的。再次，"传统"与"现代"的关系，在我国学术史上又被看作是"古"与"今"或者"旧"与"新"的关系。这是一个常谈常新的话题。不同的是，在本课题论域所谈的"现代"不是从"传统"中演化而来，而是外来的东西比较多。"传统"在我国文论现代化的过程中出现了断裂，这就是英国学者吉登斯所说的"使传统知识纷纷失效"的"断裂性"。②

值得指出的是，在我国文论现代化的过程中，只是从"传统"到"现代"的骨肉断裂了，而筋脉还连接着。所以，表面上看来，古代传统文论话语似乎在现代消亡了，但是实质上却并非如此。"传统"与"现代"还存在着一种藕断丝连的关系，就是说还有一

---

① 白尼:《人类语言向何处去》,《江南时报》2004 年 3 月 25 日。
② 赵一凡等主编《西方文论关键词》,外语教学与研究出版社,2007,第 648 页。

些古代传统文论的话语存活了下来。这就是我们所说的"隐性传承"问题。

其实，世界上任何一个民族、一个国家乃至一种文化，都是在不同程度上利用各种方式与各自的传统保持着联系。换句话说，人类不会无视和忘记自己的历史传统，而是在继承传统优秀遗产中不断开拓前进的。东方国家是这样，西方国家也是这样。早在197年前，德国哲学家黑格尔就对此有精彩的论述。他认为，"我们之所以是我们，乃是由于我们有历史"。因为，"构成我们现在的"哲学思想，"与我们的历史性也是不可分离地结合着的"。所以，"我们必须感谢过去的传统"。过去的传统"结成一条神圣的链子，把前代的创获给我们保存下来，并传给我们"。① 可见传统是一种资源，是现代发展的奠基石。对于德国是这样，对于西方是这样，对于我们中国也是这样。尽管100多年来，我国几代学人为了建设中国现代文学理论的需要，曾经疏远过传统，或者搁置过传统，但是并没有彻底抛弃传统。因此，中国传统文论话语虽然被边缘化了，但是并没有消亡，而是通过隐蔽的方式传承了下来。正因为有了传统，所以，"我们才是我们"（黑格尔语），中国才是中国，中国现代文论才是"中国"现代文论。这就是我们提出的"隐性传承"的问题。

为了深入探讨"隐性传承"的问题，我们又提出了"传统再生机制"的新理论。我们认为，"隐性"只是中国传统文论话语在现代语境中的实际处境和存活策略；"传承"才是实质和目的。但是，"传承"并不是"复制"，而是"再生"。所谓"再生"，就是根据中国现代文论发展的实际需要，对于中国传统文论的加工、改造和转化，使其成为重要的资源。正如黑格尔所说，我们对于传统

---

① 〔德〕黑格尔：《哲学史讲演录》第一卷，贺麟、王太庆译，商务印书馆，1997，第7~8页。黑格尔的《哲学史讲演录》是于1816年10月28日在海德堡大学开讲的，至今已有197年了。

的利用，"并不仅是增加一些琐碎的材料，而主要地是予以加工和改造"。"而且那经过加工的材料因而就更为丰富，同时也就保存下来了"①。至于"机制"，则是指我们对于中国传统文论话语资源的利用范式，它是通过现代学术研究的机制来实现的。具体说来，在现代学术语境中，即由语言、文字、文学和理论所构成的中国传统文论话语，通过由教育、写作、传媒和阅读所构成的现代传承机制，两者多元互动便建构了"传统再生机制"。就是说，文化传统是一个多元的动态结构，它的传承和发展也是需要通过多元的复杂的社会文化系统来实现。中国传统文论话语是一种"文化基因"，具有极强的传承力和再生力。运用这个理论来揭示中国传统文论话语的存活奥秘、存活规律和现代文论话语体系建构等问题，是一种新的尝试和探索。

5. 存活

"存活"也是本课题提出的一个新概念，主要指中国传统文论的一些话语被"隐性传承"了下来，以及在现代文论和批评中的使用情况。其中有一些传统文论话语，诸如"意象"、"意境"、"神韵"等，已经完全"化"入现代文论和批评的话语之中，几乎使人感觉不到它们是来自古代的文论话语了。其实每个话语都有数百年乃至上千年的历史，都是一个文论话语的"活化石"。这是因为，传统本身是具有生命力的。正如黑格尔所说的那样，"这种传统并不是一尊不动的石像，而是生命洋溢的"②。所以，中国传统文论中有一些话语具有极其旺盛的生命力，它们不仅没有消亡，而且还与时俱进，存活在我国的现代文论中。这些就是我们认为的"存活"。这是一个不容否认的事实。在目前的古代文论话语和现代文论话语的研究中，人们对于这一事实有所忽视，形成了学术研

---

① 〔德〕黑格尔：《哲学史讲演录》第一卷，贺麟、王太庆译，商务印书馆，1997，第9页。
② 〔德〕黑格尔：《哲学史讲演录》第一卷，贺麟、王太庆译，商务印书馆，1997，第8页。

究上的一个盲点。这正是本课题要探讨的问题。

"存活在现代文论中的中国古代文论范畴",是长期被遮蔽和被忽视的一种文艺学现象。这是我们近年来开发出的一个新的研究课题。这种文艺学现象的存在,充分说明古代文论范畴具有极强的传承力和再生力。通过本课题的研究,我们要搞清楚古代文论范畴存活的传承方式、媒介和规律,要提炼出一些事关全局、具有原创性的新观点和新理论,从而形成我们的"存活论"。这对于建设具有"中国特色"的文学理论体系,是一个有力的举措,是一次有价值的实践,也是一种具有原创意义的探索和开拓。

三　本课题的基本研究方法

我们要将"存活在现代文论中的中国古代文论范畴"作为一种文艺学现象来研究,并将研究的重点放在"现代"范围之内。这是一个新的研究课题。我们要比较全面地清点和梳理存活至今的古代文论范畴,并在此基础上,研究其存活状态、存活奥秘和存活规律,研究其内涵的现代转化、使用域的现代延展和现代建构力的问题。总之,我们主要拟解决两个重要问题,一是全面清点当前还存活的古代文论范畴,并进一步为其在现代文学理论体系中定位和定性;二是合理利用传统资源,在古代文论范畴宝库中,再开发出一些具有存活力、建构力和认同度的范畴来,重建现代文论范畴谱系,为建设具有"中国特色"的现代文学理论体系做一点实实在在的工作。

我们的研究方法主要有以下几个方面:

一是文献调查和数据分析相结合。我们将选择一些有代表性和权威性的现代文论选本、期刊和辞典,或者选择一些有代表性和权威性的现代文论家的论文和著作,对于其中的古代传统文论话语进行比较全面的调查、统计和数据分析,从而描述和总结蕴含在其中的理论问题。

二是宏观研究与微观研究互动互补。在宏观研究方面,主要将"存活在现代文论中的中国古代文论范畴"作为一种文艺学现象来研究。这是本书"上编"的内容。主要有三个方面：其一，是"调查"。我们在全面清点我国现代文论话语的基础上，就中国文论话语的现代化状况、中国传统文论话语的边缘化状况和中国传统文论话语的存活状况展开调查，通过文献调查和数据分析，具体描述中国传统文论话语的存活状况和存活规律，揭示中国传统文论话语的边缘化和隐性传承的原因和路径。其二，是"话语"。这是本书的理论支点。具体论述西方"话语"概念和理论的引进、话语理论的构成、我国传统文论话语与现代文论话语的关系、文学理论话语的创新等问题。其三，是"转换"。这是古今文论话语的沟通和传统文论话语存活的关键。古代文论话语内涵的现代化和使用域的现代延展等，都是通过"转换"实现的。总之，通过对于这些问题的研究，我们要从宏观上认识和把握传统文论话语的存活力和建构力，从而为重建中国文论话语谱系提供数据支持和理论参照。

在微观研究方面，主要是在存活至今的古代文论话语中，选择"文学""言志""意境"和"美"等四个使用频率高、建构力强的古代文论话语，依次进行个案研究。研究的主要问题有：其一，这些古代文论范畴和话语的原始出处、基本内涵、历史演变和理论体系等；其二，这些古代文论范畴和话语在现代文论、现代文学批评、现代文学研究、现代美学体系和现代审美文化中的存活状态描述；其三，古代传统文论话语与现代文论话语之间的对接、转换的契机和路径；其四，在古代传统文论范畴和话语的现代化过程中，中西文论范畴和话语的遭遇、翻译和对话等。总之，这些古代传统文论范畴和话语都具有古老的历史，能够存活到今天，都是十分珍贵的"活化石"。正如陈寅恪所说："凡解释一字，即是作一部文化史。"（《致沈兼士》，1936）我们研究和论述这几个古代传统文论范畴和话语，既是在做一个个范畴史，又是在做一个个范畴专论。通过这些具体的个案研究，比较全面地描述古代文论范畴和话语的现代存活状态，比较有深度地揭示其在现代的存活规律，从而引证宏观研究。

　　三是古今贯通，中西参照。"存活在现代文论中的中国古代文论范畴"作为一种文艺学现象，既关涉到古今问题，也关涉到中西问题。因此，本课题的研究，在具体方法上既要古今贯通，又要中西参照，并将两者有机地结合起来。

　　四是历史与逻辑结合。本课题研究既涉及 100 多年来我国传统文论话语现代化过程的学术史问题，也涉及我国文学理论话语内涵阐释、规律探讨的理论建构问题。所以，在研究方法上，我们既要有历史维度的考察和梳理，又要有逻辑维度的分析和论证，并将两者有机地结合起来。

上　编
"存活"现象的宏观研究

第一章
调　查

在我国文论现代化进程中，传统文论话语是如何被边缘化的？传统文论话语在现代文论中的存活状况如何？传统文论话语又是如何被隐性传承下来的？这些是我们首先要研究的问题。在本章中，我们将采用文献调查和数据分析的方法，将分别对于外国文论话语的引进与中国文论话语的现代化、中国传统文论话语的边缘化和中国传统文论话语的存活状况等问题展开调查，并对于其中的理论问题进行分析和论证。

第一节　20世纪外国文论话语引进状况调查报告

【说明】

（一）调查目的

通过调查，了解20世纪外国文论话语引进的基本状况，为中国现代文论学术史研究和中国文论话语的重建提供具体参照。

（二）调查范围

1. 时间范围：1901年1月至2000年12月。

2. 对象范围：文学理论话语。

（三）调查方法

1. 抽样法。我们将 20 世纪划分为三个时期，分别选择赵景深的《文学概论》、以群主编的《文学的基本原理》、蔡仪主编的《文学概论》和童庆炳主编的《文学理论教程》等作为调查样本。

2. 统计法。对于各调查样本中的文学理论话语进行统计。

3. 分析法。通过抽样调查和话语统计，分析外国文论话语引进的具体状况和原因。

4. 论证法。结合调查，撰写出调查论证报告。

（四）调查指标

外国文论话语的引进状况

【关键词】

外国文论话语　现代化　话语数量　话语源　话语谱系

一　引言

20 世纪是中国文学理论现代化的世纪，也是我国大量引进外国文论话语的世纪。中国文论现代化的一个主要标志，就是通过对于外国文论话语的大量引进和运用，由此便形成了一套新的文论话语，并建构了一个新的文学理论知识谱系。

中国文论现代化是在与传统文论断裂和外国文论大量引进的语境中进行的。当时，人们认为，"汉土所阙者在术语"，而"欧洲所完者在术语"[①]，故有引进外国文论话语的需要。具体说，在 20 世纪，外国文论话语的引进主要有三次高潮期。第一个高潮期是二三十年代，在开展新文化运动的语境中，为了建设新文学理论，曾大量地翻译和引进欧美文论。第二个高潮期是五六十年代，在建设社会主义新文化

---

① 章太炎：《规新世纪》，《民报》1908 年第 24 期，第 54 页。

的语境中，为了建设社会主义的新文学理论，尤其是经过 50 年代初期高校文艺学教学的大讨论，中断了与欧美文论的联系，而大量地翻译和引进了苏联文论。第三个高潮期是八九十年代，在改革开放的新时期文化语境中，为了建设中国的现代文学理论，又大量地翻译和引进了西方现代文论。因此，中国文论现代化是伴随着外国文论大量译介而同步进行的。外国文论成为中国文论现代化的主要资源和动力。

中国现代文论话语的生产和普及主要是在高校文论教学中进行的。所以，外国文论话语的引进状况就最及时和最密集地反映在文学理论教材中了。因此，我们就以文学理论教材为主要对象来展开调查。

二　调查过程

（一）外国文论话语引进的第一高潮期

在第一个高潮期，欧美文论话语或直接引入我国，或通过日本文论为中介而间接地引入我国。在这个时期所引进的欧美文论教材中，美国学者温彻斯特的《文学评论之原理》（中译本，1924）影响较大，尤其是其对于"文学四要素"的分析，成为这个时期我国文论教材编写的主要参照。在引进的日本文论教材中，本间久雄的《新文学概论》（中译本，1925）影响较大，它成为欧美文论话语引入中国的中介和桥梁。这个时期也是我国学者编写文论教材的探索时期，主要以个人编写为主。我们认为，在国人编写的文论教材中，能够比较全面地反映我国学界吸纳欧美文论话语情况的，应该是赵景深的《文学概论》（1932）。因此，我们分别抽取温彻斯特的《文学评论之原理》、本间久雄的《新文学概论》和赵景深的《文学概论》[①]为样本，进行调查和分析。

---

① 〔美〕温彻斯特：《文学评论之原理》，景昌极、钱堃新译，梅光迪校，上海商务印书馆，1924。〔日〕本间久雄：《新文学概论》，章锡琛译，上海商务印书馆，1925（另一个中译本，汪馥泉译，上海书店，1925）。赵景深：《文学概论》，上海世界书局，1932。

表 1 - 1　欧美文论话语的引进

〔美〕温彻斯特 《文学评论之原理》	赵景深 《文学概论》	〔日〕本间久雄 《新文学概论》
定　义	定　义	定　义
感　情	感　情	情　绪
想　象	想　象	想　象
理　智	思　想	—
形　式	—	形　式
	语　言	语　言
	个　性	个　性
	国民性	国民性
	时　代	时　代
	道　德	道　德
	性　质	特　质
	起　源	起　源

从调查表 1 - 1 中，我们可以获得以下信息和认识：

1. 话语源。在第一高潮期有两个话语源，一个是美国学者温彻斯特的《文学评论之原理》，另一个是日本学者本间久雄的《新文学概论》。说它们是"话语源"，是因为它们都产生了影响，形成了一个"话语"接受链，或者说形成了"话语流"。首先，温彻斯特的《文学评论之原理》提供了"文学四要素"的文论新话语。他认为，文学作品的构成有四个基本要素，这就是"感情"（emotion）、"想象"（imagination）、"思想"（thought）和"形式"（form）。该书于 1899 年出版之后，就在欧美文论界产生了较大的影响。仅我们所知，英国学者韩德生的《文学研究法》（中译本，1930）、美国学者卡尔佛登的《文学之社会学批评》（中译本，1930）和美国学者亨德的《文学概论》（中译本，1935）都先后采纳了这些话语。在东方国家中，是日本学者本间久雄的《新文学概论》（中译本，1925）最早采纳了这些话语。

温彻斯特的"文学四要素"说，最早就是通过日本学者本间久雄的《新文学概论》传入我国的。1920 年，章锡琛以文言文翻译了本间久雄的《新文学概论》，在该年度的《新中国》杂志上连续发表，后来重译并结集出版。所以，我国学者于 1920 年就知道了温彻斯特的"文学四要素"说。如 1921 年，梅光迪在东南大学西洋系讲授"文学概论"课程时，就采纳了温彻斯特的观点。到 1924 年，温彻斯特的《文学评论之原理》中译本出版后，该说的影响就更大了。如马宗霍的《文学概论》（1925）、沈天葆的《文学概论》（1926）、田汉的《文学概论》（1927）和马仲殊的《文学概论》（1930）等一大批同类著作都采纳了"文学四要素"的话语。

本间久雄的《新文学概论》（日文版）出版于 1916 年，作为传播"文学四要素"说，是"话语流"。但是，它又创造或者传播了新的文论话语，诸如"个性""国民性""时代""道德"等，成为另一个"话语源"。因为，由于资料的限制，我们无法考据这些话语是否为本间久雄创造，但至少可以说是他将这些文论话语传入我国的，并产生了较大的影响。诸如田汉的《文学概论》（1927）、陈穆如的《文学理论》（1930）、曹百川的《文学概论》（1931）、赵景深的《文学概论》（1932）和薛祥绥的《文学概论》（1934）等都采纳了他的文论话语。

总之，温彻斯特的"文学四要素"说与本间久雄的文论话语一起构成了第一高潮期的主流话语，这个时期的文学理论教学、研究和文学批评等，都受到这些文论话语的影响。

2. 话语本质。温彻斯特的"文学四要素"话语属于文学本质层面的话语。文学本质的主要问题就是要回答"什么是文学"的问题。温彻斯特的贡献是规定了构成文学作品的四个基本要素，即"感情、

想象、理智、形式"①。这是判断文学与非文学的一条标准，凡是
具备这四个要素的作品就是文学，否则就是非文学。温彻斯特
"深求文学自身之要素"的目的，就是要探讨"文学之特质"，为
"文学"概念"定义"，从而建构文学的"普遍原理"②。美国学
者亨德在其《文学之原理及问题》一书中，就是运用"文学四要
素"说为文学定义的。他说："文学是经过想象、感情及趣味，
而用文字表现出来的思想，并且它是用非专门的形式，一般人容
易了解而惹起兴味的。"③ 在我国现代文学观念的启蒙时期，温彻
斯特的观点刚好满足了我国文学界的需要，因此才产生了较大的影
响。

　　本间久雄的"个性""国民性""时代""道德"等话语，则
是属于文学社会学层面的话语。他从人生和社会的视角探讨文学的
意义，运用文学社会学的方法，论述了文学与个性、文学与国民
性、文学与时代、文学与道德等关系问题。这些文论话语和思想，
也正好契合了当时我国现代文学启蒙和现代社会启蒙的双重需要，
因而产生了较大的影响。

　　总之，温彻斯特的"文学四要素"话语，揭示了文学的内在
特质，属于文学内部研究；本间久雄的"个性""国民性""时
代""道德"等话语，揭示了文学的外在特质，属于文学外部研
究。值得注意的是：本间久雄的《新文学概论》一书，将以上的

---

① 从《文学评论之原理》原著看，温彻斯特在该书"目录"只将"感情""理
智""形式"称为要素，"想象"并不在其中。但是，他在讲文学特质时，又
将"感情""想象""形式"看作要素，"理智"则不在其中。就是说，他只是
提出"文学三要素"，而不是"文学四要素"。本间久雄也是如此。美国学者
亨德在其《文学之原理及问题》一书中，用"文学四要素"为文学定义。后
来，在我国学者的接受过程中，也将其整合成"文学四要素"。这一点必须向
读者明确指出，否则会遮蔽事实真相。

② 〔美〕温彻斯特：《文学评论之原理》，景昌极、钱堃新译，梅光迪校，上海商
务印书馆，1924，第9页。

③ 毛庆耆、谭志图汇辑《文艺理论教材史料汇编》（油印本），暨南大学中文系
文艺理论教研室编印，1981年10月，第105页。

文学内部研究和文学外部研究两者有机地结合起来，建构了一个在当时来说是更全面、更合理、更系统和更严密的文学理论体系。这就是本间久雄的《新文学概论》为什么在 20 世纪二三十年代独领风骚，其影响要远远超过温彻斯特的《文学评论之原理》的主要原因。这些话语属于文学本体论话语，它们是在"纯文学"观念的烛照下，对于文学本体特征的探求、表述和理论建构。

3. 话语谱系。在第一高潮期的外国文论话语引进中，温彻斯特与本间久雄的影响是最大的。因为，除了上文所指出的现代文学观念的启蒙和文学理论教材的参照之外，还有更重要的一点，就是现代文论话语谱系和现代文学知识谱系的双重建构。诸如"感情""想象""思想""形式""个性""国民性""时代""道德"等话语，由内部到外部建构了现代文论的基本话语谱系。在 20 世纪初期，由于传统文论话语被搁置了起来，新的文论话语还没有形成。在这个空档阶段，正当人们寻找用新的文论话语来表达对于新文学的感受和看法时，这些外国文论话语的引入正好满足了人们的需要。所以，这些外来文论话语既是新文学思想的载体，也是建构我国现代文论体系的基石，同时还是蕴含着现代文学知识的基本要素。所以，这些文论话语也建构了现代文学的基本知识谱系。因此，这些外来文论话语就成为第一高潮期的主流核心话语，在我国现代文论的教学、研究和文学批评中，都发挥了十分重要的作用。

（二）外国文论话语引进的第二高潮期

在第二高潮期，是苏联文论话语的大量引进。这是通过文学理论教材的翻译和邀请苏联专家讲学两种方式进行的。在引进的苏联文论教材中，以季摩菲耶夫的《文学原理》（中译本，1953）和毕达可夫的《文艺学引论》（中译本，1958）影响最大。尤其是毕达可夫不仅是季摩菲耶夫的学生，而且还应邀来中国讲学。他的讲义不仅继承了季摩菲耶夫的文学理论体系，吸纳了苏联文论研究的最新成果，而且还根据讲课的实际需要适当地运用了中国文学和文论的材料，因而影响便更大一些。这个时期，我国文论教材由个人编写向集体编写发展，也是我国文论教材编写的成熟期。我们认为，在这个时期国人编写的文论教材中，比较有代表性和影响较大的，应该是以群主编的《文学的基本原理》（1963 年出版上册，1964 年出版下册）和蔡仪主编的《文学概论》（1963 年初稿，1979 年出版）。这两部教材是国家统一编写的教材，由周扬直接主持和指导编写。前者，以群主编，南方教材编写组负责编写，由复旦大学、南京大学、华东师范大学、上海师范学院、江苏师范学院和上海文学研究所等单位的 10 多位专家学者参加，如王永生、叶子铭、刘叔成、应启后、徐俊西、袁震宇、黄世瑜、曾文渊、俞铭璜、孔罗荪、刘金等人，基本上代表了南方文论界；后者，蔡仪主编，北方教材编写组负责编写，由于编写时间前后长达 18 年，参加的专家学者就更多，如王燎荧、楼栖、吕德申、李树谦、吕慧娟、李传龙、于海洋、张国民、柳鸣九、杨汉池、张炯、王淑秧、卢志恒、胡经之、何国瑞、涂武生、王善忠等 17 人，基本上代表了北方文论界。这两本由国家统一编写的教材，运用马克思主义的观点和方法，结合我国的文学实际，不仅延续了苏联文论的主要话语，也合理地运用了我国古代传统文论的话语，并总结了此前文论教材编写中的不足和教训，建立了比较完整的文学理论体系。所以，这两本教材是我国文论教材建设成熟的标志。因此，我们分别抽取毕达可夫的《文艺学引论》、以群主编的《文学的基本原理》和蔡仪主编的《文学概论》① 为样本，进行调查和分析。

---

①〔苏联〕依·萨·毕达可夫：《文艺学引论》，北京大学中文系文艺理论教研室译，高等教育出版社，1958。以群主编《文学的基本原理》（上下册），上海文艺出版社，1963 年出版上册，1964 年出版下册。蔡仪主编《文学概论》，人民文学出版社，1963 年完成初稿，1979 年出版。

表 1 – 2 苏联文论话语的引进

〔苏联〕毕达可夫 《文艺学引论》	以群主编 《文学的基本原理》	蔡仪主编 《文学概论》
【文学一般话语】		
△1. 本质论话语： 意识形态、形象反映、语言艺术；世界观、阶级性、党性、人民性。	1. 本质论话语： 社会意识形态、形象反映、语言艺术；世界观、阶级性、党性。	1. 本质论话语： 特殊意识形态、形象反映、语言艺术；世界观、阶级性、党性。
△2. 本体论话语： 形象、性格、典型、典型形象、典型性格、形象性、艺术性。	2. 本体论话语： 形象、性格、典型、典型人物、典型环境、典型性、真实性。	2. 本体论话语： 形象、性格、典型、典型人物、典型环境、典型性。
△3. 创作论话语： 虚构、个性化、概括化、典型化。	3. 创作论话语： 形象思维、把握个性、艺术概括、典型化； 创作方法、现实主义、浪漫主义、批判现实主义、社会主义现实主义。	3. 创作论话语： 形象思维、个性化、艺术概括、典型化； 创作方法、现实主义、浪漫主义、社会主义现实主义。
△4. 功能论话语： 认识作用、教育作用、美感作用。	4. 功能论话语： 认识作用、教育作用、美感作用。	4. 功能论话语： 审美教育作用。
【文学作品话语】		
1. 内容话语： 内容、思想、主题。	1. 内容话语： 内容、题材、主题、情节。	1. 内容话语： 内容、题材、主题、人物、环境、情节。
2. 形式话语： 形式、结构、情节、语言。	2. 形式话语： 形式、结构、语言、体裁。	2. 形式话语： 形式、结构、语言、体裁。
【文学发展话语】		
1. 发展话语： 起源、发展、继承、革新、文学传统。	1. 发展话语： 起源、发展、继承、革新、文学遗产。	1. 发展话语： 起源、发展、继承、革新、创造、文学传统。
2. 风格话语： 风格、流派。	2. 风格话语： 风格、流派。	2. 风格话语： 风格。
3. 潮流话语： 艺术方法、现实主义、浪漫主义、批判现实主义、社会主义现实主义。		

从调查表 1 - 2 中，我们可以获得以下信息和认识：

1. 话语源。这里的"话语源"之"源"，不是原创意义上的"源"，而是影响层面的"源"。其实，关于苏联文论的引进，不是从 20 世纪 50 年代才开始的，而是早在 20 年代就开始了。从 20 年代到 50 年代，从苏联翻译和引进的文论著作有：柯根的《新兴文学论》（沈端先译，1929）、卢那察尔斯基的《文艺与批评》（鲁迅译，1929）、波格达诺夫的《新艺术论》（苏汶译，1929）、卢那察尔斯基的《艺术之社会的基础》（雪峰译，1930）、伊可维支的《唯物史观文学论》（戴望舒译，1930）、罗达尔森的《世界观与创作方法》（孟克译，1937）、罗达尔森的《现实与典型》（张香山译，1937）、维诺格拉多夫的《新文学教程》（楼逸夫译，1937）、伊佐托夫的《文学修养的基础》（沈起予、李兰译，1937）、米而斯基的《现实主义——苏联文艺百科全书》（段洛夫译，1937）、西尔列索的《科学的世界文学观》（任白戈译，1940）、康敏学院文化研究所编的《科学的艺术论》（适夷译，1942）、顾尔希坦的《文学的人民性》（戈宝权译，1947）、铎尼克的《文艺的基本问题》（焦敏之译，1947）和卢西诺夫的《文学》（刘执之译，1947）等 16 种。[①] 可见这时，诸如"反映""内容""形式""主观性""客观性""阶级性""人民性""世界观""创作方法""典型"等苏联文论话语已经引入到国内（有一些文论话语是通过马克思主义文论引入的）来了，其中有一些苏联文论话语已开始进入文论教材，如蔡仪的《新艺术论》（1943）和以群的《文学底基础知识》（1945）等。但是，在第一高潮期，外国文论的引进呈现出欧洲、美国、日本、苏联等多元化状态，其中欧美文论话语占据着主流地位，苏联文论话语的影响还不是很大。

---

① 关于苏联文论的译介情况，参见毛庆耆、董学文、杨福生《中国文艺理论百年教程》，广东高等教育出版社，2004；傅莹：《中国现代文学理论发生史》，上海文艺出版社，2008。根据其中的资料整理。

到了第二高潮期，在建设社会主义新文化的形势下，为了满足文学理论教学和研究的需要，曾大量地引进苏联文论。主要是两种引进方式，一种是苏联文论著作和教材的翻译出版，如蔡特林的《文艺学方法论》（1950）、铎尼克的《马克思主义的美学观》（焦敏之译，1950）、阿伯拉莫维奇等的《文艺理论教学大纲》（曲秉诚、蒋锡金译，1951）、维诺格拉多夫的《新文学教程》（以群译，1952）、季摩菲耶夫的《文学原理》（共三册，查良铮译，1953）、《车尔尼雪夫斯基论文学》（上下册，辛未艾译，1954～1959）、苏联大百科全书的《文学与文艺学》（缪朗山译，1955）、普列汉诺夫的《论西欧文学》（1957）、《杜勃罗留波夫选集》（共2册，辛未艾译，1957～1959）、谢皮洛娃的《文艺学概论》（罗叶等译，1958）、涅陀希文的《艺术概论》（杨成寅译，1958）、《斯大林论文学与艺术》（1958）、《高尔基文学论文选》（孟昌等译，1958）、《别林斯基选集》（共2册，满涛译，1958）、车尔尼雪夫斯基的《艺术与现实的审美关系》（周扬译，1958）、《列宁论文学》（1959）和《文艺理论学习小译丛》（合订本1～6集，1953～1954）17种。另一种是邀请苏联专家讲学，如1954年春至1956年夏，毕达可夫在北京大学中文系讲授文艺学课程，其讲义《文艺学引论》（北京大学中文系文艺理论教研室译）于1958年出版；1956年至1957年，柯尔尊在北京师范大学中文系讲授文学概论课程，其讲义《文学概论》（北京师范大学中文系外国文学教研组译）于1959年出版；瓦·斯卡尔仁斯卡娅在中国人民大学哲学系讲授马克思主义美学课程，其讲义《马克思列宁主义美学》（潘文学等译）于1957年出版等。

但是，其中影响最大的是季摩菲耶夫的《文学原理》和毕达可夫的《文艺学引论》。季摩菲耶夫（1903～1984），苏联著名文学理论家，苏联教育科学院院士，苏联科学院通讯院士，莫斯科大学教授。他的《文学原理》在苏联国内影响很大，是唯一被官方批准的全国高等院校文科通用教材。后来，在我国翻译出版后影响也较大。毕达可夫是季摩菲耶夫的学生，其理论架构和文论话语与他的老师是一致的。他在讲授过程中，补充了很多内容，尤其是其中还加入了中国文学的材料。所以，他在我国文论界的影响又超过了季摩菲耶夫。有些听课的学员如蒋孔阳、霍松林和李树谦等人都编写和出版了"文学概论"教材。所以，这个时期我国文论的"话语源"是季摩菲耶夫的《文学原理》和毕达可夫的《文艺学引论》，尤其是后者。他们的影响一直延续到了 20 世纪 80 年代初期。

2. 话语本质。我们将这个时期的文论话语称为"苏式话语"。它的本质有三点：一是马克思主义哲学"反映论"的话语。这是"苏式文论"总的本质规定和逻辑出发点。它将文学看作是社会生活的反映，由于文学在整个社会意识形态中的位置，决定了文学的反映必然要涉及到社会的政治、经济和文化等各个方面。因为，社会虽然是由"人"构成的，但是"人"并不是一个抽象的存在，而是具体的复杂的存在，因为每个人都具有个人的、集体的、阶级的、民族的、国家的、人类的等种种属性。在阶级社会里，人的阶级属性是主要的和根本的，社会生活也就有了阶级性。所以，在文论中，就形成了一套"意识形态"的话语。包括世界观、阶级性、党性、人民性等话语。二是贴近文学自身特性的"形象"反映论话语。文学作为一种特殊的社会意识形态，它是通过"形象"的方式反映社会生活的。所以，在文论中，就形成了一套"形象"的话语，包括形象、性格、典型、典型形象、典型性格、形象性、艺术性等话语。三是社会主义文学"反映"方法论话语。所谓文学的"反映"方法论就是创作方法论。因为，具体的文学创作活动，是由作家的世界观和方法论决定的。作为社会主义国家的作家，其文学创作便是由社会主义的世界观和方法论决定的。所以，就形成了一套"创作方法"论的话语，包括现实主义、浪漫主义、社会主义现实主义等话语。总之，从本质上讲，"苏式文论"话语是马克思主义哲学"反映论"的文学话语。

3. 话语谱系。这还要从苏联谈起。当时，苏联文论界的主要任务是建立文学的科学。季摩菲耶夫认为，要建立文学的科学，就是要从理论上解答三个基本问题，即"文学是什么""文学过去是怎样发展的，以后将要怎样发展下去（在任何一个国家，在整个人类社会中）""文学对于现代有怎样的意义"。因此，就形成了由"文学概论""文学史"和"文学批评"三个分支学科所构成的"文学科学"体系。具体地说，文学概论是解答"第一个问题"，即"研讨文学的本质，它的形式的特征，它的社会的任务"；文学史是解答"第二个问题"，即"研讨文学在任何国家和整个人类社会的发展过程中是怎样发展着的"；文学批评是解答"第三个问题"，即"怎样评价此一或彼一文学作品，并确定它对于我们现代有何种意义，对于时代向我们提出的要求有怎样的帮助"[①]。所以，文学理论研究就要覆盖以上三个方面，即包括文学一般理论、文学史理论和文学批评理论。季摩菲耶夫的《文学原理》，也就包括《文学概论》《怎样分析文学作品》和《文学发展过程》三部。在季摩菲耶夫的《文学原理》的影响下，"苏式文论"就形成了"本质论""作品论"和"发展论"的"三块型"理论体系。毕达可夫的《文艺学引论》和我国学者蒋孔阳的《文学的基本知识》（1957）、霍松林的《文艺学概论》（1957）、李树谦、李景隆的《文学概论》（1957）等也基本上采用了"三块型"理论体系，当然其中也有些变通。到了20世纪60年代，由于"中苏关系"的变化，我国文学理论的教学和研究虽然想摆脱苏联的影响，但是从以群主编的《文学的基本原理》和蔡仪主编的《文学概论》来看，其实还是没有从"苏式文论"的影响中走出来。

　　因此，这个时期的文论话语谱系，就是由"本质论话语""作品论话语"和"发展论话语"构成的话语谱系（详细情况见

---

① 〔苏联〕季摩菲耶夫：《文学概论》（《文学原理》第一部），查良铮译，平明出版社（上海），1953，第3~4页。

表1-2）。这也可以说是由"文学概论话语""文学批评话语"和"文学史话语"所构成的"文学科学"①话语谱系。这不仅是一个文学理论知识谱系，也是一个文学理论学科谱系。

(三)外国文论话语引进的第三高潮期

在第三高潮期，改革开放的国策重新打开了国门，文学界解放思想，以好奇的眼光看世界风云的变幻，审视和吸纳西方各种文学新思潮。于是，西方现代文学理论的各种新学说和新思潮便蜂拥而入，从根本上改变了我国文学理论教学和研究的现状，带来了文学理论研究范式和话语的又一次转型。其中，对于我国文学理论教材编写影响较大者，是美国学者艾布拉姆斯的《镜与灯：浪漫主义文论及批评传统》（中译本，1989，以下简称《镜与灯》）和美籍华裔学者刘若愚的《中国文学理论》（中译本，1987）。这个时期是我国文学理论教材编写的繁荣期，根据我们的不完全统计，20世纪80年代出版文学理论教材50多种，90年代出版文学理论教材40多种，合计有近百种之多②。其中，具有代表性和影响较大者是童庆炳主编的《文学理论教程》（1992）。这

---

① 季摩菲耶夫所说的"文学科学"，在当时苏联文学理论界也称为"文艺学"。如蔡特林的《文艺学方法论》（中译本，1950）、谢皮洛娃的《文艺学概论》（中译本，1958）和毕达可夫的《文艺学引论》（中译本，1958）等，都采用了"文艺学"的说法。这种说法至今仍在沿用着，也有人称为"文学学"。

② 关于这个时期文学理论教材的统计数字，由于各人统计时间、对象和方法的不同，因而统计结果也不一致。毛庆耆等的《中国文艺理论百年教程》第304页统计，有"数百本之多"。童庆炳主编的《新时期高校文学理论教材编写调查报告·后记》第364页统计，"估计总数达三百多部"。鲁枢元在其《为学日益，为道日损》一文统计，改革开放以来的28年里约出版文学理论教材128部（见《社会科学报》2005年3月10日第5版）。其实，这些统计数字都不准确，笔者据程正民、程凯的《中国现代文学理论知识体系的建构——文学理论教材与教学的历史沿革》附录一《文学理论教材书名总录（1914~2003)》和童庆炳主编的《新时期高校文学理论教材编写调查报告》附录一《百年文学理论教材书名总录（1914~2005)》（古风按：这两个《总录》比较粗糙、遗漏、重复和错误不少）重新统计。这个统计数字，不包括再版本、修订本、增订本和台湾版本等，如采用各种形式重复出版的教材不再统计在内了。特此说明。

部教材由童庆炳主编，北京师范大学王一川，华南师范大学柯汉林，辽宁师范大学曲本陆、宋民，南京师范大学高小康，山东师范大学李衍柱、杨守森，安庆师范学院顾祖钊，汉中师范学院李珺平，西南师范大学曹廷华、张荣翼，贵州师范大学梁素清，浙江师范大学杜卫，江西师范大学陶水平等 11 所师范院校共 15 人参加编写。这部教材被学界称为"换代教材"，与前期相比，它不仅是文学理论框架和体系的转换，也是文学理论话语的转换。因此，我们选择艾布拉姆斯的《镜与灯》、刘若愚的《中国文学理论》和童庆炳主编的《文学理论教程》① 为样本，进行调查和分析。

表 1 - 3 西方文论话语的引进

〔美〕艾布拉姆斯《镜与灯》	童庆炳主编《文学理论教程》	其他西方文学理论的影响
作品、艺术家、世界、欣赏者图式、关系	世界、作家、作品、读者；关系、文学活动	（刘若愚）宇宙、作家、作品、读者；图表、艺术过程
艺术产品；生产者、作者；听众、观众、读者	文学生产文学产品文学生产主体读者	（马克思、恩格斯）
	话语本文文学消费文学接受、期待视野、隐含的读者、填空	（新批评、结构主义）（后结构主义等）（马克思）（接受美学）

---

① 〔美〕艾布拉姆斯：《镜与灯：浪漫主义文论及批评传统》，郦稚牛、张照进、童庆生译，王宁校，北京大学出版社，1989；〔美〕刘若愚：《中国文学理论》，杜国清译，江苏教育出版社，2006（台湾版，联经出版事业公司，1981）；另一中译本是《中国的文学理论》，田守真、饶曙光译，四川人民出版社，1987；童庆炳主编《文学理论教程》，高等教育出版社，1992。在表 1 - 3 中，童庆炳主编的《文学理论教程》是西方文论话语的受体，而左右两纵列是西方文论话语源。譬如"世界""作家""文学活动"等文论话语，来源于艾布拉姆斯的《镜与灯》和刘若愚的《中国文学理论》等。

从调查表 1 - 3 中，我们可以获得以下信息和认识：

1. 话语源。在第三高潮期，我国引进西方文论话语的种类、数量、频度和规模都要超过前两个时期。到目前为止，还没有看到有人对于这方面的情况进行全面调查、统计和分析，但这是一个很值得研究的问题。大致来说，有三个方面：一是西方文论教材的引进。诸如美国学者韦勒克、沃伦的《文学理论》（中译本，1984）；苏联学者波斯彼洛夫的《文学原理》（中译本，1985）；英国学者杰弗森等的《西方现代文学理论概述与比较》（中译本，1986）；英国学者特雷·伊格尔顿的《二十世纪西方文学理论》（中译本，1986）；荷兰学者佛克马、易布思等的《二十世纪文学理论》（中译本，1988）；美国学者艾布拉姆斯的《镜与灯：浪漫主义文论及批评传统》（中译本，1989）；美国学者乔纳森·卡勒的《文学理论》（中译本，1998）；法国学者让－伊夫·塔迪埃的《20 世纪的文学批评》（中译本，1998）等。其中韦勒克、沃伦的《文学理论》（有 2 个版本）和伊格尔顿的《二十世纪西方文学理论》（有 3 个译本，5 个版本）影响较大。

二是其他西方文论的引进。在这方面种类和数量最多，难以详述，只就笔者所见，择其影响较大者，列举如下：诸如文化哲学类，有瑞士学者索绪尔的《普通语言学教程》（中译本，1980）；德国学者恩斯特·卡西尔的《人论》（中译本，1985）；奥地利学者弗洛伊德的《释梦》（中译本，1986）；瑞士学者荣格的《心理学与文学》（中译本，1987）；美国学者 S. 阿瑞提的《创造的秘密》（中译本，1987）；德国学者 M. 海德格尔的《诗·语言·思》（中译本，1988）；法国学者米歇尔·福柯的《知识考古学》（中译本，1998）；美国学者斯蒂文·贝斯特、道格拉斯·凯尔纳的《后现代理论》（中译本，1999）和美国学者萨义德的《东方学》（中译本，1999）等。文学批评类，有德国学者姚斯等的《接受美学与接受理论》（中译本，1987）；德国学者伊瑟尔的《阅读行为》（中译本，1991）；比利时学者乔治·布莱的《批评意识》（中译本，1993）；美国学者马尔库斯等的《作为文化批评的人类学》

（中译本，1998）；美国学者韦勒克的《批评的概念》（中译本，1999）和英国学者拉曼·塞尔登的《文学批评理论——从柏拉图到现在》（中译本，2000）等。文学理论类，有英国学者福斯特的《小说面面观》（中译本，1984）；瑞士学者皮亚杰的《结构主义》（中译本，1984）；瑞士学者 H. 沃尔夫林的《艺术风格学》（中译本，1987）；英国学者特伦斯·霍克斯的《结构主义和符号学》（中译本，1987）；荷兰学者佛克马等编的《走向后现代主义》（中译本，1991）；荷兰学者米克·巴尔的《叙述学：叙事理论导论》（中译本，1995）；俄国学者 M. 巴赫金的《巴赫金文论选》（中译本，1996）；意大利学者安贝托·艾柯等著和英国学者斯特凡·柯里尼编的《诠释与过度诠释》（中译本，1997）；美国学者厄尔·迈纳的《比较诗学》（中译本，1998）；美国学者希利斯·米勒《重申解构主义》（中译本，1998）；法国学者罗兰·巴尔特的《符号学原理》（中译本，1999）；加拿大学者马克·昂热诺等主编的《问题与观点：20 世纪文学理论综论》（中译本，2000）和美国学者拉尔夫·科恩主编的《文学理论的未来》（中译本，1993）等。

　　三是西方著名学者应邀来我国讲学，并出版了专著。以北京大学为例：1985 年 9 月至 12 月，美国学者弗·杰姆逊应邀到北京大学讲学，出版了《后现代主义与文化理论》（中译本，1987）。此后到北京大学演讲并出版专著的有美国学者史景迁的《文化类同与文化利用》（中译本，1990）；爱尔兰学者泰特罗的《本文人类学》（中译本，1996）；美国学者蒲安迪的《中国叙事学》（中译本，1996）；荷兰学者佛克马、蚁布思的《文学研究与文化参与》（中译本，1996）；加拿大学者高辛勇的《修辞学与文学阅读》（中译本，1997）；加拿大学者斯蒂文·托托西的《文学研究的合法化》（中译本，1997）；法国学者高概的《话语符号学》（中译本，1997）；德国学者顾彬的《关于"异"的研究》（中译本，1997）等。此外，其他大学也邀请西方学者来讲学，诸如：1983 年，美国学者伊哈布·哈桑应邀来山东大学讲学；1987 年，国际比较文学学会主席、荷兰学者佛克马应邀先后到南京大学和南京师范大学讲学；1995 年，英国著名文论家特里·伊格尔顿应邀在大连讲学。尤其是国际文学理论学会主席、美国著名文论家 J. 希利斯·米勒曾先后多次应邀来我国参加学术会议和讲学，出版了《土著与数码冲浪者——米勒中国演讲集》（中译本，2004）。他还有多部著作被翻译和出版，如《文学死了吗?》（中译本，2007）等，影响较大。

　　综上所述，只是在这个时期引进的西方文学理论著作的一部分，由于受篇幅的限制，还有很多译著不能在此一一列举了。但是，已经列举出来的这些译著无疑是很重要的。它们作为西方文学理论话语的主要载体，将各种各样文学理论的新话语带入了中国，既开阔了我们的学术视野，又丰富了我们的研究方法，更新了我们的文论话语。表 1 - 3 所列举的内容虽然只是一个个案，但是其中所包含的信息是具有代表性的。童庆炳主编的《文学理论教程》就是在上述的西方文学理论话语大量涌入的语境中编写的。它的主要话语源是艾布拉姆斯的《镜与灯》，刘若愚的《中国文学理论》只是起了中介的作用。事实上，艾布拉姆斯的《镜与灯》（英文本）出版之后，在美国学界就引起了较大的反响，"一度成为文学批评的权威话语。"① 吉布斯（Gibbs）、林恩（Lynn）、波拉德（Pollard）和王靖宇（John Wang）等人都曾运用艾布拉姆斯的图式（为了表述方便，我将艾布拉姆斯的图式简称为"艾氏图式"，下同）分析中国文学批评。这给了刘若愚很大的启发。但是，刘若愚与以上学者不同，他不只是停留在对于"艾氏图式"的一般运用上，而是以它为参照框架，来梳理和建构中国文学理论体系。所以，通过刘若愚的成功示范，"艾氏图式"以及"文学四要素"（世界、作家、作品、读者）话语便成为《文学理论教程》的主要话语源。除此之外，《文学理论教程》还广泛吸纳了马克思主义、新批评、结构主义、后结构主义和接受美学等文论话语。这些也是

---

① 刘岩、王晓路：《从两个批评模式看文化研究的理论视域》，《文艺研究》2010 年第 3 期，第 6 页。

话语源。因此，这个时期的文论研究和教学是在一个很开放的学术环境中进行的，面对的是丰富多彩的西方文学理论新话语资源，因而文论教材的话语源不可能再是单一的，而是多元的。所以，话语源也是"多源"的了。这一点与前两个时期相比是大不相同的。

2. 话语本质。关于《文学理论教程》的话语本质，有三点值得讨论。首先，这是对于"艾氏图式"话语的一个发展。艾氏本人将这个图式建构成"三角形"，核心是"作品"。由"作品"连接三角每个点，依次是"作品→世界""作品→艺术家""作品→欣赏者"，构成了三条射线型关系。即每条线都从"作品"射出，或者每条线都汇聚到"作品"这个中心点。但是，这三个点即"世界""艺术家""欣赏者"相互之间并没有直接的联系。因此，艾氏本人只是认识到："每一件艺术品总要涉及四个要点"，但是，"几乎所有的理论都只明显地倾向于一个要素"。所以，在艾氏那里，文学四要素构成的图式只是一个"人为性"的"框架"，或者至多是各自与"作品"形成了"关系"①。艾氏没有将"四个要素"相互之间的关系打通，因而他没有也不可能提出"文学活动"的概念。后来，刘若愚将"艾氏图式"改变成"圆形"，将"单线"改变成"双线"。整个图形可以看作由"世界→作家→作品→读者→世界"和"世界→读者→作品→作家→世界"两个圆重叠而成。笔者将这个图式称为"刘氏图式"。他将"文学四要素"之间的相互关系打通了，提出了"艺术过程"的概念。刘氏所谓的艺术过程，包括以"作家"为主体的"创作过程"和以"读者"为主体的阅读过程。而且还包括"创作之前的过程和审美经验（即阅读）之后的过程"②。童庆炳采纳了艾氏和刘氏的观点，并在

① 〔美〕艾布拉姆斯：《镜与灯：浪漫主义文论及批评传统》，郦稚牛、张照进、童庆生译，王宁校，北京大学出版社，1989，第5~6页。
② 〔美〕刘若愚：《中国文学理论》，杜国清译，江苏教育出版社，2006，第13~14页。又见〔美〕刘若愚《中国的文学理论》，田守真、饶曙光译，四川人民出版社，1987，第16页。

刘氏"艺术过程"说的基础上，进一步提出了"文学活动"说。它的理论基础是马克思和恩格斯的"人的活动"说①。人的活动包括生产活动、生活活动、物质活动和精神活动等。文学活动属于精神活动。他们认为，"文学作为活动，它是多种要素共同构成的有机整体（或系统）。而世界、作家、作品和读者不过是这个整体中的四个基本要素（或环节）。它们在这个整体中不是彼此孤立地或静止地存在的，而是相互依存、相互渗透、相互作用，浑然一体。"② 这是一个发展。

其次，第一高潮期的主流话语本质是探求文学"本体"，将"杂文学"引向"纯文学"，由文学自身规定文学特性。第二高潮期的主流话语本质是探求文学的"社会性"，将文学看作是一种社会意识形态，到后来甚至将文学看作是一种政治意识形态，结果导致了政治主宰文学的局面，彻底消解了文学的"本体"。到了第三高潮期，则提出了"文学活动"的新话语。因为，文学活动涉及到"世界"，有"社会"要素，具有"意识形态"性；涉及到"作家""作品""读者"三个要素，又具有文学自身的"审美"特性。所以，"文学活动"论的话语本质是"审美意识形态"。在这里，不能将"审美意识形态"理解为"审美"＋"意识形态"，此两者既不是简单的相加关系，也不是平行关系，而是"复杂组合"关系。"简言之，文学既是审美，也是认识——实践。"③ 如果说，前两个时期的文论话语本质是一元化的，那么这个时期的文论话语本质则是多元化的。这也是一大进步。

再次，对"本质"的一点反思。所谓本质，是指事物最根本的

---

① 马克思、恩格斯：《德意志意识形态》，《马克思恩格斯选集》第 1 卷，人民出版社，1972，第 30 页。
② 童庆炳主编《文学理论教程》，高等教育出版社，1992，第 48 页。另外，读者还可以参考童庆炳的《文学活动的美学阐释》（陕西人民出版社，1992）和童庆炳的《童庆炳谈文学观念》（河南大学出版社，2008，第 6 ~ 11 页）。
③ 童庆炳主编《文学理论教程》，高等教育出版社，1992，第 85 页。

性质。此物与彼物的根本区别，是其本质的区别。所以，探求事物的本质，则是认识和把握事物的基本方法，也是人类认识世界的基本方法。但是，我们不能够将事物的"本质"看作是孤立的、静止的和一成不变的，用这样的"本质"去权衡和切割已经变化了的事物，这样做的结果则是相当危险的。文学的本质也是如此。"文学活动"论将文学看作是人类的一种特殊的活动，看作是"一个圆圈"。这就是说，文学的本质是丰富的，也是复杂的。它不是固定的"一个点"（诸如情感；想象；意识形态；等等），而是变化不定的"多个点"（诸如审美，意识形态，情感，想象，语言，形式，等等）。它可以以任何"一个点"为主，以"审美"为主，是"美文学"；以"情感"为主，是"抒情文学"；以"情节"为主，是"叙事文学"；以"想象"为主，是"传奇文学"；以"现实"为主，是"写实文学"；等等。如果文学是一个百花园，那么其中任何"一朵花"，就都是文学的。因此，文学的本质是多元的、开放的和变化不定的。当然，所谓"本质"也是一种规定，是规定就不可太泛化。当我们说"什么是文学"时，实际上也是说"什么不是文学"，文学的"边界"还是存在的。因此，对于近些年来有人彻底否定文学"本质"、完全消解文学"边界"的看法，我们是不能同意的。

　　3. 话语谱系。这个时期，以"文学活动"论为代表的文论话语，是一个多元的、丰富的、开放的话语谱系。所谓多元的，就是不搞"一家独尊"的权威话语，历史已经证明这是不利于文学发展的；而是要"百家争鸣"，"众声喧哗"，各种话语，皆可言说。这是文学理论研究进步和繁荣的表现。所谓丰富的，就是这个时期的文论话语与前两个时期相比，确实是异常丰富的。在前两个时期，尤其是在第二个时期，文论话语最大的弊病就是单调，千人一腔，万人同调，乏味之极。而这个时期的文论话语则是丰富的、生动的和有趣的。所谓开放的，就是没有任何的政治禁忌。这个时期，国家政治表现出前所未有的成熟、自信和文明。它对"文学松绑"之后，文学理论与批评进入了一个自由言说的时代。这不仅表现在对于西方文论话语的引进上，"冷战"结束之后，我国继续实行独立自主、和平外交的政策，不与任何国家为敌。所以，在文论话语的引进上，我们没有任何的政治禁忌。不论是那个国家的文论家，只要他的话语有可取之处，我们就引进它；而且也表现在国内文论话语的引用上，淡化"学派"和"圈子"意识，表现得更理性和更宽容，不论是谁，只要他的文论话语有一言可采，那就引用它。当然，这些都是与前两个时期比较而言，不是绝对的。因此，这个时期，我们不仅建立了一个多元的、丰富的和开放的文论话语谱系，也证明我们已经拥有了一个多元的、丰富的和开放的文论知识谱系。这是进步，而且是一个很大的进步。

三　整合分析

在前文三个调查的基础上，我们要将这些调查进行整合与分析，从而全面清点 20 世纪引进的外国文论话语的数量及其分布状况。

首先，我们以文学理论教材为对象进行清点，见表 1 – 4：

表 1 – 4　20 世纪引进外国文论话语的数量及分布

年代	外国教材	引进外国文论话语	数量
20～30	温彻斯特《原理》	文学；感情、想象、思想、形式；文学批评	6
	本间久雄《概论》	时代、国民性、道德；内容；个性、性格、情节；文体、抒情诗、叙事诗、悲剧、喜剧	12
50～60	毕达可夫《引论》	文艺学；社会生活、反映；意识形态、世界观、阶级性、党性、人民性；形象、形象性；典型、典型形象、典型性；个性化、概括化、典型化；艺术性、虚构、审美、风格、幽默、讽刺、滑稽；主题、冲突、结构、语言；文学流派、艺术方法、现实主义、浪漫主义、古典主义、批判现实主义、社会主义现实主义、形式主义、自然主义	36
80～90	艾布拉姆斯《镜与灯》	作品、作者、世界、读者；艺术产品、模仿、表现、再现；灵感、无意识	10
	其他西方当代文论	话语、文本；文学消费、文学接受；期待视野、隐含读者、填空	7
合　计			71

由此表可知，我们以外国文论教材为对象进行清点，共引进了71 个文论话语。

其次，我们以相关工具书为对象进行清点。现依据最新出版的《世界文学术语大辞典》附录一《外来术语英汉对照表》①统计，共引进外国文学术语 2018 个，其中引进外国文论术语 533 个，现再将其中的常用文论术语进行清点，见表 1 - 5：

表 1 - 5 外来文论常用术语的数量及分类

类 别	外来文论常用术语	数量
本质论	文学、纯文学、比较文学、世界文学；世界观；涵义、本义、意义；抽象、理性、客观性、主观性；本体论、乌托邦	14
创作论	创作、独创性；灵感、想象、联想、印象、无意识；意识流、移情、通感、情感；内心独白、陌生化；模仿、表现、虚构；象征、夸张、隐喻、讽喻、讽刺、反讽、排比、双关、拟人、戏仿；独白、倒叙、铺叙；逼真、悬念	31
作品论	意象、原型、类型；定型人物、扁平人物、圆形人物、主人公、角色；典型情境；语言、言语、韵律、结构；情节、故事、冲突、高潮、结局、主题；体裁、文类、形态；诗、抒情诗、叙事诗、史诗；散文；长篇小说、中篇小说、短篇小说；戏剧、正剧、喜剧、悲剧、滑稽剧；神话、童话；风格、典雅、崇高、幽默、朦胧、怪诞、巴罗克风格、洛可可式、黑色幽默	46
批评论	文学批评、评论；理想读者、诠释、话语、对话、定见、误解；趣味、净化、审美距离；文艺复兴、启蒙运动、人道主义、人文主义；流派、现实主义、浪漫主义、社会主义现实主义、古典主义、唯美主义、象征主义、印象主义、写实主义、自然主义、现代主义、后现代主义、荒诞派、存在主义、结构主义、解构主义、形式主义	32
合 计		123

由此表可知，我们以相关工具书为对象进行清点，共引进了123 个外国文论常用术语。

最后，我们将以上两表整合，去掉重复的文论话语，就会得出引进外国文论常用话语的基本数量和分类情况。见表 1 - 6：

---

① 陈慧、黄宏煦主编《世界文学术语大辞典》，附录Ⅰ，河北教育出版社，2001，第 787 ~ 806 页。

表 1-6　20 世纪引进外国文论常用话语的基本数量及分类

类　别	引进外国文论常用话语	数量
本质论	文学、纯文学、文艺学;比较文学、世界文学;世界、世界观;社会生活、反映;意识形态、阶级性、党性、人民性;涵义、本义、意义;抽象、理性、思想、道德;客观性、主观性;时代、本体论、乌托邦	25
创作论	作者、创作、独创性;灵感、想象、联想、印象、无意识;意识流、移情、通感、情感;内心独白、陌生化、个性化、概括化、典型化;模仿、表现、再现、虚构;象征、夸张、隐喻、讽喻、讽刺、反讽、排比、双关、拟人、戏仿;独白、倒叙、铺叙;逼真、悬念、艺术方法	37
作品论	作品、艺术产品、文本;内容、形式;形象、意象、原型、形象性;典型、典型形象、典型性;类型、定型人物、扁平人物、圆形人物、主人公、角色;个性、性格、艺术性、典型情境;语言、言语、韵律、结构;情节、故事、冲突、高潮、结局、主题;体裁、文类、形态;诗、抒情诗、叙事诗、史诗;散文;长篇小说、中篇小说、短篇小说;戏剧、正剧、喜剧、悲剧、滑稽剧;神话、童话;风格、典雅、崇高、幽默、滑稽、朦胧、怪诞、巴罗克风格、洛可可式、黑色幽默	60
批评论	读者、隐含读者、理想读者;文学消费、文学接受、文学批评;审美、评论;诠释、话语、对话、定见、误解;趣味、净化、审美距离、期待视野、填空;文艺复兴、启蒙运动、人道主义、人文主义;流派、现实主义、浪漫主义、批判现实主义、社会主义现实主义、古典主义、唯美主义、象征主义、印象主义、写实主义、自然主义、现代主义、后现代主义、荒诞派、存在主义、结构主义、解构主义、形式主义	40
合　计		162

　　总之,通过以上抽样调查,我们获得了 20 世纪引进外国文论常用话语的基本数据是 162 个。[①] 这虽然不是一个精确的统计,但是由于我们所选择的调查样本有教材,也有工具书;而且在时间上所选定的引进外国文论的三个高潮期,覆盖了近百年的历史。所以,我们认为,这个调查统计所获得的基本数据是比较接近历史事

---

　　① 彭修银等人根据《世界文学术语大辞典》统计外来文论术语数据,与笔者的统计基本相同。只有一个数据不同,他们统计引进外来文论常用术语是 126 个(参见彭修银、皮俊珺等《近代中日文艺学话语的转型及其关系之研究》,人民出版社,2009,第 32 页。),笔者的统计数据是 123 个。再结合各个时期的文论教材的统计数据,去掉重复的,共有 162 个。由此可见,这个数据是能够反映引进外国文论话语基本状况的。

实的。我国现代文学理论中的外来常用话语就基本上包含在这个调查数据中了。现在，学界有一个共识，就是认为我国现代文学理论话语的绝大部分都是从外国引进的。但是，我们究竟引进了多少外国文论话语？这个问题还没有人进行专题研究。因此，通过我们的调查统计，总算得出了一个基本的答案：20 世纪，我们共引进外国文论话语 533 个，其中常用文论话语大约有 162 个。这些是中国文学理论现代化的主要成就之一。正如 77 年以前梁实秋所指出的那样，"五四以来的新文学运动，真是划时代的一件大事。这运动的最重要的一方面，便是西洋文学观念的引进。"[1] 那么，现在我们所要补充的应该是，从"五四"新文学运动以来，中国文学理论现代化的最重要的一个方面，便是外国文论话语的引进。

应该看到，外国文论话语在中国文论转型和现代化的发展中，发挥了至关重要的作用，立下了汗马功劳。因此，我们要对于几代学人引进外国文论话语的重要贡献充分肯定。至于学界提出的"失语症"问题，与外国文论话语的引进没有必然的关系。因为，这不是同一个问题，而是两个不同的问题。所谓"失语症"，只是我国文论没有走出国门，在国际文论界没有声音和地位而已。这与我国文论的现代化没有多少关系。所以，不能将这两个问题扯到一起，从而对于外国文论话语的引进盲目否定。100 多年前，作为传统文论代言人的王国维就以开放和发展的眼光，不仅充分肯定了外来的"新学语"[2]，还积极引进和使用了"新学语"。那么，100 多年后的今天，我们还有什么理由来否定外国文论话语的引进呢？今天，我们充分享用着引进外国文论话语的成果，又怎么能够忘记和否定几代学人在引进外国文论话语方面所做出的杰出贡献呢？再说，在外国文论话语的引进过程中，通过我们的翻译、对话和阐释，这些文论

---

① 梁实秋：《文学与科学》，《偏见集》，正中书局，1934，第 198 页。
② 王国维：《论新学语之输入》（1905），周锡山编校《王国维文学美学论著集》，北岳文艺出版社，1988，第 111~114 页。

话语已经"化异为同",充分地中国化了。所以,外国文论话语的中国化,也是中国文论话语现代化的主要内容。因此,我们相信,凡是有良知的学者,都会对此作出正确的评价。其实,任何一个民族和国家的文化建设都不可能是在完全封闭的状态下进行的,就以西方文化源头的古希腊来说也是如此。黑格尔认为,古希腊人在文化建设中,也充分利用了亚细亚、叙利亚、埃及等外来文化资源,但是他们将其"消融了,加工改造了,转化了",变成了"他们自己的东西"。一旦文化建设的任务完成后,古希腊人就会"毫不感激地忘掉了外来的资源,把它置于背后"①,而只重视自己的东西。按照这个说法,我们引进外国文论话语绝没有错,只是我们太在乎这些外来资源,没有凸显出自己的主体性。今后,我们要在这个方面加大努力。

第二节　中国传统文论话语的边缘化状况调查报告

【说明】

(一)调查目的

通过调查,了解中国传统文论话语被边缘化的基本状况,为中国现代文论学术史研究和中国文论话语的重建提供具体参照。

(二) 调查范围

1. 时间范围:1901 年 1 月至 2000 年 12 月。

2. 对象范围:文学理论话语。

(三) 调查方法

1. 抽样法。我们将 20 世纪划分为四个时期,分别选择各个时期的文学理论教材、文学理论选本和文学理论工具书为调查样本。

2. 统计法。对于调查样本中的文学理论话语进行统计。

3. 分析法。通过抽样调查和文论话语统计,分析我国传统文论话语被边缘化的具体原因。

---

① 〔德〕黑格尔:《哲学史讲演录》(第 1 卷),贺麟、王太庆译,商务印书馆,1997,第 158 页。

4. 论证法。结合调查，撰写出调查论证报告。

（四）调查指标

中国传统文论话语被边缘化的状况

【关键词】

传统文论话语 外来文论话语 边缘化 话语数据对照

中国文学理论话语的现代化是在与传统对决的情况下进行的。其结果是，中国传统文论话语由中心位置退居到边缘位置，而外来文论话语则由边缘位置进入到中心位置。上文的调查，其目的是要比较全面地了解外国文论话语的引进情况。通过这些调查分析，我们了解了外国文论话语引进的基本状况和基本数据。因此，正是由于外国文论话语的大量引进，才导致了中国传统文论话语的边缘化。前者是因，后者是果。所以，接下来我们就要在前文调查的基础之上，再进一步调查我国传统文论话语被边缘化的基本状况。本次调查将分别从文论教材、文论选本和文论话语工具书三个方面进行。

一 从文论教材调查

文学理论教材是现代学科分类和现代大学教育的产物。它是一个时代文学知识和话语的集中表现。时代在发展，文学理论教材也在不断地更新。所以，一个时代便有一个时代的文学理论教材。这是我们将文学理论教材作为调查对象的主要原因。通过对一个时代文学理论教材话语的调查和分析，以及与其前后时期文学理论教材话语的比较，就能够从中了解和把握一个时代文学理论话语的基本面貌。因此，我们将 20 世纪划分为四个时期，分别选择姚永朴的《文学研究法》（1914）、姜亮夫的《文学概论讲述》（1930）[①]、以

---

① 姚永朴：《文学研究法》，许振轩校点，黄山书社，1989；姜亮夫：《文学概论讲述》，云南人民出版社，2000。

群主编的《文学的基本原理》（1963～1964）和童庆炳主编的《文学理论教程》（1992）为样本，进行调查和分析。见表1-7：

表1-7　中国传统文论话语的边缘化调查之一

年份	调查对象	中国文论话语		外来文论话语		比值
		主要话语	数量	主要话语	数量	（%）
1914	姚永朴《文学研究法》第一章	文学、言志、感物、文字、言、意、象、文、字、句、篇、文章、骈文、诗、时文、古文、艺、集部、小学、家法、师承	21	知觉、形象、语言、形式、精神、科学	6	350
1930	姜亮夫《文学概论讲述》第一章	文学、诗、书、文、笔、韵、文章、有、象	9	文学、艺术、科学、想象、客观、主观、哲学、音乐、雕刻、绘画、戏剧、形式、思想、感情、快感、趣味、诗歌、散文、真、美	20	45
1963～1964	以群《文学的基本原理》第一章	文章、诗界革命、诗、文、辞赋、四言古诗、五古、七古、律诗、绝句、长短句、小品文、小说、戏剧	14	文学、社会生活、意识形态、游戏、劳动、模仿、反映、表现、潜意识、形象、思想、感情、人物、性格、音乐、诗歌、散文、小说、戏剧、绘画、雕刻、舞蹈、作品、内容、形式、题材、主题、语言、体裁、文学思潮、风格、流派、认识作用、教育作用、美感作用、美、丑、审美观念	38	36.84
1992	童庆炳《文学理论教程》第一章	诗论、虚静、神思、感兴、出入、意境、知人论世	7	文学、诗学、文艺学、文学理论、文学批评、文学史；原理、概念、范畴、方法；世界观、意识形态、阶级性、现实主义、人性、人道主义；历时、共时；作家、作品、读者、世界、活动；文学本质、文学创作、文学接受、文学思潮；社会生活、反映；文本、文体、语言、结构、风格；文学生产、文学产品、文学消费、艺术价值；形象思维、典型、悲剧、主体性；艺术趣味、净化、移情、心理距离、直觉、审美态度、无意识、原型；符号、信息	52	13.46

从以上调查表格中，可以看出在文学理论教学领域，我国传统文论话语被逐渐边缘化的过程。在 20 世纪初的 10 多年里，还是传统文论话语占主导地位。当时，我国现代大学教育才刚刚起步，大学堂虽然设有"文学"科，但还是在传统意义上使用"文学"一词。如 1902 年，京师大学堂文学科所规定开设的课程中，就包括经学、史学、理学、诸子学、掌故学、词章学、外国语言文字学等。这里的"文学"是个"大文科"概念。这从当时所开设的"文学研究法"课程大纲中也可以得到证实。按照该课程大纲规定："文学研究法"的教学内容，包括文字、音韵、训诂、词章、修辞、作文、群经文体、诸子文体、传记杂史文体、骈散文体、辞赋文体、公牍文体、语录文体、小说文体、目录文体、图说文体、专门艺术文体等。可见此"文学"概念是十分庞杂的，是取用传统"文学"之义。当时还没有现代"文学理论"的概念，虽然开设"历代名家论文要言"课程，但只是选录《文心雕龙》和子、史、集部的名家论文言论而已①。当时，虽然也有一些外国文论话语传入，但几乎没有多少影响。因此，我们选择的姚永朴的《文学研究法》教材，就是反映了这个时期的文学观念和文论话语。姚永朴（1862～1939），字仲实，晚年自号为蜕私老人。他是"桐城三祖"之一姚鼐的嫡传弟子姚莹之孙，幼承家学，聪颖多才。其治学以经学著名，旁通子、史和小学，为一代硕学通儒。1910年，他在京师大学堂（1912 年改名为北京大学）教学。《文学研究法》就是他当时自编的教材。这部教材"发凡起例，仿之《文心雕龙》"②，其理论体系和话语是很传统的。从以上调查表的统计显示中可见，该教材传统文论话语与外来文论话语的比值为 350%，占据着绝对中心和主导的地位。从 20 年代开始，随着日本、欧美、

---

① 舒新城编《中国近代教育史资料》，中册，人民教育出版社，1981，第 546 页、第 588～589 页。
② 王遽常：《桐城姚仲实教授传》，见姚永朴撰《文学研究法》，许振轩校点，黄山书社，1989，第 1～3 页；又见张玮《序》，姚永朴撰《文学研究法》，第 1 页。

苏联和西方文论话语的大量引进，我国传统文论话语便逐渐被边缘化了：我国传统文论话语与外来文论话语的比值由 350% 一路狂跌到 13.46%，而外来文论话语与我国传统文论话语的比值却由 28.57% 一路飙升至 742.86%。这些调查数据就是反映了在教学领域中的我国传统文论话语被逐渐边缘化的基本状况。

二　从文论选本调查

一个时代的文学理论选本，也是一个时代文学理论发展概貌的反映。目前，关于我国现代文学理论的选本，已经出版了几种。诸如王运熙主编的《中国文论选·现代卷》（共 3 册，1996），选编范围从 1917 年至 1949 年；唐金海等主编的《新文学里程碑·评论卷》（1997），选编范围从 1916 年至 1942 年；谢积才主编的《经典文艺理论批评》（2004），是"现代文学名家作品选"之一种，只选了茅盾、闻一多、丁玲、戴望舒、许地山、张爱玲、老舍、朱自清、鲁迅等几家，可以看作是现代著名作家的理论批评；童庆炳主编的《二十世纪中国文论经典》（2004），是"二十世纪全球文学经典珍藏"之一种，选编范围从 1902 年至 1999 年；葛红兵主编的《20 世纪中国文艺思想史论》（共三卷，2006），选编范围从 1980 年至 2000 年。

因此，从选编范围和内容看，我们选择童庆炳主编的《二十世纪中国文论经典》①为调查样本；为了精确调查数据，我们再缩小调查范围：20 世纪初，以章太炎的《文学总略》（1906）为调查样本；20～30 年代，以梁实秋的《现代文学论》（1934）为调

---

① 童庆炳主编《二十世纪中国文论经典》，北京师范大学出版社，2004。其他几种中国现代文论选集如下：王运熙主编《中国文论选·现代卷》（共 3 册），江苏文艺出版社，1996；唐金海等主编《新文学里程碑·评论卷》，文汇出版社，1997；谢积才主编《经典文艺理论批评》（现代文学名家作品选），吉林大学出版社，2004；葛红兵主编《20 世纪中国文艺思想史论》（共三卷），上海大学出版社，2006。

查样本;50~60年代,以钱谷融的《论"文学是人学"》(1957)为调查样本;80~90年代,以钱中文的《文学理论现代性问题》(1999)① 为调查样本。在以上调查样本中,凡"引文"中的文论话语不予统计。见表1-8:

表1-8 中国传统文论话语的边缘化调查之二

年份	调查对象	中国文论话语		外来文论话语		比值(%)
		主要话语	数量(个)	主要话语	数量(个)	
1906	章太炎《文学总略》	文学、文、章、笔、文辞、文章、冲淡、华美、韵文、节奏、文采、诗、赋、杂文、风、雅、颂、感、性情、文气、文德、兴会、修辞、刚、柔、形相	26	语言;符号、表象主义、神话、史诗、牧歌、物语、演说	8	325
1934	梁实秋《现代文学论》	抒情、叙事、写景;传奇、小说;境界、意境、载道、格律;清静、刚柔、自然、秀逸、优美、委婉、冲澹、典丽;兴味、趣味;真、善、美	22	文学、作品、创作、思想、想象、印象、时代;文学观、比较文学、文学批评;潮流、古典主义、浪漫主义、人本主义、人道主义、写实主义、自然主义;唯美派、颓废派、印象派;内容、形式、题材、个性、性格、风格、真实;史诗、抒情诗、叙事诗、戏剧诗;话剧、散文、小说、短篇小说、长篇小说;雕刻、建筑、舞蹈、绘画;韵、音步、节奏、幽默、故事	45	48.89

---

① 章太炎:《文学总略》,《国粹学报》1906年第9号、第10号、第11号。初题《文学论略》,收入《国故论衡》时改成《文学总略》;梁实秋:《现代文学论》,选自《偏见集》,正中书局,1934;钱谷融:《论"文学是人学"》,《文艺月报》1957年第5期。原文近5万字,这里节选第一、第三部分;钱中文:《文学理论现代性问题》,《文学评论》1999年第2期。

续表

年份	调查对象	中国文论话语		外来文论话语		比值（％）
		主要话语	数量（个）	主要话语	数量（个）	
1957	钱谷融《论"文学是人学"》（节选）	感情、兴趣、造语；醇厚、自然、清新；意味、境界	8	文学、艺术、文艺；文学观、文学史；人学、人民性、人性论；典型、典型形象、典型化；文学作品、抒情诗；文学创作、创作方法、反映、现实、抽象；题材、主题、人物、思想、理想、感情、个性、性格；批评、时代、崇高、概念化；思潮、现实主义、浪漫主义、人道主义、自然主义、颓废派	36	22.2
1999	钱中文《文学理论现代性问题》	抒情、叙事；意味、意象；声色、格律；兴趣、趣味	9	文学、纯文学、通俗文学、高雅文学；文学理论、文学批评、文学思潮、文学流派；现代性、现代派、现代主义、后现代主义、现实主义、结构主义、解构主义；作家、读者、话语、对话；作品、文本、内容、形式、人物、能指、节奏、文体、文学类型；文学创作、灵感、无意识、非理性；思想、理想、现实、本质；风格、象征、崇高、荒诞、怪诞；全球化、主体性、自律、时代；文学审美、审美意识、美感、审美趣味、审美价值、审美评价、审美批判；娱乐性、商品性、消费性、大众文化、大众消费	57	15.79

　　从以上调查表格中，可以看出在文学理论研究领域，我国传统文论话语被逐渐边缘化的过程。

　　其一，在20世纪初期，我国文论研究领域与文论教学领域一样，也是传统文论话语占据着中心和主导的位置。这可以从章太炎的论文中得到证明。章太炎（1869～1936），著名民主革命家、思想家、学者。初名学乘，次更名炳麟，后又易名绛，号太炎。浙江余杭人。他出生于书香世家，幼时深受乾嘉朴学影响，后拜朴学大师俞樾为师，故精通国学。在这一点上，他与姚永朴是基本相同的，然而所不同的是，他接受了"西学"更多的影响，除了积极从事民主革命活动之外，还具有比较丰富的西学知识。虽然，在《文学总略》一文中，除了"语言"一词外，他几乎没有使用外来文论话语。但是，在1902年发表的《文学说例》①一文中，他却用了几个外来文论话语。为了能够比较准确地反映他在这个时期的文论话语使用情况，我们便将《文学说例》一文中所使用的几个外来文论话语一并予以统计，特此说明。在章太炎的论文中，我国传统文论话语与外来文论话语的比值为325%，与姚永朴文论教材中的我国传统文论话语与外来文论话语的比值为350%比较接近。因此，这些调查统计数据充分表明，在20世纪初期，无论从文论教学看，还是从文论研究看，我国传统文论话语都占据着绝对的中心位置和主导地位。

其二，为了从文论教学和文论研究两个方面，更加全面和充分地揭示我国传统文论话语被边缘化的具体过程，我们再将以上两个调查表格进行整合如下（见表1-9）：

表1-9 中国传统文论话语边缘化调查数据对照

年份	调查对象	中国文论话语数量	外来文论话语数量	比值(%)
1910~1920	教材:姚永朴《文学研究法》	21	6	350
	论文:章太炎《文学总略》	26	8	325
1930~1940	教材:姜亮夫《文学概论讲述》	9	20	45
	论文:梁实秋《现代文学论》	22	45	48.89
1950~1960	教材:以群《文学的基本原理》	14	38	36.84
	论文:钱谷融《论"文学是人学"》	8	36	22.2
1980~1990	教材:童庆炳《文学理论教程》	7	52	13.46
	论文:钱中文《文学理论理代性问题》	9	57	15.79

从表1-9调查统计数据的对照中，我们发现一个十分有趣的趋同现象，就是在20世纪的四个时期，在文论教学和文论研究的

① 章太炎：《文学说例》，《新民丛报》1902年第5号、第9号、第15号。

两个领域里，我国传统文论话语被边缘化的数据十分接近。这绝不是巧合，而是比较准确地揭示了我国传统文论话语被边缘化的真实状况和具体过程。即从 20 世纪 30 年代以来的 70 多年时间里，我国传统文论话语越来越边缘化了，到 20 世纪末比值只有百分之十几了，几乎跌到了谷底。如果用曲线表示，那将会是一条由上位逐渐滑落到下位的下滑曲线。

三　从文论话语工具书调查

所谓文论话语，包括文学理论的概念、术语和范畴等。文论话语是文学思想的重要载体，也是构成文学理论的基本元素。所以，历来的文学理论研究都很重视话语研究。我国传统文论虽然不是很擅长于概念研究，但是既然是一种"理论"，也就绕不开概念。因此，从先秦以来，就围绕着"言志""文质""比兴""意象""风骨""意境""性灵""神韵"和"境界"等核心话语，形成了我国古代传统文论体系。在刘勰的《文心雕龙》中，就运用了"释名以章义"的概念研究法，对于"风骨""通变""情采""比兴""隐秀"等重要文论话语作了研究。司空图的《诗品》就是对于"雄浑""冲淡""纤秾""沉著""高古""典雅""洗练""劲健""绮丽""自然""含蓄""豪放""精神""缜密""疏野""清奇""委屈""实境""悲概""形容""超诣""飘逸""旷达""流动"等 24 个话语范式的经验性描述。

但是，真正科学的话语分析和研究则是西方文论的特长。这具体表现在"概念史"研究和"关键词"研究两个方面。前者，如别林斯基的《"文学"一词的一般意义》（1862）、韦勒克的《批评的概念》（1963）和彼得·威德森的《现代西方文学观念简史》（1999）① 等。

---

① 别林斯基的《"文学"一词的一般意义》一文，是作者计划撰写的《俄国文学的批评性历史》中的一章，作者生前没有公开发表。1862 年，被收入索尔达简科夫和谢普金合编的《别林斯基作品集》一书中。该文标题是别林斯基的朋友凯契尔给加的。该文见别林斯基的《文学的幻想》（论文集），满涛编译，安徽文艺出版社，1996；〔美〕韦勒克：《批评的概念》，张今言译，中国美术学院出版社，1999；〔英〕彼得·威德森：《现代西方文学观念简史》，钱竞、张欣译，北京大学出版社，2006。

当然，关于文论概念和术语的专题研究，并不是从别林斯基才开始的，而至少应该追溯到歌德那里。他在一篇专题论文中，就对于"模仿""作风"和"风格"进行了探讨①。在以上所列举的三人中，韦勒克比较突出。他从 20 世纪 40 年代就开始了对西方文论话语的研究，在这本由 14 篇文章所构成的论文集中，他先后对"演变""形式""结构""巴罗克""浪漫主义""现实主义""实证主义""文学理论""文学批评""文学史"和"比较文学"等概念，进行了"史"的梳理和内涵的探讨。后者，采用"关键词"的研究方式是英国学者的发明。雷蒙·威廉斯在 20 世纪 50 年代就开始了文化关键词的研究，于 1976 年结集出版了他那本很有名的《关键词：文化与社会的词汇》著作。随后，在英国学界出版的同类著作有丹尼·卡瓦拉罗的《文化理论关键词》（2001）和托尼·本尼特等人的《新关键词》（2005）等，在文学理论方面则有安德鲁·本尼特、尼古拉·罗伊尔的《关键词：文学、批评与理论导论》（1995）等。这部书在西方文论中选择了 32 个关键性话语，逐一梳理和阐释，成为一部独特的文学理论教材，产生了较大的影响，在不到 10 年就连续两次再版。

进入 21 世纪以来，我国学者也开始了关键词研究。在短短的几年里，已经发表和出版了一大批研究成果。诸如叶舒宪等人的《人类学关键词》（2006）；陶东风主编的"文化研究关键词丛书"，包括《现代性》《文化与文明》《文化工业》《意识形态》《文化研究》《文化资本》《互文性》和《凝视》（2005）等；张一兵主编的"关键词丛书"，包括《政治哲学关键词》《社会学关键词》《法学关键词》《心理学关键词》（2006 ~ 2007）等；陈思和的《中国当代文学关键词十讲》（2002）；洪子诚、孟繁华主编的《当代文学关键词》（2002）等。在文学理论与批评方面，有赵一凡等

---

① 〔德〕歌德：《自然的单纯模仿·作风·风格》，见歌德等《文学风格论》，王元化译，上海译文出版社，1982。

人主编的《西方文论关键词》（2006）；廖炳惠编著的《关键词200：文学与批评研究的通用词汇编》（2006）；南帆主编的《二十世纪中国文学批评 99 个词》（2003）等。在相关研究论文方面，则有冯玉律、刘喜录、刘静、张亚军等人的文学作品关键词研究；谢有顺、黄开发、杨慧林等人的文学批评关键词研究；南帆、王尧、王杰、古风等人的文学理论和美学关键词研究。此外，《外国文学》（2004）、人大复印资料《文艺理论》（2005）等刊物还设立了"关键词研究"专栏。于是，在国内学界形成了一股"关键词"研究的热潮。

因此，我们选择南帆主编的《二十世纪中国文学批评 99 个词》（2003）① 作为调查样本，并与以上两个调查表中的童庆炳主编的《文学理论教程》（1992）和钱中文的《文学理论现代性问题》（1999）一起进行对照，共同证实我国传统文论话语的边缘化状况。见下表（1－10）：

表 1－10　中国传统文论话语的边缘化调查之三

年份	调查对象	中国文论话语		外来文论话语		比值（%）
		主要话语	数量（个）	主要话语	数量（个）	
1992	童庆炳《文学理论教程》第一章（教材）	诗论、虚静、神思、感兴、出入、意境、知人论世	7	文学、诗学、文艺学、文学理论、文学批评、文学史；原理、概念、范畴、方法；世界观、意识形态、阶级性、现实主义、人性、人道主义；历时、共时；作家、作品、读者、世界、活动；文学本质、文学创作、文学接受、文学思潮、社会生活、反映；文本、文体、语言、结构、风格；文学生产、文学产品、文学消费、艺术价值；形象思维、典型、悲剧、主体性；艺术趣味、净化、移情、心理距离、直觉、审美态度、无意识、原型；符号、信息	52	13.46

---

① 南帆主编《二十世纪中国文学批评 99 个词》，浙江文艺出版社，2003。

续表

年份	调查对象	中国文论话语		外来文论话语		比值（%）
		主要话语	数量（个）	主要话语	数量（个）	
1999	钱中文《文学理论现代性问题》（论文）	抒情、叙事;意味、意象;声、色、格律;兴趣、趣味	9	文学、纯文学、通俗文学、高雅文学;文学理论、文学批评、文学思潮、文学流派;现代性、现代派、现代主义、后现代主义、现实主义、结构主义、解构主义;作家、读者、话语、对话;作品、文本、内容、形式、人物、能指、节奏、文体、文学类型;文学创作、灵感、无意识、非理性;思想、理想、现实、本质;风格、象征、崇高、荒诞、怪诞;全球化、主体性、自律、时代;文学审美、审美意识、美感、审美趣味、审美价值、审美评价、审美批判;娱乐性、商品性、消费性、大众文化、大众消费	57	15.79
2003	南帆主编《二十世纪中国文学批评99个词》（工具书）	小说、白话文、经典、修辞、崇高、意象	6	纯文学、文学性、通俗文学、先锋文学、比较文学;文类、纯诗、小说、小剧场;主体、身体、异化;故事与情节、崇高、象征、游戏、意象、意识流、形象思维、典型人物;真实、修辞、反讽、经典、陌生化、荒诞、幽默、误读;现代性、非理性、人民性;现实主义、浪漫主义、现代主义、社会主义现实主义、结构主义、形式主义、解构主义、唯美主义、新历史主义;后现代性、后殖民批评、女性主义文学批评、神话—原型批评;叙事学、精神分析学、接受美学;全球化、创作方法、审美直觉、话语权力、莎士比亚化与席勒式;文化工业、文化研究、超文本、零度写作	56	10.71

　　从以上调查表中，我们可以得出这样的看法：即进入20世纪90年代以来，从文论教材、文论论文和文论工具书所提供的调查

数据显示，我国传统文论话语与外来文论话语的比值在 10.71% ~
15.79% 之间；而外来文论话语与我国传统文论话语的比值却高居
在 633.3% ~933.3% 之间。就是说，我们分别从三个不同的调查
样本中获取了大致相同的数据。这些数据充分地证明：在 20 世纪
90 年代以来的我国文论中，外来文论话语占据着绝对的上位优势，
我国传统文论话语却处在极端的下位劣势；外来文论话语占据着绝
对的中心位置，我国传统文论话语却处在极端的边缘位置。这些就
是目前我国现代文论话语的真实状况。当然，这种现象不仅仅是存
在于文艺学学科里，我国现代其他学科也都存在着相类似的现象。
近来，有人将这种现象称为"克里奥尔化"，即指外来话语占据强
势地位，本土话语则处于弱势地位。我国音乐话语、航海话语和法
律话语等都存在着这种现象。① 这是我国乃至全球"现代化"过程
中所存在的共同现象。

第三节　中国传统文论话语的存活状况调查报告

【说明】

（一）调查目的

通过调查，了解中国传统文论话语的存活状况，为中国现代文
论学术史研究和中国文论话语的重建提供具体参照。

（二）调查范围

1. 时间范围：1980 年 1 月 ~2010 年 12 月。

2. 对象范围：传统文论话语。

（三）调查方法

1. 抽样法。我们将 1980 ~2010 年的 30 年划分为三个时期，

① 屈文生：《法律用语"克里奥尔化"现象批判》，《中国社会科学报》2010 年 7
月 20 日第 10 版；叶其松：《也谈科学语言的"克里奥尔化"现象——与屈文
生先生探讨》，《中国社会科学报》2011 年 3 月 17 日第 6 版。

每 10 年为一个时期，分别选择各个时期的文学理论教材、文学理论论文和文学理论工具书为调查样本。

2. 统计法。对于调查样本中的传统文论话语进行统计。

3. 分析法。通过抽样调查和文论话语统计，分析中国传统文论话语的存活状况及其隐性传承问题。

4. 论证法。结合调查，撰写出调查论证报告。

（四）调查指标

中国传统文论话语的存活状况

【关键词】

传统文论话语　　存活状况　　存活数量　　隐性传承

一　中国传统文论话语的"存活"状况调查

在我国文学理论现代化的过程中，随着外国文论话语的大量引进，传统文论话语便逐渐被边缘化了。所谓"边缘化"，只是相对于 20 世纪之前传统文论话语的"中心和主导"地位而言的。"边缘化"并不是传统文论话语的彻底衰亡与终结，至少还有一部分传统文论话语依然存活着。为了能够详细地了解和揭示传统文论话语的具体存活状况，特此进行本次调查。当然，传统文论话语的"存活"，在不同的时间层面会有不同的表现。因此，我们以 1980 年至 2010 年的 30 年为调查的时间范围，以便了解传统文论话语的最近存活状态。我们的调查将分别从文论教材、文论论文和文论工具书三个方面进行。

（一）从文论教材调查

20 世纪 80 年代，以刘衍文、刘永翔父子的《文学的艺术》（1985）为调查样本；20 世纪 90 年代，以童庆炳主编的《文学理论教程》（1992）为调查样本；21 世纪初，以董学文、张永刚合著的《文学原理》（2001）为调查样本①。凡引文中的传统文论话语不予统计。见表1-11：

表1-11　中国传统文论话语存活状况调查之一

年份	调查对象	传统文论话语		传统文论话语		合计
		目　录	数量	正　文	数量	
1985	刘衍文、刘永翔《文学的艺术》	取象、形象、意象、实象、假象、义象、用象；繁简、浓淡、生熟；炼字、炼句、炼意、炼格、炼韵；宾主、疏密、虚实、方圆；感应、呼应、穿插、线索	23	文德、文质；兴趣、神韵、境界、情景；详略、首尾、结构；沉郁、平淡、阳刚、阴柔；明喻、隐喻；移情、情态、姿态；熟词、熟境；品、句圆、声圆、语圆、体圆	25	48
1992	童庆炳《文学理论教程》	心、手、即兴、推敲；意象、意境；风格、刚健、柔婉、浓丽、朴素、庄正、诙谐、含蓄、畅达	15	文学、文章、诗、文、笔；虚静、神思、感兴、出入、比兴；神、气、情、理、境、韵、象；言志、缘情；情景、空灵、神韵、气韵；滋味、韵味、兴味、余味、意味；兴趣、兴象、隐秀、妙悟；格调、移情、畅神；言外之意、象外之象；有我之境、无我之境；品味、评点	41	56
2001	董学文、张永刚《文学原理》	言、象、意、意境	4	文学、辞章；言志、缘情；意象、境界；文、道、理、比、兴、起、承、转、合、境、妙、神；情景、滋味、韵味；雄浑、疏野、绮丽、自然、冲淡、豪放、婉约、高古、隐秀；象外之象、景外之景；味	33	37

---

①　刘衍文、刘永翔：《文学的艺术》，花城出版社，1985；童庆炳主编《文学理论教程》，高等教育出版社，1992；董学文、张永刚：《文学原理》，北京大学出版社，2001。

从调查表 1－11 所显示的信息，有两点值得分析：

其一，一般来说，凡是能够进入文学理论教材"目录"的话语，基本上是传统文论中最具有普世性、最常用、最具有活力和最有可能被融入现代文论的话语。诸如"意象""意境""风格"等。但是，由于受教材编写者的主导思想、基本内容和框架体系的影响，也会有一些平时不大用的、不太重要的边缘话语被纳入"目录"，诸如"炼字""炼句""心""手"等。

其二，文学理论教材编写者的专业兴趣和研究领域等，也影响到对于传统文论话语的具体选择和使用数量。诸如，刘衍文古典诗学功力深厚，26 岁就撰写了《雕虫诗话》（1946），被收入《民国诗话丛编》之中。后来一直在大学里讲授文学概论、古代文学和古代文论等课程。1957 年，他编写《文学概论》教材时就关注古代文论。1982 年，他编写《文学的艺术》时的指导思想是："要能够具备我国的民族特色，注意发掘我们的历史宝藏"，"重理论，重例证，重技巧。"[1] 所以，他较多地选择和运用了传统文论中有关语言文字和修辞的话语。童庆炳的文学兴趣和研究领域比较广泛，主要有文学理论、古代文论和中西比较诗学等。因此，他在主编《文学理论教程》时，就很重视对传统文论话语的吸纳。董学文的研究领域主要在马列文论和我国当代文论方面[2]，也比较关心古代文论研究，发表过《中国传统文学理论的当代价值》（2006）等论文。所以，他在编写《文学原理》时就注意体现"中国特

---

[1]　刘衍文、刘永翔：《文学的艺术》，花城出版社，1985，第 471 页。

[2]　刘衍文（1920～），浙江龙游人。原上海教育学院（已并入华东师范大学）中文系教授，上海文史研究馆馆员。主要从事古代文学、古代文论和文学理论研究，著作有《雕虫诗话》（1946）、《文学概论》（1957）和《文学的艺术》（1982）等。童庆炳（1936～），福建连城人。北京师范大学文学院教授、教育部人文社科重点研究基地北京师范大学文艺学研究中心主任。主要从事文艺学和古代文论研究，著作有《文学活动的美学阐释》《童庆炳文学五说》《现代诗学十讲》和《中国古代文论的现代意义》等。董学文（1945～），河北抚宁人。北京大学中文系教授。主要从事马列文论和文艺学研究，著作有《马克思与美学问题》、《文艺学当代形态论》和《文学理论学导论》等。

色"，也选择和运用了传统文论话语，只是数量相对少一些。

（二）从文论论文调查

20 世纪 80 年代，以南帆的《文学的世界》（1985）一文为调查样本；20 世纪 90 年代，以郭外岑的《世界文艺大背景中的中国文艺》（1995）一文为调查样本；21 世纪初，以吴炫的《中国当代文艺理论研究的三个缺失》（2007）一文为调查样本①。凡引文中的传统文论话语不予统计。见表 1 - 12：

表 1 - 12　中国传统文论话语存活状况调查之二

年份	调查对象	中国传统文论话语	数量
1985	南帆《文学的世界》	载道、言志、缘情、传神、情景；气韵、音律、境界、含蓄	9
1995	郭外岑《世界文艺大背景中的中国文艺》	意象、意境、情景、境界；言志、缘情、比德、美刺；物化、感兴、兴寄、兴象；隐秀、婉约；道、气、神、比、兴	19
2007	吴炫《中国当代文艺理论研究的三个缺失》	言志、载道、缘情、教化；风格、风骨、意境、神韵	8

从调查表 1 - 12 所显示的信息，也有两点值得分析：

其一，南帆与吴炫②基本上是同龄人，研究领域也比较接近，主要都侧重于中国当代文学理论的发展生态研究。南帆长于学理分析，吴炫善于哲学思考。虽然，他们都没有专门研究古代文论，但是都对于传统文论话语给予了关注。这里作为调查样本的两篇论

---

① 南帆：《文学的世界》，《文学评论》1985 年第 6 期；郭外岑：《世界文艺大背景中的中国文艺》，《文艺研究》1995 年第 6 期；吴炫：《中国当代文艺理论研究的三个缺失》，《文学评论》2007 年第 1 期。

② 南帆（1957～），本名张帆，福建福州人。福建省社会科学院研究员、福建师范大学特聘教授。主要从事中国现当代文学和当代文论研究，著作有《文学的维度》、《双重视域》和《五种形象》等。吴炫（1960～），江苏南京人。浙江工商大学教授。主要从事文艺学和美学研究，著作有《中国当代文学批判》、《中国当代文化批判》和《否定主义美学》等。

文，发表时间前后相距 22 年，而所使用的传统文论话语及数量都
比较接近。我们认为，这绝不是巧合，而是反映了传统文论话语在
当代文论研究中的存活状态。

其二，郭外岑[①]的情况则有所不同，他主要是研究古代文论，
在其《意象文艺论》（1997）一书中，就对于"意象""情景"
"形神""文气""情采""风骨""神韵""神思""感兴""兴象"
"意境""境界""象外"等传统文论话语进行了研究。由此可见，
他对传统文论话语是有较多研究的。所以，在他的论文里使用了较
多的传统文论话语，其中有一些是与南、吴二人相同的。这也不是
巧合，也是传统文论话语在当代文论研究中的存活状态的具体表现。

（三）从文论话语工具书调查

我们选取陈慧、黄宏煦主编的《世界文学术语大辞典》
（2001）第一编"通用文学术语"部分和南帆主编的《二十世纪中
国文学批评 99 个词》（2003）为调查样本[②]。见表 1 – 13：

表 1 – 13 中国传统文论话语存活状况调查之三

年份	调查对象	传统文论话语	数量（个）
2003	南帆主编《二十世纪中国文学批评 99 个词》	小说、白话文；经典、修辞、意象、崇高	6
2001	陈慧等主编《世界文学术语大辞典》，第一编：通用文学术语	文章、诗、散文、韵文、传奇、山水诗、咏物诗；抒情、写意、写景、比喻、暗喻、对偶、夸饰；顺叙、倒叙、详叙、略叙、插叙、补叙、合叙；章法、开头、结尾、伏笔、照应、点题、破题；意象、意境、虚实、结构、体裁、性格、评点；风格、含蓄、词藻、本事、警句；融情于景、托物言志、托物寓意	43

---

① 郭外岑（1935～），甘肃武山人。甘肃教育学院教授。主要从事中国古代文论
和现当代文学研究，著作有《意象文艺论》和《中国当代百部长篇小说评析》
（合著）等。其《意象文艺论》，敦煌文艺出版社，1997。

② 陈慧、黄宏煦主编《世界文学术语大辞典》，河北教育出版社，2001；南帆主
编《二十世纪中国文学批评 99 个词》，浙江文艺出版社，2003。

从调查表 1 – 13 所显示的信息，分析如下：

其一，南帆主编的《二十世纪中国文学批评 99 个词》一书，除了一篇"前言"外，实际上只收入 98 个词，其中我国传统文论话语 6 个（其中有 5 个与外来文论话语的译词相同），我国现代文论话语 39 个，外来文论话语 58 个。这些文论话语都是在 20 世纪中国文学批评中具有"理论能量"的、发挥了作用的和产生过影响的"关键性概念"。① 虽然，该书对于传统文论话语的重视度还不够高，但是也比较真实地反映了传统文论话语在现代文学批评中的存活状态。

其二，陈慧、黄宏煦主编的《世界文学术语大辞典》，在第一编"通用文学术语"中，共收入我国传统文论话语 87 个，其中有 43 个主要话语被列入以上表格中。这些话语包括文体、写法、叙事方法、章法和本体范畴等方面。编写者将如此多的传统文论话语收入"世界文学通用术语"中，是企图在世界文坛上发出中国文论的声音。当然，这只是主编者的一种良好的愿望，并不是说我国传统文论话语就已经进入到世界文坛。但是，从中传递出一条重要的信息：这些传统文论话语具有普世性，可以超越"中国文论"的界限，进入到"世界文论话语"的范围。由此可见，这些传统文论话语就不仅是存活的，而且还具有很强的生命力。

（四）从综合角度调查

有哪些传统文论话语可以运用在现代文论中呢？笔者的《中国古代文论的现代转换》（1997）和童庆炳的《二十世纪中国文论经典·序言》（2004）分别提供了各自的答案。我们就以这两篇论文为调查样本②。见表 1 – 14：

---

① 南帆：《前言》，南帆主编《二十世纪中国文学批评 99 个词》，浙江文艺出版社，2003，第 1~2 页。

② 古风：《中国古代文论的现代转换》，钱中文、杜书瀛、畅广元主编《中国古代文论的现代转换》，陕西师范大学出版社，1997，第 138~153 页；童庆炳：《序言》，童庆炳主编《二十世纪中国文论经典》，北京师范大学出版社，2004。

表 1 - 14　中国传统文论话语存活状况调查之四

年份	调查对象	传统文论话语	数量(个)
1997	古风《中国古代文论的现代转换》	赋、比、兴、文、质、气、浓、淡、疏、密、详、略、隐、显、动、静、刚、柔、主、宾、雅、俗、通、变、奇、正、情、景、韵、趣、美；意象、意境、情境、物境、事境、实境、虚境、佳境、妙境、化境、造境、写境、景语、情语；形似、神似、神韵；感物、神思、立意；滋味、意味、趣味；风骨、豪放、婉约、华丽、清淡、典雅、清新、空灵、理趣	63
2004	童庆炳《二十世纪中国文论经典·序言》	意境、境界、虚实、比兴、气势、气象、养气；阳刚、阴柔、含蓄、自然、自得、灵气、胸襟、本色、童心、感悟；主旨、意象、性格、神似、形似、滋味、韵味、知音、品味、豪放、婉约、谨严、衬托、对仗、伏笔、直叙、补叙、插叙；文质彬彬、尽善尽美、托物抒情、情景交融、诗中有画、疏密相间、前后呼应、波澜起伏、言之有物、一唱三叹、声情并茂、知人论世、诗无达诂、文如其人、意在言外、成竹于胸、胸中之竹、中和之美、穷而后工	54

从调查表 1 - 14 所显示的信息，分析如下：

1997 年，笔者认为，中国古代文论的现代转换，可以在范畴的转换、观点的转换、方法的转换和体系的转换等不同层面进行。在"范畴的转换"问题上，笔者列举了 60 多个范畴，并认为这些古代文论范畴通过适当的转换，"完全有资格进入现代文论体系"①。几年后，童庆炳在一篇《序言》中也谈到了相类似的问题。在"文论话语转型"的问题上，他也列举了 50 多个古代文论话语，也认为这些古代文论术语，"根本不用人特别提炼，就直接进入现代的话语"。或者说可以"'转化'到现代文论的话

① 古风：《中国古代文论的现代转换》，钱中文、杜书瀛、畅广元主编《中国古代文论的现代转换》，陕西师范大学出版社，1997，第 148 页。

语中来"①。但是，需要补充说明的是，即笔者与童庆炳先生还不是较早谈论这个问题的人。较早谈论这个问题的人应该是恩师蒋孔阳先生。早在 1984 年，蒋孔阳先生就撰文对古代文论和美学话语进行了分析。他认为，古代文论和美学话语在现代的境遇有三种情况：第一种，有些古代文论和美学话语还存活着，如"形象""典型"等，只是"含义已经和今天不同"了；第二种，有一些古代文论和美学话语意思和现代话语内涵差不多，诸如"意度"（韩非）、"准况"（王充）和"神思"（刘勰）等，已被西方文论话语"想象"所取代，因而基本上被历史淘汰了，不能再在现代文论话语中存活了（研究者除外）；第三种，还有一些古代文论和美学话语，"言简意深，韵味无穷，在过去有生命，在今天仍然有生命，如'气''气韵''意境'等。这些名词、术语，毫无疑问，应当吸收到今天的美学思想中来。"② 因此，我们三人的看法基本相同，都是认为，有些古代文论话语具有很强的生命力，它们并没有随着"古代"的远去而死亡，而是还顽强地存活着，即存活在人们的文化记忆里，存活在我们的文学语言里，也就存活在我国现代文论的话语中了。

二　全面清点中国传统文论话语"存活"的数量

通过以上四个调查，我们初步了解了传统文论话语在现代文论和批评中的存活状况。那么，接下来我们所思考的问题是：究竟有多少传统文论话语还存活在现代文论中？它们究竟是一些什么样的文论话语？它们的存活能力如何？因此，我们将在以上四个调查的

---

① 童庆炳：《序言》，童庆炳主编《二十世纪中国文论经典》，北京师范大学出版社，2004，第 9 页。

② 蒋孔阳：《对中西美学比较研究的一些想法》，湖北省美学学会编《中西美学艺术比较》，湖北人民出版社，1986，第 39 页。又见蒋孔阳著《美学新论》，安徽教育出版社，2007 年第 2 版，第 413 ~ 414 页。笔者在 1997 年的拙文中就引用了蒋孔阳先生的观点。

基础上，进行全面的清点、整合与分析。

（一）调查

表1-15　传统文论本体论系列话语存活数量清点

调查项目	文论教材话语			文论论文话语			工具书		综合类		数量（个）	排序
	刘衍文	童庆炳	董学文	南帆	郭外岑	吴炫	《99词》	《术语》	古风	童庆炳		
意象	√	√	√		√		√	√	√	√	8	1
意境		√	√		√	√		√	√	√	7	2
情景	√	√	√	√	√				√		6	3
言志		√	√	√	√	√		√			6	4
境界	√		√	√	√					√	5	5
缘情		√	√	√	√	√					5	6
神韵	√	√				√			√		4	7
文质	√								√	√	3	8
虚实	√							√		√	3	9
载道				√		√					2	10
性格								√		√	2	11
文学		√	√								2	12
文章		√						√			2	13
结构	√							√			2	14
象		√	√								2	15
境		√	√								2	16
经典							√				1	17
文德	√										1	18
言			√								1	19
意			√								1	20
道			√								1	21
文笔		√									1	22
形象	√										1	23
白话文							√				1	24
有我之境		√									1	25
无我之境		√									1	26

从表 1 - 15 显示的信息和数据，比较真实地反映了传统文论本体论系列话语的存活状况。"意象"是最具有活力的话语。它不仅被频繁地运用于现代文论与批评中，而且还走出了国门，对于西方文论和批评产生了影响，甚至成为西方现代文论具有活力的话语。"意境"也是一个被充分现代化了的话语，自王国维以来就被广泛地用于现代文论与批评中。"情景""言志""境界""缘情""神韵"等，也都具有较强的存活能力，被经常用于现代文论与批评之中。在其他话语中，诸如"文学""形象""性格""结构""经典"等，本来就是中国古代传统文论话语，因为与西方文论话语有着"对等翻译"（即意译）的关系，所以也是现代文论与批评的常用话语；甚至有人淡忘了其"传统"的身份，误认为它们是外来文论话语。这种"误解"是由于其认识上的"自蔽"所造成的，是不全面的。其实，早在 20 世纪 50 年代，高名凯等人就认为，"意译词"不是外来词①。所以，这类文论话语就既是传统的，也是现代的。它们的存活有着更为内在的原因。

表 1-16   传统文论创作论系列话语存活数量清点

调查项目	文论教材话语			文论论文话语			工具书		综合类		数量（个）	排序
	刘衍文	童庆炳	董学文	南帆	郭外岑	吴炫	《99词》	《术语》	古风	童庆炳		
感应	√	√			√				√		4	1
插叙	√							√		√	3	2
神思		√							√		2	3
开头	√							√			2	4
结尾	√							√			2	5
补叙								√		√	2	6
伏笔								√		√	2	7
抒情								√			1	8
写意								√			1	9

---

①   高名凯、刘正埮：《现代汉语外来词研究》，文字改革出版社，1958，第 3 页。

续表

调查项目	文论教材话语			文论论文话语			工具书		综合类		数量（个）	排序
	刘衍文	童庆炳	董学文	南帆	郭外岑	吴炫	《99词》	《术语》	古风	童庆炳		
写景								√			1	10
取象	√										1	11
虚静		√									1	12
传神				√							1	13
推敲		√									1	14
炼字	√										1	15
炼句	√										1	16
音律				√							1	17
立意									√		1	18
点题								√			1	19
词藻								√			1	20
照应								√			1	21
顺叙								√			1	22
倒叙								√			1	23
详叙								√			1	24
略叙								√			1	25
出入		√									1	26

从表 1-16 显示的信息和数据来看，与传统创作论话语在现代文论中的存活状况是有出入的。"感应"（感物、感兴）排在第一位，正好揭示了中国文学创作论的基本特色。西方创作论是从"模仿"出发，强调客体"对象"的真实；中国创作论则从"感兴"出发，强调主体"感觉"（感）的真实。"神思"排序在前，其实已被西方文论的"想象"所取代，在现代文论中倒不常用。而"抒情""写意""写景""立意""传神""顺叙""倒叙""详叙""略叙""炼字""炼句"等话语，不仅活力四射，而且具有普世价值，可以弥补西方文论话语的不足，除了在中国现代文论与批评中继续使用之外，还可以向外国文论推广。

表 1－17　传统文论文体论系列话语存活数量清点

调查项目	文论教材话语			文论论文话语			工具书		综合类		数量（个）	排序
	刘衍文	童庆炳	董学文	南帆	郭外岑	吴炫	《99词》	《术语》	古风	童庆炳		
诗		√						√			2	1
文		√	√								2	2
小说							√				1	3
散文								√			1	4
韵文								√			1	5
传奇								√			1	6
山水诗								√			1	7
咏物诗								√			1	8
体裁								√			1	9

　　从表 1－17 显示的信息和数据来看，"诗""文"联袂排序在首位，与其在传统文学中的正统地位相一致。其他话语如"小说""散文""山水诗""咏物诗""体裁"等话语，都还存活在现代文论与批评中，生命力还很旺盛。

表 1－18　传统文论修辞论系列话语存活数量清点

调查项目	文论教材话语			文论论文话语			工具书		综合类		数量（个）	排序
	刘衍文	童庆炳	董学文	南帆	郭外岑	吴炫	《99词》	《术语》	古风	童庆炳		
比兴		√	√		√			√	√	√	6	1
隐喻	√							√			2	2
浓淡	√								√		2	3
疏密	√								√		2	4
详略	√								√		2	5
对偶								√		√	2	6
明喻	√										1	7
繁简	√										1	8
方圆	√										1	9
比德					√						1	10
夸饰								√			1	11
隐显									√		1	12
雅俗									√		1	13
衬托										√	1	14
赋									√		1	15
修辞							√				1	16

从表 1-18 显示的信息和数据来看，在中国传统修辞论话语中，"比兴"不仅历史悠久，也是古代文学修辞的基本手法，而且至今还充盈着活力。所以，排在第一位刚好引证了这一点。还需要特别指出的是，文学是语言的艺术。语言不同，修辞手法也不会相同，因而就有不同的修辞话语。西方的修辞学从古希腊以来就很发达，其修辞话语主要是针对拼音文字的，对于我们汉语文学并不大适合，况且西方文论的修辞话语不大丰富。这样一来，中国传统文论的修辞话语就大有用武之地，因而就有了传统修辞话语的存活空间。表 1-18 所显示的信息和数据就证实了这一点。

表 1-19 传统文论风格论系列话语存活数量清点

调查项目	文论教材话语			文论论文话语			工具书		综合类		数量(个)	排序
	刘衍文	童庆炳	董学文	南帆	郭外岑	吴炫	《99词》	《术语》	古风	童庆炳		
含蓄		√		√				√		√	4	1
阳刚	√	√							√	√	4	2
阴柔	√	√							√	√	4	3
婉约			√		√				√	√	4	4
平淡	√		√						√		3	5
绮丽		√	√						√		3	6
隐秀		√	√		√						3	7
豪放			√						√	√	3	8
风格		√				√		√			3	9
空灵		√							√		2	10
自然			√							√	2	11
风骨						√			√		2	12
沉郁	√										1	13
朴素		√									1	14
庄正		√									1	15
诙谐		√									1	16
畅达		√									1	17
雄浑			√								1	18
疏野			√								1	19
典雅									√		1	20
清新									√		1	21
高古			√								1	22

　　从表 1-19 显示的信息和数据来看，中国传统文论的风格论话语是最发达的。从作家风格、作品风格、文体风格、时代风格、地域风格、民族风格和流派风格等，辨析精细，类别丰富，论述深入。因为，中国传统风格论是建立在文学鉴赏经验的基础之上，所以显得精细别致。尤其是风格类型话语更是百花盛开，美艳无比。虽然，西方文论也有比较丰富的风格理论，但是他们侧重于思辨论证，而缺少感性把握。所以，无论从风格论的精细深入，还是从风格类型的丰富多样，西方文论都无法与我国文论相媲美。尤其是风格类型理论，这是西方风格理论中所缺乏的。因此，上表所列举的风格话语，除了"庄正""高古"比较生涩而不大使用之外，其他的风格话语都存活在现代文论与批评之中，而且生机盎然。譬如张同吾的《新时期诗美观念的发展》一文，就用了"遒劲""豪放""粗犷""雄浑""疏野""婉约""舒缓""恬淡""绚丽""朴素"等 10 多个传统风格话语①。还要指出的是，中国传统文论的风格话语，完全可以推广到外国文论中去。

表 1-20　传统文论鉴赏论系列话语存活数量清点

调查项目	文论教材话语			文论论文话语			工具书		综合类		数量(个)	排序
	刘衍文	童庆炳	董学文	南帆	郭外岑	吴炫	《99词》	《术语》	古风	童庆炳		
滋味		√	√						√	√	4	1
韵味		√	√							√	3	2
品味	√	√								√	3	3
兴趣	√	√							√		3	4
意味		√							√		2	5
移情	√	√									2	6
评点		√						√			2	7
妙悟		√								√	2	8
形似									√	√	2	9

---

① 张同吾：《新时期诗美观念的发展》，《文艺研究》1985 年第 5 期，第 44 页。

调查项目	文论教材话语			文论论文话语			工具书		综合类		数量（个）	排序
	刘衍文	童庆炳	董学文	南帆	郭外岑	吴炫	《99词》	《术语》	古风	童庆炳		
神似									√	√	2	10
言外之意		√								√	2	11
象外之象		√	√								2	12
韵		√							√		2	13
兴味		√									1	14
余味		√									1	15
畅神		√									1	16
教化						√					1	17
警句								√			1	18
佳境									√		1	19
妙境									√		1	20
化境									√		1	21
景语									√		1	22
情语									√		1	23
理趣									√		1	24
气势										√	1	25
气象										√	1	26
主旨										√	1	27
知音										√	1	28
趣									√		1	29
美									√		1	30
言之有物										√	1	31
诗无达诂										√	1	32
诗中有画										√	1	33
知人论世										√	1	34
尽善尽美										√	1	35

　　从表 1-20 显示的信息和数据来看，中国传统文论的鉴赏论话语也是很丰富的。这里需要说明的是，中国传统的文学鉴赏论，包括了文学欣赏和文学批评两个方面，前者属于"赏"，即欣赏；后者属于"鉴"，即批评。欣赏（赏）以批评（鉴）为引导，批评

（鉴）以欣赏（赏）为基础，两者互相依存，共同发展。这是传统
文学鉴赏论的基本特色。

　　首先，"滋味"高居榜首，"韵味""品味""意味""兴味"
"余味"等紧随其后，可见这是一个话语家族。以"味"品艺，具
有十分久远的历史，可以追溯到春秋时期。先是以味品乐，接着是
以味品诗、以味品文、以味品曲、以味品书、以味品画等，形成了
一个独特的艺术审美传统。尤其是钟嵘以"滋味"品诗，影响大
振，步其后尘者不绝如缕。在彭会资主编的《中国文论大辞典》
中就收入"味"系列话语 33 个①，可见这是一个庞大的话语家族。

　　其次，鉴赏论话语的丰富性，与中国传统文论"重鉴赏"的
特点是十分吻合的。总体来看，中国传统文论的形成，大致经历了
"鉴赏"→"批评"→"理论"的演变过程。具体来说，先是文
学鉴赏经验的积累，然后是文学批评能力的形成，最后才是文学理
论水平的提升。因此，如果将此比作三级宝塔，文学鉴赏就是最下
面的一层，文学批评是中间层，而文学理论则是最高一层了。可见
文学鉴赏是最基础的，缺乏文学鉴赏经验，就难以养成文学批评的
眼光，也就更难以形成文学理论能力了。这就是中国自古以来鉴赏
家多、批评家少、理论家更少的主要原因。不是吗？在中国古代文
学史上，真正的理论家是屈指可数的。但是，这也是中国的特色，
由于文学批评和文学理论都建立在十分丰富的文学鉴赏经验的基础
上，所以中国传统的文学批评和文学理论都具有"经验性"的品
格，都比较感性，都具有主体"体验"的特色。这与西方文学批
评和文学理论"重思辨"的品格大不相同。

（二）总结

　　我们从文论教材、文论论文、文论工具书和文论综合研究成果等
方面，分别对 20 世纪不同时期的传统文论话语存活状况进行抽样调

---

① 　彭会资主编《中国文论大辞典》，百花文艺出版社，1990，第 545 ~ 559 页。又
　　可参阅古风《古代中国文艺理论的"味"》，《东方丛刊》1992 年第 2 辑。

查，然后再对各类传统文论话语进行了全面的整合和清点，从而获得一系列重要的数据。这些数据，从客体看，基本上符合中国传统文论的真实面貌和基本特征；从主体看，也验证了学界此前对于传统文论的基本认识（见前文的具体分析）。通过以上调查，我们也基本解决了前面所提出的问题。第一，目前大约有 134 个传统文论话语还存活在现代文论与批评之中；第二，这些存活着的传统文论话语大致分布在以下几个方面，即本体论话语系列有 26 个，创作论话语系列有 26 个，文体论话语系列有 9 个，修辞论话语系列有 16 个，风格论话语系列有 22 个，鉴赏论话语系列有 35 个；第三，这些传统文论话语的存活能力的大小，可以从以上各调查表中看到：最具有活力的话语有两个，一个是"意象"，使用率为 8 次；一个是"意境"，使用率为 7 次。最具有活力的话语系列也有两个，一个是本体论话语系列，使用率在 4 次以上（含 4 次）者有 7 个；一个是风格论话语系列，使用率在 4 次以上（含 4 次）者有 4 个。存活力较差的是文体论话语系列，使用率在 3 次以上（含 3 次）者为"零"。

现在，我们要全面清点和统计出存活在现代文论中的传统文论常用话语的数量。凡是使用率为 2 次以上（含 2 次）者都在统计之列。

表 1 – 21　传统文论常用话语存活数量及其分布总清点

调查项目	传统文论常用话语	数量（个）
本体论系列	意象、意境、言志、情景、境界、缘情、神韵、文质、虚实、文学、文章、载道、性格、结构、象、境	16
创作论系列	感应、插叙、神思、补叙、开头、结尾、伏笔	7
文体论系列	诗、文	2
修辞论系列	比兴、隐喻、浓淡、疏密、详略、对偶	6
风格论系列	阳刚、阴柔、含蓄、婉约；平淡、风格、绮丽、隐秀、豪放；空灵、自然、风骨	12
鉴赏论系列	滋味、韵味、品味、兴趣、意味、评点、移情、妙悟、形似、神似、韵、言外之意、象外之象	13
总　计		56

　　从表 1 – 21 所显示的信息和数据来看，目前存活在现代文论里的传统文论话语中，常用话语大约有 56 个。这些话语主要是围绕着"诗""文"等正统文学所展开的，真正是属于"诗文评"的理论话语。这与中国传统文论的基本状况是十分吻合的。因此，这也证明了我们的调查研究是基本科学的和准确的。

三　中国传统文论话语"存活"的路径分析

　　根据我们调查，发现中国传统文论话语主要是通过以下几条路径而"存活"下来的。

　　其一，它们存活在汉字文献之中。近百年来，我们虽然经历了从古代汉语到现代汉语、从繁体汉字到简体汉字的变通和转型，但是汉语和汉字的本质没有变。这样以来，就为中国传统文论话语的"存活"提供了根本的条件和保障。印度梵语文论话语之所以没有存活下来，就是因为他们改变了语言和文字所造成的。

　　其二，它们存活在高等教育之中。这主要是体现在"中国古代文学批评史""中国古代文学理论""中国古代诗学批评史""中国古代诗学""中西比较诗学""中国古代小说理论与批评""中国古代戏剧理论与批评""中国古代美学史""中国古典美学"等一系列本科生和研究生的专业课程的教学中；也体现在"文学概论"（或"文学原理"）"文学批评原理""美学概论"（或"美学原理"）"文艺美学"等一系列专业基础课程的教学中，从我们所作的调查报告来看，这些教材中也适当地吸纳了中国传统文论的内容和话语。通过教学，使中国传统文论话语深入人心，获得了传承和再生的机会。

　　其三，它们存活在学术研究之中。20 世纪关于中国传统文论的研究，出现过三个高潮：即 20 世纪 20 ~ 30 年代，随着高校教学的需要，出现了"中国文学批评史"的研究热潮，陈钟凡、郭绍虞、罗根泽、朱东润、方孝岳、傅庚生等都有著作出版；20 世纪 60 年代，为了摆脱"苏联影响"，在周扬主持下统一编写文科教材。周扬说，编写教材时，不仅要"一手伸向外国"，还要"一手伸向古代"，要整理我们的"理论遗产"，要总结"中国文学的经验"，要发展"中国的文艺学"。① 他还多次谈到"言志""载道""意象""意境""情境""比兴"等中国传统文论的话语。在周扬的指导下，这个时期，有郭绍虞等人主编的《中国历代文论选》（四卷本），有郭绍虞、罗根泽主编的"中国古典文学理论批评专著选辑"（近 40 种）等，带动了古代文论研究；在 20 世纪 80 年代以来的 30 多年里，古代文论研究达到了高潮，发表的论文和出版的专著如汗牛充栋，多得难以统计。这些研究不仅将中国传统文论话语传承了下来，而且将中国传统文论话语直接带进了现代文论和文学批评之中。

其四，它们存活在外国文论的翻译之中。在用汉语翻译外国文论话语时，实际上是将外国文论话语转换成汉语文论话语。翻译的过程就是中（汉语）外两种语言文论的对话过程。100 多年来，这个工作主要是由从事传教的外国汉学家、中国学者和日本学者共同来完成的，其中日本学者做出了重要的贡献。在 20 世纪 50 年代以前，西方文论话语主要是通过日本学者的翻译为中介而进入中国，有人将这种学术现象称为"日本桥"现象②。大致说来，主要有三种类型：一是运用中国传统文论中已有的话语翻译外国文论话语。诸如"诗"（poem）、"散文"（prose）、"小说"（novel）、"戏剧"（drama）、"形象"（image）、"意象"（imagery）、"性格"

---

① 引自童庆炳主编《新时期高校文学理论教材编写调查报告》，春风文艺出版社，2006，第 166 页、第 189 页、第 13 页。

② 据我所知，这种说法可能是王向远较早提出的。1996 年，他在其博士论文中说："日本文论是西方、俄苏文论和中国文论之间的媒介和桥梁。"（参见王向远《中日现代文学比较论》，《王向远著作集》第五卷，宁夏人民出版社，2007，第 174 页。）刘悦笛：《近代中国艺术观源流考辨——兼论"日本桥"的历史中介功能》，《文艺研究》2011 年第 11 期。彭修银等将此称为"中间人"现象。（参见彭修银、皮俊珺等：《近代中日文艺学话语的转型及其关系之研究》，人民出版社，2009，第 1 页。）

(nature)、"体裁"（genre）、"结构"（mechanism）、"作者"
（author）、"读者"（reader）、"评论"（review）、"批评"
（criticism）、"叙事"（narrate）、"抒情"（express ones emotion）、
"流派"（school）、"美"（beautiful）、"含蓄"（implicit）、"自然"
（naturally）、"格律"（meter）、"趣味"（taste）等。这些话语既是
中国传统文论话语，也是外国文论话语，让人难以区分哪些是中国
的、哪些是外国的。其实，这些话语揭示了中外文学和文论的
"共同现象和规律"，是可以写进人类"一般文学理论"的。二是
虽然在中国传统文论中找不到"对等"的话语，而运用其他中国
古典文献话语来翻译外国文论话语。诸如："文学"（literature）、
"艺术"（art）、"风格"（style）、"作家"（writer）、"情感"
（emotion）、"想象"（imagination）、"虚构"（feigning）、"情节"
（plot）、"故事"（tale）、"典型"（typical case）、"怪诞"
（grotesque）等。这些古代话语虽然不是文学话语，但是通过翻译
（意译）外国文论话语而存活了下来，成为中国现代文论的常用话
语。三是根据汉语构词法规律，运用两个或两个以上的汉字组合成
一个新词，用来翻译（意译）外国文论话语。诸如："纯文学"
（belles lettres）、"创作"（invention）、"作品"（works）、"诗歌"
（poetry）、"灵感"（inspiration）、"移情"（empathy）、"象征"
（symbolize）、"夸张"（hyperbole）、"隐喻"（metaphor）、"喜剧"
（comedy）、"悲剧"（tragedy）、"美感"（aesthetic feeling）、"现实
主义"（realism）、"浪漫主义"（romanticism）、"意识形态"
（ideology）等。① 这些文论话语虽然不是汉语中原有的词汇，但是

---

① 以上所论根据以下材料：中国传统文论话语的选择，来源于彭会资主编《中国
文论大辞典》，百花文艺出版社，1990。另外根据本书第一章第三节；中国古
典文献话语的选择，来源于《辞源》（合订本），商务印书馆，1997；外国文论
话语的选择，来源于陈慧、黄宏煦主编《世界文学术语大辞典》，附录Ⅰ《外
来术语英汉对照表》，河北教育出版社，2001，第787～806页。另外根据本书
第一章第一节。

由于符合汉语构词法的基本规律，因而使我们感到亲切。事实上，这些外国文论话语已经"中国化"了，成为中国现代文论的主要话语。如果按照高名凯等人的说法①，这些意译的外来文论话语也就成为中国现代文论话语了。还需要指出，以上所论的绝大部分外来文论话语是通过日本学者的翻译为中介而进入中国的。所以，郭沫若说："中国的新文艺是深受了日本的洗礼的。"② 因此，通过翻译外国文论话语，使一些中国传统文论话语存活了下来。

其五，它们存活在古今转换之中。中国历代文论家既重视对于传统文论话语的继承，即"通"，即"转"；又重视创新和发展，即"变"，即"换"。所以，中国传统文论话语才能够穿越数千年的茫茫历史烟云而存活至今。诸如："诗""文""文章""情""景""象""境""言志""载道""传神""意境""形似""神似""神韵""韵味""境界""比兴""虚实""浓淡""疏密""详略""阳刚""阴柔""豪放""婉约""绮丽""典雅""平淡""空灵""言外之意""象外之象"等中国传统文论话语，就是从古代一直传承下来的，至今还存活在中国现当代的文学理论和批评中。这些传统文论话语不但存活着，而且生命力还很旺盛。

其六，它们存活在当代学者的运用之中。中国传统文论话语之所以是"话语"，就因为它们在现当代的文学对话中没有退场，没有失效，仍然发挥着比较重要的作用。这些从以上所论的四个方面可以得到充分的证明。尤其是有很多当代学者还在使用中国传统文论话语。譬如在笔者认识的学者中，就有两位在运用传统文论话语评论现当代文学作品方面做出了杰出的贡献。一位是云南学者篮华

---

① 高名凯等人认为，"'意译'的词并不是外来词"，即将意译的"外来词"看作"汉语词"了。参见高名凯、刘正埮《现代汉语外来词研究》，文字改革出版社，1958，第 3 页。

② 郭沫若：《桌子的跳舞》（1928），《沫若文集》，第 10 卷，人民文学出版社，1959，第 333 页。

增。从 20 世纪 80 年代以来，他就以研究"意境"闻名于世，出版有《说意境》（1984）和《意境论》（1996）等著作。在《意境与当代诗歌》一章中，他运用"意象""意境""有我之境""无我之境"等意境系列话语，评论云南当代藏族诗人饶阶巴桑的诗歌作品。随后，他一发而不可收，在"司空图《诗品》与云南诗人"的系列论文中，运用"雄浑""冲淡""典雅""含蓄""豪放"等 24 个风格话语，分别评论现当代云南诗人公刘、梅绍农、赵藩、罗庸、马瑞麟、林耀、廖品卓、欧小牧、赵仲牧、孙志能等人的作品。① 另一位是港台学者黄维樑。他用《文心雕龙》的"位体""事义""置辞""宫商""奇正""通变"等"六观"话语评析台湾当代作家白先勇的短篇小说《骨灰》（1986）。随后，他又用"六观"话语评析了大陆学者乐黛云、孙玉石、李元洛，香港学者林以亮、梁锡华，台湾学者余光中、马森、欧阳子和美籍华裔学者夏志清、刘若愚等 10 位当代学者的论文。他还用《文心雕龙·知音》篇中"酖藉"和"浮慧"两个话语，评析鲁迅的《药》、吴组缃的《官官的补品》和钱锺书的《围城》等现代小说的创作技巧。② 因此，判断一个传统的文论话语有无生命力，关键是要看后人是否在使用它。如果使用，它就能够存活，它的生命就能够得以延续，它的精华就能够得以传承；否则，它就成为一具干瘪了的"木乃伊"。前者如中国传统文论话语，它的生命从古至今、毫无间断地延续了下来，已经有数千年的历史了；后者如印度梵文文论话语，今天除了个别梵文学者的研究之外，基本上已经死亡了。

　　总之，以上六条路径互动互补，便合构成一个巨大的社会文化

① 蓝华增（1930~），四川成都人，曾任云南省社会科学院研究员、云南省文史研究馆馆员。参阅蓝华增《意境论》，云南人民出版社，1996，第 275~313 页；蓝华增：《诗论》，云南人民出版社，2010，第 3~104 页。

② 黄维樑（1947~），广东澄海人。先后任香港中文大学中文系教授和台湾佛光人文社会学院文学系教授。参阅黄维樑《中国古典文论新探》，北京大学出版社，1996，第 9~23 页、第 27~34 页；黄维樑：《中国文学纵横论》，台北东大图书股份有限公司，2005，第 167~184 页。

网络和系统。中国传统文论话语就是通过这个社会文化网络和系统而存活下来的。

四　中国传统文论话语的"隐性传承"机制

通过以上调查，我们提出一个新概念，即"隐性传承"。

所谓"隐性传承"，是指中国传统文学理论话语在经过了近百年的"现代化"浪潮之后，虽然被边缘化了，但是并没有消亡，而是依然顽强地存活着。从表面看来，"传统"好像不复存在；其实，从深层来看，"传统"并没有远去，而就在我们身旁。不过它采用了极其"隐蔽"的存在方式，好像穿着"隐身服"一样，一般不会被人们察觉。如果将传统文学理论比作一条"龙"，即被伟大的文学理论家刘勰所"雕"过的那条"龙"；那么，这条"龙"进入现代社会以后便隐藏了起来，有时会露出一鳞或半爪。但是，它并没有死亡，而是一条"活龙"。它的生命力不是暴露在"表面"，而是隐藏在"深处"。用《周易》的话说，这就是一条"潜龙"。表面上看，好像"潜龙勿用"，实际上则是"用"在隐蔽之处，用在深处。中国传统文化（包括传统文论）绵延数千年，至今魅力不衰。这在世界文化史上，都是十分罕见的奇迹！这就是"中国潜龙"的奇迹！这便是我们提出的"隐性传承"的新概念。

为了深入探讨"隐性传承"的问题，我们又提出了"传统再生机制"的新观点，即由语言、文字、文学和理论所构成的古代文论话语"再生"机制，以及由现代教育、写作、传媒和阅读所构成的现代文论"传承"机制，两者多元互动便建构了"传统再生机制"。就是说，文化传统（包括中国传统文论话语）是一个多元的动态结构，它的传承和发展也是需要通过多元的复杂的社会文化系统来实现。这是一种"文化基因"，具有极强的传承力和再生力。运用这个理论阐释古代文论话语的存活奥秘、存活规律和现代文论话语体系建构等问题，是一种新的探索。

学界有人认为，中国现代文论发展是"单线"发展，即与传统文论没有关系，或者甚至与传统文论断绝了关系；只是在不断引进外国文论，并按照外国文论的模式在建构和发展。我们认为，这种看法是片面的。中国现代文论发展是"双线"发展，即一条是利用外国文论资源、参照外国文论模式的发展；另一条是利用传统文论资源、延续传统文论文脉的发展。前者是主线，是明线；后者是辅线，是暗线；前者是走着"洋化"（包括欧化、苏化和西化）的道路，后者是坚守着"本土化"的道路。所以，中国文学理论的"现代化"也应该包括这两个方面，即"洋化"和"本土化"。有些人将中国文学理论的"现代化"仅仅等同于"西化"，这是不符合历史事实的。因为，近百年来，关于中国现代化问题的讨论，无论怎样表述，是"中体西用"也好，是"西体中用"也好，还是"中西互补"也好，都包括了"中"和"西"两个方面，而不是只有"西"一个方面。当然，提倡"全盘西化论"者大有人在，但是这种观点一直受到国人的质疑、批判和排斥。事实上，中国现代化的发展也没有选择"全盘西化"的道路，而是一直走着具有"中国特色"的现代化道路。所以，中国文学理论"现代化"的发展也是如此。在我们这"三个调查"中，第一个调查就是要搞清楚"洋化"的问题，第二个和第三个调查则是要搞清楚"本土化"的问题。我们的结论是：在中国文学理论"现代化"的过程中，引进外国文论话语是主线，也是主要的成绩；延续传统文论的文脉是辅线，则是次要的成绩。前者是明线发展，后者则是暗线发展。

因此，由于延续传统文论的文脉是暗线发展，所以就是我们所说的"隐性传承"问题。以下我们从两个方面证明传统文论话语"隐性传承"线索的存在：

首先，从观念上证明。20世纪，除了"文革"时期有些人极端盲目地毁坏传统之外，其实国人承续传统的观念不绝如缕，从未泯灭。文学理论方面也是如此。如"五四"新文化运动时期，力主"反传统"的胡适，又积极倡导"整理国故"，对于承续传统文化和传统文学都发挥了重要作用。后来，朱光潜总结这段历史时说，这是"既学习西方，又不忘中国传统"。① 又如 60 年代初期，在文学理论教材编写中，周扬指示说，我们在"一手伸向外国"的同时，还要"一手伸向古代"。因为，"中国的文论、画论、诗论都非常丰富"，尤其是"在世界上像《文心雕龙》那样的书是很少的"。所以，"要引用中国古代伟大作家的话"，"引用中国的要多于外国的"，② 要继承中国传统文论的优秀遗产。几乎在同一时期，郭绍虞等人在选编《中国历代文论选》时，也指出："古代文学理论中许多用语，都是前人从创作实践经验中概括出来的，也是我们应该批判地继承的。"③ 还有 30 年代末至 40 年代初，关于"民族形式"与"民族传统"的大讨论；80 年代，关于"中国文学理论民族特色"的大讨论；90 年代，关于"中国古代文论的现代转换"的大讨论，等等。这些都充分地证明了传统文论话语"隐性传承"这条线索的存在。

其次，从实践上证明。从上文表 1-21 所显示的信息和数据看，在目前存活的传统文论常用话语中，大致是通过三种主要方式进行隐性传承的。第一种，是用传统文论话语去翻译外国（主要是西方）文论话语的方式存活下来，诸如"文学""性格""结构""风格""隐喻"等。这些话语在传统文论中，或者内涵过于繁杂，如"文学"；或者只是少数人偶尔使用，如"性格""风格""结构"等；或者很少使用，如"隐喻"。就是说，这些话语在传统文论中并不常用，只是依靠"翻译"才存活了下来，甚至让人感觉到是外来话语似的，传统文论的色彩不很明显。第二种，是直接从传统文论话语中存活下来的，诸如"言志""比兴""意境""神韵""虚实"等。

① 朱光潜：《现代中国文学》（1948），转引自张大明编著《西方文学思潮在现代中国的传播史》，四川教育出版社，2001，"引言"第 39 页。
② 周扬：《对编写〈文学概论〉的意见》（1961 年 2 月~1962 年 10 月），转引自童庆炳主编《新时期高校文学理论教材编写调查报告》，春风文艺出版社，2006，第 166 页、第 189 页。
③ 郭绍虞主编《中国历代文论选·例言》第一册，上海古籍出版社，1979，第 6 页。

这些话语不仅传统文论的特色很鲜明，而且只有中国传统文论才有，外国文论（中国文论的受容国如日本、朝鲜、越南等除外）中一般不会有这样的话语。所以，这些话语中国特色最为鲜明，生命力也最为旺盛，存活能力很强。第三种，是采用以上两者之间的方式存活下来，诸如"诗""意象""兴趣""含蓄""移情"等。在这些话语中，除了"意象"是中西文论话语之间存在着影响关系之外，其他话语是中西文论都具有的。

传统文论话语的存活主要是依赖文学语言本身的生命力。这可以从普通日常语言的生命力中得到证明。据《东坡志林》卷一记载：

> 王彭尝云："途巷中小儿薄劣，其家所厌苦，辄与钱，令聚坐，听说古话。至说三国事，闻刘玄德败，颦蹙有出涕者；闻曹操败，即喜唱快。以是知君子小人之泽，百世不斩。"彭，恺之子，为武吏，颇知文章，余尝为作哀辞，字大年。①

在这段记载中，"古话"和"唱快"两个语词在今天的普通话中已经看不到了，但却存活在笔者的家乡陕西省延长县的方言中，至少也有900多年历史了。在陕西延长方言中，"古话"，即故事。如笔者小时候就常听大人们讲古话（故事）。"唱快"，即幸灾乐祸。如说："李家某人的儿子离婚了，常遭邻居们唱快。"据记载，这段话是王彭说的，而王彭是山西太原人。可见"古话""唱快"等语词不一定就是陕西延长的方言了，至少在北宋时期的陕西、山西一带的语言中都曾经存在过。可见语言的生命力是极其强劲的，随着人们口口相传，可以超越时间和空间的界限而长久地存活下去。它甚至比物质的东西还要坚固，物质的东西往往可以被消灭，而语言却是很难消灭的。文学是语言艺术，所以传统文论话语也有极其

---

① 苏轼：《东坡志林》，赵学智校注，三秦出版社，2003，第19页。

强劲的生命力。诸如，"言志"产生于商代，至今有 3100 多年历史了；"比兴"产生于周代，至今有 2700 多年历史了；"意境"产生于唐代，至今有 1370 多年历史了，等等。可见传统文论话语只要存活到今天，每个话语都有数千年或数百年的历史，都是一个传统文论的"活化石"，都携带者较为丰富而复杂的历史文化信息。正如李泽厚所说，传统"是渗透在社会现实中的活的存在"[1]。汪曾祺也认为，"中国的当代文学含蕴着传统的文化，这才成为当代的中国文学。正如现代化的中国里面有古代的中国。如果只有现代化，没有古代中国，那么中国就不成其为中国。"[2] 同样，在中国现代文论话语里面也存活着古代文论话语，这才从根本上保证了它是"中国"的文论话语。所以，这些便是我们提出"存活说"的主要依据。因此，我们今天研究这些话语，就是在进行传统文论话语的承续和复兴的工作。

传统文论话语的"存活"还要依赖它的有效性。所谓有效性，就是有用性，也就是指传统文论话语对于现代文学和当代文学仍然有解释能力和言说能力。1913 年，王国维为日本学者西村天囚的日译本《琵琶记》写序时，就用"神韵"的概念言说作品[3]。1934 年，梁宗岱用"兴""情景""意象""意境"和"含蓄"等传统文论话语来阐释和论说西方文论的"象征"[4]，让国人一看就懂了。最近，童庆炳运用刘勰的"情信"和"辞巧"的话语，评论一位学者的散文集。王一川运用"感兴""兴象""兴味"等传统文论话语，言说当代生活与审美文化的新问题。他认为，今天，我们应

---

① 李泽厚：《关于中国传统与现代化的讨论》，《走我自己的路：杂著集》，中国盲文出版社，2002，第 269 页。

② 汪曾祺：《传统文化对中国当代文学创作的影响》，参见其《晚翠文谈新编》，生活·读书·新知三联书店，2002，第 20 页。

③ 王国维：《译本琵琶记序》，周锡山编校《王国维文学美学论著集》，北岳文艺出版社，1988，第 185 页。

④ 梁宗岱：《象征主义》，《文学季刊》第 1 卷，1934 年第 2 期。参见张大明编著《西方文学思潮在现代中国的传播史》，四川教育出版社，2001，第 150～151 页。

该"适度地传承中国文化的精神，从中国古代找到一些有益的思想、概念和范畴加以改造，来帮助安置我们的灵魂"。曹文轩也运用"雅""意境"等传统文论话语，分析当代文学现象。他认为，"古典没有因为今天而矮出我们的视野，而且我们还看到，文学的今天是与文学的昨天连接在一起的，是不可分开的。"① 总之，运用就有价值，运用就能传承，运用就可以激活传统文论话语，使其存活下去。这也是传统文论话语能够存活的一个重要原因。

综上所述，通过对于传统文论话语存活状况的调查，使我们明确了传统文论话语存活的状况和原因，也充分认识了传统文论话语的生命力和有效性。这些便给我们增添了信心，也明确了继续前进的方向。刘若愚说："相对于西方传统，中国文学批评传统可以看作是一个独立发展的传统。"② 最近，美国著名学者、世界著名的未来学家约翰·奈斯比特在接受记者采访时，也友好地提醒说："中国要坚守中国。"③ 那么，对于我们来说，就是要坚守中国文论的传统。如果说，20 世纪，我国文学理论研究主要是引进外国文论，促进中国传统文论的转型和现代化；那么，21 世纪，我国文学理论研究则主要是坚守中国传统，建立真正的中国文学理论，并使中国文学理论逐渐走向世界。因此，只要我们努力工作，"中国潜龙"就一定会成为"中国飞龙"的！

---

① 童庆炳：《情信而辞巧》，《文艺报》2011 年 1 月 21 日第 2 版。"情信而辞巧"一语，出自刘勰的《文心雕龙·征圣》篇。他评论赵勇的散文随笔集《书里书外的流年碎影》；商伟：《文化的物化与心化的呼声——访北京大学艺术学院院长王一川》，《中国社会科学报》2011 年 3 月 15 日第 14 版；刘颋：《曹文轩：我坚持文学的天道》，《文艺报》2011 年 1 月 10 日第 5 版。

② 刘若愚：《中国的文学理论》，田守真、饶曙光译，四川人民出版社，1987，第208 页，注释（10）。

③ 参阅《社会科学报》（上海），2010 年 12 月 9 日，第 3 版 约翰·奈斯比特（John Naisbitt, 1929 - ），美国著名学者，世界著名未来学家。著作有《大趋势》和《亚洲大趋势》等。2006 年，他在天津建立了"奈斯比特中国研究院"，展开对于中国的调查研究。2009 年，奈斯比特夫妇合作出版了《中国大趋势》一书，对于"中国发展模式"给予了很高的评价。

第二章
话　语

　　"话语"是一个外来词，也是国内外学界的一个热门话题。我们在回顾和总结 30 年来国内学界关于"话语"研究的基础之上，对"话语"定义提出了新的看法，论述了全球化语境中的"中国话语"问题，以及从话语视角谈了文学理论的创新问题。认为，所谓话语，是指人类对话关系中的术语、范畴和表述方式。那么，文学话语即是指人类在文学对话关系中的术语、范畴和表述方式。"话语"是文学理论构成的主要元素，也是浓缩着文学思想的理论构件和载体。因此，"话语"对于文学理论的创新来说极具重要性。文学理论"话语"的创新是一项十分复杂的系统工程，大致可以在个人话语、民族话语、国家话语和世界话语四个层面上进行。其中，个人话语的创新是基础，也最关键，其他三个层面的话语创新都要通过个人话语创新来实现。所以，我们要从中国立场出发，以中国文学经验为基础，不断提出和解决中国文学问题，创造中国文论话语，并进而建构中国文论体系。只有这样，我们才不仅能够在世界文论中取得"中国话语权"，而且还能够为世界文论建设不断地输送中国的新鲜材料，作出中国文论家应有的贡献。

第一节 "话语"理论的引入及研究概况

"话语"（Discourse）一词，源于拉丁文"discursus"，其本义是指"讲话"或"谈话"。这种概念一直沿用到 16 世纪。后来，其语义发生了一些变化，特指一种形式化的言语行为，诸如学术研究和学术讨论等。到了 19 世纪末~20 世纪初，"话语"成为一个现代语言学的概念，指比一个单句还要长的语言单位。从 20 世纪 20 年代开始，经过巴赫金、哈贝马斯和福柯等人的努力，"话语"一词逐渐超出了语言学范围，成为一个具有多学科和跨学科性质的术语和概念。尤其是福柯赋予了"话语"极丰富的内涵，使其成为一个具有世界影响的概念。

"话语"理论大概是从 20 世纪 80 年代初开始引入到国内，到现在已经有 30 年了。笔者通过"中国期刊全文数据库"检索，从 1980~2009 年的 30 年中，在"文史哲"类的论文里，标题含有"话语"一词的论文共有 5324 篇。① 现以此为依据，分三个时段，将"话语"理论的引入及研究概况介绍如下：

第一个时段，从 1980~1989 年，是"话语"理论引入的初期阶段。这个 10 年共发表有关"话语"的论文 85 篇，其中将前 5 年发表的"话语"论文统计如下：

1980 年	1 篇
1981 年	1 篇
1982 年	3 篇
1983 年	2 篇
1984 年	9 篇
合计，16 篇；3.2 篇/年均	

---

① 电脑统计是有误差的，诸如"昆明话语法""会话语文体""再话语词""湖南泸溪瓦乡话语音"等，都当作"话语"统计在内了。而且，笔者发现在不同时间检索，数据也会有差异。本文所用数据，均是 2009 年 9 月 9 日检索所得。所以，该数字只是模糊统计，是有误差的，仅供参考而已。特此说明。

这个时期主要是引入西方的"话语"概念，其影响源主要是两个，一个是联邦德国语言学家索温斯基的《话语语言学》，一个是英国语言学家柯尔萨德的《话语分析导论》，后者的影响更大；影响范围主要是国内的语言学、修辞学和外语教学等研究方面。所以，这个时期人们理解的"话语"只是一个现代语言学的概念。这可以《国外社会科学文摘》1984 年第 9 期编发的《话语》一文为代表。该文指出："话语，语言学术语，指大于句子的连续的言语（特别是口语）片段"。"它是构成可以辨认的任何言语事件的一组话"。但是，"话语"一词对于文学研究的影响还很小，只有 1 篇题目为《话语与文学》的论文发表，而且是限于外语教学方面。值得注意的是："话语"作为一个文化哲学概念，已经开始介绍进来了。这方面的论文有 2 篇，其中 1 篇是李航的《话语·权力·作者——富科后结构主义理论管窥》，发表于《文学评论》1987 年第 4 期。这是国内较早介绍福柯话语理论的论文，也初步显示出"话语"概念由语言学向文化哲学发展的趋势。

　　第二个时段，从 1990~1999 年，是"话语"理论引入和研究的中期阶段。这个 10 年共发表有关"话语"的论文 705 篇，其中将前 5 年发表的"话语"论文统计如下：

1990 年	18 篇
1991 年	25 篇
1992 年	37 篇
1993 年	35 篇
1994 年	58 篇
合计，173 篇；34.6 篇/年均	

这个时期发表的有关"话语"论文大量增加，尤其是后 4 年，每年发表的论文数量都超过了前 10 年的总量，其中 1999 年就发表 141 篇。这表明国内学术界对于"话语"一词的使用和研究比前一

个时期有了大幅度的提高。具体情况主要是三个方面：一是西方"话语"理论的全面引入，诸如巴赫金的话语理论、哈贝马斯的诗学话语、福柯的话语权力说、伊格尔顿的意识形态话语理论、阿尔都塞的话语理论等，都有所译介和研究；二是"话语"概念除了在语言学、修辞学和外语教学的领域继续使用和研究之外，则大量用于文学、戏剧、电影、电视和音乐等批评与研究方面；三是"话语"概念和理论被广泛用于文学批评、文学理论和美学研究等方面。仅权威期刊《文学评论》在 1997～1998 两年之中就发表了多篇有关"话语"的论文，可见文学评论界对此的重视程度。这个时期，现代文论方面有王岳川的"话语转型"研究，文学批评方面有南帆的"叙事话语"研究，古代文论方面有曹顺庆的"重建中国文论话语"研究，影响较大。总之，后两种情况是前一个时期所没有的，可以看作是"话语"概念和理论在我国学术界的新拓展。

第三个时段，从 2000～2009 年，是"话语"理论研究的繁荣阶段。这个 10 年共发表有关"话语"的论文 4534 篇，其中将前 5 年发表的"话语"论文统计如下：

2000 年	209 篇
2001 年	233 篇
2002 年	291 篇
2003 年	324 篇
2004 年	368 篇
合计，1425 篇；285 篇/年均	

这个时期"话语"研究的主要特点是繁荣，发表论文总数比上个时期发表论文总数翻了 6 倍还要多，年均发表论文数超过了上个时期前 5 年发表论文的总数，尤其是 2007 年发表论文 735 篇、2008 年发表论文 849 篇，都分别超过了前 10 年发表论文的总量。从语

言学、修辞学和外语教学方面研究"话语"的论文大幅度减少，而从文化、文学、美学方面研究"话语"的论文则大幅度增多，尤其是文学理论"话语"研究成为热点问题。《文学评论》2003年第 6 期、《文艺理论与批评》2003 年第 5 期和《思想战线》2004 年第 4 期等，都集中发表了有关文学理论"话语"的论文。这个时期，除了曹顺庆、王岳川等学者仍然热心于文论"话语"研究之外，还有从事古代文论、现代文论、西方文论、马列文论、比较文论研究的学者，从事古代文学、现代文学、当代文学、外国文学、比较文学研究的学者，从事中国美学、西方美学、马列美学、比较美学研究的学者等更多的人，都投入到文学理论"话语"研究中来了。上个时期提出的"话语重建"问题还在继续讨论，虽然再没有形成讨论的热点，但是学术视野更开阔了，研究方法更多样了，研究的问题也更全面、更深入了。诸如：何锡章、李夫生从学术史角度研究中国现代文论为什么会选择西方话语以及西方文论的中国化问题，谭德晶、李凯研究中国古代文论话语的阐释及其言说方式问题，李江海、代迅研究中西文论话语的文化规则和磨合问题，黄开发、古风研究 20 世纪中国文论的主流话语问题，陶东风、高玉研究 80～90 年代的文论新话语现象，王宁、黄力之研究全球化时代中国文论话语的建构问题，等等。

　　总之，到现在为止，西方的"话语"理论已经全面而深入地影响到中国学术界，"话语"一词也成为我国学术界近 30 年来普遍接受的新概念之一。从文学理论界的情况来看，"话语"一词不仅得到了普遍的应用，而且已经进入到了"公共知识"的层面，成为当代文学理论和批评的新范畴。譬如：从 20 世纪 90 年代以来，已有童庆炳主编的《文学理论教程》（1992）、南帆主编的《文学理论（新读本）》（2002）和陶东风主编的《文学理论基本问题》（2004）等，都将"话语"概念和"话语"理论纳入到教材的章、节体系中了。黄念然还从探讨文艺批评新模式的角度，提出了建构"话语批评学"的设想。① 这些已经充分显示出"话语"
理论在我国学术界的重要性了。

第二节　全球化语境中的"中国话语"问题

"中国话语"是在全球化语境中，随着学术界对于"话语"研
究不断深入的情况下，提出的新问题。

长期以来，以美、英为代表的西方发达国家，一直掌控着世界
主流文化的话语权，甚至演变成为"话语霸权"，然而发展中国家
和欠发达国家都几乎处于"失语"状态。在 20 世纪 80 年代，以
小亨利·路易斯·盖茨等为代表的黑人学者首先觉醒。他看到，黑
人在世界"经济地位中等于零，而在形而上的体系中我们根本就
不存在一样"。因此，他提问："我们以谁的声音讲话？难道我们
只能从白人那里接受话语吗？"他发现："我们的批评注定只是白
人主人批评话语的派生物，是它的惨淡的影子"。所以，他认为，
在文学批评中，只有"用我们自己的黑人语言来讲话，情况才会
有所改变"。因而他提出了"黑人话语"和"黑人话语权"的问
题。② 到了 90 年代，我们中国学者也觉醒了。黄维樑说："在当今
的世界文论中，完全没有我们中国的声音。"③ 孙津说："当我们要
用理论来讲话时，想一想罢，举凡能够有真实含义的或者说能够通
行使用的概念和范畴，到底有几多不是充分洋化了的（就算不是
直接抄过来）。如果用人家的语言来言语，什么东西可以算得上中
国自己的呢？"④ 曹顺庆说："中国现当代文化基本上是借用西方的

---

①　黄念然：《话语批评学：关于一种文艺批评新模式的思考》，《湖北大学学报》
　　2004 年第 3 期。
②　〔美〕拉尔夫·科恩主编《文学理论的未来》，程锡麟等译，中国社会科学出
　　版社，1993，第 5 页、第 230 页、第 239 页。
③　黄维樑：《龙学未来的两个方向》，《比较文学报》1995 年总第 11 期。
④　孙津：《世纪末的隆重话题》，《文艺争鸣》1995 年第 6 期。

一整套话语，长期处于文化表达、沟通和解读的'失语'状态。"①
因此，我国学术界也提出了"中国话语"和"中国话语权"的问题。

"中国话语"一词较早出现于1993年王一川的一篇论文里。②
随后，"中国话语"一词就在国内外学术界流行起来了，而且研究
的问题还进一步细化为中国诗歌话语、中国小说话语、中国音乐话
语和中国电影话语，中国文论话语、中国美学话语、中国哲学话语
和中国学术话语，甚至有中国网络话语、中国传媒话语和中国翻译
话语，等等。从1993年以来，"中国话语"问题就成为国内学术
界所共同关心的热点问题和前沿问题。从学术机构看，先后成立了
"中国话语语言学研究会"（2006）和"浙江大学当代中国话语研
究中心"（2007）；从学术会议看，先后举办了3届"当代中国话
语研究"研讨会（2006～2008）和3届"当代中国新话语"国际
学术会议（2006～2009）；从学术成果看，发表了90多篇论文，
出版了曹顺庆等的《中国古代文论话语》（2001）、黄力之的《中
国话语》（2001）、杨俊蕾的《中国当代文论话语转型研究》
（2003）和尹康庄的《20世纪中国文学主流话语研究》（2006）等
几部著作。

因此，"中国话语"已成为一个深入人心的概念，有关"中国
话语"的问题也成为学界普遍关心的问题。但是，我们中国学者
所理解的"话语"概念，并不完全等同于西方学者所理解的"话
语"概念。这其中的情形比较复杂。因为，在西方学者那里，"话
语"也是一个"用法变化最大、使用范围最广、定义繁复多样"
的术语。③ 大概说来，在我国学者中，从事语言学、修辞学、外国

---

① 曹顺庆：《21世纪中国文论发展战略与重建中国文论话语》，《东方丛刊》1995
　　年第3辑。
② 王一川：《张艺谋神话与超寓言战略——面对西方"容纳"的90年代中国话
　　语》，《天津社会科学》1993年第5期。
③ 赵一凡等主编《西方文论关键词》，外语教学与研究出版社，2006，第222页。

文学和比较文学研究的学者，基本上使用了西方学者所理解的"话语"概念；而从事文学、文学批评、文学理论、美学和文化学研究的学者，则将"话语"一词作了"中国化"的理解，即认为"话语"就是理论言说中的"术语和范畴"。譬如：1996 年，季羡林先生在一篇文章中说，"'话语'一词是一个新词儿"，"根据我肤浅的理解，主要指术语一类的东西"。① 笔者基本上同意这种理解，简洁明了，又便于操作。然而这种理解还有不完备的地方，需要进一步补充和完善。笔者认为，将"话语"看作"术语和范畴"，只是一种抽象的静态的把握。因为，这种把握将运用"话语"的具体语境删除掉了。其实，"话语"的本质只有到人与人交往和对话的"关系"中去把握才是正确的。巴赫金对此有一段精彩的论述，可以帮助我们理解这个问题。他说：

> 话语，"是说话者与听话者相互关系的产物。任何话语都是在对'他人'的关系中来表现一个意义的。在话语中我是相对于他人形成自我的。……话语——是连结自我和他人之间的纽带。如果它一头系在我这里，那么另一头就系在对话者那里。话语——是说话者与对话者之间共同的领地。"②

根据巴赫金对"话语"的论述，我们可以对文学理论和批评中的"话语"作出以下的概念界定：

> 所谓话语，是指人类对话关系中的术语、范畴和表述方式。那么，文学话语即是指人类在文学对话关系中的术语、范畴和表述方式。

---

① 季羡林：《门外中外文论絮语》，钱中文等主编《中国古代文论的现代转换》，陕西师范大学出版社，1997，第 6 页。
② 巴赫金：《马克思主义语言哲学的道路》（1929），张杰编选《巴赫金集》，上海远东出版社，1998，第 230 页。

这里笔者对于"话语"和"文学话语"两个概念作了重新界定，其中对于"话语"概念的重新界定是更根本的。因为它是一个"元概念"。如果再仔细分析就可以看到，在这个关于"话语"的定义里，其中"对话关系"是巴赫金的思想，"表述"是福柯的思想，"术语"是季羡林的看法。笔者将这三位学者的看法整合起来，给"话语"重新界定，就形成了笔者的新观点。当然，这个"新"只是相对的，它是建立在前人认识的基础上的。对于一个概念的界定，必须遵循这个概念史上的"共识"原则，同时还必须从中清除那些完全属于"个人"的见解。这是因为，一个概念的形成是经历了社会化的复杂系统的过程，即经历了社会"认同—确认"的过程。所以，这个概念也就具有了约定俗成的公共性和工具性。作为个人，你只能理解它、接受它和完善它，却不能够全盘否定它。譬如"美学"（Aesthetic）这个概念，我们知道其中存在着弊病，但丝毫也不能够改变它，就连博学和睿智的黑格尔也没有办法。因此，笔者对于这个长期困扰西方学界的"话语"概念，也只是做了一点内涵建设的完善工作。这主要体现在使"话语"这个概念内涵更全面、更简洁和更实用。所以，在这个"话语"定义中，既有外国学者的观点，也有中国学者的观点，是中外学者观点融合的产物，因而显得较为全面和准确。

接下来，我们要根据这个"话语"的新定义，进一步探讨"中国话语"的问题。这里涉及两个最基本的问题，需要展开讨论。

一个是"中国话语权"的问题。"话语权"的概念来源于福柯的"权力话语"，见于其《话语的秩序》（1971）一书。巴赫金将"话语"看作是一种"关系"，而福柯则将"话语"看作是一种"权力"，又前进了一步。在"中国话语"的概念里，不仅隐含着话语主体"中国"，而且也是对于"中国话语权"的强调。由于我国长期以来在国际政治、文化和学术舞台上处于"失语"状态，而随着改革开放以来我国国际地位的不断提升，国人关于"话语权"的诉求意识愈来愈强烈。这从下面的图 2-1 统计图表①中就可以得到证明。

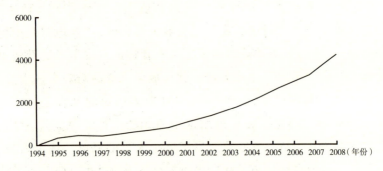

图 2-1 与"话语权"相关的文献总量年度增长状况

　　按照巴赫金的观点,"说话者是话语毫无疑问的所有者"。② 他虽没有提出"话语权"的概念,却已注意到了话语的"所有权"问题。这可能对于福柯有影响。那么,也就是谁说话,"话语"就为谁所有,谁就拥有了"话语权力"。在国际文学理论界,我们强调"中国话语",就是想发出我们中国文学理论家的声音,就是对"中国文论话语"权力的诉求。

　　另一个是"全球化语境"的问题。关于"全球化"也有各种不同的理解。美国全球化理论的代表人物之一、国际著名学者阿里夫·德里克说:"我已经注意到,全球化本身在许多方面正是美国的经济和文化霸权的另一种表达方式,因而实际上充当了向全世界输出美国的经济、政治和文化实践的借口。"③ 这等于说"全球化"就是"美国化"。事实上,在全球化时代,各个国家都有自己的应对策略。对于像美国这样的资本主义超级大国,它的全球化就是向

---

① 资料来源:Google 搜索"话语权的解释——CNKI 知识元数据库"。
② 〔俄罗斯〕巴赫金:《马克思主义语言哲学的道路》,张杰编选《巴赫金集》,上海远东出版社,1998,第 230～231 页。
③ 〔美〕阿里夫·德里克:《反历史的文化? 寻找东亚认同的"西方"》,王宁译,《文艺研究》2000 年第 2 期,第 147 页。

世界各地强制推行其霸权，用其经济和文化占领世界市场；而发展中国家则是通过自己的努力，从政治、经济和文化上争取世界各国人民的认同，争取自己国家在国际事务中的话语权；还有一些欠发达国家和地区则是争取有一个良好的发展机遇。我国的全球化属于第二种类型。从文学理论方面来看，我们所争取的"中国话语权"，只是在争取一种平等的言说权和参与权，而绝不是要谋求什么世界霸权。我们争取平等的言说权，是因为我们长期以来的"失语"而导致丧失了这种权力，我们只是想向世界人民表达中国文学的立场、中国文学的经验和中国文学的思想，求得世界人民的认同；我们争取平等的参与权，只是因为我们是世界上文学历史最悠久、文学人口最众多的国家之一，我们有十分古老而优良的文学传统，所以我们有责任参与世界文学理论的建设，从而促进世界文学的良性发展。长期以来，在西方霸权主义掌控的单极世界里，西方文学就等于世界文学，而其他国家和地区的文学处于极其边缘的地位。尤其在国际文学理论界听不到中国的声音。这是极不正常的。我们相信：无论"全球化"怎么发展，不可能将全球2000多个民族都"化"成一个民族，也不能够将全球230多个国家都"化"成一个国家，各民族和各国之间的差异性将会长久地存在着。我们的理想是天下和谐，而不是天下大同！要"和而不同"，在差异性中求理解、求和谐和求发展。所以，在全球化时代，世界文学应该是"百花齐放"，世界文论应该是"百家争鸣"。我们要争取"中国话语权"，就是希望在世界文坛上，开中国文学之花，发中国文学之声，从而参与到世界文学和文论的"大合唱"中去！

第三节　从话语视角看中国文学理论的创新

我国现代文论之所以处于"失语"状态，就是因为长期以来我们是借用"西方话语"言说中国的文学问题，缺乏自主意识和创新精神。"西方话语"主宰了我国现代文论，而中国文学经验和问题，成为证明"西方观点"的材料。这样的文学理论几乎成为西方文论的派生物,怎么能够到世界文论中去争话语权呢?所以,近些年来,学界关于我国文学理论创新的呼声愈来愈高。那么,我国文学理论应该如何创新呢?我想从话语视角切入谈谈自己的看法。

"话语"是文学理论构成的主要元素,也是浓缩着文学思想的理论构件和载体。因此,"话语"对于文学理论的创新来说极具重要性。加之20世纪下半叶以来世界文论"从语言到话语"的转型,[①]使"话语"问题显得尤为重要。从国内文学理论界也似乎能够看到这种转型的迹象,20世纪80~90年代文学"新名词"大爆炸的现象,也充分证明文学理论的新变往往首先会从更新文学"话语"开始。因而从某种意义上说,文学话语的创新就是文学理论的创新。

但是,文学理论"话语"的创新是一项十分复杂的工程。因为,这涉及到"话语"生产的具体问题。我们认为,一般来说,"话语"生产有不同的层面,大致包括个人、民族、国家和世界四个层面。因此,我们提出了四个"子话语"概念,即"个人话语""民族话语""国家话语"和"世界话语",形成了"话语四层面论"。这就构成了一个话语谱系,如图2-2所示:

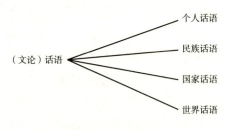

图2-2　话语谱系

首先,在个人知识系统层面生产,形成个人话语。所谓个人话语,就是在个人知识领域的平台上,进行对话的术语、范畴和表述方式。个人话语不属于他人所有,而只属于某个人所有。一个学术

---

① 参阅周宪《文学理论:从语言到话语》,《文艺研究》2008年第11期。

话语的生产，从最原初的发生学上看，是来源于某个学者个人。诸如，在西方文论中，德谟克利特的"摹仿说"，柏拉图的"灵感说"，尤其是亚里士多德的《诗学》提供了"史诗""悲剧""喜剧""形象""情节""性格"等众多的话语，奠定了西方文学理论的基础；还有弗洛伊德的"无意识""白日梦"，什克洛夫斯基的"陌生化"，福斯特的"圆形人物""扁平人物"，巴赫金的"复调小说"，等等；在中国文论中，孔子的"兴观群怨"，孟子的"以意逆志"，陆机的"诗缘情"，刘勰的"为情造文"，钟嵘的"滋味说"，王昌龄的"意境说"，王国维的"境界说"，等等。这些中外文论的话语，其知识产权都属于各文学理论家个人。从中外文论史来看，这些"文论话语"的出现，都是"前无古人"的，没有先例，是新的创造。正是这些文论话语的创新，才带动和促进了文学理论的创新。但是，个人话语的创新还必须注意一个问题，那就是社会的广泛认同。一位理论家提出的"新话语"，要让他同时代的人能够接受，能够认同。只有这样，一个文论"新话语"才能够得到广泛的传播，才能够真正对于文学理论的发展产生作用。譬如，王昌龄的"意境说"不仅做到了"前无古人"，也做到了"后有来者"，因而是一个最具有生命力的文论话语。相反，如果理论家只是运用"私人化"的话语，而不能够与他人产生对话。这样的话语也可能是新的，但却难以进入社会文化传播的渠道，只能成为巴赫金所说的"独白型话语"，是没有生命力的。可以说，即使大家也难以幸免。譬如，早年的鲁迅通过日本对于西方文论和美学有了一些了解，但是还没有形成自己成熟的美学思想。因此，在他那篇著名论文《儗播布美术意见书》中，就有一些诸如"受""作""天物""思理"等"私人化"的话语，流播不广，不为今人所知。

其次，在民族文化语境层面生产，形成民族话语。个人话语的生产，虽有一定的"私人性"，但更多的或者从根本上说具有社会性。因为，一是他所运用的语言文字是社会化的产物，二是他所谈论的问题是社会提供的问题（或者说是"社会化"了的问题），三是他是在特定的社会文化语境里生产话语，四是个人话语作为"话语"也必然产生在与"他人"对话的社会"关系"中。所以，我们指出个人话语的"私人性"一面，只是相对的，而不是绝对的。事实上，不存在绝对的"个人话语"。因为，只要是"话语"，就隐含了另一个对话者的存在，就不可能是完全"私人性"的。当然，在属于个人的隐私生活中，也确实存在着一些只有某个人自己所用、所知的符号。除了他本人之外，世界上不会有第二个人知道。这是绝对的"私人符号"。但是，它充其量只是"符号"，而不是"话语"。

所谓民族话语，就是在民族公共知识领域的平台上，进行对话的术语、范畴和表述方式。民族话语不属于个人所有，而属于全民族所有。因为，任何一个个人都生活在特定的民族（包括亚民族人群在内）文化语境之中。虽然，随着现代化社会的发展，民族与民族之间的交流和融合速度愈来愈快，从血缘、语言和文化上看，各民族之间的差异性也逐渐在缩小。但是，一个人的民族身份却是永远难以改变的。当然，这种民族话语在古代文学理论中会看得更加明确一些。譬如，彝族古代诗学理论的繁荣可以追溯到魏晋南北朝时期。在那个时候，诗论家们是在彝族文化语境中进行诗学话语创作的。诸如，根、干、枝、叶、花、果等"树化"诗学话语，以及头、面、手、脚、血、肉、骨、身、体、魂等"人化"诗学话语。巴莫曲布嫫说："彝族古代诗学是以'根'这一概念作为核心而建构自己的理论体系的。在古代彝族诗学的发展史上，历代诗论家都一脉相承地沿用'根'这一形象化的概念来表述自己的诗学见解，其取义的原型都没有脱离树之根柢的基本象征义。"因此，形成了由"文根""诗根""歌根""音根""字根""韵根"和"主根"等比较系统的"诗根说"。① 但是，从彭书麟等人

---

① 巴莫曲布嫫：《鹰灵与诗魂——彝族古代经籍诗学研究》，社会科学文献出版社，2000，第604~605页、第622页。

主编的《中国少数民族文艺理论集成》（2005）来看，进入现代社会以来，像彝族这样具有古老传统的民族诗学话语并没有被传承下来，还有一些民族的现代文论话语与中国现代文论的主流话语已完全相同了。除了语言文字的差异之外，几乎与现代汉语文论话语没有什么区别了。这表明了一个事实，现代民族文论话语正在逐渐消亡。

再次，在国家文化语境层面生产，形成国家话语。所谓国家话语，就是指在国家公共知识领域的平台上，以国家官方语言文字为媒介，以国家主流意识形态为指南，以国家文化实践经验为基础，进行对话的术语、范畴和表述方式。国家话语不属于个人和民族所有，而属于全国各族人民所有。从文学理论话语来看，在古代，国家话语的特色比较明显。我们只要将亚里士多德的《诗学》、婆罗多牟尼的《舞论》和刘勰的《文心雕龙》加以比较，就会发现：以"史诗""悲剧""喜剧""人物""形象""情节""性格""结构"等为主的希腊文论话语，以"戏剧""诗""味""艳情""别情""随情""常情""滑稽""悲悯""英勇"等为主的印度文论话语，以"诗""赋""文""笔""比""兴""情""采""通""变""神""势""气""物""色""风""骨"等为主的中国文论话语，三者是各不相同的。这三种不同的国家文论话语，便构成了各自不同的文学理论体系。但是，到了现代，随着现代化运动在全球的发展，西方文论话语乘着现代化的列车，进入到了任何一个非西方国家。许多国家古老的传统文论话语也正在被丢失，日本文论是这样，印度文论是这样，中国文论也是这样。这是一个值得引起我们重视和研究的重要课题。

最后，在世界文化语境层面生产，形成世界话语。所谓世界话语，就是在世界公共知识领域的平台上，进行对话的术语、范畴和表述方式。世界话语不属于个人、民族和国家所有，而属于全世界人民所有。我们经常说与世界接轨，那世界在哪里？轨在哪里？在西方吗？不是！在美国吗？也不是！长期以来，欧美一些霸权国家自以为他们代表了世界，甚至一些弱小国家也不得不承认他们的霸权，其实是错误的。我们也经常说要走向世界，那怎样才算走向世界呢？难道走出国门就是走向世界了吗？不是！那是走向国际了。长期以来，我们总是将"国际"等同于"世界"，这也是不对的。所谓"国际"，是指国家与国家之间的活动，只是代表这些国家，而不能够代表世界。所谓"世界"，是指全球所有的国家和地区。只有像联合国、世界银行、世界卫生组织和奥运会等，代表了全球所有国家或者绝大多数国家的利益、权力和价值观的组织和活动，才是真正的"世界"。按照这样的理解，我国古代文化传播到世界各地，才算是走向了世界；我国当代政治、经济、外交、体育等已经走向了世界，而科技、教育、文学和艺术等也正在走向世界。但是，我国当代文学理论在世界各地的传播范围和影响度都很小，距离走向世界的路途还十分遥远。近30年来，我们介绍和翻译了外国各种具有世界影响的文学理论，但是我们自己却没有创造出具有世界影响的文学理论。

从文学理论方面来看，所谓世界文论话语，就是在具有世界性的文学活动中，在世界文学公共知识领域的平台上，世界各国文论家进行对话的术语、范畴和表述方式。它是由一套被世界各国所认同的文学观念、文学价值和文学规律的术语和范畴系统所构成。从目前流行的世界文论话语的渊源看，基本上是来源于欧美国家的文学理论话语，而没有一个是来自中国文论的术语、范畴和观点。文学理论的话语权被牢牢地掌握在欧美国家手中。除了汉学界之外，欧美国家对于中国文学和文论的存在表示出莫大的蔑视和盲视。这是一个不容忽视的客观事实。

当然，最主要的还是我们自己的原因，就是我们中国文论缺乏自主性和创新性。关于这一点，李泽厚在多年前就有过批评。他指出：有些学者盲目地跟着西方人跑，不仅语言学西方，思维也想学西方的。结果，"写的中文就像英文。特别是，本来可以这么说的，偏要非常别扭地那样说，连语法也不对头。内容上不满意，是我感觉原创性差。光是搬来一些东西，套在中国的东西上……倒是那些风头很盛的人物不大行，都不过是搬西方，你搬这方面的，我搬那方面的。"① 如果这样搬来就用，我们永远只能是西方文论的学生，中国文论就成了西方文论产品的市场。即使如此讨好西方人，也不会引起他们的关注。正如李泽厚所说："不是说要与西方对话吗？只有自己创造出新的东西来，不管是哪个方面，你才能够有一个对话的条件，你才能够表现自己的特点。如果和对方是一样的，如何对话？"② 因为，这一套话语对他们产生不了陌生感，他们只会对创新的东西感兴趣。这倒不是我们一定要投其所好，而这是参与对话的基本需要。况且西方文论话语并不能等同于世界文论话语，而只是构成世界文论话语的一些元素。中国文论话语应该与西方文论话语都处在同一个层面上，都具有平等的话语权力。长期以来，我们放弃了自己的话语权力，或者说没有主动去争取属于自己的话语权力。因此，我们失去了对话的机会，也就自然而然地"失语"了。

　　总之，笔者认为，文学理论的创新首先是文论话语的创新，而文论话语的创新就要在以上所说的个人、民族、国家和世界等具体的层面上进行。其中，个人话语的创新是基础，也最关键，其他三个层面的话语创新都要通过个人话语创新来实现。具体说，个人话语创新如果是在民族文化语境中进行，这些话语经过传播和民族认同，可以升华到民族公共知识领域的层面上来，变成民族话语；个人话语创新如果是在国家文化语境中进行，这些话语经过传播和国家认同，可以升华到国家公共知识领域的层面上来，变成国家话语；个人话语创新如果是在世界文化语境中进行，这些话语经过传

---

① 李泽厚、陈明：《浮生论学——李泽厚、陈明 2001 年对谈录》，华夏出版社，2002，第 8～9 页。

② 李泽厚：《谈世纪之交的中西文化和艺术》，《文艺研究》2000 年第 2 期，第 28 页。

播和世界认同，可以升华到世界公共知识领域的层面上来，变成世界话语。因此，我们关键要在个人话语层面上下功夫创新。那么，如何创新呢？王国维在这方面的经验值得我们借鉴。在 20 世纪初，面对西方学术话语的大量涌入，他以开放的学术胸怀，不仅能够正确地对待这些"新学语"，而且还积极地创造"新话语"。诸如：在文学话语方面，有"抒情的文学"与"叙事的文学"，"诗歌的文学"与"散文的文学"，"南方文学"与"北方文学"等；在文论话语方面，有"造境"与"写境"，"大境"与"小境"，"有我之境"与"无我之境"，"常人之境"与"诗人之境"等；在美学话语方面，有"古雅"与"眩惑"等。其中有些话语至今还被人们沿用着。[1] 此外，胡适说过的一段话，也对我们有所启发。他说：

一、要有话说，方才说话。

二、有什么话，说什么话；话怎么说，就怎么说。

三、要说我自己的话，别说别人的话。

四、是什么时代的人，说什么时代的话。[2]

这段话说得真好。就是说，在文学理论话语创新中，我们必须做到以下三点：其一，凸显"我"的主体性；其二，要从中国文学经验的实际出发；其三，要实话实说。既不迷信古代人，也不盲从西方人，一切从"我"出发，说"我"所思所想。当然，这个"我"只是强调话语主体而已，真正的话语内容，还是要以中国文学经验为基础。20 世纪 60 年代初，周扬在谈论文学理论教材编写时说："文学理论如果不总结中国的经验，就很难成为我们自己的

---

[1] 参阅王国维的《文学小言》《屈子文学之精神》《人间词话》《古雅之在美学上之位置》和《红楼梦评论》等论著。

[2] 胡适：《建设的文学革命论：国语的文学——文学的国语》，王运熙主编《中国文论选·现代卷（上）》，沙似鹏编著，江苏文艺出版社，1996，第 35 页。

理论。"① 因此，我们要从中国立场出发，以中国文学经验为基础，不断提出和解决中国文学问题，创造中国文论话语，并进而建构中国文论体系。只有这样，我们才不仅能够在世界文论中取得"中国话语权"，而且还能够为世界文论建设不断地输送中国的新鲜材料，作出中国文论家应有的贡献。

第四节　从关键词看中国现代文论的发展

在我国大学中开设"文学概论"课程有近百年的历史了。它为培养文学人才，传播文学思想，促进文学观念的变革，加快文学理论的建设等，都做出了重大的贡献。"文学概论"课程的开设，是我国高等教育现代化的产物。近百年来的"文学概论"教学的具体实践，定格在不同时期所遗留下来的"文学概论"教材中。这些教材既反映了施教者的文学思想，也浓缩和沉淀着不同时期的文学观念和文学思想，甚至是不同时期文学理论的经典标本。因此，这是研究 20 世纪我国文学理论史的一个重要的课题。

一个时代的文学理论研究，必然有一个时代的主流话语。这里的"话语"，是指文学理论对话中的术语、范畴、命题和表述方式；这里的"主流"，是指使用频率高并能够代表一个时代文学理论研究的水平和特点。我国现代文学理论的主流话语多取自西方，同时也与传统文论话语保持着藕断丝连的微妙联系。正如美国弗吉尼亚大学拉尔夫·科恩教授所说，"文学理论就其范围而言是一种有关话语的论述，它必然要对历史话语进行分析"。② 所以，我们拟从"关键词"的视角，探讨以下几个问题：其一，"关键词"概念与学术研究范式是如何引进和演变的？其二，我国现代文论话语

---

① 周扬：《对编写〈文学概论〉的意见》，童庆炳主编《新时期高校文学理论教材编写调查报告》，春风文艺出版社，2006，第 178 页。

② 〔美〕拉尔夫·科恩主编《文学理论的未来》，中国社会科学出版社，1993，第 12 页。

的资源何在？其三，我国现代文论话语"西化"的内在原因是什么？其四，是"失语"还是"得语"？这里，我们对"关键词"的概念稍作限定：所谓"文学概论"教材的关键词，是指能够反映该教材文学观念的重要术语，或是建构该教材框架体系的核心范畴，也指该教材所处的某个时期文学理论界普遍流行的基本话语。

一　"关键词"概念的引进与学术研究范式的演变

"关键词"（Keyword）一词，无论在英语中，还是在汉语中，都是一个新词。在 20 世纪 90 年代初期国内出版的英语词典和汉语词典中，几乎还看不到这个词，只是在计算机词典中才有这个词。可见"关键词"最早只是一个计算机专业术语，是作为一种"关键词索引"（Keyword index）的方法而出现的。后来，被引入到学术研究领域，是指能够提供计算机或者图书馆检索学术论文和学术专著的关键词。

所谓"关键词"，在英语中是由"Key"（关键、重要）和"word"（词）两个词组合成的一个新词，其本义是指关键的、重要的词语。所以，在汉语中翻译为"关键词"。它作为一个计算机专业术语，是指能够揭示和检索一个文件主题、主旨和主要内容的重要词语；它作为一个学术术语，是指能够揭示和检索一篇学术论文或者一本学术专著的主题、主旨和主要内容的重要词语。

"关键词"作为一种学术研究的范式，最早出现在 20 世纪 70 年代的英国。1976 年，英国著名学者雷蒙·威廉斯出版了《关键词：文化与社会的词汇》。这部书不是词典，也不是某学科的专业术语汇编，而是对于文化与社会领域的相关词语进行学术探询和质疑的记录。作者在该书《导言》中指出："我称这些词为关键词，有两种相关的意涵：一方面，在某些情境及诠释里，它们是重要且相关的词；另一方面，在某些思想领域，它们是意味深长且具指示性的词。它们的某些用法与了解'文化''社会'（两个最普遍的词汇）的方法息息相关……在文化、社会意涵形成的领域里，这是一种记录、质询、探讨与呈现词义问题的方法"。① 很显然，雷蒙·威廉斯的"关键词"研究，其学术价值倒不完全在于对这些关键词的释义本身，而是开创了一种新的学术研究方法和研究范式。随后，安德鲁·本尼特、尼古拉·罗伊尔用这种方法和范式研究文学理论与批评的关键词，出版了《关键词：文学、批评与理论导论》（1995）。丹尼·卡瓦拉罗用这种方法和范式研究文化理论关键词，出版了《文化理论关键词》（2001）。托尼·本尼特等人又出版了《新关键词》（2005）。以上几位英国学者的"关键词"研究，不仅在英国学界产生了很大影响，而且也造成了世界影响。诸如，日本学者村田忠禧也从事文化关键词研究，此外还有安本·实的"文学关键词研究"和苏珊·海瓦德的"电影学关键词研究"等。

　　进入 20 世纪 90 年代以来，国内学界才开始关键词研究。主要是两个方面：一是文化关键词研究，有周宪、冯天瑜等人的文化关键词研究；有陶东风主编的"文化研究关键词丛书"，包括汪民安的《现代性》、曹卫东等的《文化与文明》、金元浦的《文化工业》、季广茂的《意识形态》、陶东风的《文化研究》、张怡的《文化资本》、王谨的《互文性》、孙萌的《凝视》等共 8 种（2005）；有汪民安主编的《文化研究关键词》（2007）；还有中外学者合作研究项目《中西文化关键词研究》（1999）等。二是文学、文论和美学关键词研究，则有冯玉律、刘喜录、王岩森、刘静、张亚军等人的文学作品关键词研究，杨慧林、谢有顺、黄开发等人的文学批评关键词研究，古风、王尧等人的文学理论关键词研究，王杰、仪平策等人的文艺美学关键词研究。有一些刊物还开设了"关键词"研究专栏，如《南方文坛》开设了两年当代文学"关键词"专栏，最后结集出版了洪子诚、孟繁华主编的《当代文学关键词》（2002）一书；《外国文学》开设了四年西方文论"关

　　① 〔英〕雷蒙·威廉斯：《关键词：文化与社会的词汇》，刘建基译，生活·读书·新知三联书店，2005，第 7 页。

键词"专栏，最后结集出版了赵一凡等主编的《西方文论关键词》
（2006）一书；中国人民大学书报资料中心编辑出版的《文艺理
论》刊物，也开设了"关键词解析"专栏（2005）。这方面的出版
物还有陈思和的《中国当代文学关键词十讲》（2002）、廖炳惠编
著的《关键词200：文学与批评研究的通用词汇编》（2006）、王晓
路等人的《文化批评关键词研究》（2007）和叶舒宪等人的《人类
学关键词》（2006）等。此外，"关键词"的学术研究方法和范式
还在政治学、经济学、法律学、新闻学、医学、社会学、心理学、
宗教学和人类学等学科领域被广泛地运用，涌现出了一大批研究成
果，掀起了一股"关键词"研究热潮。正如有人所说的那样，进
入 21 世纪以来，人们"上网搜索、发表论文、传授商业技巧、描
述社会思潮，全都离不开这'关键词'。可以毫不夸张地说，今日
中国，但凡受过高等教育的，不管你学什么专业，更不管你学术立
场如何，多少都得跟'关键词'打交道"。①

　　目前，国内学界对于文学理论关键词的研究，只做了三件事：
一是对当代文学理论的某些关键词如"社会主义现实主义""两结
合""双百方针""主体性"等进行了梳理；二是探讨了关键词与
中国现代文学理论发展的关系问题；三是探讨了关键词与当代文艺
思潮的演进问题。这些研究只是做了一些个别的、局部的工作，或
者说只是开了个头。还有许多新问题值得我们研究，诸如文学理论
关键词的文化渊源和历史语境问题、关键词与中国现代文学理论体
系建构问题、关键词与中国现代文学理论创新问题等。学界期待对
文学理论关键词有更全面、更深入和更系统的研究成果出现，这对
于我国文学理论的创新具有重要的意义。

　　因此，笔者于 2004 年初就曾以《关键词与中国现代文学理论
的创新》为题，申报了国家社会科学基金项目。虽然没有申报成
功，但是笔者的选题和论证却得到了北京大学中文系董学文教授的

---

① 陈平原：《学术史视野中的"关键词"》（上），《读书》2008 年第 4 期。

充分肯定和高度评价。他在其《文学理论学导论》第九章第一节谈到"关键词"研究时，就较多地引用了笔者的主要思路、观点和论证的内容。①

笔者的主要思路是：首先，要全面清点中国现代文学理论关键词，建立现代文学理论关键词数据库，并构画出中国现代文学理论关键词的谱系，探讨中国现代文学理论的话语创新问题。其次，将详细探究每个关键词的生成背景和传播途径，考源辨流，彰显关键词与中国现代文学思潮的关系，探讨中国现代文学理论的观念创新问题。再次，将每个关键词当作承载中国现代文学奥秘的活化石来进行多层阐释，即结合文学活动实际阐释其学理内涵，结合社会活动实际阐释其文化内涵，结合传播活动实际阐释其历史内涵，探讨我国现代文学理论的内涵创新问题。最后，还将通过每个关键词的建构能力和由若干关键词所构成的谱系，探讨中国现代文学理论的体系创新问题。总之，以上由"一个主导、四条线索"构成本课题研究的基本思路，通过关键词来研究中国现代文学理论的话语创新、观念创新、内涵创新和体系创新问题，是当前我国文学理论研究所面临的主要任务。

笔者的主要观点是：

（1）所谓文学理论关键词，是指在文学活动中使用率高、有丰富的学理内涵和鲜明的时代特征的文学理论概念、术语和范畴。所谓中国现代文学理论，是指从"五四"以来的整个20世纪的中国文学理论，即包括当代文学理论在内。

（2）文学是语言艺术，文学理论也是语言艺术的理论。所以，文学理论的创新首先要在语言即话语层面上表现出来。这就是说，文学理论的创新需要新的关键词。从王国维时代引进"新学语"开始，我国现代文学理论的每一次创新，都会引进和产生新的关键

---

① 董学文：《文学理论学导论》，北京大学出版社，2004，第338～339页。共引用1100多字。

词。20 年代是这样，50 年代是这样，80 年代也是这样。

（3）从"五四"以来，中国现代文学观念的每一次更新，都与关键词的更新密切相关。所以，我国现代文学观念的演变都会首先从关键词中表现出来。譬如 20 年代认为文学的本质是想象，50 年代认为文学的本质是反映，80 年代认为文学的本质是表现，90 年代认为文学的本质是审美。因此，想象、反映、表现、审美等关键词，便构成了中国现代文学观念发展的基本脉络。

（4）关键词之所以"关键"，就在于它是文学理论活动中人人言说的主要话语。从文学理论创新角度看，关键词的内涵既是个人（精英）赋予的，也是社会（大众）赋予的。因此，关键词中不仅蕴含着丰富的学理内涵，而且积淀着一些社会的时代的信息。一个时代的文学本质观、文学价值观和文学思潮等，都会从关键词中有所反映。所以，关键词的更新会带动文学理论内涵的创新。

（5）关键词是"强力语词"（force words），即具有很强的建构能力。一个时期的文学理论关键词谱系，便构成了文学理论体系创新的基本蓝图。诸如世界、作家、作品、读者、文学活动等关键词便是 90 年代以来文学理论体系创新的基本蓝图。

因此，从关键词切入研究中国现代文学理论的发展，是一个新的具有前沿性的研究课题。

二　中国现代文论关键词的基本来源

"文学概论"课程的开设，是我国高等教育现代化的产物。清代以前的高等教育只有经学课程，而无文学课程。清代只有阮元任两广总督时创办的学海堂（广州），讲授过《文选》《杜诗》和《昌黎集》，其他的学堂书院在文科的教学方面，仍跳不出经学的樊篱。进入 20 世纪，"远法德国，近采日本，以定学制"（康有为）[①]，引入国外现代教育体制以后，情形才有所改变。1902 年，

[①]　舒新城编《中国近代教育史资料》（上册），人民教育出版社，1981，第 150 页。

在《钦定高等学堂章程》和《钦定京师大学堂章程》中，虽设有"文学科"，但实际讲授的内容还是传统的"词章学"。1903 年，在《奏定高等学堂章程》中，设置了"中国文学"学科。同年，在《奏定大学堂章程》中规定，文学科大学分设中国文学门、英国文学门、法国文学门、俄国文学门、德国文学门和日本国文学门。尤其是在中国文学门中，开设了"文学研究法"和"古人论文要言"两门课程。前者虽然内容庞杂，但也涉及到了文体、文法、风格，以及文学与人事世道之关系、文学与地理之关系和文学与道德之关系等，可以看作是"文学概论"课程的萌芽。后者涉及到《文心雕龙》等内容，是"中国文学批评史"课程的滥觞。新的文学观念正在孕育之中。到 1913 年，现代文学观念便呼之欲出了。该年有两个重要的文件值得一提：一个是《教育部公布大学规程》中规定，在文学门的梵文学类、英文学类、法文学类、德文学类、俄文学类、意大利文学类和言语学类等，均设置了"文学概论"课程；一个是《教育部公布高等师范学校课程标准》中指出："国文部及英语部之豫科，每周宜减他科目二时，教授文学概论。"① 但是，国文学类当时还是开设"文学研究法"，直到 1917 年才开设了"文学概论"。由于"文学概论"是从国外新引进的课程，所以师资奇缺，就连北京大学都找不到专任教师②。1920 年，周作人在北京大学讲授"文学概论"课程③；同年，梅光迪也在南京高等师范学校暑期课程中讲授"文学概论"。我国高校正式开设"文学概论"课程大概就从此时开始。从这个时间算起，可将我国文学理论教材的编撰和出版分为三个时期：

---

① 舒新城编《中国近代教育史资料》（中册），人民教育出版社，1981，第 646 页、第 729 页。

② 旷新年：《中国 20 世纪文艺学学术史》，（第二部下卷），上海文艺出版社，2001，第 67 ~ 68 页。

③ 傅莹：《中国现代文学基本理论的发轫及检讨》，《文艺报》2001 年 4 月 3 日第 3 版。

1920～1946 年为第一个时期，大约出版文学理论教材类图书 40 多种。从沈天葆《文学概论》（1926）、马仲殊《文学概论》（1930）、曹百川《文学概论》（1931）、赵景深《文学概论》（1932）、陈穆如《文学理论》（1934）、谭正璧《文学概论讲话》（1934）、陈君冶《新文学概论讲话》（1935）和张长弓《文学新论》（1946）等 10 多部具有代表性的教材看，其关键词有定义、特质、起源、情感、思想、想象、形式、国民性、时代、人生、道德和个性等。这些关键词都渊源于西方文学理论。其中"思想""想象""感情"和"形式"来源于美国学者亨特的《文学概论》（1935，傅东华译）。后来，温彻斯特《文学评论之原理》（1922，钱新堃、景昌极译）据此提出了著名的"文学四要素说"。这两部书在当时的影响很大。梅光迪在东南大学开设文学概论课时，就是直接采用温彻斯特《文学评论之原理》作为教材的。此外，还有丹纳《艺术哲学》提出的"种族、时代、环境三要素说"，也影响到我国早期文学理论教材体系的建构。

1947～1979 年为第二个时期，大约出版文学理论教材类图书 18 种。从林焕平《文学论教程》（1948）、刘衍文《文学概论》（1957）、山东大学中文系文艺理论教研室《文艺学新论》（1959）、以群主编的《文学的基本原理》（1964）和蔡仪主编的《文学概论》（1979）等影响较大的几部教材来看，其关键词有三大系列：一是本质论系列，以"意识形态"为核心，有经济基础、上层建筑、反映、社会性、阶级性、党性、人民性、世界观、倾向性和社会生活等；二是创作论系列，以"创作方法"为核心，有形象思维、现实主义、浪漫主义、社会主义现实主义、风格、创作个性、流派、文学思潮、个性化和典型化等；三是本体论系列，以"形象"（人物形象或艺术形象）为核心，有性格、典型（包括典型人物和典型环境）、真实性、艺术性、内容和形式等。这些关键词大多来源于苏联文论。这个时期先后译介苏联文论教科书 10 多种，其中影响大的有维诺格拉多夫的《新文学教程》（1952）、季摩菲耶夫的《文学原理》（1953）

和毕达可夫的《文艺学引论》（1958）等。

1980～2000 年为第三个时期，出版文学理论教材 40 多种。其中 80 年代前半期所出版的几部教材，如十四院校《文学理论基础》（1981）、郑国铨主编《文学理论》（1981）、李衍柱主编《文学理论基础知识》（1981）和黄世瑜主编《文学理论新编》（1986）等，还基本上使用着前一个时期的文论话语。从 20 世纪 80 年代中期以来，随着第三次西化浪潮的迭起，大量的新话语应运而生。据统计，平均每年产生 800 多个新词语，共有 7000 多个新词出现①。这当然包括新的文论话语在内。从此间所出版的几部具有代表性的教材诸如钱中文等《文学原理》（三卷本，1989）、畅广元主编《文艺学导论》（1991）、童庆炳主编《文学理论教程》（1992）、姚文放著《文学理论》（1996）、吴中杰著《文艺学导论》（1998）、王先霈主编《文学理论》（1999）和顾祖钊著《文学原理新释》（2000）等来看，这个时期的文学理论关键词有文学活动、文学生产、审美意识形态、文学消费、文学接受、世界、作品、作者、读者、文本、话语、符号、主体、客体、再现、表现、意象、阐释、期待视野、召唤结构、隐含的读者、对话、言语、细读、误读、语境和传播等。

这些关键词的来源却比较复杂。80 年代中期以来，我国也译介了几部外国文学理论教材，但影响似乎都不大。人们感兴趣的只是韦勒克·沃伦《文学理论》（1984）"内部研究"的理念和浜田正秀《文艺学概论》（1985）灵活多样的研究方法。尽管，波斯彼洛夫《文学原理》（1985）在苏联文论界自成一派，但仍是"意识形态论"的调子，使已厌倦了"苏式文论"的学者们大减胃口。只有艾布拉姆斯《镜与灯》（1989）是个例外。当然，严格说它并不是一部文学理论教材。这部出版于 1953 年的文论名著，经过美

---

① 张宏梁：《科技词语：飞入当代文坛的彩蝶》，载《扬州大学学报》（人文社科版）2001 年第 2 期。

籍华裔学者刘若愚《中国的文学理论》（1987）的咀嚼，成为我国正在寻找新路的文论家们的精神食粮。他的文学"四要素说"成为一些教材建构体系框架的参照。这个时期人们的兴趣点主要集中在西方当代的文学理论之上。所以，伊格尔顿《当代西方文学理论》（1988）便格外受到人们的青睐。

　　然而，这些都还不是这个时期关键词的来源。此时，从启蒙时期和成熟时期的文论背景下诞生的新一代文学理论研究者，已经不满足于从西方文学理论教科书中去寻找话语资源的模仿行为，而是将目光移向更为广阔的当代西方文论研究界。所以，这个时期文学理论教材中关键词的来源便呈现出多元化的状态，要逐一考察起来便是一个十分复杂的课题。只有写出类似韦勒克《批评的概念》那样的专著，才能说个明白。因此，这里只能大概而言了。诸如来源于表现主义文论的有"表现""再现"，来源于俄国形式主义文论的有"陌生化"，来源于新批评文论的有"细读""构架""张力"，来源于符号学文论的有"符号""能指""所指"，来源于结构主义文论的有"言语""历时""共时"，来源于接受理论的有"期待视野""召唤结构""隐含的读者"，来源于精神分析学文论的有"无意识""情结""原始意象"，来源于原型批评文论的有"集体无意识""个体无意识""原型"，来源于阐释学文论的有"话语""对话""视野融合"，来源于对立实用批评文论的有"误读"，来源于女权主义文论的有"反思""缺席"，来源于当代西方马克思主义文论的有"活动""生产""审美意识形态"等。还有"主体""本体""本文""文本"①"语境""意象""在场"和"不在场"等话语各家都在使用，一时还难以考辨出它们的本源。

　　总之，近百年来，我国学者共编撰和出版文学理论教材近百

---

①　对于"本文"和"文本"，国内学者一般不加区分，常常混用。在西方文论界也有这种情况。但是，索绪尔认为，这是两个不同的概念，"本文"就是所指（事实、存在），而"文本"只是能指（语言、符号）。如果按这样理解，文学作品就只能是"文本"，而不是"本文"了。

部，为我国文学教育的发展和现代文论的建设，做出了卓越的贡献。这些教材中的关键词大多取自西方文论，由于这些教材也反映了我国不同时期的文学理论发展状况，所以我国现代文论关键词的来源路向也基本上与此相同。欧美文论、苏联文论和西方现代文论，是我国现代文学理论关键词的重要资源。

三　中国现代文论话语"西化"的内在原因

我国现代文论话语"西化"的内在原因是什么？这虽是一个极复杂的问题，但有一点是十分清楚的，就是外国文论话语都是我们主动拿来，而不是人家送来的。这里似乎不存在什么"文化侵略"和"殖民色彩"。为什么要去拿？道理很简单："需要"。所以，我国现代文论话语"西化"的内在原因只有两个字："需要"。

首先，是培养人才、改革教育的需要。明清以来，科举考试以八股文为主要文体，流弊日深。诸生的知识视野愈来愈狭窄，不知经学之外还有其他学问，八股之外还有其他文章，更不知中国之外还有世界。有的考官，以为"贞观"是"西京年号"，"佛寺"是"西土经文"；一代名臣，而不知范仲淹为何人；甚至有人入了翰林，还闹出"问司马迁为何科前辈"的大笑话[1]；若有人问起"亚非之舆地，欧美之政学，张口瞪目，不知何语矣"[2]，可见其孤陋寡闻到何种地步！因此，近代有识之士无不认为，中国的落后主要在教育。当年，康有为曾忧愤填膺地说，这样的教育是愚弄人民，甚至是杀人，"徒令其不识不知，无才无用，盲聋老死。是比白起之坑长平赵卒四十万，尚十倍之。""中国之割地败兵也，非他为之，而八股致之也。"[3] 所以，此时改革教育的呼声，此起彼伏，不绝于耳。但是，如何改革？虽议论纷纷，然而有一点是相同的，就是

---

① 舒新城编《中国近代教育史资料》（下册），人民教育出版社，1981，第956页。
② 舒新城编《中国近代教育史资料》（上册），人民教育出版社，1981，第37页。
③ 舒新城编《中国近代教育史资料》（上册），人民教育出版社，1981，第38页。

向西方学习。因为，人们发现："凡泰西之所以富强、横绝地球者，不在其炮械军兵，而在其学校也。"① 正是在这样的历史背景下，我国不断引进"西学"，逐步建立和完善了现代的教育体制。"文学概论"课程的引入和开设就是其中的一项内容。所以，引入西方文论话语和关键词，完全是为了适应培养人才和改革教育的需要。

其次，是为了适应时代的需要。自明末清初开始以至现代，引进西学往往与富国强兵的理想结合在一起。徐光启是这样，华蘅芳是这样，现代的学者也是这样。我国留学生教育的先行者容闳说，他赴美留学的志愿是："以西方之学术，灌输于中国，使中国日趋于文明富强之境。"② 这代表了当时一代学者的共同心愿。因此，引进西学有两条基本原则，一是对内而言，我们需要不需要；二是对外而言，西学有用还是无用。其实，归结起来便是一条原则，即"实用"的原则。这是选择译介对象和判断西学价值的基本原则。徐光启那一代学人引进西方自然科学，是为了实用；梁启超那一代学人引进西方文艺美学，也是为了实用。所谓"诗界革命""文界革命"和"小说界革命"的最终目的，并不在诗、文和小说，而在于改良，在于革命自身。至于现代学者对西方文论话语的引进，还是为了实用。需要指出的是，这些"实用"不是用于一己之私，而是用于民，用于国，用于实现富民强国的崇高理想。

具体说，第一个时期所引进的西方文论话语，主要是满足两方面的需求。一是满足文学知识启蒙的需求。诸如文学的"定义""特质""起源""分类"等。这方面的问题在传统文论中讲得不多，而且分散在各处，不成体系。当然，刘勰的《文心雕龙》是个奇迹般的孤例。他受佛经影响，"释名以章义"（《序志》），从定义出发谈论文学的问题。但是，这样的东西不多。我们传统的文论更习惯于在形而下的层面谈论问题，而不习惯在形而上的层面建

---

① 舒新城编《中国近代教育史资料》（下册），人民教育出版社，1981，第951~952页。
② 容闳：《西学东渐记》，中州古籍出版社，1998，第89页。

构体系。所以，西方文论话语的引入，在当时不仅使国人耳目一新，而且在文学知识上具有启蒙的重大意义。至少在这些教材的编著者和受教者的心目中，建立了文学的基本观念，诸如文学的本质特征是"感情"，文学创作的思维方式是"想象"，文学的表达媒介是"形式"（文体和语言）等。另一个是满足民族救亡的需求。"五四"时期乃至后来的一段时间，"人生""个性""国民性""时代""道德"等是社会文化的热点话语，故在文学理论教材中也反映了出来。当时，国难当头，文学理论工作者不可能超然世外，只从事文学知识的启蒙，而不去从事民族的救亡工作。

　　诸如"国民性"在当时不仅是一个社会学话语，也是一个文艺学话语。前者，如海尔巴脱的《国民性及其他问题》、日本学者芳贺的《国民性十论》等。厨川白村在《出了象牙之塔》一书中，剖析了日本国民性中所存在的种种弊病，提出了"改造国民性"的问题。他说："对于国民性竭力加以大改造，则正是生活于新时代的人们的任务。……没有将国民性这东西改造，我们的生活改造能成功的么？"这差不多也是当时我国学者的共识。鲁迅先生认为，厨川白村不仅揭到了日本国民性的要害处，也揭到了中国国民性的要害处。所以，他翻译了厨川白村的作品，其目的是借"从外国药房贩来的一帖泻药"①，治中国的国民性弊病。这也是"五四"时期的一个热门话题。后者，日本学者本间久雄将"国民性"作为一个文艺学话语，引入其所著的《文学概论》之中。本间氏的著作于 1920 年引入我国后，影响很大。曹百川、赵景深、方光焘、夏炎德、薛祥绥、张长弓等人，都将"国民性"一词建构在各自的文学理论教材中。因此，引入"国民性"一词，不仅是社会革命的需要，也是文学理论自身建设的需要。

　　第二个时期"一边倒"地从苏联文论中引入话语和关键词，也

_____

① 〔日〕厨川白村：《苦闷的象征》，鲁迅译，百花文艺出版社，2000，第 125 页、第 260 页。

是由当时国内的政治形势所决定的，或者说是为了适应时代的需要。早在20年代，鲁迅、冯雪峰、夏衍、成仿吾、蒋光慈和李初梨等人，就对苏联文论进行了翻译和介绍，并具有相当的影响。由于当时国内国际斗争的主要任务是反帝反封建，以"个性"为中心的关键词还占居主导地位，所以苏联文论话语还未进入教材建构。到了第二个时期，中国革命斗争取得了决定性的胜利。作为刚刚走上国家领导地位的第一代领导人，考虑的问题就是如何巩固政权和发展社会主义。战时文化的色彩并未淡化。于是，这些以"意识形态"为核心的苏联文论话语，便成为中国学者唯一的选择。于是便出现了由第一时期的欧美文论话语向第二时期的苏联文论话语转换。具体说来，就是文学的本质话语由"思想"转换为"意识形态"，本体话语由"感情"转换为"形象"，思维方式话语由"想象"转换为"形象思维"，表现对象话语由"人生"转换为"社会生活"，甚至还有从"国民性"转换为"人民性"等。至于体系框架的转换则更为明显。如巴人说，他的《文学初步》（1950）"全书的纲要，大致取之于苏联维诺格拉多夫的《新文学教程》"①。类似的情形在当时是很普遍的。这其中实用的目的性是很明确的。

　　苏联的文学理论是以"社会意识形态"话语为主导的文学理论，或者说是马克思主义的文学理论。它产生在苏联特殊的政治文化土壤之上。与欧美文论和日本文论相比，苏联文论具有鲜明的特色，形成了新的文论体系。由于我国政治制度与苏联有某种相似性，因而苏联文论成为我国这个时期文学理论关键词的主要来源。与上个时期相比，这个时期的关键词显得更加丰富多样，尤其是在本质论（意识形态）、本体论（形象和典型）和创作论（形象思维和创作方法）等方面有了实质性发展。我国文论家也由此显得更加成熟了。如果说上个时期是文学理论学科的启蒙期，那么这个时期则是文学理论学科的成熟期了。但是，"文革"期间，由于极左

---

① 毛其庆、谭志图汇辑《文艺理论教材史料汇编》（内部刊印，1981），第23页。

思潮的泛滥，阶级斗争话语浸染了文学理论教材，造成了文学基础理论研究和教学的荒漠状态。这当然不能说是文学理论自身的错误，而是政治运动干涉文学理论后所产生的一种畸形现象。

再次，是为了满足我国现代文论建设自身的需要。前两个时期的外国文论话语的引进，虽有适应时代需要的实用目的，但也不能忽视它在文论建设方面的意义。特别是第三个时期的到来，由于党的工作重心的转移和改革开放的大好形势，文论界真正获得了宽松和自由，开创了理论建设"百花齐放"的新局面。我们在对外国文论话语的态度上，虽然淡化了政治意识和实用意识，却并没有淡化"需要"意识。这个时期引入的众多文论话语和关键词，虽不再是为了满足政治的需要，但却是为了满足新时期文论建设自身的需要。它基本上是通过三条途径来实现这一目标的，一是恢复和重提过去不占主流的或被扼杀的文论话语，诸如"文学是人学""写真实""共同人性""形象思维"等；二是营造新的话语，诸如方法论的洗礼，性格组合论的提出，主体论的讨论，审美意识形态论的强调和文艺心理研究的掘进等；三是对西方现代文论和后现代文论话语的接纳，诸如"符号""文本""期待视野""召唤结构""解构""颠覆"和"权力"等。

总之，我国现代文论话语的"西化"，是在适应我国现代社会需要和文论建设自身需要的前提下，由我国学人主动选择的结果。这里不存在被动接受，也不存在"文化侵略"。正如尼采所说："求古源尽者，将求方来之泉，将求新源"。[①] 当传统文论的话语资源不能够满足文学理论发展的需要时，从国外引进新的文论话语是势所必然的历史选择。所以，应该看到，"西化"在中国文论话语现代化过程中是立下了汗马功劳的。目前，人们对此多持贬否之词，是不正确的。试想想，如果没有"西化"，很可能我们还在传统文论的十字路口上徘徊着，中国现代文论的出现将不知要推迟多少年。

---

① 引自鲁迅《摩罗诗力说》。

四　关于外国文论话语的翻译问题

说到这里，我们还要结合本节论题，对"失语症"谈点看法。

文学理论教材中的关键词是文学观念的载体，理论的含载量颇高，具有较强的理论建构力。这些关键词既是我们观照文学风景的窗口，又是反映一个时代文学观念演化的晴雨表。所以，文学界的风云变幻最先都会从关键词中反映出来。正如鲁迅先生所说："新潮之进中国，往往只有几个名词"。① 也就是说，我国现代文论中的新话语和关键词，大都是伴随着文学新潮而引入的。这种情形在过去的百年中，主要有三次：一次是 20 世纪初，一次是 50 年代，一次是80~90 年代。那么，一个世纪以来，我们从外国文论中引进的新话语和关键词有多少呢？笔者依据最新出版的《世界文学术语大辞典》附录一《外来术语英汉对照表》② 作以统计，共引进外国文学术语2018 个，其中引进外国文论术语 533 个，常用文论关键词有 123 个。此表中文论关键词的内容和数量与笔者所论及的关键词大致相符，基本上反映了我国近百年来引进外国文论话语的实际情形。

这些文论关键词的引进，是通过"翻译"实现的，也就是将外文关键词译成中文关键词。"翻译"实际上是一种对话，是两种语言之间的沟通、交换和对等的双边对话活动。我国学者历来对翻译的态度是很严谨的。1903 年，《奏定译学馆章程》中规定"专科学术名词，非精其学者不能翻译"。③ 再说，一个文论关键词的最后译定，往往不是凭借一人之力，而是经过学界同仁长期商榷、磨合乃至约定俗成的。

比如英文术语"inspiration"在 20 世纪 20 年代传入我国时，

① 山东师范学院中文系文艺理论教研室编《鲁迅论文学与艺术》，山东人民出版社，1979，第 200 页。

② 陈慧、黄宏煦主编《世界文学术语大辞典》，河北教育出版社，2001，第 787~806 页。

③ 舒新城编《中国近代教育史资料》（中册），人民教育出版社，1981，第 638 页。

开始音译为"烟士披里纯"。当时一些赶时髦的文人,一谈文艺创作,就要大讲特讲"烟士披里纯"。后来,人们才感觉到此种译法非但不雅,而且令人费解。于是,才译定为"灵感"。朱获先生说:"单从术语翻译的角度来看,把'烟士披里纯'从音译翻成'灵感',是译得极好的。灵感的灵,繁体字靈,从巫。《说文》:'巫以玉事神'曰灵。照许慎的解释:'巫,祝也。女能事无形、以舞降神者也,象人两袖舞形。'所以,灵感这个词的翻译,可谓与柏拉图时代的含义相近,一是有通神的意思,二是与巫有关。"[1]

又如英文术语"romanticism"从 19 世纪末 20 世纪初传入我国时,最初有两种译法。一种是梁启超和王国维从日语中转译为"理想",与"写实"相对应。又有人译作"理想主义"。这基本上是采用了意译法。另一种是鲁迅于 1908 年在《摩罗诗力说》一文中,采用梵文之意,音译为"摩罗派"或"罗曼派"。又有人译作"罗曼主义"。这基本上是采用了音译法。当时,两种译法难分高下,故并行于文坛之上。直到 1930 年,才译定为"浪漫主义"。

由此可见,作为对话的翻译,就不仅只有外语在场,而且汉语也在场,是外语与汉语之间对等地沟通和交换。两种语言的对话是否成功和有效,关键要看"翻译"的水平。一般来说,翻译者不仅要精通两种语言,还要精通两种语言的文学和文化;不仅要"专其学",而且要"精其学"。所以,翻译者要完成一次对话,便要使出浑身的解数,调动母语方的语言、文学和文化的广博知识积累。翻译者代表母语方参与对话,并用汉语的表达方式将对话的成果固定下来。诸如上文所说的"灵感""浪漫主义"就是如此。

为了进一步论证这种对话的有效性,我们组织了下面的一场对话。这场对话是用图表形式进行的。对话的一方是陈慧、黄宏煦主编的《世界文学术语大辞典·外来术语》,另一方是彭会资主编的《中国文论大辞典》(百花文艺出版社 1990 年版)和《辞源》(合订本),见表 2-3。

---

[1] 朱获:《灵感概念的历史演变及其他》,载《美学》1979 年第 1 期。

表2-3   中外文论术语对译和对照

序号	《世界文学术语大辞典·外来术语(英)》	《中国文论大辞典》	《辞源》
1	Literature(文学)	文学	文学
2	Imagery(意象)	意象	意象
3	Imagination(想象)	想象	想象
4	Style(风格)	风格	风格
5	Structure(结构)	结构	结构
6	Form(体裁)	(体裁)	体裁
7	Empathy(移情)	移情	移情
8	Taste(趣味)	趣味	趣味
9	Satire(讽刺)	(讽刺)	讽刺
10	Plot(情节)	(情节)	情节
11	Feigning(虚构)	(虚构)	虚构
12	Tone(格调)	(格调)	格调
13	Euphemism(委婉)	(委婉)	委婉
14	Grotesque(怪诞)	(怪诞)	怪诞
15	Humours(幽默)	(幽默)	幽默

上表纵列 II 括号中的文字是译名；纵列 III 括号中的文字是该辞典虽未收入，但在中国文论里又存在的话语。

其实，在中文与外文（主要是英文）的对话中，存在着三种情形：一是在中国语言和文论中有现成的词语来作为译名，如表2-3所列出的15个译名。其中大多数译名语义与英文相近，也有不尽相同的，如"幽默"，它的本义是"静寂无声"。这部分译名最容易给读者造成错觉，以为在中国语言和文论中存在着与英文完全一样的术语。有人甚至将译名与英文等同起来，并认为译名就是英文，英文就是译名。这样就忽视和遮蔽了英文的存在。正确的说法是：译名与英文在语义层面上是大致相近的，但在语言层面上又绝不相同，即英文是英文，译名是译名。如在英文中只有"imagery"而无"意象"，"意象"只是它的中文译名。二是在中国语言和文论中没有现成的词语来作为译名，只有另造新词来译它。如"灵感""语境""解构""通感""召唤结构""期待视野"等。三是模拟外文的音译，如"沙龙""罗曼""烟士披里纯""洛可可式"等。

　　总之，在以上三种情形中，除了音译是有特殊的需要之外，应该说译者们调动了浑身解数，站在中国语言和文化的立场上，使用汉语的方式来参与对话。这场对话，汉语不仅始终在场，而且发挥着积极的作用。所以，尽管我们在西文文论中引进了大量的话语，但这些话语大都"中国化"了，变成了中国文论的话语。这是"得语"而不是"失语"，事实上我们并没有失去什么。

　　那么，什么是"失语症"呢？时下议论较多。按我们的理解，所谓"失语"就是丧失了说话的权力。它是指我们没有能够创造出代表中国文学和文化传统（或曰特色）的新话语，去参与世界文论的对话。在这层意思上说"失语"，说"缺席"，都是对的。但是，这与我们引进西方文论话语似乎没有多大关系。也就是说，"得语"之因，并不一定会结出"失语"之果。因此，我们认为，西方文论话语的引进者和使用者，都不需要为"失语症"负责。我国从东汉以来曾大量译介佛经，佛学话语已浸透到中国文化话语的方方面面。但是，我们并没有因此而"失语"，倒是带来了汉语的极大繁荣。所以，"失语症"不应该记在引进西方文论话语的账上。任何时候，我们都要以更远大的目光，更开放的胸怀，更理直气壮地去接纳世界各国文论的优秀话语，并以此作为养料，去创造中国文论的辉煌！

第五节　本土话语与"失语症"

　　在 20 世纪我国文学理论教材中，我们除了清点和考察西化式的主流话语之外，也不应忽视本土话语的存在。目前，学界对前者谈论较多，却很少有人关注后者。

　　20 年代，马宗霍的《文学概论》（1925）就大量地使用了我国本土话语。诸如文、文机、文体、文用、载道、明理、昭实、匡时、垂久、歌谣、命意、思意、性情、立志、炼识、志识、法度、内相、外象、材料、精神、典籍等。或直接取自古人，或根据需要新创，但都是本土话语。特别值得指出的是，在第三篇第五章和第六章中，还从传统文论中吸收了话语，有神、趣、气、势、声、色、格、律等。这是一部以本土话语和传统文学观念为主所写的文论教材。从"西人论文""西洋文学之时代观""西洋文学之分类""西洋文学之派别"和"西洋文学之法度"等小标题来看，西方文论话语只是一种例证，而且表现出了中西融合的努力。在我国文学理论启蒙时期能够做到这点，是难能可贵的。

当然，这可能与日本文论的影响有关。因为，在 20 年代颇具影响的本间久雄的那本《文学概论》中，就大量介绍了我国古代文论中的《毛诗序》《沧浪诗话》《文体明辨》《谈艺录》和《诗集传序》等话语和观点。特别是在铃木虎雄的《中国诗论史》的刺激下，掀起了一股中国古代文学理论和批评史的教学和研究热潮。1924 年，李笠在广东大学讲授"文学概论"课程，出版了《中国文学述评》（1928）。同时，段凌辰在中州大学讲授"文学概论"课程，出版了《中国文学概论》（1929）。这两部教材虽是借用西方文论的方法和体系，对中国文论的尝试性建构，但毕竟是开始了本土化的追求。到 1931 年，陈怀的《中国文学概论》出版，情形则大不同了。这是一部地道的"中国式"的文学理论教材。它以"文性""文情""文才""文识""文德"和"文时"等本土话语为轴心范畴，建构了一个具有中国特色的文学理论框架。遗憾的是篇幅太短，只有 1.5 万字，实际上只是一个教学大纲，故影响不大。总之，有了以上这些中国古代文论教学和研究作铺垫，也就促进了我国现代文学理论研究本土化的进程。

1930～1934 年，老舍先生在齐鲁大学文学院讲授"文学概论"课。这本油印的《文学概论讲义》直到 80 年代才被人发现，由北京出版社于 1984 年出版。老舍早年曾执教于英国伦敦大学东方学院，可谓学贯中西，因而对本土化的追求就更显得自觉。在当时的

"西化"浪潮中，文论界出现了一种"崇外抑内"的思想，以为西方文论什么都好，而中国文论则一无是处；或者用中国文论为材料去证实西方文论。罗根泽先生在他的《中国文学批评史》（1934）中，曾对"以别国的学说为裁判官，以中国的学说为阶下囚"的现象予以批评。针对这样一种现象，老舍先生说："我们何必一定尊视西人，而卑视自己呢？……我们是生在'现代'，我们治学便不许像前人那样褊狭。我们要读古籍古文；同时，我们要明白世界上最精确的学说，然后才能证辨出自家的价值何在。"① 以西方文论为参照，重在中国文论"自家的价值"的发掘，是这部教材的显著特点。他除了用两讲的篇幅介绍中国历代文论之外，全书立论的基点，是从中国文学的现状和自己的创作经验出发，而不是从西方文论的"定义"出发。而且既不把古代文论"现代化"，也不把中国文论"洋化"，分寸感把握得很好。这是一种比较自觉的本土化追求。

这以后，像老舍这样自觉的本土化追求虽不多见，但在流行的文学理论教材中，还能听到一点"中国的声音"。诸如夏炎德《文艺通论》（1933）中有一节是"中国的文艺批评"；张长弓《文学新论》（1946）在论述问题时还要"考诸中国"；林焕平《文学论教程》（1948）中，有"刚美""柔美"传统式话语，有对《文心雕龙》和毛泽东文艺理论的解说，有对中国文学传统的重视，也有对新中国文艺思想主潮的关注。也就是说，此前的文学理论教材是"多声部"的，有日本文论的声音，有俄苏文论的声音，有欧美文论的声音，也有中国文论的声音。但是，到了50年代，随着"一边倒"的学习苏联，我国文学理论教材里就只剩下了一种声音，那就是苏联文论的声音。从此，中国文论的声音就很难再听到了。因此，笔者认为，我国现代文学理论的"失语症"就是从50年代患上的。

---

① 舒舍予：《文学概论讲义》，北京出版社，1984，第2页。

　　所谓"失语症"，在医学上是指失去了说话的能力，在文化上则是指对本土话语权力的丧失。前者是一种生理病态，而后者则是一种"文化病态"（曹顺庆语）。进入90年代以来，随着学界对我国现代文论发展的反思，有人提出了"失语症"，成为世纪末沉重的话题。曹顺庆先生说："我们根本没有一套自己的文论话语"，"一旦离开了西方文论话语，就几乎没办法说话"，"其基本原因在于我们患上了严重的失语症。"① 林岗先生说，中国现代文论"只是借用他人的概念术语衣装演练了一场堂皇而缺乏神采的戏"。② 中国现代文论在国内的失语，必然会导致在国际上的失语。香港中文大学黄维樑教授说："在当今的西方文论中，完全没有我们中国的声音。20世纪是文评理论风起云涌的时代，各种主张和主义，争妍斗丽，却没有一种是中国的。"③

　　但是，这种"失语"的状况，只是就主流话语而言。事实上，我国学者并没有完全放弃对本土化的追求。1942年，毛泽东同志《在延安文艺座谈会上的讲话》就是将马列文论本土化的成功范例。他接受了苏联文论的话语和观点，但不是从"教科书"和"定义"出发，而是从中国当时文艺界的现状出发，认真总结了"五四"以来中国革命文艺的经验，回答了文艺界提出的种种具体问题。在此基础上，他创造性地提出了一些本土话语，诸如"源""流""普及""提高""批判""继承"和"工农兵"等，被50年代的一些"文学概论"教材所采用。80年代初期，古代文论界讨论"民族特色"问题，现代文论界也提出了"建立具有中国特色的马克思主义文论"的目标。于是对于本土化的追求显得更为自觉了。十四院校《文学理论基础》将"意境"作为"文学典型"之一写入教材，并引用了《诗大序》《文赋》《文心雕

①　曹顺庆：《中外比较文论研究的基本目标与重建中国文论话语》，钱中文等主编《中国古代文论的现代转换》，陕西师范大学出版社，1997，第317页。
②　林岗：《语言变迁与20世纪文论》，《文学评论》1998年第3期。
③　黄维樑：《中国古典文论新探》，北京大学出版社，1996，第25页。

龙》《诗品序》《闲情偶寄》和《艺概》等古代文论资料。这具有示范意义，后来黄世瑜、童庆炳、吴中杰和顾祖钊等人编著的"文学概论"教材，都将"意境"作为独立的一章内容。这里要特别指出两本书，一本是刘衍文父子合著的《文学的艺术》（1985），一本是吴中杰的《文艺学导论》（1998）。刘著提出了"文学四象说"，即实象、假象、义象和用象。此外，他还从传统文论中化用了取象、取意、繁简、浓淡、生熟、炼字、炼句、炼意、炼格、感应、宾主、疏密、虚实、方圆等话语。这是一部从概念、话语到框架体系都本土化了的教材。遗憾的是，这只是原著中的一卷。如果这部五卷本的文学概论不被毁掉，那么对于我国现代文论建设将是多大的贡献啊！吴著也采用了"格物""情性"和"意境"等传统文论话语，并将我国传统的诠释式批评、考据式批评和评点式批评与西方文艺批评流派同等看待。虽然在本土化的内容上没有刘著全面多样，但也做出了可贵的追求。

第六节　中国文学理论的话语重建策略

长期以来，我们是用西方文学理论话语言说中国文学问题，而没有自己独特的话语体系。有人认为，这是"西化"的罪过；也有人担心"全球化"浪潮会使这种现象不断加剧。如何看待这些问题？在全球化时代，如何重建中国文学理论话语？我们就此谈点看法。

首先，我们要正确地看待文学理论的"西化"现象。应当看到，在我国文学理论界存在着一种"西化恐惧症"，往往片面地夸大"西化"的负效应，而予以全盘否定。这是不正确的。实事求是地说，"西化"在我国文学理论话语现代化过程中立下了汗马功劳，我们应该充分肯定它的学术贡献和社会意义。在19世纪末到20世纪初，或者再前推至甲午战争前后，向西方学习，是一代学者和国人的共识，也是我国传统文化走向现代化的必由之路。当时，一代国学名儒如林纾、康有为、梁启超和王国维等人都表现出崇尚西学的倾向。人们认为，问题的关键不在于要不要"西化"，而在于"西化"来得太迟了。正如鲁迅先生在《摩罗诗力说》一文中所指出的那样，"顾使往昔以来，不事闭关，能与世界大势相接，思想为作，日趣于新，则今日方卓立宇内，无所愧逊于他邦，荣光俨然"。试想想，如果不是当时的"西化"为国人启蒙，很可能我们还在传统的十字路口摸索着，中国现代文学理论学科的出现很可能要推迟很多年。至于"失语症"，那不完全是"西化"的过错。蔡锺翔先生有一番话很有道理。他说，从我国三次引进西方文论话语来看，"这种现象应该说是'得'语，只是在得语的同时，一些传统的语汇被冷落和遗忘了，这就是'失'。因此更准确地说，是有得有失，而且得远大于失。"① 这样评价才是公允的、科学的。

也应当看到，"西化崇拜症"也相当严重。我国文学理论界有一些人，不关心国内的文学实际问题，而是将目光紧紧地锁定在西方，将西方文论的东西不加分析、不加选择地搬回国内，以追随西方为时尚、为前沿和为真理，或者以搬用西方文论为新潮、为成名捷径和为权威。谁最先拿到西方文论的东西，谁就可以大捞一把，甚至大红大紫。这样的人和事也不在少数，对于我国文学理论的创新是有所干扰和阻碍的。但是，这毕竟不是"西化"的主流，正如上文所说，其主流是功大于过的。在今天的文学理论建设中，"西方"仍然是一种很好的参照。具体地说，我们从事文学理论教学与研究时，要对"西方"与"本土"的文论兼收并取，不可偏废。就是说，胸襟要更开阔，眼光要更宏放，要"纵观古今，横览欧亚，撷华夏之古言，取英美之新说"，② 推陈出新，自铸话语。

其次，对于"全球化"问题，我们也应当有清醒的认识和正确的态度。近年来，学界关于"全球化"问题的讨论已经很多、很

---

① 　蔡锺翔等：《范畴研究三人谈》，《文学遗产》2001 年第 1 期。

② 　鲁迅：《鲁迅全集》（第 8 卷），人民文学出版社，1979，第 332 页。

深入了，从"经济全球化"、"文化全球化"谈到"文学全球化"。其中，期待者有之，忧虑者有之，无可奈何者也有之。但是，不论人们的态度如何，"全球化"都已成为一个绕不开的问题。

人们不同的态度，关键取决于对"全球化"的不同理解上。忧虑者认为，"全球化"就是世界同质化，是世界"普遍性"吃掉民族"自足性"，"最终将演变出弱势国家、民族及其文化的整体的被驱逐感"。① 其实质是世界强势文化权力意志的表现。这种担心是有道理的。

但是，我们也不应该悲观。因为，世界是全球人民的世界。所以，我们认为，真正的"全球化"，或者我们所期待的"全球化"，应当是在互相尊重和平等对待的原则下，各民族各国文化进行大对话、大交流和大融合的过程。"全球化"应该有两个发展方向和目标，一个是"民族化"的方向和目标，研究民族文化的特点和特殊规律，更加鲜明地发展民族文化和国家文化；另一个是"世界化"的方向和目标，研究人类文化的共同特点和一般规律，去发展世界文化。当然，我们也不否认在"全球化"过程中存在着各种文化之间的"趋同"现象。尽管，这种"趋同"现象有可能成为"世界化"的资源，从而促进"世界化"的发展，但是它对于"民族化"并不构成实质性威胁。道理很简单，一个民族的文化就好像一个人种的肤色一样，是很难改变的。因为，文化都是由特定时空中的人创造的。由于种族、环境和时代的原因，各民族各国文化的差异性是永远存在的。如果说，在两次世界大战时期，帝国主义用战争都没有消灭弱国文化的话；那么，在"全球化"时代，霸权主义用经济的、政治的和军事的手段也消灭不了弱势文化。这是一条不以霸权主义者意志为转移的客观规律。至于在"全球化"过程中出现的种种"不平等"现象，则要通过斗争和对话的方式去改变它。

我们也应该看到，在电子信息网络化的时代里，人类的任何一

---

① 王德胜：《经济全球化与弱势民族的文化困境》，《思想战线》2001 年第 1 期。

项文化创造，都不可能在封闭的状态里进行。因此，我们今天研究
文学理论，或者从事文学理论教学，都应具备"全球化"的学术
视野和知识结构。我们所说的"全球化"仅此而已。如果机械地
理解"全球化"，对于我们的各种工作是有害的。所以，"全球化"
不等于"西化"，也不等于"霸权主义化"，而是"民族化"与
"世界化"的辩证统一。

从"民族化"的方向看，我们首先要医治"失语症"。蒋寅先
生曾经为医治"失语症"开过一个有趣的处方：

> 病状：失语症。此症多发作于国际文化交流的场合，经常
> 伴有严重的文化自卑感与精神焦虑。
> 病因：脱离文学研究活动，缺乏艺术感受力与文学批评经
> 验，于文学本身殊无知解，故随波逐流，略无定见。
> 处方：配以古今并举、中西双修之操，多看作品，多做研
> 究，留意创作，留意批评。①

由此可见，尽管产生"失语症"的原因是复杂的，但是其中
脱离本土文学创作和批评的现实是主要的原因。

因此，"全球化"并不可怕，可怕的是对于"民族化"的淡忘
和歧视。"民族化"不仅与"全球化"不矛盾，而且是"全球化"
内涵中的应有之义。越是民族的东西，越容易走向世界，从而成为
全球人民的共同精神财富。所以，我们要站在"全球"的高度，
重新审视和关注我国本土文学创作和批评的现实问题，从中提炼出
具有中华民族特色的文论话语来。

再次，目前我国文学理论创新的出路在哪里？我们认为，出路
也许有多种，但是目前的当务之急还是话语创新问题。因为，新的
文学观念和思想需要新的话语来言说，新的文学理论和批评体系需

---

① 蒋寅：《学术的年轮》，中国文联出版社，2000，第34～35页。

要新的话语来建构。新的文论话语是新载体，也是新起点。为了从根本上解决我国文学理论的创新问题，我们从全局着眼提出一个"话语重建策略"。它由三个方面的内容构成：

其一，调整中西文论话语的错位现象。西方文论话语根植于西方文学的土壤之中，也就是说西方文论话语有它存在的文化语境。一旦将西方文论话语引入中国，不仅有一个由西语向汉语的转换问题，也有一个文化语境的转换问题。近百年来，由于我国文学理论教学和研究者大多不能够精通外语，对于西方文化语境缺乏了解；因而对于这些穿上汉语"服装"的西方文论话语，就只能根据汉语文化语境的内涵来理解；因而便出现了在汉语文化典籍中为西方文论话语"寻宗访祖"的荒唐之事。结果弄不清楚某些话语是外国的，还是中国的了。实质上，这是一种跨语境移译中滋生的话语错位现象。当然，这主要表现在意译方面，至于音译则另当别论。如将"Aesthetik"（美学）音译为"埃斯特惕卡"，将"Inspiration"（灵感）音译为"烟士披里纯"等。本来，"Aesthetik"在德国文化语境中只是"感性学"，经日本学者中江兆民译为汉字"美学"后，便失去了它的本义。近年来国内美学界对此又重新讨论。其实这就是跨语境移译过程中产生的话语错位现象。所以，当代德国著名汉学家卜松山先生提醒中国学者说："不要忘记，西方'aesthetics'一词的对象是感性观知，并非'美'"。① 在我们引进的大量的西方文论话语中，都有这种情况。当然，也不是让我们对这些外来话语都处处小心格义，那也未免严重了。如果都采取音译并死守西义的话，那我们就没有办法去阅读外国的文论著作，甚至连话也不会说了，那才叫名副其实的"失语"呢！我们指出这种现象，只是想强调一点，使用这些话语时一定要树立起"这是外来的"观念就行了，千万不要戴着"中国文化的眼镜"去为它们格义。

其二，传统文论话语的现代转换。按理说，中国古代文论话语

---

① 〔德〕卜松山：《与中国作跨文化对话》，中华书局，2000，第15页。

是根植于古代不同时期的文学与文化土壤之中。随着历史文化语境的远去，这些文论话语并不能直接用在现代文论之中。但是，中国数千年来的文学与文化是在相对封闭的状态中发展过来的，因而传统的特色十分鲜明。比如我国现代文论中使用的一些话语，都来自悠远的历史传统。"言志"来自春秋时期，"传神"来自东晋时期，"神韵"来自南北朝时期，"意境"来自盛唐时期，等等。几乎每个话语都成为具有上千年历史的"观念文物"。它们就是通过传统的力量流传下来的。所以，正是传统的运作方式沟通和激活了古代文化，成为后世文化创造的重要资源。尽管如此，古代文论的话语要用于我们今天的文论建设，还需要做重读、阐释和转换的工作。几年前，笔者就认为："古代文论中还有许多的范畴，诸如神韵、形似、神似、情、景、情语、景语、实境、虚境、事境、物境、情境、意境、佳境、妙境、化境、造境、写境、理趣、感物、神思、立意、创意、赋、比、兴、文、质、气、滋味、浓、淡、疏、密、详、略、隐、显、动、静、刚、柔、主、宾、雅、俗、通、变、奇、正、韵、风骨、豪放、婉约、华丽、怪诞、清新、空灵，等等，也完全有资格进入现代文论体系"。① 这些传统文论话语都有千百年的历史了，如果用李泽厚的话说，它们是"民族心灵的对应物"，"是一种民族的智慧"②，因而是不会过时的。至于如何开发和利用传统文论的话语资源，大家正在探索之中。最近，钱中文先生认为，"要促进中国古代文学理论的现代转化，以当代意识最大限度地激活其中最具生命力、可与当代审美意识融为一体的精华部分，建构中国当代文学理论批评话语"。③ 蔡锺翔先生也认为，中国古代文论话语的现代转换可分三步走，首先在古典文艺作品的评论中使用，其次在当代的书法、国画、民族歌舞、戏曲表演和民

---

① 古风：《中国古代文论的现代转换》，陕西师范大学出版社，1997，第148页。

② 李泽厚：《中国古代思想史论》，人民出版社，1986，第297页。

③ 钱中文：《文学理论：走向交往与对话》，《中国社会科学》2001年第1期。

间艺术的评论中使用，最后在现当代文艺作品的评论中使用。他还建议，"古代文论研究者积极参与文艺学教材的编写工作"，在文艺理论教材中逐步扩大使用传统文论话语的范围。① 笔者认为，这些看法是切实可行的。

其三，创造新的文论话语。一个时代应该有一个时代的文论话语。它既是一个时代文学创作、欣赏和批评实践经验的总结升华的产物，也是一个时代审美文化孕育的结果。如果一个时代的文论话语是丰富多彩的，说明这个时代的文学理论是有成绩的。否则，就是无成绩的。由此可见，中国现代文学理论话语的重建，除了引进外国文论话语和继承传统文论话语之外，关键是要创造新的文论话语。古今中外的文学理论，之所以能够风靡一时，影响久远，其成功的秘诀就在于此。我国当代文论产生"失语症"的根本原因，除了笔者已经谈到的内容之外，② 还有一点就是没有能够从我国现当代的文学创作和批评的实践经验中去提炼和创造新的话语。这方面我们比不上外国人，也不及我们的前人。长期以来，我们的文学理论和文学创作始终是"两张皮"，作家只顾创作不关心理论，理论家也只顾理论而不关心创作。文论话语不是从文学创作和批评的"田野"里生长出来，而是从外国"拿"过来。所以，这是一些"无根"的话语，由此而形成的文学理论也成为"无根之谈"。这样的话语和理论是没有生命力的，因而出现"失语症"就是必然的了。从这个意义上说，蒋寅先生为医治"失语症"所开的那个处方，其意义是深刻的。

总之，近百年来，我国现代文学理论学科从启蒙到形成再到成熟，取得了重大的成绩。这其中有西化的三次浪潮，也有本土化的艰苦探索，两者几乎是同步进行的。至于西化与本土化的关系，从林纾、梁启超、王国维到鲁迅、毛泽东等人，都有十分清楚的认识和科学的论述，不是我们现在才有这些认识。还有"全球化"问

---

① 蔡锺翔等：《范畴研究三人谈》，《文学遗产》2001 年第 1 期。
② 古风：《20 世纪我国文学理论教材的主流话语论析》，《学术月刊》2002 年第 7 期。

题虽然是近年来才提出来的，但是"全球化"的意识，近现代学者也是有的。早在数十年前，梁启超就十分感慨地说：

> 拿过去若干个五十年和这个五十年来比，这五十年诚然是进化了；拿我们这五十年和别人家的五十年来比，我们可是惭愧无地。试看这五十年的美国何如？这五十年的日本何如？这五十年的德国何如？这五十年的俄国何如？他们政治上虽然成败不同苦乐不等，至于学问思想界，真都算得一日千里。就是英、法等老国，又哪一个不是往前飞跑？我们闹新学闹了几十年，试问科学界可曾有一两件算得世界的发明？①

梁启超就是在"全球化"视野中谈论中国问题的。如果将"五十年"换作"一百年"，将"科学界"换成"文学理论界"，那么这段话倒好像是专为我们说的。我们确实缺少具有世界影响的文学思想和文学理论。近百年来，在国际文学理论界百家争鸣，话语纷呈，然而却没有一家是属于中国的，也没有哪些文论话语的发明权是属于中国的。中国文论至今还没有争得世界地位。鲁迅先生说：

> 现在，"许多人所怕的，是'中国人'这名目要消灭；我所怕的，是中国人要从'世界人'中挤出。……但是想在现今的世界上，协同生长，挣一地位，即须有相当的进步的智识、道德、品格、思想，才能够站得住脚。……于是乎中国人失了世界，却暂时仍要在这世界上住！——这便是我的大恐惧"。②

虽然，与鲁迅先生那个时代相比，我国在世界上的地位不知提高了

---

① 梁启超：《梁启超史学论著四种》，岳麓书社，1998，第 8～9 页。
② 鲁迅：《鲁迅杂文代表作全编》，国际文化出版公司，1994，第 38～39 页。

多少倍；但是，我国文学和文学理论在世界上的地位仍然不是很高。这与我们的文明古国和文化大国的地位极不相称。尤其是在"文化全球化"的语境中，如果我们不能够凭借自己的智慧去创造属于我们自己的文论话语体系，那么我们将要面临的命运就不仅仅只是"失语"，而且还要失掉中国人在世界文论中的地位！因此，我们只有用自己的努力去争取这个地位，我国文论才能够经受住"全球化"的考验，一步步走向辉煌！

第七节　中国文学理论话语研究的新拓展

中国文学理论的"失语"，主要是因为我们缺少自己的话语。这是困扰文学理论创新的难题。近 10 年来，笔者比较关注和研究这方面的问题，并在相关研究中力图寻找我们自己的文论话语。这些研究主要表现在以下三个方面：

首先，对于我国现代文学理论话语的研究。笔者在《20 世纪我国文学理论教材的主流话语论析》（2002）一文指出：从 1920 年至 1946 年，我国文学理论主流话语来源于欧美文论，通过日本文论为中介传入国内，尤其是美国学者温彻斯特提出的"感情""想象""思想"和"形式"四要素说影响较大；从 1947 年至 1979 年，我国文论主流话语有三个系列，一是以"意识形态"为核心的本质论话语，二是以"创作方法"为核心的创作论话语，三是以"形象"为核心的本体论话语。这些话语主要来源于苏联文论；从 1980 年至 2000 年，其中 80 年代前半期文论话语与上个时期相比变化不大。但是，从 80 年代中期以后，随着第三次西化浪潮的迭起，有大量西方现代文论话语涌入，诸如表现主义、俄国形式主义、新批评、符号学、接受美学、精神分析学、原型批评和女权主义等文论话语。总之，据笔者统计，20 世纪我们共引进外国文论话语约 533 个，其中常用文论话语 123 个。就是说，我国现代文论主流话语大都是外来的。对于这种情形应如何评价呢？学界持否定态度的人较多。笔者在《从关键词看我国现代文论的发展》（2001）一文中对此作了比较全面的论述。认为，从我国现代文论建设的角度看，外国文论话语的引进是必要的。"西化"在我国文论话语现代化过程中是立下了汗马功劳的。而且，我们在引进这些文论话语时，也都从语言层面和内涵层面进行了转化，即"中国化"的处理。所以，这应该是"得语"而不是"失语"。我们不应该将"失语症"记在引进外国文论话语的账上。

其次，对于我国古代文学理论话语的研究。笔者认为，造成"失语症"的根源并不是引进外国文论话语，而是与传统文论话语传承关系的断裂。由于传统文论话语的长期缺席，我们往往是用西方文论话语来言说中国文学问题，而听不到中国文论的声音。于是我们不仅在国际文论界失语了，而且在国内文论界也失语了。这才是"失语症"的症结所在。要解决这个问题，就要回归传统，将古代文论话语与现代文论话语的传承关系再接续起来；就要改变古代文论研究与现代文论研究各自为政、老死不相往来的局面，将两者打通，真正做到"知古"与"知今"的统一。基于这样的认识，笔者对于古代文论话语进行了研究，发表了《意境与当代审美》（2001）、《"诗言志"的转换与当代文学理论建设》（2007）等论文，出版了《意境探微》（2001）一书。认为，"意境"范畴出现在唐代，到现在有1200多年了。它不仅没有死亡，而是通过梁启超和王国维等人的努力，完成了从近代向现代的转换，被广泛地应用在当代文学和艺术的批评、审美与理论研究中，表现出异常旺盛的生命力和建构力。同样，"诗言志"是一个更加古老的文论话语。据笔者在《"诗言志"产生年代考》（2006）一文中的研究表明，它大致产生在商代前期，到现在大约有3300多年了。它通过"古代转换"和"现代转换"，依然存活在现代文论和批评的话语中。事实上，在现代文论和批评中，除了"意境"和"诗言志"之外，还存活着一些古代文论话语，诸如"意象""神韵""趣味""结构"和"声韵"等。关于古代文论话语的"现代存活"

问题，学界还很少有人关注和研究。因此，笔者主持的国家社会科学基金项目"存活在现代文论中的中国古代文论范畴研究"就是要解决这个问题。

再次，对于文学理论话语创新问题的研究。中国文学理论的创新首先是话语的创新。笔者在《从话语视角看中国文学理论的创新》（2009）一文中，对于"话语"概念的内涵进行了新拓展，提出了个人、民族、国家和世界"四层面说"的新观点。认为，文学理论"话语"的创新是一项十分复杂的系统工程，需要分别在个人话语、民族话语、国家话语和世界话语四个层面上进行。其中，个人话语层面的创新是最基本、最原始的创新。但是，个人话语的创新必须与社会认同度结合起来，否则就是一种"私人话语"，就是自说自话，对于我国当代文学理论的创新不会有丝毫作用。《当前我国文学理论创新的话语策略》（2003）一文认为，西方文论话语是属于西方人的，古代文论话语是属于古代人的，现在的问题是没有属于我们现代中国人的文论话语。这是我国现代文论缺乏创新性的症结所在。"我们没有从我国现当代文学创作和批评的经验中去提炼和创造新的话语。这方面我们比不上外国人，也不及我们的前人。""如果我们不能够凭借自己的智慧去创造属于我们自己的文论话语体系，那我们将要面临的命运就不仅仅只是'失语'，还会失掉中国人在世界文论中的地位"。接着，笔者在《文学理论的"中国话语权"》（2010）一文中，对于"中国话语权"的问题进行了探讨。认为，我们所争取的"中国话语权"，只是在争取一种平等的言说权和参与权，而绝不是要谋求什么世界霸权。我们要争取"中国话语权"，就是希望在世界文坛上，开中国文学之花，发中国文论之声，从而参与到世界文学和文论的"大合唱"中去。

第三章
转　换

　　中国古代文论话语是如何存活在现代文论中的？因为，古代文论是以古代汉语为工具，是属于"文言文"的文学理论；现代文论是以现代汉语为工具，是属于"白话文"的文学理论。而且，两者研究的对象和历史语境也大不相同了。所以，现代文论如何传承古代文论话语？或者说，古代文论话语如何在现代文论中存活？古代文论话语在现代文论中存活的条件和土壤是什么？这些问题确实值得我们思考和研究。我们认为，在古代文论话语与现代文论话语之间，需要一个沟通的和过渡的中介，这就是"转换"。"转"者，通也，即贯通古今，重在传承；"换"者，变也，即吐故纳新，重在变革。这就是《周易·系辞传》所提倡的"通变"精神。刘勰《文心雕龙·通变》篇云："变则可久，通则不乏。""望今制奇，参古定法。"所以，在古今之间，在古代文论话语和现代文论话语之间，只有通过"转换"，古代文论话语才能够存活，现代文论话语也才能够从传统中汲取营养，蓬勃发展。

第一节　中国古代文论的现代转换

一　问题的提出

这个问题的提出，绝不是偶然的，而是 20 世纪我国文学理论工作者不断探索的结果，也是 20 多年来古代文论研究深入发展的产物。就是说，我国文艺理论工作者用了整整一个世纪的时间，才提出了这个问题。

中国古代文论的现代转换问题，实质上就是中国古代文论与中国现代文论的接轨问题。具体说，中国古代文论向何处转换？又如何接轨呢？

中国人用了整整一个世纪的时间，来建构自己的现代文论体系。20 世纪初，经过了近代维新派文学革新运动和"五四"文学革命运动的双重洗礼，中国文学由古代形态走向了现代形态，同时也拉开了中国古代文论向现代转换的序幕。当时，中国现代文学即新诗、新散文和新小说还在尝试性的创作之中，至于中国现代文论是什么样子，谁也说不清楚。为了从理论上给中国现代文学的成长和发展开辟道路，也为了新兴现代大学的文学教学的需要，学者们所能做的就是这样三件事：一是翻译外国的现代文艺理论著作，以求借鉴，诸如托尔斯泰的《艺术论》（1921 年商务版，耿济之译）、黑田鹏信的《艺术概论》（1928 年开明书店版，丰子恺译）等；二是根据外国现代文艺理论的观点和框架，编写现代文艺理论著作，诸如徐蔚南依据丹纳《艺术哲学》的观点和材料编写的《艺术哲学 ABC》（1929 年世界书局版），张泽厚依据马列文论原理编写的《艺术学大纲》（1933 年光华书局版），钱歌川依据西方文艺理论观点编写的《文艺概论》（1935 年中华书局版）等；三是在中西文论结合的坐标点上，建构新型的文艺理论体系，诸如老舍在 1930 ~ 1934 年间编写的

《文学概论讲义》（1984年北京版）和朱光潜的《诗论》（1942年重庆版）等。就是说，本世纪初的文艺理论家大多是学贯中西的，因而也大多能够在中西文化比较的背景下，来思考文艺问题。所以，他们在大量翻译、介绍和引进西方文论的时候，并没有忘记中国古代传统的文艺理论。在这方面，也有三种情况：一是运用西方文论的观点来研究中国古代文学和文论，如王国维的《红楼梦评论》（1904）、《文学小言》（1906）和《人间词话》（1906～1908）；二是编写中国古代文学理论批评史，先后出版了陈钟凡、郭绍虞、方孝岳、罗根泽和朱东润的著作；三是借鉴西方文论的框架，建构中国古代文论的体系，先后出版了李笠的《中国文学述评》（1928年上海中华书局版）、段凌辰的《中国文学概论》（1929年上海中华书局版）、陈怀的《中国文学概论》（1931年上海中华版）和刘麟生的《中国文学概论》（1934年世界书局版）。以上这些研究都具有开创意义，奠定了中国现代文艺理论研究中的文艺概论、西方文论和古代文论三足鼎立的基本格局。

这是一个良好的开端。我们透过这些多元并存的文艺理论研究活动，可以看出当时的学者对于中国古代文论与现代文论（实际上是西方现代文论，因为当时还没有成熟的中国现代文论）的关系认识是清楚的，而且还能够看出他们对于中国古代文论向现代转换所做出的艰苦努力。例如老舍就是采用"古代文说整理"与"新的理论比证"相结合的方法（见该书"引言"）编写了他的《文学概论讲义》。朱光潜的《诗论》一书，也注意到了"固有的传统究竟有几分可以沿袭"（见该书"抗战版序"）的问题。这是首次提出了古代文论的现代转换问题。

1942年，毛泽东《在延安文艺座谈会上的讲话》（以下简称《讲话》）的发表，标志着中国现代文论的成熟。中国人经过近半个世纪的奋斗，终于在西方文论中选择了马列文论，并将马列文论的基本原理与中国现代文艺的具体实践相结合，成功地创造了中国现代文论的体系和模式。① 1943 年，蔡仪的《新艺术论》（商务版）的出版，使这个体系和模式进一步学科化了，由是成为一种权威的现代文论模式。新中国成立以后，这种模式得到了继续加强，其影响一直延续到 80 年代。这期间，中国古代文论的现代转换，便是向马列文论转换。换句话说，便是用马列文论的观点和方法去整理和研究中国古代文论。如罗根泽在 1958 年《中国文学批评史》重版时，检讨了自己的"小资产阶级的客观主义"错误，决心用"马列主义的历史唯物主义"方法研究古代文论（"重印序"）。郭绍虞也在 1959 年出版的《中国古典文学理论批评史》的"以诗代序"中说："自经批判认鹄的，能从阶级作分析"；"心头旗帜从此变，永得新红易旧白"。这里的"旗帜"，就是指马列文论的旗帜，并决心用马列主义的阶级分析法，研究古代文论。这是第二次提出了古代文论的现代转换问题。

第三次提出这个问题，则是最近 20 多年的事了。1979 年 3 月，在中国古代文论学会成立大会上，大家一致认为，"解放以来，我国新著的文学理论教材，受西方影响太大，无论是体系还是具体阐释，都很少民族特色，这个缺点是和忽视古代文论研究分不开的。"② 所以，我们研究古代文论，要力争古为今用，即把古代文论研究与现代文论研究结合起来，为建立民族化的马克思主义文艺理论服务。1983 年，在古代文论第三次年会上，周扬认为，"文艺理论的研究不能照搬外国的"，我们要在古代文论中选用"精彩的资料"，建设具有民族特色的马克思主义文艺理论。郭绍虞也认为，在研究古代文论时，要把"知古"和"知今"结合起来。③ 1987 年，第五次年会集中讨论了古代文论研究的当代性和现实感问题。在古代文论中发掘出与当代意识相沟通的思想，通过古今文

---

① 古风：《毛泽东文艺理论的核心和体系》，《毛泽东文艺思想研究》第 6 辑，湖南文艺出版社，1991。
② 《古代文学理论研究丛刊》第 1 辑，上海古籍出版社，1979，第 422 页。
③ 《古代文学理论研究丛刊》第 8 辑，上海古籍出版社，1985，第 310 页、第 311 页。

论的融合，"熔铸出适应当代需要的新的文学理论"①，已成为人们的共识。1989年，第六次年会继续讨论了古代文论在当代的作用和意义问题，并初步提出了古代文论与当代文论如何衔接的问题。② 同年5月，李泽厚也提出了对于中国传统文化进行"转换性的创造"的观点。③ 1993年，第八次年会又进一步讨论了古代文论的实际运用问题。大家认为，这个问题的关键是寻找古今文论的接合点，从而打通古今，作一体性阐释，让古今文论的界限逐渐淡化，融古今文论于一体。近年来，著名文艺理论家钱中文先生曾经三次明确地提出了古代文论的现代转换问题，一次是在1992年开封"中外文艺理论研讨会"上，两次是在文章中。④ 1996年，由中国中外文艺理论学会、中国社会科学院文学研究所、陕西师范大学中文系联合举办了学术会议，对"中国古代文论的现代转换"问题作了专门的、集中的和深入的讨论。1997年，在桂林举行的古代文论第十次年会对这个问题继续进行了讨论。这既是中国现代文论研究的迫切问题，又是中国古代文论研究不断深化的表现。

　　由此可见，这个问题不是今天才提出来，而是从20世纪初一直提到20世纪末，而且是在不同的时间、不同的角度和不同的理论层面上提出来的，问题也越来越明确、越有深度和越有质量。这个问题常提常新的一个主要原因，就是真正属于中国自己的现代文论体系至今还没有建构起来。所以，这不是一个小问题，而是一个事关中国现代文论体系建构的大问题；不是一时的即兴话题，而是20世纪的中心话题，甚至是一个永恒的话题。因为，即使中国现

①　《古代文学理论研究丛刊》第14辑，上海古籍出版社，1989，第307页。
②　《古代文学理论研究丛刊》第16辑，上海古籍出版社，1992，第321～325页。
③　李泽厚：《关于中国传统与现代化的讨论》，《走我自己的路：杂著集》，中国盲文出版社，2002，第270页。他认为，"中国传统的文化心理难道不可以由我们作出转换性的创造吗？"
④　钱中文：《文学理论：回顾与展望》，《文艺理论研究》1993年第1期；《会当凌绝顶——回眸二十世纪文学理论》，《文学评论》1996年第1期。

代文论体系建构起来了，也还有一个中国古代文论与世界文论的关系问题，即中国古代文论向世界文论的现代转换问题。

二 何谓"现代转换"

这多年来，学界都在谈论"现代转换"的话题。但是，何谓"现代转换"？人们大多只是口头上议论，并不去深究。其实，这是一个不容忽视的问题。因为，这个问题解决不好，向何处转换、如何转换的问题也就解决不好。结果"现代转换"也就成了一句空话和套话。目前，我们还没有建构起中国式的现代文论，所有的只是一种苏联式的马列文论，近年又出现了一种美国式（或者是艾布拉姆斯式）的西方文论。中国古代文论只是马列文论和西方文论的点缀和注释。按照这种作法，古代文论的现代转换，就是向马列文论或西方文论转换，或者说就是西化。显然，这样的转换就意味着传统的断裂和丢失，这在理论上和实践上都是行不通的。周扬说过："文艺理论的研究不能照搬外国的"。1995 年 11 月在深圳举行的国际美学会议上，德国特里尔大学卜松山（Karl-HeinzPohl）教授也指出："中国人——就美学而言——是不是更应该追踪自己悠久而卓越的艺术传统，即具有诗的暗示性的艺术话语，而不是劳累地步西方方法的后尘呢？……西方人仍然在等待一种具有强烈的中国文化特色的现代中国美学。这种美学不是顺从西方理论，而是能对其提出挑战。"①

这些都说明，中国古代文论的现代转换，只能是在中国本土文化的土壤之上，进行中国古代文论传统本身的调整、更新和转化。因此，"现代转换"包括"转"与"换"两个方面。所谓"转"，就是《周易》所说的"通"，就是继承传统；所谓"换"，

---

① 〔德〕卜松山：《中国美学与康德》（会议论文），滕守尧译，《中华美学学会通讯》1995 年第 2 期，第 14～15 页。此文后收入到其论文集《与中国作跨文化对话》一书，刘慧儒、张国刚等译，中华书局，2000，第 14 页。

就是《周易》所说的"变"，就是创新。继承与创新的辩证统一，就是《周易》所说的"穷则变，变则通，通则久"。中国古代文论之所以历史悠久，辉煌灿烂，就是不断"转换"（即通变）的结果。陆贾《新语》云："善言古者，合之于今"。可见古代文论的现代转换的关键，就是要从"合今"（《周易》所说的"趋时"）即从现代文论建设的实际需要出发，用当代的眼光和意识，对古代文论进行辨析、选择、阐释和创新，从而化古为今，建构一种新型的中国文论。这就是我所认为的"现代转换"。从这种观点出发，就要从根本上纠正"转换即西化"的错误观点。究其实质，这是"全盘西化论"在中国现代文论研究中的反映。当然，我们并不反对对西方文论的借鉴。但"借鉴"并不等于"全盘西化"。就是说，"现代转换"的实质走向是要"民族化"，而不是"西化"。

三 "现代转换"的依据

"现代转换"问题的提出，具有充分的历史依据、现实依据和理论依据。

所谓历史依据，就是说"现代转换"问题的提出，是符合中国文论发展的历史规律的。中国古代传统的历史观，就是通变观。《易·系辞下》云："神农氏没，黄帝、尧、舜氏作，通其变。"具体表现在"上古穴居而野处，后世圣人易之以宫室；古之葬者，厚；衣之以薪，葬之中野，不封不树，丧期无数，后世圣人易之以棺椁；上古结绳而治，后世圣人易之以书契"。这里"居""葬"、"治"的规律是"通"，而"宫室""棺椁""书契"则是"变"，是发展和创新。后来，刘勰用这种历史观来研究文学的发展，指出："是以九代咏歌，志合文则。黄歌《断竹》，质之至也；唐歌《在昔》，则广于黄世；虞歌《卿云》，则文于唐时；夏歌《雕墙》，缛于虞代；商周篇什，丽于夏年。至于序志述时，其揆一也。"这里"序志述时""志合文则"，即是通；由质而文而缛而丽，即是变。"通"即"相循"，"变"即"因革"，两者关系处理得好，就会"文律运周，日新其业"（《文心雕龙·通变》）。"通变"观的运用，由《易》到《文心雕龙》，由史到文，本身就是"转换"的确证。事实也是如此，中国文论从古代走到近代，就是不断转换的结果。如果只有"转"（通），没有"换"（变），中国文论就只能在原地踏步，就不会"日新其业"。所以，"现代转换"是古代文论发展到现代阶段所提出的必然要求，是历史赋予我们的一项重要任务。

所谓现实依据，就是说"现代转换"问题的提出，是符合中国现代文论研究需要的。《易·系辞》云："变通者，趣时者也。"朱熹注云："变以从时"。这里的"时"，就是"今"，就是"现实"。中国古代的历史观，也是现实主义的历史观。就是说，"现实"是"转换"的重要前提，"言古"要为"合今"服务；否则就是复古，但复古是没有出路的。《中庸》云："生乎今之世，反（反，即返，复也。朱熹注云："反，复也。"）古之道，如此者，灾及其身者也。"所以，我们研究古代文论，就是要为现代文论的建设服务。当然，服务并不是要照搬古人，而是要通过"转换"的中介环节，融古于今。那么，中国现代文论研究的现实如何呢？钱中文先生指出：

> "五四"中的各种新学说，自然是在我国的土壤上生根开花的，是我国社会自身的需要。但清理一下，它们大都来自欧美。当然，不少是经过了先贤们的改造的。从实用主义到马克思主义，从审美无功利说到平民文学、革命文学、阶级性、党性、人民性、现实主义、浪漫主义、社会主义现实主义、印象主义、典型说、形象思维、形式主义，等等。50年代和60年代，前苏联的文学理论成了我们的文学理论。80年代，美国人的文学理论中的种种概念，又成了我们文学理论中的常用语。这并不是说外国的不能用，因为它们确实具有使对象获得

科学说明的能力，但我们自己的在哪里？我们是否能在文学研究中形成自己的话语？我们跟了别人一百多年，不知何时有个转机？我们能否建立我们文学理论的自主性？①

这些就是近百年来我国文艺理论研究的现实，现实向我们提出了"建立我们文学理论的自主性"的迫切问题。这个问题的根本解决，就取决于"中国古代文论的现代转换"。

所谓理论依据，就是说"现代转换"问题的提出，是符合"建立民族化的马克思主义文艺理论"的要求的。1979 年 3 月，来自全国各地的 80 多位从事古代文论教学和研究的专家学者，在昆明举行中国古代文学理论学会成立大会。在会上，大家达成一个共识，研究古代文论和成立本会的宗旨，就是要"建立民族化的马克思主义文艺理论"，并将此明确地写进了《会章》中。据笔者所知，这个观点最早是在这次会议上提出来的。同年 11 月 1 日周扬同志在第四次文代会的报告中说，所谓"具有民族特色的马克思主义的文艺理论"，就是"要把马克思主义理论和中国文艺运动的实践结合起来，和我国悠久的文化传统结合起来"。从此以后，这个观点便成为我国广大文艺理论工作者的奋斗目标。在古代文论研究领域，从 1983～1989 年对"中国古代文论的民族特色"问题进行了集中的讨论，发表了大量的论文和著作，② 对建立民族化的马克思主义文艺理论作出了有益的尝试。当然，这个理论直接来源于毛泽东文论。毛泽东的《同音乐工作者的谈话》（1956）就是一篇关于"民族化"的经典论著。他认为，民族化，包括民族形式、民族风格和民族特色等不同层面的内容。对于我们来说，民族化就是中国化，就是中国的特点。"艺术离不了人民的习惯、感情以至

---

① 钱中文：《会当凌绝顶——回眸二十世纪文学理论》，《文学评论》1996 年第 1 期。

② 古风：《新时期古代文论研究的十大热点》，《文史哲》1995 年第 2 期。

语言，离不了民族的历史发展"。所以，"艺术的基本原理有其共同性，但表现形式要多样化，要有民族形式和民族风格"。因此，"现代转换"就是民族化和中国化。所以，毛泽东的论述，特别是"建立民族化的马克思主义文艺理论"的观点，就是"现代转换"的理论依据。

四 怎样实现"现代转换"

对于通过什么渠道、使用什么方法，来实现中国古代文论的现代转换的问题，学界的看法很不一致。饶芃子先生认为，所谓"现代转换"，就是由评点妙悟式的古典型态，向理论批评的现代型态转换，转换的方式是中西互补。[①] 蒋述卓先生认为，古代文论的现代转换，"更多的还得从古代汉语向现代汉语的转换中去寻找原因"，从而实现由传统认识论诗学向语言论诗学的转换。[②] 这些看法所强调的还只是形式的转换。据笔者看来，古代文论的现代转换，既包括形式的转换，又包括内容的转换，是全方位的转换。具体说来，主要有范畴的转换、观点的转换、方法的转换和体系的转换等不同层面的转换。

1. 范畴的转换。这是一种基础的转换。根据蒋孔阳先生的看法，这种转换有三种情形：一是古代文论范畴的内涵发展到现代基本上没有变化，仍然保持着旺盛的生命力，就将它们直接地"转"到现代文论中来，如"气韵""意境"等；二是古代文论的有些范畴，虽然所指涉的事实到现代没有什么变化，但由于这些范畴本身具有很强的个人操作的随意性，即使在古代也没有得到广泛的认同，因而基本上丧失了生命力，如韩非的"意度"、王充的"准况"，都是指想象而言，于是就将它们废弃，"换"上"想象"一词；三是古代文论的一些范畴，到现在虽然词面未变，但内涵却与

---

① 饶芃子：《中国文艺批评现代转型的起点》，《文艺研究》1996年第1期。
② 蒋述卓：《八十年代以来中国古典文论研究略评》，《文学遗产》1996年第3期。

现代范畴不同了，对此则应采用"转辞换意"的方法，将其转换到现代文论中来，如"形象""典型"等。① 近年来，广大专家学者在范畴转换方面做了许多工作。如在童庆炳主编的《文学理论教程》（1992）中，从古代文论直接"转"过来的范畴就有 30 多个，诸如作者、读者、心、形、手、物化、叙事、情节、结构、抒情、推敲、修辞、含蓄、隐喻、风格、真实、浓丽、柔婉、意象、意境、情境、原始、兴味、流派、文体、争鸣、共鸣、欣赏、批评、精华、糟粕、推陈出新，等等；亦转亦换的范畴有人物、形象、典型、文学、性格、故事、客体（客）、主体（主）、情感（情、感）、描写（描、写）、品格（品、格）、即兴（兴）、诙谐（谐）、理解（解）、刚健（刚、健）、素朴（素、朴）、庄正（庄、正）、畅达（畅、达）等。而且对意象、意境和风格形态进行了专门论述，仅在"意境"一节文字中，就转用了意境论的相关范畴 20 多个。在古代文论范畴中，只有"意境"是真正地做到了现代转换。姑且不论王国维对意境所作的现代性研究，即使在近年来新出版的文学理论教材中，至少有三部书将"意境"作为建构现代文论的一块基石。十四院校合编的《文学理论基础》（1981），将"意境"作为"典型"在抒情性作品中的表现形态，从而归属于典型论，建构在文学的本质论之中；黄世瑜主编的《文学理论新编》（1986），将"意境"与"典型"并列，建构在文学的创作论之中；童庆炳主编的《文学理论教程》，将"意境"与"意象"和"典型"并列，建构在文学作品的构成论之中。虽然各家对于"意境"在文学理论体系中的定位不同，但对"意境"的现代转换的认识和努力却是相同的，而且可以看出"意境"在现代文论体系中所占的位置越来越显著，也越来越重要。这是一个良好的开端。古代文论中还有许多的范畴，诸如神韵、形似、神似、情、景、情语、

---

① 蒋孔阳：《对中西美学比较研究的一些想法》，见《中西美学艺术比较》，湖北人民出版社，1986，第 39 页。采其意而用之，并有所发挥。

景语、实境、虚境、事境、物境、情境、意境、佳境、妙境、化境、造境、写境、理趣、感物、想象、神思、立意、创意、赋、比、兴、文、质、气、滋味、浓、淡、疏、密、详、略、隐、显、动、静、刚、柔、主、宾、雅、俗、通、变、奇、正、韵、趣、美、风骨、豪放、婉约、华丽、淡雅、怪诞、清新、空灵，等等，也完全有资格进入现代文论体系。当然，这需要做一番认真而细致的选择、阐释和转换的工作。彭会资主编的《中国文论大辞典》（1990），对古代文论的范畴进行了全面、系统和周密的研究，对古代文论范畴的现代转换作出了杰出的贡献。目前，我们亟须改变用一两个古代文论范畴来作西方文论范畴陪衬的作法，大胆地使用古代文论范畴来建构中国现代文论的体系。只有将这种基础性的转换工作做得完全、彻底和深入，才能带动和促进古代文论的整体转换。

2. 观点的转换。这是第二层面上的转换。观点的现代转换是从王国维开始的。比如意境说，是古人对古代抒情文学的一个理论观点。从唐代的王昌龄开始，经过宋代的普闻、明代的谢榛、清代的王夫之等人，都在"情景"的圈子里徘徊。只有到了王国维，才对意境的传统观点进行了现代性的转换。他一方面继承了"情景说"，并将此说扩展到了整个文学领域（如《文学小言》），这是"转"；同时，他又将"事"的范畴引入意境说，扩大了它的内涵，使之适用于叙事文学的批评（如《宋元戏曲考》）；他还对"意境"的内涵和类型的传统观点，进行了现代性的改造，提出了"写境与造境""有我之境与无我之境""大境界与小境界""常人之境与诗人之境"的新观点，这是"换"。所以，黄霖先生说，王国维的文艺理论，"是中国传统的文艺理论向现代化、世界化转折的里程碑"。① 后来，到老舍的《文学概论讲义》，便将古代文论的许多观点，引入现代文论的体系之中，开创了观点转换的新体例。

① 黄霖：《近代文学批评史》，上海古籍出版社，1993，第809页。

从 1979 年以来，先后有以群主编的《文学的基本原理》（修订本），上文提到的三种文学理论教材和畅广元等人撰著的《文艺学导论》（1991）等，都是采用这种体例，将古代文论观点引入现代文论体系。作为观点转换的初步尝试，这些作法都是值得肯定的，但是，其缺陷也是十分明显的。因为，在现代文论体系中，古代文论观点只是西方文论观点的一种陪衬和点缀，甚至在多数情况下，是作为西方文论观点的例证材料来使用的，根本不占主导地位。所以，观点的转换，要做三件事：首先，要恢复古代文论观点的话语中心地位和话语主权，将观点的转换与范畴的转换融为一体；其次，沟通古今，实现古今文论的对话，从中提取中国文学发展的特殊规律。袁中道《解脱集序》云："夫文章之道，本无今昔，但精光不磨，自可垂后。"我们只有从"合今"出发，在古代文论的海洋里，择古，言古，才能将"精光不磨"的真知灼见，融入现代文论之中；再次，构通中西，进行中西文论的平等对话，不崇洋，也不排外，从中总结世界文学发展的一般规律。正如老舍先生在《文学理论讲义·引言》中说的："我们何必一定尊视西人，而卑视自己呢！……同时，我们要明白世界上最精确的学说，然后才能证辨出自家的价值何在。"只有这三件事做好了，观点的转换才不是一句空话。

3. 方法的转换。目前，我国各类文学理论教材和论著，不论是苏式的文学理论，还是美式的文学理论，所运用的方法都是哲学的方法，即文学理论只是哲学理论的演绎和例证，所不同者只是哲学理论的不同。这种方法的优点显而易见，比如有利于文学的外部规律研究；其缺点也是十分明显的，由于它不是从文学本体出发，而是从一个既定的哲学理论出发，先预设一个哲学的逻辑框架，然后再填入文学事实。这种先验的研究方法所导致的结果，是只有文学，而没有理论。因为，它的理论是从哲学那里批发来的，是从外部强行注入文学的，而不是从文学实践活动经验中总结出来的。所以，这种方法的严重缺陷是脱离文学实际，不利于文学的内部规律研究。所以，笔者所说的方法的转换，就是将先验的哲学方法与经验的文学方法结合使用，用哲学方法研究文学的外部规律，用文学方法研究文学的内部规律。其中，文学的方法是主要的。在中国古代文论中，也有一些从哲学、伦理学、社会学角度，研究文学的方法。但是，大体来看，中国古代文论是一种经验性的文学理论，因而便有一些更为内在的研究方法。诸如，"采诗以观民风"，说的是文学与社会的关系，便有了以社会学方法来研究文学的，并由此衍生出了实证的方法，产生了认识论文学理论；"诗言志"，说的是文学与作者的关系，便有了从创作主体角度研究文学的方法，并由此衍生出了传记法和心理法，产生了主体论文学理论；"观文者披文以入情"，说的是文学与读者的关系，便有了从读者角度研究文学的方法，并由此衍生出了逆志法、评点法和体悟法等，产生了接受论文学理论；"诗有六义"，说的是文学内部的关系，便有了从文学作品的分析入手来研究文学的方法，并由此衍生出了训诂法、注释法和分析法等，产生了本体论文学理论；"言之美者为文，文之美者为诗"（司马光：《赵朝议文稿序》），说的是文学与审美的关系，便有了从美学角度研究文学的方法，并由此衍生出了声律法、语言法、修辞法和结构法等，产生了审美论文学理论；"时运交移，质文代变"，说的是文学与时代的关系，便有了从历史学角度研究文学的方法，并由此衍生出了比较法和通变法，产生了发展论文学理论。由此可见，中国古代文论中所隐含的方法论是丰富多彩的。所以，方法的转换首先是要破除哲学方法论一统天下的局面；其次是向中国古代文学的传统方法论借鉴；再次是提倡使用多种多样的研究方法，并侧重于用文学和审美学的方法研究文学，创造中国现代文论百花齐放的繁荣新局。

4. 体系的转换。这是最高层次的转换，也是终极意义上的转换。近百年来，我国广大文艺理论工作者建构了三个文论体系，这便是马列式文论体系、苏式文论体系和美式文论体系。这些都是"西化"式的文论体系。所以，我国至今还没有属于自己的现代文论体系。但是，并不是说我们在建构中国文论体系方面没有做任何努力，而是恰恰相反，我们一直在探索着、寻找着和建构着自己的文论体系。不过，由于探索的方向不同，所建构的文论体系也不同罢了。具体说，沿着西方文论的方向去探索，便建构了马列式、苏式和美式的文论体系；沿着中国古代文论的方向去探索，二三十年代的李笠、段凌辰、陈怀、刘麟生和80年代中后期的谌兆麟、樊德三、祁志祥、陈良运等人，便建构了中国古代式的文论体系；沿着中西文论比较和融合的方向去探索，便建构了类似老舍《文学概论讲义》、朱光潜《诗论》和刘若愚《中国的文学理论》的中西文论杂陈、比较和融会的文论体系。这些体系都还不是我所说的"转换"后的中国现代文论体系。前者是"西化"式文论体系，中者是中国古代文论体系，后者虽貌似中西文论比较，其实质还是西方文论体系。正像有人批评刘若愚《中国的文学理论》时所说的那样，"就是将中国完整的文学理论的'鸡蛋'打破，倒在依据西方理论改制的模子里去作'蛋卷'"。① 真正的体系转换，指的是将古代文论体系转换成现代文论体系，把西方文论体系转换成中国文论体系，从范畴、观点、方法到体系，进行全方位的转换。在方法论上，刘勰的观点值得借鉴。他说，"望今制奇，参古定法""莫不相循，参伍因革，通变之数也"（《文心雕龙·通变》）。"望今"是我们建构中国现代文论体系的逻辑出发点，"古"是参考，"外"也是参考，但要更侧重于古代文论的传统，正确处理"相循"（即转）与"因革"（即换）的关系，才能完成中国古代文论向现代转换的历史使命。在这方面，也有人做了一些初步的尝试，如30年代陈怀的《中国文学概论》和80年代陈良运的《中国诗学体系论》。前者，建构了一个完全属于中国型的体系框架，即：叙论→文性→文情→文才→文学→文识→文德→文时→总论；后者，提取了五个具有代表性，又足以揭示诗

---

① 毛庆耆、谭志图：《评〈中国文学理论〉》，《文艺理论与批评》1996年第2期。

学活动过程的范畴，建构了"言志→缘情→立象→创境→入神"的中国诗学体系。从这些尝试中，可以看出《文心雕龙》的影响。因为，《文心雕龙》是我国最早的也是唯一的一部自成体系的文论著作。他建构体系的成功之处，就是选定和创设范畴，然后由范畴走向理论、走向体系。这些对于我们都是很好的启发。今天，我们建立民族化的马克思主义文艺理论时，完全不必要也不应该照搬西方文论体系的框架，而是要建构我们自己的体系框架。这里，"民族化"是第一位的，重要的。我们目前的作法，是以马克思主义文论的观点和框架为主，"民族化"只是一种标签和点缀。这种本末颠倒的作法是错误的。周扬说："马克思主义文艺理论是从外国输入的，但又必须在我们自己民族的基础上加以发展。"① 我们要正确处理民族化与马克思主义之间的关系，即民族化是基础，是第一位的；马克思主义只是给我们提供辩证唯物主义的世界观和科学的方法论。就是说，作为中国现代文论体系的建构，其范畴、基本观点和体系框架都应该通过"民族化"的方式来获得，只有这样才能够保证现代文论体系的中国特色；而对于马克思主义的世界观和方法论，我们也不能生搬硬套，而是要融会贯通，化为我们自己的血液，然后再建构在我们的文论体系中。所以，中国古代文论的现代转换问题就显得十分重要和迫切，我们不仅要高度重视，而且要积极行动，为之奋斗！

五　结语：转换后的中国现代文论景观展望

中国古代文论的现代转换是一项长期的艰巨的任务，不是靠我们召开一次、两次学术讨论会就能完成的。这种转换的工作，从梁启超、王国维等人就开始做了，到现在一个多世纪过去了，我们还没有完成时代所赋予的任务。我们已经跨入 21 世纪的门槛。在 21

① 周扬：《在中国文学艺术工作者第四次代表大会上的报告》（1979 年 11 月 1 日）。

世纪的前二三十年内，我们还要继续做这种转换的工作，直到出现根本性的转换为止。中国古代文论的现代转换的一个根本的标志，就是中国现代文论体系的真正建构。据笔者估计，中国现代文论体系的诞生和成熟，就在 21 世纪的 30 至 40 年代之间。当我们完成了这项历史性的转换任务之后，就会构建出崭新的异常活跃的百花齐放、多元并存的现代文论格局。主要有四种现代文论研究的风景：一是中国现代文论体系的进一步完善，并在完善过程中，形成各种学派的文论体系多元并存的大好局面；二是加大中国古代文论研究的力度，在微观研究和宏观研究的同步发展和深入融会的基础上，进一步重构中国古代文论体系，并继续为中国现代文论研究输送传统的血液；三是在范围、规模和质量等方面深入开展中外比较文论的研究，逐步地建立中外比较文论的学科和体系；① 四是在中外比较文论研究的基础上，归纳和总结人类文学活动的特殊规律和一般规律，开展世界文论研究，争取在 21 世纪末建构世界文论体系。这些既是 21 世纪我国现代文论研究的景观，也是今后我国几代文论研究者将要面临的艰巨任务。

我们愿将自己的心智化作肥料，使中国文论的参天大树常青！

第二节　古代文论现代转换的几个问题

近些年来，在学界关于"中国古代文论的现代转换"的讨论中，大家发表了许多很好的意见。② 但是，有一个问题虽没有提到桌面上来讨论，然而大家议论纷纷，看法极不统一。有人说："这好像是古代文论学者在开会，'转换'便成了他们的事。"也有人说："这是我们现代文论要转换，怎么闹到古代文论上去了。"还

① 古风：《21 世纪：比较美学的世纪》，《文化与传播》第 4 辑，海天出版社，1996。
② 笔者除了这两篇论文外，还有一文发表在报纸上。这就是：《中国古代文论如何向现代转换》，载《中国文化报》1998 年 1 月 22 日第 3 版。

有人对"转换"这个说法表示怀疑。这样，就提出一个值得研究的潜在话题来了，即是谁在"转换"？本文就此谈点看法。

一 三个转换

我们认为，目前我国文论界的三个方阵——即中国古代文论研究者、中国现代文论研究者和外国文论研究者，都面临着一个"转换"的问题。

先谈中国古代文论的转换。我们研究中国古代文论，不是为古而古，发思古之幽情，而是要从现代文论的实际出发，怀着一个现代的目的去研究。因此，要继续做好两个方面的工作：一是要"转"，带着现代文论的问题，到古代文论的宝库中去寻找参照和资源，用蔡锺翔教授的话说，就是开发和利用古代文论的丰富资源，为现代文论建设服务。只有这样，中国古代文论的传统"龙脉"，才能在中国现代文论中得以延续。二是要"换"，即用现代文论的观念和思想，对古代文论进行新的发现、开掘和阐释，也就是给古代文论注入现代文论的血液，从根本上救"活"古代文论，实现古代文论与现代文论的接轨。这是对古代文论传统的更新和发展。因此，中国古代文论的转换，即是向中国现代文论转换，即是现代化。

次谈中国现代文论的转换。一个世纪以来，中国现代文论研究，从无到有，取得了显著的成绩。但是，细细反思，中国现代文论从术语到观点，从观点到体系，都不是我们自己的，而是从苏联和西方文论中搬过来的，是一种苏式（或马列式）文论，或是一种美式（或艾布拉姆斯式）的文论。我们是用别人的话语和思想来建构自己的文论，结果不仅在世界文论界听不到我们的声音，在中国现代文论界也听不到我们的声音。因此，中国现代文论患上了严重的"失语症"。我们认为，"失语症"还只是一种表面现象，其深层原因是患上了"失根症"，即失落了中国传统文论的根。这是很危险的。德国特里尔大学卡尔·海因茨·波尔教授说："如果中国人——就美学而言——不善于追寻自己那种悠久而卓越的或具有诗的暗示性的艺术话语传统，而是劳累地追随西方方法，结果又如何呢？……但我们有这样一种感觉，西方人仍然在期待一种具有强烈的中国文化特色的现代中国美学的出现。这种美学不是顺从西方理论，而是能对其提出挑战。"① 中国现代文论研究的情形也是如此。正如钱中文先生指出的那样："近百年来，中国人一直在追踪外国人的理论与批评，忙于学习、把握外国人的新说。而且是，谁先抓到了外国人的一些新说，谁似乎就把握了中国文坛的方向，就似乎领导了文坛潮流，变得阔气起来，就可以发号施令。"② 因此，要彻底医治这种"失语"、"失根"现象，就必须强调中国现代文论的转换，即从追踪西方转向回归传统，从搬用西方文论话语换上传统文论话语。所以，中国现代文论的转换，就是回归传统，就是民族化。又如钱中文先生所说的："没有对古代文学理论的认真继承与融合，我国当代文学理论实际上很难得到发展，获得比较完整的理论形态的。"③

　　后谈外国文论的转换。我们中国人研究外国文论，也从来不是为研究而研究。在古代，中国人研究佛学，经过转换，创立了中国化的佛教——禅宗。在近代，梁启超研究西方诗学，经过转换，提出了"新意境说"；④ 王国维研究西方美学，经过转换，用来评论元曲、宋词和《红楼梦》，并建构了"境界论"体系。在现代，朱光潜、宗白华、老舍、钱锺书等人研究西方文论，也都经过转换，用于中国现代文论建设。中国人无论从心理深处还是从实践行为上，都不大愿意接受"全盘西化"的观念。但是，近百年来的中国现代文论研究，却似乎有些例外。总之，我们研究外国文论的目

① 《中华美学学会通讯》1995 年第 2 期，第 14~15 页。
② 钱中文：《在夕照的辉煌与新世纪的曙光中》，《中外文化与文论》第 1 辑，四川大学出版社，1996，第 3 页。
③ 钱中文：《会当凌绝顶》，《文学评论》1996 年第 1 期。
④ 古风：《梁启超的"新意境说"》，《广州日报》1996 年 1 月 31 日第 15 版。

的，也是为了寻求借鉴，为中国现代文论建设服务。具体说来有两点：一是为中国现代文论的建构提供参照；二是为中国文论走向世界文论寻找契合点和对接点。这里的转换，就是两种文论的平等对话，就是中国化，即将外国文论之精华转换到中国文论中来，为中国现代文论的建设服务。

以上所谈的三种转换的核心，是中国现代文论，即中国古代文论和外国文论都要向中国现代文论聚合和转换，为中国现代文论的建设服务。那么，也许有人会说，中国古代文论是由古代特定的研究者，根据古代特定的文学现象提出来的；外国文论也是由外国特定的研究者，根据外国特定的文学现象提出来的。所以，中国古代文论和外国文论，与中国现代文论既不在一个社会时空层面上，又不在一个文化心理层面上，如何转换呢？这种说法看到了三种文论相异的一面；然而又不全面，它忽视了三种文论相同的一面。任何一种文学理论，确实是对特定时空和特定文化中的文学现象理论升华的产物，带有鲜明的时代性、地域性和民族性。但是，也不可否认，三种文论也有相同和相通的"共同性"。这可以从两个方面来分析。任何一种文论都是一种认识，而认识是主客观统一的产物。从主观看，任何一种文论都是由"人"总结出来的。而"人"，作为一个"类"的存在，或者是作为一个认识主体，都有许多共同的东西。无论是中国人，还是外国人；也不论是古代人，还是现代人，都具有共同的人性。这就决定了人类思维和认识的趋同性。在人类社会早期，交通业和通讯业极不发达，但人类的认识和创造却有许多的趋同性，比如原始岩画、象形文字和神话、巫术等。这很难说谁影响谁，而是不自觉的共时性创造。又比如人有爱的欲望，不论是中国爱的方式，还是外国爱的方式；也不论是"君子好逑"的古典式，还是"自由恋爱"的现代式，但在爱的人性层面上和生理—心理趋向上，古今中外的人便有许多共同的话语。人也有爱美的欲望，"爱美之心，人皆有之。"诗作为一种审美意识形式，不论是欧洲的十四行诗、俄国的楼梯诗，还是中国的格律诗，人们对于诗情美的看法也能达到共识。

从客观看，任何认识都是有对象的，都是对象在人的心理结构中不断内化的产物。文学理论，也是某些文学现象不断在人的心理结构中内化的产物。当然，这种"内化"不仅仅是一种"感性的投射"，而且是一种"理性的升华"。虽然，古今中外的人，不是生活在一个特定的时空中；但是，他们却似乎会遇到共同的认识对象。相对而言，认识对象的共同性这个客观的规定性，就决定了人类认识的趋同性。其实，许多事物的古今中外差异，只是现象之差异，其本质却是相同的。所以，在"本质"和"规律"的层面上，就可以沟通古今中外人的对话。诸如文学的"形象"规律，西方文论有"形象""典型"范畴，中国文论有"意象""意境"范畴；文学的"情感"规律，中国文论讲"诗缘情"，西方文论也说"诗是强烈情感的自然流露"（华兹华斯语）。所不同的只是语言的外壳不同（汉语、外语），但却有一个共同的内容指向。这就是对话的基础。有了这个基础，古代文论转向现代文论，外国文论转向中国文论，不是可以的吗？

二　两种境界

有人说，"转换"是实用主义，不是真学问。比如中国古代文论研究，有许多人把它当作"纯学问"在搞，整天陷入材料和考据之中，其刻苦钻研的精神值得肯定；但如果大家都去这样搞，就会越弄越死，没有一点前途可言。有些人的考据文章，越作越长，繁琐引证，大抄特抄，成了材料的类编，没有生气和灵气，也许连擅长于考据的清代人见了也会感到头疼的。面对这种研究现状，有人呼吁要"救活"古代文论，也有人提出："是谁需要古代文论？"对呀！是古人需要古代文论？还是现代人需要古代文论？这个问题搞不清楚，研究工作是无法做的。

很明显，古人需要古代文论，现代人也需要古代文论。古人需要古代文论，他们在研究的同时，也希望在后代找到"知音君子"；现代人需要古代文论，是需要从传统文论中汲取营养。同样，对于外国文论研究，我们也可以这样提问：是外国人需要外国文论，还是中国人需要外国文论？显然是都需要。任何一种外国文论，都希望能在异国的土地上寻求传播；而任何一国的文论，也都需要外国文论的参照和滋养。所以，文学理论研究就有两种境界：一是"求是"的境界，二是"求新"的境界。前者是"转"的境界，后者是"换"的境界；前者是"学"的境界，后者是"用"的境界，两者都是"真学问"。

先谈"求是"的境界。杜甫《戏题王宰画山水图歌》云："赤岸水与银河通，中有云气随飞龙。"金圣叹批云："'随飞龙'三字妙，写此一片空白云气，是活云，不是死云。便是秦汉方士无数奇谈，一齐骡栝，成此三字。""此是王宰异样心力画出来，是先生（按：指杜甫）异样心力看出来，是圣叹异样心力解出来。王宰昔日滴泪谢先生，先生今日滴泪谢圣叹。后之锦心绣口君子，若读至此篇，拍案叫天，许圣叹为知言，即圣叹后日九泉之下，亦滴泪谢诸君子也。"① 杜甫看出王画之妙，圣叹解出杜诗之妙，后世君子又读出金评之妙。他们虽然不处在同一个历史时空中，却能"妙"出一心，在相同的心理层面上互相沟通和对话。这就是"求是"的境界。要达到这种境界，就要用逆向思维，用还原的方法，设身处地还原古人的思想或外国人的思想。当然，所谓设身处地，就是将古人或外国人放在特定的历史时空和文化背景下还原，先弄清原典的意义。所以，考证、校注和解释等，就是求一个实，求一个是，求一个真，这就是"学"的境界，历史的境界，指向"史"的建构。同时，为古代文学和外国文学研究提供原汁原味的文学理论，将研究不断引向深入。

再谈"求新"的境界。陆贾《新语》云："善言古者，合之于今"。可见古代文论的现代转换的关键，就是要从"合今"即现代

---

① 《金圣叹选批杜诗》，成都古籍书店，1983，第103页、第104页。

文论建设的实际需要出发，用当代的眼光和意识，对古代文论进行辨析、选择、阐释和创新，从而化古为今，建构一种新型的中国文论。同样，我们也可以说，"善言外者，合之于中"。可见外国文论的转换，就是从"合中"的实际需要出发，用中国的眼光和意识，对外国文论进行比较、选择、阐释和创新，从而化外为中，建构一种新型的中国文论。这就是"求新"的境界。要达到这种境界，就要用顺向思维，从中国现代文论建设的实际需要出发，对古代文论和外国文论进行合理的选择和阐释，使其为中国现代文论的建设服务。这就是"用"的境界，现实的境界，指向"论"的建构。

总之，前者是"求是"的境界，是"我注六经"的境界，是"照着说"的境界；后者是"求新"的境界，是"六经注我"的境界，是"接着说"的境界。这是两种不同的境界，但却都是真学问。

三　一个问题

从 20 世纪 70 年代末期以来，我国文论界就提出了一个远大的目标，即建立民族化的马克思主义的文艺理论体系。30 多年过去了，我们还没有实现这个远大的目标。当然，这其中的原因很多，但一个主要的原因，就是没有正确地处理民族化与马克思主义的关系问题。新中国成立以来，我国文论界的做法是用西化（包括马列化）取代民族化，结果营造出一种失根的全盘西化的文论体系。进入 80 年代以来，在一种民主和宽松的社会文化背景下，随着古代文论研究的不断深入，民族化的文论资料，也开始进入中国现代文论体系。与此同时，学界开展了关于中国古代文论的民族特色的大讨论，近年来又开展了关于中国古代文论的现代转换的讨论，大家对"民族化"的认识愈来愈迫切，也越来越深刻。尽管如此，并不证明我们正确地处理了民族化与马克思主义的关系问题。而是恰恰相反，有人认为，强调民族化，就会淡化马克思主义。所以，笔者所谈的"一个问题",就是对民族化与马克思主义的关系问题,发表一点自己的看法。

1. 什么是真正的马克思主义? 马克思主义是对近代以前的西方文化乃至人类文化的全面的批判和总结,是近代以来人类最进步的最科学的博大精深的文化思想体系。它是由哲学、政治学、经济学、宗教学、社会学、人类学、伦理学、文艺学、美学等丰富的内容所构成的多面体的文化思想宝库。原典形态的马克思主义,即是学科形态的马克思主义,或者是学术形态的马克思主义。因为马克思主义的创始人,还来不及实践自己的理论。后来,列宁和毛泽东等人,将马克思主义的基本原理与俄国革命和中国革命的具体实践相结合,成功地实践和发展了马克思主义,建构了实践形态的马克思主义。这种实践包括了在政治、军事、经济和文化等全方位的实践。和原典形态的马克思主义一样,实践形态的马克思主义仍然是丰富多彩的马克思主义。

但是,由于众所周知的原因,有人把马克思主义当作武器,当作公式,当作教条,当作打人的棍棒来使用,把一个内容丰富的马克思主义,搞成了政治的马克思主义和阶级斗争的马克思主义。用马克思主义的政治学来取代马克思主义的其他方面的学问,就是片面的马克思主义;把马克思主义当作公式,当作教条,到处死搬硬套,就是教条的马克思主义;把马克思主义分割成碎片,然后当作标签,到处乱贴,就是形式的马克思主义;根本不读马列原典,跟在他人背后人云亦云,口头上说说,实际上并不去做,就是虚假的马克思主义。这些都不是真正的马克思主义。

2. 如何坚持马克思主义? 马克思主义仍然是我们的指导思想,这一点不能动摇。不读马克思主义的原典,就没有资格谈论马克思主义;读不懂马克思主义原典,也就无法坚持马克思主义;至于有人小看马克思主义,更是肤浅无知的行为。请问:你小看康德吗? 小看黑格尔吗? 如果你不小看康德和黑格尔,那么,你就没有理由小看马克思主义。因为,面对马克思和恩格斯几十本中文版原典著作，我们是十分幼稚和渺小的。有人一辈子研究一部《资本论》，还研究不透。马克思主义是一个博大精深的思想文化宝库。那么，如何坚持呢？笔者认为，我们今天坚持马克思主义，除了坚持马克思主义的基本原理、基本观点和基本方法外，大家不要往一条道儿上挤，应各走各的路，应各有各的角度。搞哲学的，就坚持马克思主义的哲学原理；搞政治学的，就坚持马克思主义的政治学原理；搞经济学的，就坚持马克思主义的经济学原理；搞文艺学的，就坚持马克思主义的文艺学原理，等等。就是说，我们不能用马克思主义政治学原理来指导文艺学，也不能用马克思主义的文艺学原理来指导政治学，这样做就是错位了。过去我们这样做，实践证明是错的。"文革"十年，由于政治对于文艺的过多干预，造成了文艺的沙漠化状态。改革开放以来，党中央及时地调整了文艺与政治的关系，给文艺界创造了一个宽松、民主和自由的政治文化环境，迎来了新时期文艺争芳斗艳的繁荣景象。因此，我们应从各自的角度去学习马克思主义，去运用马克思主义，就能深入而又全面地坚持马克思主义。因为，我们将坚持的马克思主义落到了实处，而不是一句肤浅的空话、大话和套话。如果把一个丰富多彩、博大精深的马克思主义，仅仅等于无产阶级的政治学说，等于阶级斗争，则是错误的。今天之所以还有人一谈马克思主义，就心有余悸，或噤若寒蝉，就是这种错误造成的。这恰恰是不符合马克思主义精神的。

3. 如何正确地处理民族化与马克思主义的关系？要正确地处理这个关系，首先要弄清楚两个问题：一是马克思主义思想体系中有没有文艺理论？马克思主义的经典作家们，确实没有写出一本类似黑格尔《美学》这样的文艺美学论著，但是他们（主要指马克思和恩格斯）却极广泛地研究了西方文学艺术；虽然观点分散于各篇论著之中，但也存在着一个文艺理论的"潜体系"。据不完全统计：在《马克思恩格斯全集》中，在时间上，从古希腊文学谈到巴黎公社的革命文学；从空间上，谈到德国、法国、英国、美国、印度、波兰、意大利、俄罗斯、罗马尼亚等近 20 个国家的文学；在文艺形态方面，谈到了诗歌、散文、小说、寓言、神话、传说、童话、传记、戏剧、木刻、雕塑、绘画、音乐、舞蹈等文艺种类；在作家方面，谈到了埃斯库罗斯、歌德、席勒、莎士比亚、莱辛、雪莱、拜伦、海涅、雨果、巴尔扎克、普希金、但丁、狄更斯等 641 位作家；至于作品则更多，大约在 1000 多篇以上。其中《资本论》第一卷论述和引证 40 位文艺家的作品 92 次（篇）。[①] 在文艺理论方面，论述了文艺的起源、生产、发展、本质、价值、构成、批评和审美等问题。[②] 由此可见，马克思主义文论是建立在丰富的文艺实践经验的基础上。因此，我们要消除一个误解，即认为马克思主义文论是研究者人为建构的。马克思主义文论不需要你去建构它，它是客观存在的，而且有一个潜在的文论体系。

二是马克思主义文论能否指导我们去建构中国现代文论体系呢？有人说，马克思主义文论也是外来的，也是一种西方文论。周扬说："文艺理论的研究不能照搬外国的"。[③] 那么，马克思主义文论还能够成为我们的指导思想吗？答案是肯定的。这是因为，马克思主义有鲜明的阶级性，但它的归宿点却不是阶级性，而是超越了阶级性，实现全人类的解放。所以，马克思主义的经典作家们都能够从"全人类"的视角，来分析问题和解决问题。因而，马克思主义克服了康德和黑格尔等人的狭隘性，从而成为全人类的共同的精神财富。所以，马克思主义不是德国的马克思主义，也不是欧洲的马克思主义，而是全人类的马克思主义。我们虽不能说马克思主义是"放之四海而皆准"的真理，但至少可以说它是有相当广泛的理论概括面的，因而，它具有一定的超时空性。比如马克思主义

---

① 杨炳编《马克思恩格斯论文艺和美学》，文化艺术出版社，1982，《附录：文艺人物名单》，第 495 页。

② 王怀通等编著《马列文论教程》，河南大学出版社，1989。

③ 《古代文学理论研究丛刊》第 8 辑，上海古籍出版社，1985，第 310 页。

文论，在时间（历史）和空间（地域）上便具有相当广泛的理论
概括性。所以，马克思主义文论，对于我们建构中国现代文论体系
还是有指导性的。马克思主义文论并没有过时。这是其一。我们在
西方形形色色的文艺理论中，选择了马克思主义文论作为我们的指
导思想，并不仅仅只是出于政治上的原因，而是由马克思主义文论
的科学性所决定的。这是其二。

　　最后，谈谈如何正确地处理民族化与马克思主义的关系问题。
民族化是马克思主义的一项重要内容。马克思主义的经典作家，对
于民族化问题都有十分精湛的论述。马克思和恩格斯认为，"古往
今来每个民族都在某些方面优越于其他民族"，① 但随着"各民族
的各方面的互相往来"，便会逐渐地克服"民族的片面性和局限
性"，最后"形成了一种世界的文学"。② 列宁关于"每一种民族
文化中，都有两种民族文化"③ 的著名论述，斯大林的《马克思
主义和民族问题》，毛泽东的《同音乐工作者的谈话》等，都是
关于"民族化"问题的经典论述。因此，民族化与马克思主义并
不矛盾，而是一致的。毛泽东指出："所谓'全盘西化'的主张，
乃是一种错误的观点。形式主义地吸收外国的东西，在中国过去
是吃过大亏的。中国共产主义者对于马克思主义在中国的应用也
是这样，必须将马克思主义的普遍真理和中国革命的具体实践完
全地恰当地统一起来，就是说，和民族的特点相结合，经过一定
的民族形式，才有用处，决不能主观地公式地应用它。公式的马
克思主义者，只是对于马克思主义和中国革命开玩笑，在中国革
命队伍中是没有他们的位置的。中国文化应有自己的形式，这就
是民族形式。"④

---

①　马克思、恩格斯：《神圣家族》，《马克思恩格斯全集》第 2 卷，第 194 页。
②　马克思、恩格斯：《共产党宣言》，《马克思恩格斯选集》第 1 卷，第 255 页。
③　列宁：《关于民族问题的批评意见》，《列宁全集》第 20 卷，第 15 页。
④　毛泽东：《新民主主义论》，《毛泽东选集》第 2 卷，人民出版社，1968，第
　　667 页。

就是说，只有将马克思主义文论的基本原理，同具有民族特点的中国古代文论相结合，才能建构成一种新型的中国现代文论体系。因此，坚持马克思主义，就要强调民族化；反之，强调民族化，也就是坚持马克思主义。我们要克服公式的教条的马克思主义，为建构真正的中国现代文论体系而努力奋斗！

下　编
"存活"现象的微观研究

第四章
文　学

第一节　"文学"范畴存活概述

　　"文学"一词，出于《论语·先进》篇。孔子将自己的学生分为德行、言语、政事和文学四科。这大概是我国教育史上最早的学科分类。其实，这不是按照教学内容来划分，而是根据学生的特长来区分的。其中，"文学"是指文献之学，包括《诗》《书》《易》《礼》等古代文献的学问，也可引申为"博学"。因此，在古代，"文学"一词大致有三层意思：一是指学识渊博。如桓宽的《盐铁论》中的"文学"，就是指博学之士；二是指官名。汉代州、郡和王国皆设置文学官职，类似于后世的教官。这种官职一直延续到唐代；三是指文章，包括诗、文等。《论语·先进》篇云："文学，子游、子夏"。《孔子家语》第三十八"七十二弟子解"云：子夏"习于《诗》，能通其义，以文学著名。"可见《诗》是文学之一。又如《南史·文学传》的"文学"就是指诗文或诗文写作。既收入吴均、何思澄等诗文作家，也收入了钟嵘、刘勰等诗文批评家。其《文学传序》云："文章者，盖情性之风标"，"申抒性灵"。《北史·文艺传序》云："盖文之所起，情发于中"。"理深者，便于时用；文华者，宜于咏歌。"大概到唐代时，应用文与艺术文已有所区分。这比齐梁时的"文笔说"有了一些发展。唐以后，艺术文的观念有了进一步发展。刘熙载《艺概·文概》云："文学本《诗》，屈原是也"。可见从孔子开始，"文学"中就含有"诗"的传统，而且从特指的《诗》向广义的"诗"、乃至向"文"发展。这样以来，"文学"就是正统的"诗文"了。

最早以"文学"一词翻译西学始于明代末年。意大利传教士艾儒略在 1623 年刊印的《职方外纪·欧逻巴总说》中说："欧逻巴诸国，皆尚文学，国王广设学校，一国一郡有大学、中学，一邑一乡有小学"。他在同年刊印的《西学凡》中介绍西方学科时又用了"文学"一词。[①] 因为，在当时西方也没有现代意义上的"文学"概念，所以这个"文学"概念指文字、文化和教育等。到了1842 年，魏源在其编写的《海国图志》中，用"文学"一词翻译了"literature"。[②] 这种译法我国要早于日本。大约到 19 世纪 90 年代开始，日本才出现了这种译法，诸如古城贞吉的《支那文学史》等。[③] 几乎在同时，日本人的这种译法又传入到国内来了。如 1897年，康有为在其编写的《日本书目志》就将这种译法介绍到国内。在该书中，"文学"的概念指"新体诗、和歌、日本戏曲、脚本和文学史"等。但是，由于受我国传统"文学"观念的影响，他没有将"小说"列入"文学"[④]。其实，当时在日本现代"文学"的观念并没有完全建立。这可以日本近代文学理论家夏目漱石为例。

---

① 艾儒略（1582～1649），意大利人，耶稣会传教士。1610 年抵澳门，次年入内地，先后在北京、江苏、陕西、山西和福建等地传教。他知识渊博，著有《西学凡》《职方外纪》等，被我国士人尊称为"西来孔子"。

② 冯天瑜：《新语探源——中西日文化互动与近代汉字术语生成》，中华书局，2004，第 226 页。

③ 李春：《文学翻译如何进入文学革命——"Literature"概念的译介与文学革命的发生》，《中国现代文学研究丛刊》2011 年第 1 期。

④ 沈国威：《近代中日词汇交流研究——汉字新词的创制、容受与共享》，中华书局，2010，第 264～265 页。

1900 年，他到英国去留学。他说："于'左国史汉'中，余冥冥里得出文学之定义，漠漠然觉文学即如斯者也。窃以为英国文学亦应如是。"但是，真正阅读英国文学之后才发现，"汉学中所谓文学与英语中所谓文学，到底是不可划归同一定义下之异类物也。"因此，"余决心在此地从根本上解释清楚何谓文学之问题。"① 由于种种原因，他在英国并没有解决这个问题，而是在回到日本以后才撰写了《文学论》一书。由此可见，作为现代"纯文学"的文学观念直到 20 世纪初期才在日本形成。也就是在这个时期，王国维、刘师培等人将日本的"文学"新观念传入国内。于是，"文学"成为这个时期"最高尚、最尊乐、最特别之名词"②，成为最热门的文论话语。

综上所述，我们要纠正目前学界关于"文学"观念的种种误解。如认为，我国传统"文学"观念是"杂文学"，"纯文学"观念是外来的。这个观点不太全面。其实，在我国传统"文学"观念中包含着"纯文学"的因素，这就是《诗》→诗→诗文等。又如认为，是日本人最早用"文学"一词翻译"literature"，然后再传入我国。这个观点也不准确。其实，是来我国的传教士和我国学者一起最早用"文学"一词翻译了"literature"。随后，日本学者也如此翻译，并很可能是受了中国的影响。因此，汉语"文学"一词的现代化，是通过两条线进行的，一条是传统"文学"观念的现代转化，即由《诗》→诗→诗文等转化；另一条是通过翻译英语"literature"来进行内涵的转换。汉语"文学"一词也是通过这样两个方式存活了下来。

但是，我们认为，用"文学"翻译英语"literature"是一个错误。准确的译法，是应该用"文"（文章）来翻译英语"literature"。

---

① 〔日〕夏目漱石：《文学论·自序》，引自林少阳《"文"与日本的现代性》，中央编译出版社，2004，第 101 ~ 109 页。

② 陶曾祐：《论文学之势力及其关系》，舒芜等编选《近代文论选》（上册），人民文学出版社，1999，第 246 页。

这样，文（文章）与音乐、绘画、舞蹈、雕刻等才比较协调。而"文学"，顾名思义应该是"文"之"学"，即关于"文"的"学问"，也就是研究"文"的"学问"。"文学"应该与"哲学""美学""心理学"等相一致。所以，"文学"不应该是"艺术"，而应该是"学问"或者"学科"。

综观世界"文学"概念的演变，英语、法语、俄语等"文学"概念，都与汉语"文学"概念一样，都经历了由"杂文学"向"纯文学"的演变过程。① 在西方，这个演变是 18 世纪末到 19 世纪初完成的；在东方，主要是日本和中国，这个演变是 19 世纪末到 20 世纪初完成的。我们比西方要晚了一个世纪左右。

但是，西方现代主义文学和后现代主义文学思潮，几乎动摇乃至否定了"文学"现代化的成果。"纯文学"遭遇到了严峻的挑战。经典文学概念的"内涵"越来越小，而"外延"却越来越大。人们在认识上趋于一致的、共识的文学概念几乎不复存在，出现了多元的、变化不定的和难以把握的文学概念。② 尤其是近些年来，随着文化研究的兴起，"文学"概念的"外延"又一次被放大了，出现了以"文学"的"外延"颠覆和否定"文学"的"内涵"的趋向。在西方，"文学"概念极度被泛化了，似乎又向"杂文学"概念回归。如最近由美国著名音乐学家马尔库斯（Greil Marcus）和哈佛大学教授索勒斯（Werner Sollors）主编的《新美国文学史》，就极度地扩大了"文学"的内涵和外延，导致了文学概念进一步被泛化。诸如将诗歌、书信、小说、回忆录、演讲、电影、音

---

① 参见〔美〕彼得·威德森《现代西方文学观念简史》，钱竞、张欣译，北京大学出版社，2006；〔俄〕别林斯基：《"文学"一词的一般意义》，见别林斯基《文学的幻想》，满涛译，安徽文艺出版社，1996，第 531 ~ 573 页。

② 〔意大利〕雷吉纳·罗班：《文学概念的外延和动摇》，〔加拿大〕马克·昂热诺等主编《问题与观点：20 世纪文学理论综论》，史忠义、田庆生译，百花文艺出版社，2000，第 45 ~ 51 页。

乐等包含在文学之内，甚至将拳击比赛、私刑、控制论、里根、奥巴马等主题也包含在文学之内①。这似乎是历史的轮回，或者是"文学"的返祖现象。"literature"（文学）经过了 200 多年的现代化之后，似乎又回到了原处，"纯文学"又变成了"杂文学"。这难道是正常的吗？真值得我们深思。

第二节 1949 年以来文学观念的演变与文学的发展

一 问题的提出

文学观念是文学理论的一个重要概念。它有广义和狭义两个内涵：从广义看，所谓文学观念，就是泛指人们对于一切文学问题的看法，诸如文学本质观念、文学特征观念、文学创作观念、文学体裁观念、文学批评观念等；从狭义看，所谓文学观念，就是特指人们对于文学本质的看法，换句话说即是文学本质观念。所以，从前者看，文学观念问题是文学理论研究的基本问题，因为它涉及到文学理论问题的所有方面；从后者看，文学观念问题就只能是文学本质问题。这既是文学理论的基本问题，也是文学理论的重要问题。因为，它不仅是文学理论研究的首要问题，也是文学理论体系建构的理论基础。在上文两个定义中，"文学观念"的主体"人们"，是指一切对于文学问题有看法的人，诸如作家、文学批评家、文学理论家、文学史家、美学家等。也就是说，有不同人的文学观念，诸如作家的文学观念、批评家的文学观念、理论家的文学观念、文学史家的文学观念、美学家的文学观念等。如此看来，文学观念又是一个极为丰富和极为复杂的文学理论概念。一个时期的文学创作、文学批评和文学理论的发展，与一个时期的主流文学观念有密切的关系；一个时期的文学理论研究，无论如何也绕不开文学观念

---

① 郭英剑：《文学史能不能这样写?》,《文艺报》2011 年 7 月 13 日第 5 版。

问题。

　　事实上也是如此。最近 20 多年来，是 1949 年以来文学创作、文学批评和文学理论变化最快、作品最多和成绩最大的时期。在这个时期，对于文学观念的研究，也一直显得比较热闹。据笔者对"中国期刊全文数据库""中国优秀硕士学位论文全文数据库"和"中国博士学位论文全文数据库"检索统计，在 1984～2008 年的 25 年里，共发表有关"文学观念"的论文 382 篇，其中期刊论文 366 篇，硕士学位论文 13 篇，博士学位论文 3 篇。[①] 有些学者围绕着一个专题，发表了一系列研究文学观念的论文，诸如王齐洲的古代文学观念研究、赵利民的近代文学观念研究、黄开发的现代文学观念研究、伍世昭的"五四"文学观念研究、袁盛勇的延安文学观念研究，等等。出版学术专著 6 部，其中关于古代文学观念的专著 2 部，分别是王齐洲的《中国文学观念论稿》（湖北教育出版社，2004）和彭亚非的《中国正统文学观念》（社会科学文献出版社，2007）；关于现代文学观念的专著 2 部，分别是包忠文主编的《现代文学观念发展史》（江苏教育出版社，1992）和季广茂的《意识形态视域中的现代话语转型与文学观念嬗变》（北京大学出版社，2005）；关于当代文学观念的专著 2 部，分别是白烨的《文学观念的新变》（辽宁大学出版社，1987）和周介人的《文学：观念的变革》（人民文学出版社，1987）。此外，包忠文主编的《当代中国文艺理论史》（江苏教育出版社，1998），杜书瀛、钱竞主编的《中国 20 世纪文艺学学术史》（上海文艺出版社，2001）和吴炫的《中国当代文学批判》（学林出版社，2001）等也有所论及。

　　综观这 25 年的文学观念研究，有两个"热点"时期：一个是 20 世纪 80 年代，国内结束了"文革"乱局之后，开始了百废待

---

　　① 本文统计数字，只是指题目中含有"文学观念"一词的论文。题目中含有"文学"和"观念"两个词的论文不在统计之列。下同。特此说明。

兴、改革开放的新时期。长期以来受到压抑的文学创作和文学研究激情，如地火喷发一般，光焰万丈，五彩缤纷，加之外国各种文学思潮的全面涌进，带来了文学观念上的一次深刻变革。作家、文学批评家、文学理论家、文学史家的文学观念都在发生着新的变化，于是新的文学作品出现了，新的文学批评出现了，新的文学理论出现了，新的文学史书写也出现了。"文学观念"一时成为学术界所密切关注的焦点问题。据笔者不完全统计，在1984～1988年的5年时间里，共发表研究文学观念的论文46篇，其中1984年发表1篇，1985年发表4篇，1986年发表10篇，1987年发表19篇，1988年发表12篇。1986年召开了两次有关"文学观念"的学术研讨会，分别是年初，华东师范大学中文系和文学研究所联合主办的"上海地区文学观念与思维方式讨论会"；11月上旬，在苏州召开了"全国文学观念学术研讨会"。由于这两次学术会议的推动，使1987年成为文学观念研究有丰硕收获的年份，不仅发表了19篇论文，还出版了白烨和周介人的2部专著，被称为"文学观念年"。这5年研究的"热点"问题是"新时期文学观念的变革和拓展"，共发表这方面的论文16篇，占5年发表论文总数的34.8%，白烨和周介人的专著也都是谈论这个问题。这比较真实地反映了当时文学理论界的基本面貌和深层的学术心态。另一个"热点"时期是最近5年，即从2004～2008年，共发表研究文学观念的论文153篇，其中2004年发表33篇，2005年发表29篇，2006年发表21篇，2007年发表30篇，2008年发表40篇；出版了王齐洲、彭亚非和季广茂的3部专著；还召开了1次学术研讨会，即2004年7月31日至8月2日，河北师范大学文学院与《文学评论》编辑部等单位联合举办了"文学观念与文学史学术研讨会"。这5年与前5年相比，每年发表的论文数量都有了大幅度的提高，呈稳定的发展趋势，尤其是2008年发表的论文占了前5年论文总数的86.9%。这个时期社会稳定，经济繁荣，学术文化的发展显得全面而深入。这5年文学观念研究的热点问题是

"传统文学观念向现代文学观念的转型"，共发表这方面的论文 30
篇，占这个时期论文总数的 19.6%。其中研究近代文学观念的论
文 11 篇，研究现代文学观念的论文 14 篇，研究"五四"文学观
念的论文 5 篇。但是，关于当代文学观念的研究却相对比较薄弱，
在前后两个"热点"时期的 10 年之中，共发表相关论文 17 篇，
其中研究新时期文学观念的论文 16 篇，综合研究当代文学观念的
论文只有 1 篇，而研究 1949 年以来文学观念演变的论文连 1 篇也
没有。

　　因此，正是由于这个原因，笔者打算谈谈 1949 年以来文学观
念的演变与文学的发展问题。这里要对本节论题中的"文学观念"
作以下限定：其一，在狭义内涵层面使用"文学观念"，即文学本
质观念；其二，以文学理论家的"文学观念"为主，同时兼顾作
家、批评家、文学史家和美学家的"文学观念"。

二　1949 年以来文学观念的演变

　　在中外文学史和文学理论史上，"文学观念"都是近代学科发
展的产物，也是一个敏感的、活泼的和相对稳定的概念。之所以是
敏感的，是因为文学的每一次变化，都会或多或少引起"文学观
念"的波动乃至变革；之所以是活泼的，是因为它成了人们永远
都说不完的话题，常常会有新的文学观念出现；之所以是相对稳定
的，是因为文学的"本质"变化幅度相对较小。1949 年以来文学
观念的演变也表现出敏感、活泼和相对稳定的特点。说它敏感，是
因为 60 年来我国文学的每一次变化，都引起了"文学观念"的波
动；说它活泼，是因为 60 年来我国文学的创作界、批评界、理论
界和学术界对于"文学观念"进行了无数次的言说和若干次的大
讨论，提出了不少新的观点；说它相对稳定，是因为 60 年来我国
文学理论界的主流"文学观念"，对于文学"本质"的看法基本上
变化不大。

　　现在，根据 1949 年以来文学观念演变的实际情况，分两个时

期进行论述。第一个时期，从 1949 年 10 月～1978 年 12 月，是新中国文学观念的建构时期。1949 年初期，文学界所面临的主要任务，就是建设社会主义的新文学。但是，什么是社会主义文学？这是当时亟须回答又很难回答的问题。因为在人类历史上，除了苏联有类似的文学经验之外，还没有其他国家能够提供这样的经验。尽管此前我党有领导和发展解放区文学的经验，但解放区文学属于新民主主义文化的范畴，还不是严格意义上的社会主义文学。由此看来，这确实是一个全新的问题。要回答这个问题，首先要建构社会主义的文学观念。回顾这段历史，可以看出：当时的文学理论界主要是以毛泽东《在延安文艺座谈会上的讲话》（以下简称为《讲话》）为指导，再参照苏联的文学理论，建构了我国社会主义文学观念的基本形态。具体说，我国社会主义文学观念是由"意识形态论""反映论""语言论"和"工具论"合构而成的文学观念体系。现分述如下：

1. 意识形态论。这种观点认为，文学是一种社会意识形态。这种文学观念的理论基础是马克思主义哲学，诸如马克思的《〈政治经济学批判〉序言》、恩格斯的《费尔巴哈与德国古典哲学的终结》和斯大林的《马克思主义与语言学问题》等。"意识形态"的概念大约是 20 世纪 20 年代引入我国的，早期翻译为"观念形态"。如 1925 年，鲁迅翻译的《观念形态战线和文学——第一回无产阶级作家全联邦大会的决议》。到了 40 年代，才翻译成"意识形态"。如 1944 年，周扬编的《马克思主义与文艺》一书，就翻译和介绍了"意识形态"观念。该书第一辑就是"意识形态的文艺"。毛泽东在 20 世纪 40 年代的著作如《新民主主义论》（1940）和《讲话》（1942）中还是用"观念形态"的概念，直到 50 年代如《关于正确处理人民内部矛盾的问题》（1957）才用了"意识形态"的概念。这种文学观念的学理来源是苏联文学理论，诸如季摩菲耶夫的《文学概论》（查良铮译，1953）、毕达可夫的《文艺学引论》（北京大学译，1958；以及 1954 年春～1955 年夏在北京大学授课）和柯尔尊的《文艺学概论》（北京师范大学译，1959；以及 1956～1957 年在北京师范大学授课）等。季氏、毕氏二人论述比较简单，柯氏的论述较为详细。他认为，"文学是一种社会意识形态"。① 毕氏加上了"独特的"限定词，成为"文学是一种独特的社会意识形态"，似乎更准确一些。② 这是从哲学的视角观照文学，是一种哲学化的文学观念。1949 年以来，"文学是一种社会意识形态"的文学观念成为主流，影响很大。80 年代中期以来，这种文学观念开始受到质疑，于是出现了"文学是一种特殊的社会意识形态"的观点（与毕达可夫的观点相一致）。尤其是钱中文提出了"文学是审美意识形态"的观点之后，③ 得到了文学理论界的普遍认同。90 年代以来，有 10 多种文学理论教科书采用了这种观点。

2. 反映论。这种观点认为，文学是对社会生活的反映。这种文学观念的理论基础是列宁在《唯物论与经验批判论》中提出的"反映论"。这种文学观念的学理远源是亚里士多德的"摹仿说"，近源是毛泽东的《讲话》和苏联文学理论，诸如上文提到的季氏、毕氏和柯氏的著作。为了区别文学的"反映"与其他人文社会科学的"反映"有所不同，苏联的文学理论家们在文学"反映"二字的前边加上了"形象"的限定词，于是就成为"文学是以形象反映社会生活"。这种文学观念是从文学与生活的关系维度观照文学，其理论深层是意识与存在的关系。其实，这还是从哲学视角观

---

① 〔苏〕维·波·柯尔尊：《文艺学概论》，北京师范大学中文系外国文学教研组译，高等教育出版社，1959，第 36 页。

② 〔苏〕依·萨·毕达可夫：《文艺学引论》，北京大学中文系文艺理论教研室译，高等教育出版社，1958，第 405 页。

③ 1982 年，钱中文在《论人性共同形态描写及其评价问题》（见《文学评论》1982 年第 6 期）一文中，提出了"文艺是一种具有审美特征的意识形态"的新观点。随后，钱中文在《最具体的和最主观的是最丰富的》（见《文艺理论研究》1986 年第 4 期）和《文学观念的系统性特征——论文学是审美意识形态》（见《文艺研究》1987 年第 6 期）等论文中，进一步明确提出和论述了"审美意识形态"说。

照文学，与"意识形态论"在本质上是一致的。这种文学观念对我国文学理论界的影响也很大。从 20 世纪 50 年代以来，我国文学理论教科书基本上毫无保留地接受了这种文学观念。新时期，这种文学观念也受到了质疑。童庆炳和钱中文先后提出了"审美反映论"，[①] 对这种文学观念是一种很好的发展，得到了文论界的广泛认同。这种文学观念是受其"审美意识形态论"观念所决定的。

3. 语言论。这种观点认为，文学是语言艺术。这种文学观念的理论基础是亚里士多德的《诗学》。亚氏根据摹仿所用的媒介划分艺术种类，诗（包括史诗、悲剧、喜剧和酒神颂，或者包括散文和韵文）是用"语言"来摹仿的艺术。后来，莱辛的《拉奥孔》和黑格尔的《美学》进一步发展了这种文学观念。在俄国和苏联文学理论中，这种文学观念得到了普遍推广。但是，这种文学观念进入我国则主要通过两个渠道，一个是俄苏文学理论。高尔基的"文学的第一个要素是语言"的观点影响很大。季摩菲耶夫、毕达可夫和柯尔尊的影响也很大。另一个是美国文学理论。如韩德的《文学概论》（傅东华译，1935）。这是从艺术分类的角度观照文学，是一种本体论的文学观念。1949 年以来的文学理论教科书都普遍采用了这种文学观念。近年来，有人对这种文学观念进行质疑，认为是"一个需要辨析的命题"；[②] 也有人对这种文学观念充分肯定，认为它是众多文学观念的"公约数"，是一个需要"还原的命题"。[③] 事实上，在中外文论史上，各种观念互不相同的文论家都对于"语言论"文学观采取了接纳的态度，使其成为各派文学观念之间的名副其实的"公约数"。

4. 工具论。这种观点认为，文学是阶级斗争的工具。这种文

---

① 童庆炳：《文学概论》上册，红旗出版社，1984，第 46～48 页；钱中文：《新理性精神文学论》，华中师范大学出版社，2000，第 158～160 页。
② 傅道彬、于茀：《文学是什么》，北京大学出版社，2002，第 34 页。
③ 盖生：《价值焦虑：新时期以来文学理论热点反思》，上海三联书店，2008，第 131～134 页。

学观念的理论基础是列宁的《党的组织和党的出版物》。① 这种文学观念的学理远源是苏联文学理论和我国 30 年代的左翼文学理论。1925 年，苏联作家大会的《决议》中说："文学是阶级斗争的强有力的武器"。（引自上文所举的那篇鲁迅的译文）随后，我国左翼文学理论界普遍接受了这种观点。如鲁迅将文学看作"革命斗争的工具"，冯雪峰将文学当作"阶级斗争的武器"，后来"左联"便将"艺术是阶级斗争的武器"一语写入其《纲领》之中；② 这种文学观念的学理近源则是毛泽东的《讲话》。这种文学观念是从政治斗争的视角观照文学，其实是"意识形态论"文学观念的派生物。这种文学观念在 60 年代初期、尤其是在"文革"时期特别盛行。譬如，山东大学中文系文艺理论教研室编的《文艺学新论》（修订本，1962）第一章第二节标题就是："文艺是阶级斗争的武器"。这种文学观念在"文革"中成为极左思潮的棍棒，给文学带来了灾难，在 70 年代末期受到了批判。

总之，这个时期各种文学观念的形成有比较复杂的社会背景和学理渊源。从社会背景看，社会主义文学建设的任务，新中国成立初期国内和国际复杂多变的阶级斗争，以及国家高层领导内部的矛盾冲突，极左思潮的扩张等，是各种文学观念形成的外因；从学理渊源看，马克思主义哲学，《讲话》精神，苏联文学理论，以及 30

---

① 列宁的这篇文章写于 1905 年，20 世纪 30 年代被译介到我国来。前后有过多种译文，但题目一直被翻译成《党的组织和党的文学》。其中"党的文学"的翻译是不够准确的。因为，俄文"литература"一词，其本义是泛指文学、文献和出版物等。根据上下文语境，列宁使用该词的本意，也是指"出版物"而言的。显然，它不仅仅是指"文学"。过去由于误译成"党的文学"，就会使人误将"文学"看作党的工具，在理论和实践上造成了人们对于文学与政治关系的误解。1982 年，中共中央编译局列宁斯大林著作编译室决定纠正这种不确切的译法，在学术调研和征求意见的基础上，翻译为《党的组织和党的出版物》。（参阅《〈党的组织和党的出版物〉的中译文为什么需要修改？》一文，刊载于《红旗》杂志 1982 年第 22 期。）

② 包忠文主编《现代文学观念发展史》，江苏教育出版社，1992，第 212 页、第 215 页、第 213 页。

年代左翼文论观点等，是各种文学观念形成的内因。这四种文学观念经过前后演变，互相结合，合构成一个文学观念体系。在这个文学观念体系中，最核心的观念是"意识形态论"，其他观念实际上都是受它支配的。因此，这个时期的文学观念，从本质上看是"一元论"文学观念的体系。具体情况是：除了"工具论"文学观之外，其他三种文学观念互为结合，构成了"观念共同体"，成为这个时期大多数文学理论教科书所遵循的文学本质的经典观念。诸如，以群主编的《文学的基本原理》（1963～1964）和蔡仪主编的《文学概论》（1979）等，代表了这个时期文学理论界的基本看法。

第二个时期，从1979年至今，是1949年以来文学观念的发展期。党的十一届三中全会拨乱反正，纠正了"文革"的错误，批判了极左思潮，确定了改革开放的国策，拉开了新时期的序幕。30多年来，政治开明，经济繁荣，文化发展，是1949年以来最好的时期。在这个时期，我国文学理论界解放思想，不仅将"五四"以来和1949年以来的重大理论问题反思辨正，而且跟踪探讨当下文学发展中的新问题，还密切关注国际文学理论发展的新动向，取得了很好的成绩。因此，这个时期的文学观念极为活跃，自由讨论，百家争鸣，[①] 出现了以下五种有代表性的观点。

1. 生产论。这种观点认为，艺术（包括文学）是一种特殊的生产。这种文学观念的理论基础是马克思在《1844年经济学哲学手稿》（以下简称《手稿》）和《〈政治经济学批判〉导言》中提出的"艺术生产"理论。这种文学观念的代表人物是何国瑞。1989年，他发表了《艺术生产论纲》一文，又出版了由他主编的《艺术生产原理》一书。[②] 该书从"艺术生产"的新视角，重新思

---

① 参见陆梅林、盛同主编《新时期文艺论争辑要》（上下册），重庆出版社，1991。又参见白烨编著《文学论争20年》，华中师范大学出版社，1998。

② 见何国瑞《艺术生产论纲》，刊载于《理论与创作》1989年第4期；又见何国瑞主编《艺术生产原理》，人民文学出版社，1989。

考艺术本质和规律，建构了一个由艺术"本体""主体""客体"
"载体"和"受体"构成的崭新的理论体系。这种文学观念是从
"创作"（即生产）的角度观照文学，实质上是一种"创作论"文
学观念。他不再从"意识形态论"和"反映论"出发建构文论体
系，而是在重读马克思主义经典著作中发掘出新的艺术观念，表现
出了理论创新的勇气。他还较早地将"艺术消费"的概念引入了
艺术理论体系，给人许多新的启发。

2. 主体论。这种观点认为，文学是主体的活动。这种文学观
念的理论基础是马克思的《手稿》和李泽厚的"主体性实践哲
学"，学理来源是高尔基的"文学是人学"。马克思在《手稿》中
提出了"人始终是主体"的思想。1980 年，李泽厚在《康德哲学
与建立主体性论纲》一文中，提出了"主体性"问题。1985 年，
他又发表了《关于主体性的补充说明》一文。由于受这些思想和
观点的影响，加之 80 年代初期以来对于作家主体作用的逐渐重视，
便形成了"主体论"文学观念。这种观念的代表人物是刘再复。
1985 年，他在长篇论文《论文学的主体性》中提出了这个观点。①
他认为，文学的主体包括作为对象主体的人物形象、作为创造主体
的作家和作为接受主体的读者和批评家。这是一种"以人为思维
中心"的文学观念。过去的文学理论也谈"人"，也谈人物、作家
和读者，但是没有提到"主体论"的高度，也没有升华到文学本
质观念的层面。而是恰恰相反，由于过度地强调"意识形态论"
"反映论"和"工具论"的重要性，在很大程度上遮蔽了"人"
的主体性。所以，"主体论"文学观念的提出，是有重要意义的，
也产生了较大的学术影响。引起了一场关于"文学主体性"的讨
论，② 有些人持肯定态度，还有人编著了一本《主体论文艺学》，③

---

① 刘再复：《论文学的主体性》，《文学评论》1985 年第 6 期。
② 参见《红旗》杂志编辑部文艺组编《文学主体性论争集》，红旗出版社，1986。
③ 九歌：《主体论文艺学》，中国社会科学出版社，1989。

当然也有人持批评态度。

3. 活动论。这种观点认为，文学是人类的一种特殊活动。这种文学观念的理论基础是马克思的《手稿》《资本论》和马克思、恩格斯的《德意志意识形态》中提出的"人的活动"的理论范畴，其学理来源是艾布拉姆斯在《镜与灯：浪漫主义文论及批评传统》（以下简称《镜与灯》）一书中提出的"文学四要素"说。艾氏的著作初版于1953年。他在该书中提出了"世界""艺术家""作品""欣赏者"四个要素，并建构了一个文学活动的"三角图式"。1973年，美籍华裔学者刘若愚运用"艾氏图式"建构了中国文学理论体系，[①] 在方法论上对国内学者影响很大。"活动论"的代表人物是童庆炳等人。1989年，童庆炳在《文学活动的美学阐释》（陕西人民出版社，1989）一书中，指出"文学活动"的本质是"审美"。1992年，童庆炳等人在《文学理论教程》中，建构了一个"文学活动论"的体系。[②]这种文学观念是将文学的各要素看作一个互动的、有机的和整体的活动，在活动中把握其特性、本质和规律。这种文学观念避免了以往的片面性，有可取之处，因而影响较大。后来，采用"活动论"模型编写的文学理论教材还不少。

4. 审美论。这种观点认为，文学是对社会生活的审美反映，是一种审美意识形态。很明显，这种文学观念是对于苏联文学理论观点的重新改造。具体说，他们吸收了"反映论"和"意识形态论"的合理成分，然后将"审美"理论融入其中，由此形成了一

① 〔美〕刘若愚：《中国的文学理论》，田守真、饶曙光译，四川人民出版社，1987。
② 童庆炳主编《文学理论教程》，高等教育出版社，1992。其实，畅广元等人在1991年出版的《文艺学导论》（陕西人民教育出版社）中，已经率先将"文学活动"概念引入了教材。但是，该书只是借用了"文学活动"的视角，对于"文学活动"本身没有论述，而且全书也看不到从"文学活动"论建构体系的痕迹。因此，该书实际上没有提出新的文学观念和理论，影响也不大。所以，我们以童庆炳等人为"文学活动论"的代表。特此说明。

种新的文学观念。这种文学观念的代表人物是钱中文和童庆炳。正如上文所提到的那样，在 20 世纪 80 年代，钱中文、童庆炳二人先后提出了"审美反映论"和"审美意识形态论"。① 这种文学观念的学理来源是苏联的"审美意识形态"理论。1975 年，苏联学者阿·布洛夫在他的《美学：问题和争论》（凌继尧译，1987）一书中，提出了"审美意识形态"的观点。这种文学观念是在对庸俗化和左倾化的"反映论"和"意识形态论"反思的基础上提出的，因而既坚持了马克思主义文艺学的基本观点，又有理论上的创新。王元骧也是这种文学观念的支持者。他不仅发表了这方面的论文，而且将这种文学观念写入新编的《文学原理》教材中。② 但是，最近几年，这种文学观念受到了董学文等人的质疑，于是展开了一场学术讨论。③

5. 人学论。这种观念认为，文学是人学。这种文学观念的理论基础也是马克思的《手稿》，其学理远源是高尔基的"文学是人学"，近源是"五四"时期"人的文学"和"为人生"的文学观念。高尔基是否说过"文学是人学"的话，学界看法不太一致。当然，谁也拿不出原始文献证明高尔基说过这话，或者证明高尔基没有说过这话。这个说法最早来源于季摩菲耶夫的《文学概论》。他在该书第二章中指出，"高尔基并且提议把文学叫做'人学'"。后来，这个说法便在苏联流行开来，甚至传入我国。季氏有什么根据，我们不得而知。但是，有一点可以肯定，那就是高尔基确实很重视"文学"与"人"的关系。至于他说没说过这话，其实并不

---

① 参见钱中文《文学观念的系统性特征——论文学是审美意识形态》，载《文艺研究》1987 年第 6 期；童庆炳：《审美意识形态论作为文艺学的第一原理》，载《学术研究》2000 年第 1 期；童庆炳：《新时期文学审美特征论及其意义》，载《文学评论》2006 年第 1 期。童庆炳先生还在他主编的《文学理论教程》（修订二版，高等教育出版社，2004 年第 3 版）中，进一步完善了这种文学观念。

② 王元骧：《文学原理》，广西师范大学出版社，2007。

③ 李志宏主编《文艺意识形态学说论争集》，吉林大学出版社，2006。

重要了。这种文学观念的代表人物是钱谷融。1957 年，钱谷融在《文艺月报》5 月号发表了《论"文学是人学"》一文。据钱谷融后来回忆说，"文学是人学"这句话是引自季摩菲耶夫的《文学概论》。由于他不懂俄文，还托戈宝权翻译了相关资料供他参考。他针对当时文学理论界忽视"人"的现象，认为文学创作"必须从人出发，必须以人为注意的中心"，在 1949 年后较早地提出了"人学论"文学观念。随后，这种文学观念受到了批判。到了新时期，钱谷融先后发表了《〈论"文学是人学"〉一文的自我批判提纲》、《关于〈论"文学是人学"〉——三点说明》和《〈论"文学是人学"〉发表的前前后后》三篇文章，又出版了《论"文学是人学"》一书，说明、坚持和完善了自己的文学观念。① 关于文学与人及人性的关系问题，在 20 世纪 80 年代曾经有过广泛的讨论，我也曾撰写过两篇论文。② 正是在如此的社会文化语境中，才形成了这种文学观念。

总之，除了以上五种新的文学观念之外，这个时期还有"情感论"文学观念、"想象论"文学观念、"价值论"文学观念和"形式论"文学观念等。可见 30 多年来，我国文论界在文学观念上求新求变，显得非常活跃。这是我国当代文学理论批评发展和深化的表现，也是我国思想文化界宽松、自由和进步的表现。与前一个时期相比，这个时期文学观念显得更加开放、丰富和多样化，也更加切近文学本体。政治掌控文学的现象淡化了，文学自主性增强了；"一言堂"的政治话语淡化了，"群言堂"的学术话语增强了；"一元化"的文学观念淡化了，"多元化"的文学观念增强了。现

---

① 钱谷融：《论"文学是人学"》，人民文学出版社，1981。三篇论文分别见《文艺研究》1980 年第 3 期，《新文学论丛》1981 年第 1 期，《书林》1983 年第 3 期。

② 古风：《关于"人性"问题的初步探讨》(1980)，参见拙著《当代文艺美学的多维思考》，中国文联出版社，2004，第 128～141 页；古风：《文艺中的人道主义问题》，载《西北大学学报》1990 年第 1 期。

在，我们不再是从"被规定"的一个面去看文学本质，而是学术自主性地从三个、五个、多个面去看文学本质。甚至从内部看，从外部看；从当下看，从历史看；从国内看，从国外看；从本学科看，从跨学科看，等等。所以，我们才看到了文学多姿多彩的"真面目"，才有了如此丰富的文学观念。因此，1949年以来文学观念由封闭到开放、由"一元化"到"多元化"的演变，是文学发展的一大进步。

三　1949年以来文学观念对于文学发展的影响

文学观念既是来源于对文学活动的方方面面的思考，是文学思想的"合金"；又会回到方方面面的文学活动中去，指导和影响文学的发展。文学观念对于文学发展的影响，在1949年以来的文学史上表现得尤为突出。具体说，有如下几个方面：

其一，对于文学创作的影响。1949年以来的众多文学观念都在不同程度上影响了文学创作，为我国当代文学的发展作出了贡献。其中影响时间最长、规模最大和程度最深的是"反映论"文学观念。这种文学观念认为，社会生活是文学创作取之不尽、用之不竭的唯一源泉。作家要写出好的作品，就必须深入生活，体验生活，熟悉生活，在生活中积累文学素材。这是被古今中外的文学史所证明是正确的文学创作规律，也是马克思主义文学理论的基本原理之一。1949年以来，广大作家在这种文学观念的指导和影响下，或者调动过去的各种生活积累，通过开掘、提炼和艺术加工，进行文学创作。诸如刘知侠的《铁道游击队》，刘流的《烈火金钢》，杜鹏程的《保卫延安》，罗广斌、杨益言的《红岩》，吴强的《红日》，曲波的《林海雪原》，杨沫的《青春之歌》等脍炙人口的作品就是这样写成的。这些作家都亲历了小说中的"生活"，而且是这些斗争生活的参与者和见证者，所以都熟悉这些生活，创作起来便得心应手，亲切感人；或者是主动地深入生活，到农村、工厂和军队中去长期观察生活和体验生活，然后进行文学创作。诸如赵树理的《三里湾》、周而复的《上海的早晨》、柳青的《创业史》、周立波的《山乡巨变》、李准的《李双双小传》、杨朔的《三千里江山》、陆柱国的《上甘岭》等优秀作品就是这样写成的。尤其是将"生活"当作文学创作"学校"的柳青，1952年5月毅然从北京回到陕西长安，带着全家人到皇甫村落户，一住就是14年，与农民一起生活劳动，写出了名著《创业史》，去世后长眠在该村的神禾塬上。总之，这些当代文学史上的名著与"反映论"文学观念有着密切的联系。但是，有些文学观念却对于当代文学发展起到了负面影响，如"工具论"文学观念就是这样。不可否认，在革命和战争年代，这种文学观念对于革命文学的发展曾经起过积极的作用。但是，"文革"时期，在极左思潮的干扰下，这种文学观念却给文学发展带来了灾难。概念化、口号化、暴力化的文学作品铺天盖地，政治走到了前台，文学隐退到幕后，甚至完全丧失了"文学性"。这是中国文学史上的"怪现象"。

其二，对于文学批评的影响。1949年以来，文学观念对于文学批评的影响，是有目共睹的事实。譬如，在"反映论"文学观念的影响下，广大文学批评者运用"生活真实"与"艺术真实"相结合的标准，比较科学地从事文学批评，将真正的优秀作品选择出来，评价出来。目前在当代文学史上被大家所公认的优秀作品，可以说都是经过不同时期的文学批评选择、评价和推荐出来的。在这一点上文学批评是有贡献的。再譬如，在"意识形态论"和"工具论"文学观念的影响下，文学批评成为政治与文学的中介，成为党领导文学工作的工具，批评和引导文学创作按照党和国家的要求向前发展。这样在文学创作与革命事业之间，文学批评起到了中介、引领和规范的作用，从而促进了文学的发展。这是1949年以来文学批评的一个显著特点。但是，由于对文学与政治关系的片面理解，出现了庸俗化的文学批评，如根据国家政策条文对小说人物划分阶级成分，进行阶级分析；又如分析山水诗和写景诗的阶级内涵，批评艾青《启明星》一诗中的"启明星"意象表现了诗人的

"阴暗心理";再如将作品中人物的阶级性与作家的阶级性划等号,等等。特别是由于极左思潮的干扰和阶级斗争的扩大化,使文学批评演变为阶级斗争的工具,将文学批评变成政治批判,变成打人的棍棒和残酷的暴力,导致了文学的灾难。这个教训是十分沉重的。

其三,对于文学理论的影响。1949 年以来,文学观念对于文学理论的影响,主要表现在两个方面:一个是文学观念影响了"学院派"文学理论体系的建构。这主要集中表现在文学理论教材的编写方面。据不完全统计,1949 年以来共编写各类文学理论教材 320 多种,其中新时期以前约 20 多种,新时期以来约 300 种左右。① 文学理论教材内容的构成,包括长期沉淀下来的文学基本知识和当下学术语境中文学理论研究的最新成果。一般来说,文学观念对于文学理论教材的编写具有全局的指导作用。因为,它是文学理论教材体系建构的理论基础,有什么样的文学观念,就会有什么样的文学理论教材体系。如上文所述,"反映论"文学观念有"反映论"的文学理论教材体系,"生产论"文学观念有"生产论"的文学理论教材体系,"活动论"文学观念有"活动论"的文学理论教材体系,等等;另一个是文学观念影响了"非学院派"的文学理论研究。如上文所述,一个时期的文学观念会主导一个时期的文学理论研究,包括文学理论的话语、思潮和讨论等。如 20 世纪 50年代,在"反映论"文学观念的影响下,文学理论界便流行现实生活、反映、源泉、形象、典型、真实、革命现实主义、革命浪漫主义等话语;到了 60 年代,在"意识形态论"文学观念影响下,文学理论界又流行经济基础、上层建筑、意识形态、阶级性、党性、人民性、世界观、文艺观等话语;再到了 90 年代,在"活动论"文学观念影响下,文学理论界又流行文学活动、世界、作者、

---

① 参见童庆炳主编《新时期高校文学理论教材编写调查报告》,春风文艺出版社,2006,第 1 页、第 151 ~ 153 页。这个统计数字中,包含再版和修订的文学理论教材,但不包含翻译的文学理论教材。

作品、形式、读者、审美、话语、接受、消费等话语。

其四，对于文学研究的影响。1949 年以来，文学观念对于文学研究的影响，也是显而易见的。一个时期的文学研究，包括文学理论、文学批评和文学史等方面的研究，都在不同程度上受到文学观念的影响。20 世纪五六十年代，"工具论"文学观念逐步向"政治化"升级。正如有论者指出的那样："当时的文学观并不仅仅是在强调文学的政治作用，而且在逐步强化一个观念，即将文学的本体视为政治，将文学视为政治的派生物。"① 在这种文学观念的影响下，文学成了政治，似乎一切文学问题也成为政治问题，一切文学研究也演变为政治批判了。诸如，讨论电影《武训传》是政治，研究《红楼梦》是政治，评论《水浒传》也是政治。人们对文学的"美感"失落了，剩下的只有对政治的"敏感"了！文学界处于草木皆兵、人人自危、精神高度紧张之中！翻阅一下那个时期的所有文学研究成果，诸如"资产阶级""修正主义""阶级斗争""揭发""批判""打倒"之类火药味很浓的暴力话语便会扑面而来，文学研究被淹没在政治批判的海洋里。从党的十一届三中全会以来，文学观念回归常态发展，才对文学研究产生了积极的影响。这个时期，在各种不同的文学观念的影响下，文学研究界百花齐放，百家争鸣，成果累累，呈现出真正的繁荣景象。譬如，这个时期，在"人学论"文学观念的影响下，出现了两项十分可观的文学研究成果。1996 年，章培恒按照"人学论"文学观念主编和重写了《中国文学史》。他在该书《导言》中，首先对于"反映论"文学观念进行质疑，然后提出了自己关于"文学发展过程与人性发展过程同步"的新的文学史观念。他认为，不仅文学的内容（如情感等）有人性蕴含，而且文学的形式也有人性蕴含。所以，他按照文学与人性、文学发展与人性发展的关系，来指导《中国文学史》的编写工作，完成了一部别具一格的《中国文学史》，受

---

① 包忠文主编《当代中国文艺理论史》，江苏教育出版社，1998，第 107 页。

到学界的好评。① 2000 年，黄霖以"人学论"文学观念为指导，探索中国古代文学理论体系问题。他从唐代韩愈《原人》和宗密《原人论》中拈出"原人"二字，替换了古代传统文学理论中的"原道"二字，提出了"原人"的命题，完成了由"原道论"文学观念向"原人论"文学观念的转换。于是，他也编写出一套风格别具的"中国古代文学理论体系"丛书，同样受到了学界好评。② 这些研究成果，不仅从学理上进一步拓展了"人学论"文学观念的内涵，而且对于"人学论"文学观念进行了具体实践。

总之，1949 年以来文学观念对于文学发展的影响显得比较复杂，其中有积极的影响，便促进了文学的发展；也有消极的影响，便阻碍了文学的发展。这些都是客观存在的事实，需要作专门的研究。现在的情况是，学界谈论 1949 年以来的文学发展时，很少有人能够看到和分析"文学观念"的影响。当然，我不是说没有人研究 1949 年以来的文学观念，而是说没有将"文学观念"与"文学发展"问题联系起来研究，没有看到两者之间的内在关系。由于篇幅的限制，我只是谈了一点粗浅的看法，希望能够抛砖引玉，引起同行们继续研究这个问题。

四　几点启示

综上所述，1949 年以来文学观念演变的原因比较复杂，从学理渊源看，既有外源，如苏联文学观念；又有内源，如我国现代文学观念。既有远源，如"五四"和"左联"的文学观念；又有近源，如 1949 年以来的文学现实。从演变趋势看，经过了由封闭到开放、由"一元化"到"多元化"的发展过程。从发展特点看，有两个方面：一个是 1949 年以后，由于受国内各种矛盾斗争和

---

① 参见章培恒、骆玉明主编《中国文学史·导论》，复旦大学出版社，1996。
② 黄霖、吴建民、吴兆路：《原人论》，复旦大学出版社，2000，第 5 页。这套丛书由王运熙、黄霖主编，包括黄霖等人的《原人论》、汪涌豪的《范畴论》和刘明今的《方法论》三卷（种）。

国际复杂多变形势的影响，由于没有科学地处理文学与政治的关系问题，文学观念还没有完成由"工具理性"向"本体理性"回归，因而"政治情结"显得比较浓厚；二是我国当代文学的性质是社会主义文学，我国当代文学理论的性质是马克思主义化的文论，所以1949年以来任何一种文学观念的提出，都具有马克思主义的理论基础。这些是我国当代文学观念有别于世界其他国家文学观念的不同之处。除此之外，还有几个问题值得我们继续思考。

其一，谁的文学观念？这是从观念主体来提出问题。其实，人对于文学的观念，可以因观念主体的职业、地位和知识、兴趣有所不同。譬如，一个经济学家对于文学的观念，与一个文学家对于文学的观念是有差异的。从观念主体的角度分析，在1949年以来的各种文学观念中，有国家领导人的文学观念，有文艺管理者的文学观念，有理论家的文学观念，有批评家的文学观念，有作家的文学观念，也有文学研究者的文学观念，等等。在前一个时期，国家领导人的文学观念起着决定作用，形成了"一元化"的文学观念格局；到了后一个时期，文学发展回归常态，各人都可以按照自己的权力和意志研究文学，从而发表自己的观点，于是就形成了"多元化"的文学观念格局。当然，文学发展有自己的客观规律，不会因为各人的主观意志而改变，只要大家客观面对文学，科学地研究文学，也会逐渐消解各人认识上的局限，达成共识，形成文学观念的"共同体"。所以，从观念主体看，文学观念的"差异"和"一致"，都有存在的合理性。当然，最理想的状态就是使两者达到辩证统一。

其二，是对于哪种"文学"的观念？这是从观念客体来提出问题。所谓文学观念，就是人对于"文学"的基本看法。但是，作为观念客体的"文学"，其实是非常复杂的东西。从时间的角度看，"文学"与其他任何事物一样，也经过了从无到有、从低级到高级、从淘汰到新生的发展过程。而且，这样的发展还会永远进行下去的。那么，古代文学不同于近代文学，近代文学也不同于现代文学；从空间的角度看，"文学"作为一种地域文化现象，它的内容（情感、故事、风俗等）与形式（语言、文体、结构、风格等）也会有很大的差异。具体说，希腊文学不同于印度文学，中国文学也不同于非洲文学，等等；从文学内部看，它有各种不同的文体和形态，除了人们公认的诗歌、散文、小说和戏剧四大传统文体之外，还有许多。而且，"文体"也是历史发展的产物，随着文学的发展，旧的文体会被历史淘汰，又会不断地产生新的文体。在刘勰和萧统那个年代，"文"的种类有近40种之多，到现在其中有好多已经消亡了。但是，也有不少新的文体产生。如20世纪二三十年代出现的"报告文学"（reportage），90年代以来出现的"网络文学""手机文学"和"绘本文学"等。由此可见，"文学"从来就不是固定不变的，而是复杂多变的。那么，我们所说的"文学观念"究竟是什么呢？是关于"当代文学"的观念吗？是关于"中国文学"的观念吗？是关于"诗歌"的观念吗？还是关于其他……文学的观念呢？这确实是个值得思考的问题。

其三，文学观念的"变"与"不变"。这是由文学的"变"与"不变"所决定的。正如上文所述，文学从古至今一直处于变化之中，几乎没有不变的文学。所以，人们对于文学的观念也会随之变化，也不存在一成不变的文学观念。但是，话又说回来，文学和文学观念的变只是相对的，而不是绝对的。世界上的任何事物也有相对稳定的不变的一面。每天的太阳，都是新鲜的变化了的太阳；而每天的太阳，又都是古老的不变的太阳。正如一首歌词所说："太阳，还是那个太阳！"外国有个谚语说："太阳下面无新事"，也是这个道理。只有这样事物才具有"可认识性"。否则，如果事物永远处于绝对的变化之中，那会是什么结果呢？人类就无法认识事物了，更谈不上掌握事物的规律。一切都会显得不可知，不可预期，不可把握。那么，人类就不会有科学，也不会创造文明了，而是盲目地生活在一个恐怖的世界中。那就太可怕了！所以，与任何事物一样，文学也具有相对稳定的不变的一面。譬如我国诗歌，既有从二言、三言、四言、五言、六言、七言、杂言……不断变化的一面，又具有"抒情言志"相对稳定的不变的性质。因此，我们才能够认识文学（诗），才会有文学（诗学）观念。正因为"变"，文学才可创新，文学才会发展；正因为"不变"，文学才可认识，文学才是文学。刘勰既懂得文学的"变"，又懂得文学的"不变"（通），才写了《通变篇》。所以，在文学观念上，我们应该豁达一些。既要继承传统文学观念中的合理成分，又不能显得太保守，要研究文学的新发展，及时地更新和发展自己的文学观念。尤其是对于新出现的文学观念，不要盲目地反对它和否定它，而是要科学地分析它和对待它。从学术角度看，每个新的文学观念，也许它还不很成熟，但都有存在的理由。

其四，文学观念的"一"与"多"。1949 年以来文学观念经过了由"一"到"多"的演变。除了上文所谈到的种种原因之外，还有一个原因就是"逻格斯情结"。这是在西方哲学影响下所形成的一种认识事物的思维方式，即对于任何事物的认识都要探求"本质"，都要有一个"定义"。一旦找到了"本质"，下了"定义"，那么这个代表事物"本质"的"定义"，就是这个事物的真实存在，也就是这个事物的一切。"定义"成为判断和认识"此类"事物的标准和原则。一般来说，列入"定义"中的都是该事物形而上的最高的"本质"，因而比较"单一"，或者可以看作"一"。把一个活泼的"多"方面存在的事物哲学抽象和概括为定义的"一"，必然要遮蔽和丧失其他方面的"本质"，因为一个事物不可能只有一个本质。那么，人类在认识该事物的过程中，这个时代看到"甲本质"便有"甲定义"，那个时代又会看到"乙本质"便有"乙定义"，甚至还有"丙定义""丁定义"等；即使在同一个时代，由于大家的认识不同，我有"甲定义"，你有"乙定义"，甚至有"丙定义""丁定义"等。这本是人类认识事物的常态。但是，在西方文化语境中，根据"逻格斯"的基本要求，一个事物只有一个"本质"，也只有一个"定义"，否则就不是"真理"。所以，在人类对于某事物的认识史上，就有了被大家所公认的传统"定义"。对于"文学"的定义和观念也是如此。一旦文学向前发展了，不符合传统文学的"定义"了，那么人们就会说是"文学"出了问题，绝不会怀疑"定义"有问题。"定义"成为文学铁定的"法规"了。在西方，现代文学和后现代文学出现后，极大地冲击了传统文学观念。人们很不适应，甚至悲观绝望，判定"文学死了!"但是，很少有人会认为是我们的文学观念出了问题，是"定义老了!"当然，这种情形到了20世纪后期有所改观。因为，终于有一些明智之士认为："在20世纪后期，'文学'作为一个概念，一个术语，已经大成问题了!"①事实上，近年来关于文学本质和观念的反思②，已经成为一个世界性的问题。笔者认为，现在文学观念的"多"，不等于"乱"，而是说明人们对于文学的认识比过去"全面"了，也"深入"了! 这是好事情，也是当前世界文学发展的大趋势。正如英国当代文学理论家彼得·威德森说的："事到如今，即使是最彻底的文学批评家也不会轻易接受那种单一的'文学'观念了，或者认为关于文学这个概念只能有一种基本定义，即只存在某种天生的、自我确证的文学'要素'的定义。……表明了事实上的确存在许许多多的文学，而不是只有一个单一的文学。"③确实如此，复杂多变的文学绝不是只有一个"本质"，而是会有多种"本质"；也绝不应该只有一种文学观念，而是应该有多种文学观念。"一元化"的文学观念对于文学发展起过积极作用，也起过消极作用。在某种程度上说，文学观

---

① 〔英〕彼得·威德森：《现代西方文学观念简史》，钱竞、张欣译，北京大学出版社，2006，第2页。
② 参见吴炫《当前文艺学论争中的若干理论问题》，载《文学评论》2008年第4期。吴炫认为，"在中国建立'彼此尊重'的多元文学观并立的世界，是一个比较理想化的愿望。"笔者在20世纪80年代中期，对此问题也有过一些探讨。参见古风《艺术本质的现代反思》，载《陕西师大学报》1989年第4期。
③ 〔英〕彼得·威德森：《现代西方文学观念简史》，钱竞、张欣译，北京大学出版社，2006，第10页。

念的"一"与"多",是衡量文学发展水平的标志。文学观念愈
"多",表明文学生态愈好,文学就愈繁荣;否则就相反。我国
当代著名的文学批评家白烨也认为,"真正繁荣的文学是没有统
一的文学观念的。""因此,希求文学观念的权威性与统一性是
不可能的,也是不必要的。文学观念由'外'向'内'走向深
化,又由'一'到'多'出现分化,在'纵'和'横'两方面
都构成一种多元状态。"①所以,1949 年以来文学观念由"一"
到"多"的演变,是文学繁荣的表现,也是文学理论和批评进步
的表现。

第三节 当前"文学"学科观念的混乱与对策

当前,在国内文学理论界,一定程度上还存在着学科观念的混
乱,给教学、科研、体制和管理工作带来了困难。

首先,"文学"的观念,就是历史形成的一个约定俗成的错误
观念。本来,"文学"应该是一个学科的概念。源出孔门四科之一
的"文学",按照日本学者中岛敏夫的理解,是"指由文献、文字
记载的学术"②。由此,可见"文学"具有学问、学术和学科的意
思。1887 年,黄遵宪撰写的《日本国志》卷三十二介绍东京大学
的学科分类时,"文学"就是个一级学科,它包括哲学、政治学、
理财学和语言学等二级学科。这些应该是"文学"的本义。问题
就出在外来词的翻译上了。西方传教士和日本学者以汉字"文学"
翻译英文的 Literature,才变成了一个艺术的概念。这个翻译是不
准确的。因为,与音乐、戏剧、舞蹈、绘画和雕塑等其他艺术门类
相比,"文学"不像是一个艺术名称,始终存在着"学"的影子和

---

① 白烨:《文学观念的新变》,辽宁大学出版社,1987,第 3 页,第 13 页。
② 冯天瑜:《新语探源——中西日文化互动与近代汉字术语生成》,中华书局,
2004,第 362 页。

干扰，倒像是一个学科名称。而且，"文学"概念的内涵从来就没有精确过，一直存在着传统遗留下来的"观念的杂质"。于是，人们议论纷纷，也留下了打不完的笔墨官司。① 在教育上，"文学系""文学院"与"艺术系""艺术学院"也不同，后者教学以创作为主，主要培养艺术家型人才；前者教学以研究为主，主要培养学者型人才。尤其是"文学院"与"艺术学院"相比较，"文学"也是一个学科概念。尽管为了使"文学"更像"艺术"，有人提出了"纯文学""美文学"的概念，其实也无济于事。因为，还有一个"学"的影子存在。为了从根本上解决问题，笔者提出以下两个对策：其一，用"文艺"一词翻译英文 Literature，从而代替"文学"。对于"文艺"可作这样的定义："文"用其本义，指文字；文字是记载语言的符号，也代指语言。"艺"用其本义，指技艺；用其现代义，指艺术。因此，所谓"文艺"，就是使用文字的技艺和运用语言的艺术，包括书面语言艺术和口头语言艺术。这样，"文艺"既与英文 Literature 的本义"词的艺术"比较接近，也与目前通行的"语言艺术"的观念相吻合。其二，将"文学"一词废弃，从源头上清除"概念的污染"和"观念的纠缠"。

　　其次，人们习惯于将研究"文学"的学科，称为"文学学"或者"文艺学"。前者比较拗口。董学文教授在《文学理论学导论》的"绪论"中，列举了一个公式："文学＋学＋学＝文学学学"。就是说，研究"文学"的学科叫"文学学"，研究"文学学"的学科叫"文学学学"。这确实既拗口，又显得笨拙，甚至有些滑稽可笑；后者在观念上比较混乱：一是将"文艺"理解为"文学和艺术"（简称"文学艺术"），那么"文艺学"就是研究"文学和艺术"的学科。然而，事实上"文艺学"只研究"文

---

① 其实，英文的 Literature 也存在着此类问题。可参见美国学者勒内·韦勒克、奥斯汀·沃伦的《文学理论》（修订版）第二章，刘象愚等译，江苏教育出版社，2005，第 9～18 页。

学",不研究"艺术"。二是由此可以这样推论:"文艺＝文学和艺术＝艺术",因而"文艺学＝艺术学"。但事实上,在现行的学术体制中,"文艺学"中不包括"艺术","艺术学"中也不包括"文学",两者互不搭界。三是包括董学文教授在内的大多数学者将"文学学＝文学理论",或者将"文艺学＝文学理论"。目前文艺学硕士点、博士点、研究中心和基地等,也是按照这种观念设立的。一般来说,学界通行的观念是:"文艺学包括文学理论、文学批评和文学史"。如果将"文艺学＝文学理论",那么将"文学批评"和"文学史"又该往哪儿放呢?这在逻辑上是错误的,容易造成观念上的混乱。针对这种情况,笔者提出的对策是:其一,废弃"文学"和"文学学"两个概念,不再使用。其二,不再将"文艺"理解成"文学和艺术",而应该理解为"语言艺术"。这样"文艺学"成为研究"语言艺术"的学科,就是名正言顺的了。其三,将"文学理论"改称为"文艺理论"。其四,按照笔者的"一学三支论"和通行的观念,"文艺学"是一级学科,包括"文艺理论""文艺批评"和"文艺史"三个分支的二级学科。"文艺学"不再等于"文艺理论"。

再次,"诗学"观念的泛化也是很严重的。有人将"诗学"等同于"文学理论",有人将"诗学"等同于"文艺学",甚至有人将"诗学"等同于"理论"。诸如"小说诗学""戏剧诗学""历史诗学"和"后现代诗学"等中的"诗学",其实就是"理论"。这种情况不仅国内存在,国外也存在。造成这种泛化的根源,主要是来自西方的影响。因为,亚里士多德的"诗学"就是一个具有泛化倾向的概念。本来古希腊人的"诗"概念就有原始包容性,不像现代人的"诗"概念那么狭义和精确;再说,亚里士多德也没有"诗学"的概念,这是公元 6 世纪亚氏的《诗论》被翻译成叙利亚文时才有的概念。因此,给叙利亚文的"诗学"一词注入古希腊人的"诗"概念,就形成了"诗学"这个具有泛化倾向的经典概念。它是"指一切以语言作为实体又以它作为手段的著作或创作，而不是指狭义的关于诗歌的美学原则和规则"。① 后来，从 J. C. 斯卡利格的《诗学》、G. 特里西诺的《诗学》到让·贝西埃等人主编的《诗学史》，就形成了西方传统的"诗学"观念。当然，在西方也有从狭义的角度使用"诗学"一词的，如让·絮佩维尔的《法国诗学概论》，但是并不多见。② 我国现代的"诗学"观念是搬用西方的。这与我们中国人的传统的"诗学"观念完全不同。我国从唐代开始就有了"诗学"一词，经过宋、元、明、清到近代，也形成了传统的"诗学"观念。这就是："诗学是关于诗的技巧和学问，也包括关于诗的理论和批评"。③ 将"诗学"等同于"文学理论"，或者等同于"文艺学"，在西方文化语境里似乎没有什么困难，④ 但是在中国文化语境里却存在着很大的麻烦，造成了观念上的泛化和使用上的混乱。笔者认为，诗学、文艺理论（已废弃"文学"一词，故不用"文学理论"）和文艺学是三个不同层次的概念，文艺理论只是文艺学的一个分支，诗学所研究的问题只是文艺理论中的一个部分。因此，笔者的对策是：诗学、文艺理论和文艺学三者独立使用，不再互相等同。

最后，"文艺学"的泛化也应引起我们的注意。最近几年，受国外文艺思潮的影响，有一些学者又将"文艺学研究"和"文化研究"等同起来，甚至用后者取代前者。这又造成了学术观念的混乱，于是引起了关于"文艺学边界"的讨论。笔者认为，任何一个学科都有各

---

① 〔法〕瓦勒里：《诗的艺术》，转引自王先霈、王又平主编的《文学批评术语词典》"诗学"条，上海文艺出版社，1999，第 133 页。

② 〔法〕让·絮佩维尔给"诗学"下的"定义"是："诗学即作诗的技巧或作诗的总的方法论"。见其《法国诗学概论》，洪涛译，四川文艺出版社，1990，第 2 页。

③ 可参阅钱志熙的《"诗学"一词的传统涵义、成因及其在历史上的使用情况》一文，见赵敏俐主编的《中国诗歌研究》第 1 辑，中华书局，2002。

④ 这不等于说完全没有问题。譬如，"诗学"在德国文化语境中不存在问题，但在英国文化语境中却有一些麻烦。所以，韦勒克主张用"文学理论"取代"诗学"。参见〔美〕韦勒克的《批评的概念》，张金言译，中国美术学院出版社，1999，正文第 2 页。

自专门的研究对象，因而也有各自的学科边界。虽然，学科之间可以交叉，研究方法可以互用，甚至还有"跨学科"研究，但是学科的边界还是存在的。可以这样说，如果一个学科没有边界，那它还算不上是一个成熟的学科。取消了一个学科的边界，也就等于取消了这个学科。"文艺"是一种文化，是一种审美文化。因此，"文艺学研究"与"文化研究"有一些关系。具体说，这是一种局部与整体的关系。现在，有些人将两者等同起来，甚至用一种取代另一种，就犯了逻辑上的错误。笔者的对策是三句话：要保持"文艺学"的独立性，要严守"文艺学"的边界，要防止"文化研究"的收编。

总之，文艺学学科观念的混乱不是一件小事情，应该引起大家的注意。这种现状早一天改变，也就早一天造福学界。否则，它会严重影响文艺学学科的良性发展。但是，要改变这种现状，难度也是很大的。因为有些观念已经约定俗成了。所以，我们要知难而上，从一点一滴做起，端正学科观念，理清文艺学学科内部和外部的关系，建立比较科学的学科体系。这对于学术研究、专业设置以及教学和科研的管理等，都具有重要的学术和实践意义。

第四节 "一学三支论"与文艺学学科模型设计

现在，要阐述一下笔者的"一学三支论"的基本观点。这是笔者针对当前学科观念极度混乱的现象，经过长期的思考才提出来的。

"一学"的"学"，是指现代科学意义上的学科。那么，什么是学科呢？目前比较通行的工具书如《现代汉语词典》和《辞海》对此的解释，并不能令人满意。因为，他们只是将"学科"的内涵，定义在对"学问的分类"和"学术的分类"上；其"学科"概念的重点是"分类"二字。也就是说，在他们看来，"学科"的形成，完全是对"学问"或"学术"进行"分类"的结果。这主要是受了近代日本人将"科学"看作"分科之学"的影响。① 当然，从"学科"发展史来看，这种解释也有一定的道理。但是并不全面。因为，有些学科诸如"美学""文艺学"等，尤其是一些新兴学科诸如"文艺美学""生态美学""文学人类学"和"文学理论学"等，显然用"分类说"是解释不了的。原因是"分类说"只是停留在"前科学"阶段的"事实定义"上，还没有达到"科学"阶段的"逻辑定义"的基本要求。

因此，笔者认为，所谓"学科"，就是围绕一个特定的研究对象，有比较多的学者投入研究，经过较长时间的学术研究积累，形成了能够比较全面地揭示研究对象特征、内涵和规律的知识体系。所以，构成一个学科，必须具备以下四个要素和条件：其一，要有一个特定的研究对象；其二，要有比较多的学者投入研究；其三，要有较长时间的学术研究积累；其四，要能够形成比较全面地揭示研究对象特征、内涵和规律的知识体系。当然，这只是针对一个成熟的学科而言的。常识告诉我们，任何事物的形成，都要经过一个从萌芽到成熟、从不完善到完善的历史发展过程。学科的形成也是如此。尤其是一些新兴的学科，在创立初期也许不能完全具备这四个要素和条件，但是到它趋于成熟时，就必须具备这四个要素和条件。否则，它就不是一个学科。这是一个原则问题。目前，鉴于国内外学界对于"学科"还没有一个被大家公认的完善的定义时，笔者提出的观点是比较完善的、科学的和具有可操作性的。就拿"文学理论学"来说，它的研究对象是文学理论；如上所述，也有比较多的学者从事这方面的研究，也有比较丰富的学术研究积累；还有一点，就是据董学文教授的《文学理论学导论》的建构，它也形成了一个初步的理论知识体系。就是说，它完全具备了"学科"的四个要素和条件，因此"文学理论学"能够成立。

---

① 冯天瑜：《新语探源——中西日文化互动与近代汉字术语生成》，中华书局，2004，第375页。

"三支"的"支"，是指学科的分支。一般来说，"学科"有一级学科、二级学科和三级学科等不同的级别，不同级别的学科又有或多或少的分支。根据学科级别高低和规模大小的不同，这些"分支"有时候是指分支学科，有时候是指研究方向。尤其是随着"学科"的不断发展，其分支学科或者研究方向的多少也是一个动态的"变数"，并不是固定的。但是，笔者认为，任何一个学科，不论它级别高低和规模大小，都至少有三个最基本的分支。这便是：其一，学科理论的研究，即对该研究对象或者该学科的基本理论知识体系进行宏观的研究和建构。这是"横向研究"。其二，学科批评的研究，即对该研究对象或者该学科研究的所有学术成果进行质量鉴定和价值评估。其三，学科史的研究，即对该研究对象或者该学科的历史发展和学术研究过程进行研究，总结经验教训，揭示发展规律，促进学科良性发展。这是"纵向研究"。值得说明的是：所谓"一学三支"，是说任何一个学科（即"一学"），都至少有这样三个基本的学科分支（即"三支"）。大家千万不要误会，是"至少"，而不是"只有"。也就是说，"一学三支论"并不是关于学科分类的固定模式，尽管有些学科的分支要比"三"多，但是任何一个学科的分支却一定不能比"三"少。这就是笔者的"一学三支论"，即笔者提出的关于学科分支的一般原理。按照笔者的这个理论，"文学理论学"也至少有三个分支，即：一是文学理论的理论（或文学理论原理）研究，其学术成果应为《文学理论概论》或《文学理论原理》之类；二是文学理论的批评研究，其学术成果应为《文学理论批评》之类；三是文学理论的发展史和学术史的研究，其学术成果应为《文学理论史》和《文学理论学术史》之类。

那么，董学文教授的《文学理论学导论》一书，只是"文学理论学"学科"第一个分支"层面上的学术成果，而不是"文学理论学"的全部。因此，指出这一点是至关重要的。

最后，想用笔者的"一学三支论"的基本观点，对文艺学学科的模型设计谈点看法。见图4-1。

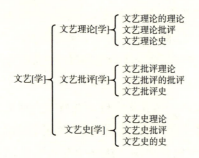

图 4 - 1   文艺学学科模型设计

由图示可以看出，"文艺学"有三个分支，"文艺理论学""文艺批评学"和"文艺史学"也分别有三个分支。①同理，哲学、美学、社会学、心理学、宗教学和人类学等也都有各自的三个分支。就是说，任何一个学科都有三个这样的分支。当然，这是一个学科的基本分支。有些学科除了这三个基本分支外，还可能有一些其他的分支。例如，在"文艺学"中除了人们通常所认为的三个基本分支外，至少还应该有"文艺形态学"。董学文教授将"文学理论学"分为"原理研究、理论史、诗学和交叉学科"四个分支。②这与笔者的看法不尽相同。笔者认为，诗学与词学、曲学、散文学和小说学等一样，应该归属于文艺形态学，而不应该归属于文艺理论学。至于"交叉学科"则是产生在两个学科之间，应该归属于"边缘学科"，也不应该归属于文艺理论学。我们这样做有三个目的，一是端正学科观念，二是理清各

---

① 在图 4 - 1 中，实际上是"文艺""文艺学""文艺理论学""文艺批评学"和
　　"文艺史学"5 个图式的重叠。如果将这个图式全部展开，即"文艺"——
　　"文艺理论""文艺批评""文艺史"；"文艺学"——"文艺理论学""文艺批
　　评学""文艺史学"；"文艺理论学"——"文艺理论的理论""文艺理论批
　　评""文艺理论史"；"文艺批评学"——"文艺批评理论""文艺批评的批
　　评""文艺批评史"；"文艺史学"——"文艺史理论""文艺史批评""文艺
　　史的史"。这个文艺学学科模型是笔者"一学三支论"的具体应用，其方法可
　　以适用于任何一个学科的模型设计。
② 董学文：《文学理论学导论》，北京大学出版社，2004，第 272～281 页。

学科内部和外部的关系，三是整顿学科秩序。这对于学术研究、专业设置以及教学和科研管理等，都具有重要的学术意义和实践意义。

第五节　"文学理论学"的基本内涵建设

"文学理论学"是一门什么样的学科呢？

回顾过去的一个多世纪，我国具有现代学科性质的文学研究，大多是从外国学者那里学来的，诸如：从日本学者本间久雄的《新文学概论》（1916）那里学会了文学理论研究，从美国学者温彻斯特的《文学批评原理》那里学会了文学批评研究，从日本学者笹川种郎的《支那历朝文学史》（1898）那里学会了文学史研究，从日本学者铃木虎雄的《支那诗论史》（1925）那里学会了"中国文学批评史"的研究，等等。无疑这些学科的发明权都属于外国人。① 至于现代意义的"文学理论"和"文学批评"研究的发明权，也是属于西方学者的。

当然，任何学科的创立，都是建立在前人和同代人比较丰富的学术研究积累的基础之上。"文学理论学"的创立也不能例外。历史上，将"文学理论"作为研究对象的学术研究积累，大约有以下几种类型：

一是文学理论文献的整理和研究，诸如希腊学者忒兰尼奥的

---

① 据说，第一部"中国文学史"是俄国汉学家瓦西里·巴甫洛维奇·瓦西里耶夫的《中国文学史纲要》（1880），尽管它还不是按照现代文学观念所写的中国文学史。随后，日本学者笹川种郎的《支那历朝文学史》（1898）、英国学者嘉尔斯（Giles）的《中国文学史》（1901）和德国学者葛鲁贝（Grube）的《中国文学史》（1902）等，都比中国学者撰写的《中国文学史》要早。（参见李明滨的《中国文化在俄罗斯》，新华出版社，1993，第35~39页；黄霖的《近代文学批评史》，上海古籍出版社，1993，第783页）。张海明教授指出：铃木虎雄的《支那诗论史》"是第一部具有中国文学批评史性质的著作，为后来中国学者撰写文学批评史提供了借鉴"。（参见其著《回顾与反思——古代文论研究七十年》，北京师范大学出版社，1997，第247页。）

《〈诗学〉书目提要》、印度学者爱月·辩语主的《诗镜注》
(1863) 和我国清代学者黄叔琳的《文心雕龙辑注》 (1741)
等;

　　二是对文学理论界的宏观研究, 如刘勰《文心雕龙·序志篇》
对魏晋文学理论界作宏观评价时指出:"详观近代之论文者多矣,
至于魏文述典, 陈思序书, 应玚文论, 陆机《文赋》, 仲治《流
别》, 弘范《翰林》。各照隅隙, 鲜观衢路; 或臧否当时之才, 或
铨品前修之文, 或泛举雅俗之旨, 或撮题篇章之意。魏典密而不
周, 陈书辩而无当, 应论华而疏略, 陆赋巧而碎乱,《流别》精而
少功,《翰林》浅而寡要。又君山公幹之徒, 吉甫士龙之辈, 泛议
文意, 往往间出, 并未能振叶以寻根, 观澜而索源。不述先哲之
诰, 无益后生之虑"。类似这样针对"文学理论界"的宏观研究资
料, 在中国古代文论文献中还有许多;

　　三是文学理论史的研究, 诸如蔡锺翔、黄保真、成复旺的
《中国文学理论史》 (1987), 包忠文主编的《当代中国文艺理
论史》 (1998) 和伍蠡甫、翁义钦的《欧洲文论简史》 (2004)
等;

　　四是文学理论范畴研究, 诸如寇效信的《文心雕龙美学范畴
研究》(1997)、詹福瑞的《中古文学理论范畴》 (1997)、南帆主
编的《二十世纪中国文学批评 99 个词》 (2003) 和美国学者雷
内·韦勒克的《批评的概念》(1963) 等;

　　五是文学理论体系的研究, 诸如陈良运的《中国诗学体系论》
(1992), 谌兆麟的《中国古代文艺理论体系初探》 (1997) 和王运
熙、黄霖主编的《中国古代文学理论体系》 (包括黄霖、吴建民、
吴兆路的《原人论》, 汪涌豪的《范畴论》和刘明今的《方法
论》, 1999~2000) 等;

　　六是文学理论的现状和发展态势研究, 诸如童庆炳等主编的
《新中国文学理论 50 年》 (2000)、加拿大学者马克·昂热诺等主
编的《问题与观点: 20 世纪文学理论综论》 (1989) 和美国学者

拉尔夫·科恩主编的《文学理论的未来》（1989）等。① 这方面的
研究，还有钱中文的《文学理论反思与"前苏联体系"问题》《全球
化语境和文学理论的前景》、董学文的《中国现代文学理论进程思考》
和王元骧的《文艺理论的现状与未来之我见》等重要论文；②

　　七是文学理论的学术史研究，诸如张海明的《回顾与反
思——古代文论研究七十年》（1997），蒋述卓、刘绍瑾等的《二
十世纪中国古代文论学术研究史》（2005）和毛庆耆、董学文、杨
福生的《中国文艺理论百年教程》（2004），杜书瀛、钱竞主编的
《中国 20 世纪文艺学学术史》（2001）等。③

　　综上所述，自古以来，中外学界关于"文学理论"研究的丰
富积累，为"文学理论学"的创立奠定了厚实的基础。在新旧世
纪交替之际，在国际性的文学理论学科反思和重建的学术背景下，
"文学理论学"已经在酝酿之中了。1996 年，复旦大学郑元者教授
就提出了建立"元文艺学"的问题。2000 年，武汉大学何国瑞教
授在一次学术会议上，又重提"元文艺学"的建构问题。④ 2001
年，陈慧、黄宏煦主编的《世界文学术语大词典》首次收录了
"文艺学学"词条，对其研究对象、性质、内容、学科分支和研究
方法作了介绍。认为，文艺学学是"以文艺学自身的发展规律为
研究对象的新学科"。"它运用以科学学方法为主的多种方法开展

---

① 这三本书均系多人论文集，内容有共同特点，即涉及文学理论发展的过去、现
　　在和未来，尤其是对中外文学理论的未来发展走向有各自的预测；还有一个共
　　同点，就是三本书都出现在新旧世纪交替之际。后两本书的论文作者，大多是
　　西方各国文学理论界的代表人物，代表了西方文学理论界主流的观点。此两书
　　中译本的作者分别是史忠义、田庆生和程锡麟、王晓路、林必果、伍厚恺。
② 这些论文分别刊载于《文学评论》2005 年第 1 期，《文学评论》2001 年第 3
　　期，《北京大学学报》（哲学社科版）1998 年第 2 期，《汕头大学学报》（人文
　　社科版）2004 年第 5 期。
③ 杜书瀛、钱竞主编的这套书共四部 5 卷，第一部作者是钱竞、王飚，第二部上
　　卷的作者是辛小征、靳大成，下卷的作者是旷新年，第三部的作者是孟繁华，
　　第四部的作者是张婷婷。该书由上海文艺出版社 2001 年出版。
④ 董学文：《文学理论学导论》，北京大学出版社，2004，第 12～13 页。

研究"，"是文艺学的自我反思和自我认识，是对日趋复杂的文艺学体系的整体把握"。"目前，文艺学学尚未成型，还有待于进一步的充实和发展"。① 这样看来，一个"文学学"的雏形已呼之欲出。所以，董学文教授创立"文学理论学"，除了以上所述的内在条件之外，还有一个外在条件，那就是对英国学者约翰·齐曼的《元科学导论》的部分内容和结构的借鉴。总之，这本《文学理论学导论》的出现恰逢其时！它既是中外文学理论研究的必然产物，又及时地顺应了文学理论界的学术要求，表现出了作者宏阔的学术视野、敏锐的悟性思维和进取的原创能力。因此，它的学术价值是值得我们充分肯定的。

第六节　关于当前我国文学教育的几个问题

我国是一个很重视文学教育的国家。我国的文学教育具有悠久的历史和优良的传统。在远古时代，我们的祖先就很重视"乐教"，促使音乐艺术和音乐理论最早成熟和发展起来。这几乎成为一个原始的社会制度和优良的艺术传统。在原始乐教里边已经萌芽了文学教育的元素。到了周代的中晚期，孔子大力提倡和践行"诗教"，才真正奠定了我国古代文学教育的第一块基石。孔子以后，儒家学者的努力和政治意识形态的需要两者相结合，使文学教育的优良传统一代代地传承了下来。近代"西学东渐"以后，又有人提倡"小说教育"（如《新世界小说社报》等），特别是经过梁启超、王国维和鲁迅等人的努力，才有了现代意义上的文学教育。目前，当我国进入消费时代之后，文学教育存在着哪些问题？又发生了哪些新的变化？文学理论的教学和研究应该有哪些新的作为？本节对这些问题进行一些探讨。

---

① 陈慧、黄宏煦主编《世界文学术语大词典》，河北教育出版社，2001，第65页。

一 聚焦我国文学教育的主要问题

当前，我国文学教育存在的问题比较多。这里，选择几个主要的方面，谈谈笔者自己的看法。

第一，理论的缺席。20世纪80年代之前，我国文学理论界对于文学教育的研究是不够重视的。那时，只有在大学的"文学概论"教材中，才会有一些章节是谈文学教育功能的。除此之外，很难看到关于"文学教育"的专门系统的理论研究。到了90年代，随着"反映论"体系的文学概论教材逐渐退出大学课堂，其中"文学教育功能"的内容也随之淡出人们的视野。无论是"主体论"体系的文学概论教材，还是"活动论"体系的文学概论教材，几乎都回避了文学的教育功能，而只谈论文学的审美功能。当然，也有少数几部文学概论教材坚守着文学的教育功能。但是，对于"文学教育功能"的回避和放弃，似乎是当时文学理论批评的主要倾向。因为他们害怕落入"文学工具论"的旧圈套。到了90年代末期，尤其是进入21世纪以来，这种情况才有所改变，"文学教育"又成为学界比较关注的问题。据笔者不完全统计，从1998年以来，出版了魏建的《文学教育》，鲁定元的《文学教育论》，陈雪虎的《传统文学教育的现代启示》，林燕平、董俊峰的《英美文学教育研究》和张冰、李建刚的《20世纪俄罗斯文艺学与中小学文学教育》等5部文学教育专著；各报刊还发表了40多篇文学教育研究的论文。2005年1月，长江文艺出版社和武汉新世纪文学教育研究所联合主办了《文学教育》半月刊。然而，大多数论著还只是局限于语文教育学方面的研究，文学理论界对于文学教育的关注仍然不够。

第二，责任的淡漠。文学作品有没有教育功能，或者教育功能大与小，都取决于作家。作家要写出能够教育人的文学作品，就要做到两点：一是不断完善自我，提升自己的人格境界；二是深入生活，贴近时代，为天地立心，为百姓立命，代社会发言。因此，作家才被誉为人类灵魂的工程师。古今中外的文学大师，都是不仅有文学激情，而且有社会思想，所以才能够立意高远，为民族、为国家和为人民而写作，其作品也才能够感天地，泣鬼神，教育人。屈原、鲁迅、莎士比亚、高尔基等都是值得我们永远尊敬和爱戴的伟大作家。但是，近年来，随着"私人化写作"和"下半身写作"观念的流行，一些作家尤其是一些青年作家，把文学作品当作表现自己私人情绪和欲望的载体，不仅放松了自己的人格修养，而且文学教育的责任感也淡漠了。有些作家开口闭口，脏话连篇，自己的素质如此之差，又如何能够担当起教育读者的责任呢？

第三，功能的丧失。由于以上问题的存在，近年来有些文学作品也是不具有教育功能的。据德国汉学家顾彬说，有些外国汉学家和中国学者告诉他："中国当代文学是垃圾，不值得研究"。韩少功在《个性》一文中也批评说，"很多小说成了精神上的随地大小便，成了恶俗思想和情绪的垃圾场，甚至成了一种看谁肚子里坏水多的晋级比赛。自恋、冷漠、偏执、贪婪、淫邪……越来越多地排泄在纸面上"。① 这些批评并非无中生有，而是有针对性的。试想，类似这些"垃圾"作品又怎么能够从正面教育人呢？当然，像顾彬等人那样把中国当代文学都看作垃圾，却是不符合事实的。笔者认为，从主流看，近30年来的文学创作还是有成绩的，诸如对于"伤痕""反思""改革""寻根""反腐""生态""打工"等社会生活题材的描写，基本上反映了我国当代社会生活的发展历程，也出现了一些好作品，是能够引人深思的。问题是我们每年生产那么多的文学作品，从数量上看，绝对是世界头号文学大国。但是，好作品毕竟不是很多。除了有些内容乌七八糟、粗俗低下外，还有些是炒冷饭、炒剩饭和低水平重复。从这个意义上把它们看作垃圾也是有道理的。我们提倡"百花齐放"，但是不管你如何个人化、私人化和多元化，你写出的作品总该是"花"，而不是"草"。所以，

① 白烨：《2004年中国文坛纪事》，长江文艺出版社，2005，第59页。

有些作品质量低劣，从印出来到进入废纸堆，就没有几个人读过。这样的作品怎么能够起到教育作用呢！

第四，对象的错位。近年来，儿童文学创作是有成绩的，也出现了一些好作品，诸如曲一日的《狐狸艾克》（寓言）、金波的《我们去看海》（诗歌）、高洪波的《悄悄话》（散文）、曹文轩的《草房子》（长篇小说）、黄蓓佳的《我要做好孩子》（长篇小说）和郑文光的《神翼》（科幻小说），等等。尤其是成都女作家杨红樱的《淘气包马小跳系列》和《笑猫日记系列》等的发行量已超过 2000 万册，还被外国出版商买走了全球全语种版权。"马小跳"和"笑猫"已成为中国儿童文学的品牌形象，打入了欧美文学市场。但是，应该看到儿童文学教育存在的问题也不少，譬如"成人化"倾向，即把儿童当作成人来教育。当年，鲁迅先生就批评有些作家将儿童作为"缩小的成人"对待的错误创作倾向，并指出儿童文学创作必须"以孩子为本位"。这种情况近年来仍然存在着。从笔者对于扬州一家儿童图书超市的调研情况看，北京、浙江、江苏、湖北、天津、吉林等多家出版社都聚焦在中外文学名著之上，其中除了几部寓言和童话作品外，基本上都是只有成人才能阅读的作品。他们只是做了一点删节、改编和插图的工作，就变成了儿童文学。把成人阅读的文学作品过早地给予儿童，说轻点是对儿童阅读兴趣的盲视，说重点则是不尊重儿童的阅读权力。这种情况在原创儿童文学作品中也是存在的。有些作家在写作时没有细微体察儿童的阅读趣味，更做不到借儿童的眼睛观察，以儿童的心理体验。所以，写出来的作品生硬、笨拙和做作，缺少自然而灵动的童趣。更为严重的是，近些年来，这种儿童文学"成人化"现象正在迅速地向儿童娱乐节目的"成人化"蔓延，诸如"爱情小品""成人模仿秀"和"暴力电子游戏"等，"少儿不宜"的内容大量地充斥在儿童娱乐节目中，将儿童变成了大人们的"玩偶"和"娱乐工具"。这对于儿童的身心健康造成了严重的伤害，这是极其可怕的事情。在 2008 年"两会"期间，有些政协委员的提案和发言都批评了将儿童"成人化"的错误现象。这应该引起我们的高度重视。还有一点需要指出，就是我们对处于儿童和成人之间的青少年的文学消费重视不够。"这使得人数众多、阅读欲和购买欲都非常强的青少年学生，基本没有适合他们需要与口味的作品"。①

综上所述，是当前我国文学教育存在的主要问题。笔者在这里指出来，只是希望能有助于解决问题。当然，这些问题不是靠一两个人，或者一两个部门就能够解决的；而是要靠文学创作、理论、批评和出版界的人士密切合作，共同努力，才能够真正解决。

二　"硬教育"与"软教育"

从 2011 年 3 月中旬以来，《文艺报》"理论与争鸣"版开展了关于"人文素养与文学教育"问题的讨论。从已经发表的 20 多篇论文来看，主要是谈文学教育，也有谈艺术教育的，涉及的面比较宽泛，也有一定的深度。但是，大家在对于"文学教育"这个基本概念的理解上，还存在着一些分歧。大概而言，主要有四种看法：一是认为文学教育是语文（包括母语）教育，二是认为文学教育是文学教学，三是认为文学教育是文学欣赏，四是认为文学教育是审美教育，等等。讨论伊始，编者在开栏《按语》中就明确指出："我们所谈的'文学教育'是指：专业的'语言文学'教育，包括经典阅读、文学知识普及以及文学写作能力培养在内的文学教育。"② 由此可见编者的主导意见只是将"文学教育"看作专业的文学教学。笔者认为，这当然不能理解为是编者对于"文学教育"的内涵定义，而只是为这场即将展开的讨论划定一个范围。然而，在实际的讨论中，正如以上所列举的四种观点，多数论者已

---

① 王先霈：《新世纪以来文学创作若干情况的调查报告》，春风文艺出版社，2006，第 236 页。
② 《文艺报》2011 年 3 月 14 日第 3 版。

经超越了这个范围，试图为"文学教育"概念寻找一个正确的定义。尽管大家意见还不一致，但是这些努力是值得肯定的。笔者也就这个问题谈一点自己的看法。

笔者认为，所谓文学教育，就是"关于文学"和"利用文学"的教育。所谓"关于文学"的教育，是对于文学知识和技能的教育；所谓"利用文学"的教育，则是利用文学作品对于读者的教育。前者主要凭借学校为平台进行，包括文学专业教育（即大学本科、硕士和博士层面的各类文学专业教育）和非文学专业教育（即包含在大学语文和中小学语文教学中的文学教育，还有各种类型的文学讲习班等）两个方面；后者主要在文学接受活动中进行，利用文学作品对读者进行政治、道德、文化、生活以及情感、人格和理想的教育。前者是"硬教育"，以教为教，具有强迫性，以文学知识和技能的传授为目的；后者是"软教育"，以不教为教，具有自觉性，以提高人的文学素质和塑造人的灵魂为目的。文学教育可以贯穿于人生的不同阶段，或者说文学教育也是终生教育。

首先，谈"硬教育"与人文素养的关系。所谓"硬教育"的"硬"，主要表现在两个方面：一是文学教育的内容具有稳定性，诸如有关文学的基本知识，包括文学、文学史、文学理论和文学批评的基本知识等。这些文学知识，几乎都经过了历史的沉淀，去掉了其中某些不确定因素，而保留下来的都是具有公共认同度的。也就是说，这些文学知识具有一定的客观性，即具有"硬"的质感，一般不会因为施教者和受教者的个人意愿而轻易改变。如关于楚辞、汉赋、唐诗、宋词、元杂剧和明清小说的基本知识，又如关于文学的语言、格律、修辞、结构和文体的基本知识，等等。无论谁来讲授这些文学知识，或者谁来接受这些文学知识，都不能够随意改变这些文学知识的基本内容。因而，这些文学知识才具有"知识"的性质。二是文学教育的方式具有规定性，无论是文学专业教育，还是非文学专业教育，都得在规定的时间和地点进行。这些既然是规定的，也就具有"硬"性的要求，施教者和受教者都不能够随意改变。因此，这种专业的和非专业的文学教育，就成为一种"硬教育"。

文学知识是人文知识的重要内容。因此，文学知识教育也是人文素质教育的重要内容。我国自古以来就将文学知识教育作为人文素质教育的基本方式，并且形成了优秀的传统。在上古社会，宫廷和贵族就以《诗》作为教材教育子弟。孔子多次劝说他的儿子和学生去读《诗》。他认为，学《诗》可以培养认识自然（即"多识鸟兽草木之名"）和认识社会（即"可以观"）的能力，又可以形成"事父"之德和"事君"之才，还可以养成知识分子的批判精神（即"可以怨"）。否则，"不学《诗》，无以言"。在那个古老的"赋诗言志"时代里，没有《诗》的知识，就等于没有人文素养，连话也说不好，更不具有庭堂应对的政治和外交才能了。到了汉代，尤其是武帝和宣帝执政时期，文人通过向皇帝献赋的方式可以讨得官做，因而学赋和写赋之风就很盛，造成了赋体文学创作的繁荣。这时赋体文学教育就成为人文素质教育的基本内容了。再到唐代科举考试，以诗取士；明清科举考试，以文取士，等等。文学知识教育在我国历代的人文素质教育中都占有十分重要的地位。因此，在我国古代历史上就形成了"以文得官"和"亦官亦文"的现象。诸如屈原、王粲、曹植、谢灵运、王昌龄、杜甫、韩愈、白居易、欧阳修、苏轼、马致远、李东阳、袁宏道、王士祯、方苞，等等。在这些人身上，"文"与"官"、文学与政治密切地结合在一起了。因此，所谓"文章者，经国之大业，不朽之盛事"，就是精确的理论概括。进入现代社会以来，凡是受过现代教育的公民，也几乎都接受过文学知识的教育。总之，历史的经验证明：我国文学教育在人文素质的培养方面，是曾经做出过重要的历史贡献的。一个完全不懂得文学的人，不要说做官，很可能连人也做不好。相反，良好的文学教育，不仅使人生有趣味，也使人生有品位。

其次，谈"软教育"与人文素养的关系。所谓"软教育"的

"软"，也表现在这样几个方面：一是文学教育具有趣味性。文学作为一种艺术形式，就要使用其艺术趣味吸引读者，并满足读者的审美需要。它或以跌宕起伏的情节，或以栩栩如生的人物，或以勾魂摄魄的情感，或以鲜活生动的文字，或以和谐明快的韵律，或以含蓄高远的意境，或以多姿多彩的风格，酿造成各种各样的艺术趣味，来吸引读者的眼球，勾引读者的欲望，诱他来读，诱他上瘾，诱他跟着艺术趣味走。这些文学内容不是"硬性"的，即干巴巴、硬邦邦和枯燥无味的；而是"软性"的，即鲜活的、生动的和趣味盎然的。二是文学教育具有娱乐性。文学从本质上讲，是艺术的，也是娱乐的。人类对于娱乐的需求，是根植于其天性的。由于自然的、社会的和经济的等各种原因，使人类受生存困境的压迫，不能够满足其娱乐的天性。尽管如此，人类并没有放弃自己娱乐的权力。他们凭借自己的聪明和智慧，忙里偷闲，苦中作乐，发明了各种各样的娱乐方法，诸如游戏、体育、杂技、工艺和艺术等。文学就是其中的一种娱乐方式。随着文明的发展和技术的进步，人类的娱乐方式日益丰富，娱乐时间也逐渐增多。因此，娱乐是人类生活的高级形式之一，也是衡量人性和社会的发展状态的一项指标。我们不妨套用席勒的那句名言：只有当人是完全意义上的人时，他才娱乐；只有当人娱乐时，他才是完全意义上的人。当然，娱乐也有善恶之分、雅俗之别和高下之品。阅读和欣赏优秀的文学作品，就是一种引人向善的高雅的娱乐方式。三是文学教育具有渗透性。文学的对象是假道人的情感，而直达人的心灵。也可以说，文学教育是凭借趣味的内容和娱乐的形式，直接向人的心灵渗透。这种渗透不是强制性的，而是自愿性的；不是速成的，而是渐进的；不是痛苦的，而是快乐的；不是刻意的，而是自然的。总之一句话，它不是"硬教育"，而是"软教育"。梁启超将文学教育的这种"软"的特性概括为"熏"、"浸"、"刺"、"提"四种力，还是比较准确的。文学教育使读者在"不知不觉之间，而眼识为之迷漾，而脑筋为之摇飏，而神经为之营注。今日变一二焉，明日变一二焉；刹那刹那，相断相续，久之……，遂入其灵台而据之"。（梁启超：《论小说与群治之关系》）所以，文学教育也是以不教为教的"软教育"。

文学教育作为"软教育"，就在于以不教为教。或者说，从表面上看是"不教"，其实"教"就包含在文学作品的内容之中了。文学作品是社会生活的镜子。历史只能记载重要的人和重大的事，而不可能记载百姓生活的具体细节，可是文学作品却恰恰能够做到这一点。如《儒林外史》所写皆是"大江南北风俗故事，又所记大抵日用常情，无虚无缥缈之谈。所指之人，盖都可得之……故爱之者几百读不厌"（黄安谨：《儒林外史评序》）。文学作品不仅真实，而且具有很强的艺术概括力。譬如有人将《史记》与《红楼梦》进行比较之后说，"太史公纪三十世家，曹雪芹只纪一世家……然雪芹纪一世家，能包括百千世家。"（二知道人：《红楼梦说梦》）在这样的文学作品中，读者能够了解那个时代人的衣食住行、音容笑貌、人情世故和风俗习惯等，从而获得对于那个时代的感性认识。当然，作家还可以"寓教于乐"，将教育寓于作品之中。因此，锡德尼将文学教育比作"放在樱桃里面的药"。（《为诗辩护》）这样的教育"其感人也易，其入人也深，其化人也神，其及人也广"（陶曾佑：《论小说之势力及其影响》），便有无穷的艺术魅力。"是故老师巨儒，坐皋比而讲学，不如里巷歌谣之感人深也；官府教令，张布于通衢，不如院本评话之移人速也。"（俞樾：《余莲村劝善杂剧序》）所以，文学作品使读者"不入学堂"而有"如入学堂"之效（佚名：《论小说之教育》）。西方人也懂得这个道理。柏拉图说，"荷马教育了希腊人"（《理想国》）。所以，七个城邦都争着要荷马做其公民，却都驱逐哲学家。

总之，文学教育无论作为"硬教育"，还是作为"软教育"，都与人文素养有着密切的关系。这充分表明，《文艺报》组织的这场讨论是具有重要意义的。

三 消费、消费时代与文学教育

"消费"一词，是近年来我国文学理论和批评界使用频率较高的关键词。尽管在汉语中本来就有"消费"一词，但是无论在我国古代文论中，还是在现代文论中都很少使用它。"消费"一词在近年来之所以流行，既有内在原因，也有外在原因。内在原因是：随着我国社会主义市场经济体制的建立，"消费"便成为人们日常生活里的重要元素，也成为经济和文化领域里的重要话题。就以《辞海》为例，1979 年版收入有关"消费"的词条只有 10 个，而到 1999 年版时则收入 25 个，在原有词条（删除了 2 个）的基础上净增了 17 个。这反映了近年来"消费"一词流行的社会文化语境。外在原因则是分别受了马克思的政治经济学和鲍德里亚的消费社会理论的影响。马克思在《〈政治经济学批判〉导言》中比较全面系统地论述了生产与消费的辩证关系。据有关学者考证，在马克思的著作里还出现了"文学消费"一词。后来，经过法兰克福学派对于文学消费的研究，才使它逐渐成为一个文学理论术语。[①]1992 年 6 月，童庆炳主编的《文学理论教程》一书最早将"文学消费"术语引入到我国大学文学理论教材中来。但是，"文学消费"一词的真正流行，还是 21 世纪以来译介鲍德里亚的消费社会理论之后。因此，有了这"一个语境和两种影响"的内因、外因，"消费"一词才广泛地流行了起来。

其实，在 20 世纪 80 年代之前的文学理论教科书和实际运用中，只有"文学欣赏"和"文学鉴赏"的说法。后来，西方的接受美学进来了，国内文艺学界就流行起"文学接受"的说法；市场经济理论兴起和鲍德里亚的消费社会理论进来了，国内文艺学界又流行起"文学消费"的说法。因此，国内文艺学界渐次吸纳"文学接受"和"文学消费"等新术语的情况就比较集中地反映在

---

① 童庆炳：《文学理论教程》（修订二版），高等教育出版社，2004，第 317 页。

童庆炳主编的《文学理论教程》一书中。在该书初版"第十五章文学消费与接受的性质"(陶水平执笔)中,文学欣赏、文学接受和文学消费等新旧术语兼收并用,作者对这些术语概念的交叉重叠情况未作辨析。虽然看上去有些生硬,但却反映了当时国内文艺学界的真实状况。当时所接受的影响还只是马克思的经济理论、市场理论和生产理论。到第二版时,作者对文学欣赏、文学接受和文学消费等术语概念作了认真的辨析。这时所接受的影响除了马克思的有关理论外,还有西方当代的文化研究和鲍德里亚的消费社会理论。

至于"消费时代"的说法,是近几年才流行起来的。这关系到如何为我们所处的这个时代定性和命名的问题。这确实是一个比较棘手的难题。因为,对于一个动态的、多元的、复杂的和正在进行着的时代,是很难把握和命名的。近20多年来,国内文艺学界就先后流行过"科技时代""信息时代""网络时代""读图时代""消费时代""大众传媒时代"和"全球化时代"等说法。每个人看问题的角度不同,就会有不同的命名,真可谓是"横看成岭侧成峰,远近高低各不同"。这个问题之所以令人迷茫难解,就因为"不识庐山真面目,只缘身在此山中"啊!这种情况在西方学术界也是遭遇过的。20世纪60年代,鲍德里亚的老师列斐伏尔在撰写《现代世界的日常生活》一书时,就遇到了为这个时代命名的难题。他先后尝试过"工业社会""技术社会""富裕社会""闲暇社会""消费社会"和"引导性消费的官僚社会"等。但是,最后他还是倾向于运用"消费社会"这个命名。① 这对于鲍德里亚的影响很大。不久,鲍德里亚就撰写了《消费社会》一书,提出了著名的消费社会理论。从2000年以来,鲍德里亚的消费社会理论和费瑟斯通的消费文化理论先后被译介进来。因此,"消费时代"一词就流行起来了。

鲍德里亚认为,从20世纪60年代开始,西方社会进入了消费

---

① 赵一凡:《西方文论关键词》,外语教学与研究出版社,2006,第660页。

时代。笔者认为，参照鲍德里亚的消费社会理论，随着社会主义市场经济的发展和全球化的影响，我国从 20 世纪 90 年代末期以来进入了消费时代。在这个时代，我国文学活动发生了一些新的变化。"消费"成为文学活动的中心，作家的创作不再是以自身为主体，而是以读者为主体；文学作品成为消费品；① 读者由过去的被动接受变成主动消费，成为真正的上帝；文学批评也由对作品的鉴赏评价演变为对作品的广告促销；还有出版商对于文学作品的策划、包装和炒作等市场化的商业运作和营销等。因此，文学活动发生了根本的变化，文学教育也面临着前所未有的新问题。

首先，消费时代的文学教育是什么样的教育？这是文学理论界必须要思考和研究的新问题。笔者认为，在这个问题上，我们一定要放宽视域，从文学的政治教育、思想教育和道德教育的传统视域中扩展开来，可以将文学教育理解得宽泛些、多元些和复杂些。诸如，除了政治教育、思想教育和道德教育之外，文学教育还可以包括生活教育、情感教育、趣味教育、人格教育、理想教育和审美教育等。不妨说"教育"也就是"影响"，文学教育就是用文学作品影响读者。当然，我们所说的只是积极影响，而不是消极影响。应该看到，文学的消极影响也是客观存在的。消极影响也是教育，是负面教育。因此，文学作品的内容有多么丰富，文学教育的内涵也就有多么复杂。文学理论界要及时更新文学教育观念，积极应对文学教育的新形势，研究和解决文学教育的新问题，改变目前文学教育理论的"苍白"状态。

其次，消费时代的文学作品是否具有文学教育的功能。对于这个问题，要认真研究和科学分析。像某汉学家那样，把中国当代文学都看作"垃圾"，是一种极不负责任的态度。应该看到，近些年

---

① 据说，我国第一部手机小说《城外》，4200 个字，竟然卖了 18 万元的好价钱。参见白烨《中国文情报告（2004~2005）》，社会科学文献出版社，2005，第 140 页。

来，我国不同年龄段的作家，大多数都在认真地创作着，各类文学作品的发表和出版都很多，呈现出"百花齐放"的文学繁荣景观。据不完全统计，近年来，长篇小说创作方面出版数量每年都稳定在800 部左右，诗歌创作方面有数十家诗歌报刊和主办了 120 多家专业诗歌网站，散文创作方面每年大约发表 1000 多万字的作品。[①]但是，也不能否认，当前的文学创作也确实存在着问题。诸如，商品化带来的低俗，娱乐化带来的浅薄，网络化带来的粗糙，等等。尽管如此，我们还应该对当前的文学创作持乐观、宽容和理解的态度。假如经过历史的淘洗以后，每年有两三部长篇小说、四五个短篇小说、几篇散文和几首诗歌能够成为精品佳作，那么中国当代文学史就是相当精彩和厚重的文学史了。另外，从当前文学创作的主流来看，无论是文学反映生活的快捷度和深度，无论是文学作品的文化内涵和思想力度，或者无论是方法的尝试和技巧的探索等，也都有我们值得肯定和研究的地方。譬如，在"5·12"四川汶川大地震发生后，全国各地有近 200 名作家奔赴灾区采访，全国各地的报纸、文学期刊和网站都纷纷以专栏、专版、专刊、特刊、号外的形式，发表了数以万计的文学作品，非常及时地反映了面对灾难的人性光辉和抗震救灾的动人事迹。其中最为活跃的文学体裁是诗歌、散文和报告文学，也涌现出了许多优秀作品，诸如高洪波的诗歌《绿石头》、李春雷的散文《杜鹃如血》和何建明的长篇报告文学《"5·12"大地震纪实》，等等。这里引用两节诗，一节选自指纹的《大哀歌》：

> 回来吧，我们的父亲，母亲；祖父，祖母
> 回到你们习惯端坐的椅子和仰卧的床榻上
> 回来吧，我的孩子

①　王先霈：《新世纪以来文学创作若干情况的调查报告》，春风文艺出版社，2006，第 4 页、第 15 页、第 16 页、第 20 页。

别再向黑暗的深处走去，我知道你们已经迷路

回来，我的兄弟，即使你们那么高大，

也无法将地下的天花板扛起，如果它叫地狱

回来，我的爱人，温顺的妻子和沉默的丈夫

应该相守在一起，交换眼中的泪水和身体的热度

回来，回来，回来，你们回来

那里不可以久留，不可以，你们不可以

留在那个陌生的黑暗里。①

这节诗比较准确地表达了在大地震中失去亲人的痛苦情感。在一瞬间，这些亲人鲜活的生命说没就没了，虽然是残酷的现实，但总不愿意相信这是真的。所以，就殷切希望亲人们回来，回到家里来，回到他们的生活中来！这样一种灾区人们所共有的典型情绪被诗人抓住了，并赋予了传统的"招魂"形式（也可看出楚辞《招魂》的影响），因而特别能够感动读者。通过这节诗，人们痛苦的心灵得到了慰藉，人们痛苦的情感得到了释放。所以，对于那些遇难者的家属们来说，这节诗无异于是"心灵的鸡汤"。还有一位彝族诗人倮伍拉且的诗也很感人：

山摇地动之后

　　房屋坍塌之后

我含着泪水看四川

　　看中国

　　　看世界

我看见许许多多眼睛里的泪水

　　流成了长江

　　　流成了黄河

①　贵州省文联：《山花》2008 年第 7 期，第 5 页。

　　　　汇成了波澜壮阔的海洋

　　　　汇成了紧密相依

　　　　手挽着手的滔滔巨浪

　　　　老人的眼睛

　　　　　孩子的眼睛

　　　　　　爸爸妈妈的眼睛

　　　　老师的眼睛

　　　　　军人的眼睛

　　　　　　医生护士的眼睛

　　　　志愿者的眼睛

　　　　我看见

　　　　每一双眼睛都泪水涟涟

　　　　每一双眼睛都泪光闪闪①

　　诗人将读者的关注点聚焦在"眼睛"之上。因为，眼睛是心灵的窗户。通过一双双"眼睛"的特写镜头，将地震灾区的老人、孩子、爸爸、妈妈、老师、军人、医生、护士、志愿者，以及中国各地和世界人民的眼睛与心灵联系在一起，汇成了长江、黄河和大海。这并不是诗情的夸张，在当今电子媒介时代，已经通过电视、电脑和手机，将灾区、中国和世界人民的眼睛与心灵紧密地联系在一起了！最后，诗情来了一个大升华："我看见人性的天空中高悬着一轮辉煌的太阳，闪耀着爱的光芒"。如果说，前一首诗给人的是抚慰，是释放，那么这首诗则给人的是力量，是鼓舞！总之，在这些诗歌作品中，读者能够得到满足和教育。而且，在这次抗震救灾中，中国作家的出色表现，已经向我们证明："文学依然是有力

---

　　① 《文艺报》2008 年 7 月 24 日 B3 版。

量的"，"作家手中的笔是其他媒介所不能替代的"。① 这表明，消费时代的文学作品依然具有文学教育的功能。

再次，消费时代的读者是否接受文学教育。文学教育是通过文学阅读实现的。那么，消费时代的读者还阅读文学作品吗？总体上看，随着消费时代的到来，我国人民的生活内容在丰富，生活质量在提高，生活趣味也越来越趋于多元化，诸如喝茶、美食、读报、看电视、上网聊天、玩电子游戏、健身、美容、购物、休闲、旅游等。人们用于文学阅读的时间，与 20 多年前相比是少了一些，那时人们的生活方式尤其是精神生活方式比较单一，似乎文学阅读是最好的选择。现在不同了，人们的生活消费方式趋于多元化，对于文学的热情和关注似乎不如以前高，而是处于常态。这是一大进步。尽管如此，我国仍然是文学阅读的大国。据说，新浪网读书频道每天有数千万的浏览量。如果我们保守点估计，按 1% 的文学阅读量计算，每天也有数十万人次的文学阅读量。这还只是一个网站的文学阅读状况，如果再加上其他网站（尤其是各个文学网站）、文学报刊和文学图书的阅读量，那简直是一个难以统计的数字。2005 年 9月，曾有人分别对初中生、高中生和大学生的文学阅读情况作过调查。调查结果显示：在"自己购买课外读物"中，初中组 68%，高中组 75%，大学组 68%；在"你喜欢阅读的文学类型"中，选择小说的最多，初中组 64%，高中组 74%，大学组 89%；在"你喜欢的作家"中，排在第一位的是郭敬明和余秋雨，而鲁迅和张爱玲则排在第二、第三位。其结论是：一是"他们喜欢消费，他们正在成为当下文化消费和文学阅读的主体"；二是尽管他们喜欢看漫画，喜欢看休闲杂志，喜欢上网阅读，"但传统文学样式的优势仍然很大，文学经典的魅力也依然存在"；三是"流行作家和作品比经典作家和作品更受青少年

---

① 中国作家协会：《作家通讯》（内部发行）2008 年第 3 期，第 28 页、第 29 页。

的欢迎"。① 因此，在消费时代，读者文学消费和文学阅读的热情仍然很高，文学教育便大有可为，大有希望。

　　总之，在消费时代，我们的文学教育工作者应该更新观念，正确引导，有所作为。我们要研究消费时代文学教育的新情况、新趣味、新特点和新问题，从而形成文学教育的新理论。这不仅对于文学教育是重要的，而且对于文学创作、文学批评和文学理论也是重要的。

---

① 王先霈：《新世纪以来文学创作若干情况的调查报告》，春风文艺出版社，2006，第 225～236 页。

第五章
言　志

第一节　"言志"范畴存活概述

"诗言志"最早见于《尚书·尧典》。据笔者考证，这个观念大致产生于商代早期。春秋战国时期，这个观念十分流行。后来，经过《毛诗序》的阐释和发展，遂影响大振，成为中国传统诗学的经典范畴。所以，这是一个十分古老的传统诗学和文论范畴，大约有 3000 多年的历史了。

然而，它并没有死亡，而是顽强地存活了下来。具体地说，"诗言志"是通过三种方式存活下来的。

一是引用。在现代诗学著作中，凡是谈到诗歌本质问题的，几乎都要引用"诗言志"说。此外，现代文学、美学和文学理论著作，也经常引用"言志说"。最突出的是周作人。他在《中国新文学的源流》中，运用传统的"言志说"来解释和总结我国新文学经验。他认为，"五四"以来的新文学重在"言志"，是属于"言志派"的文学。"言志派"的文学也就是"即兴的文学"，自由地表达思想感情。他将文学看作"自己的园地"，极力主张文学抒发个性，同时又想把新文学与传统文学衔接起来。①

二是阐释。在现代文学理论与批评中，除了引用"言志说"之外，还有些学者是通过阐释"言志说"来进一步发展，形成新的文论话语和观点。这方面的资料相当丰富，根据笔者的调查和归纳，主要有"训诂说""表现说""史观说""文艺说""原始说""政治说""人民说""体系说""特色说"等九种新的话语和观点。② 这些基本上能够代表现代学者对于"诗言志"的新阐释、新开发和新拓展，也就是"诗言志"在现代存活的具体表现。无论将"诗言志"作为被阐释的对象，还是作为被引用的对象，都证明了它在现代文论和批评中的广泛存在。

三是扩展。我们还发现，"言志"范畴不仅在现代诗学领域得到了广泛的运用，而且还被经常地运用于现代歌曲、散文、小说、音乐、舞蹈、戏曲、电视、电影、书法、绘画等文艺批评领域。传统的"言志"范畴表现出了极其强大的生命力。这是因为，随着"经学"时代的终结，现代学者对于"言志"的兴趣，就不再是"经学"的兴趣，而是诗学的、文论的和美学的兴趣。

这就是"言志"范畴存活的奥秘所在。

第二节　"诗言志"产生年代考

"诗言志"是大家公认的古代诗学理论的经典表述，历来受到人们的推崇。王士禛说，"此千古言诗之妙谛真诠也"（《师友诗传录》）；刘毓崧说，此是"千古诗教之源"（《古谣谚序》）；朱自清说，这是中国古代诗学"开山的纲领"（《诗言志辨序》）。那么，"诗言志"具体产生于什么时代呢？到目前为至，这个问题并没有

---

① 参考温儒敏《中国现代文学批评史》，北京大学出版社，1993，第 35～36 页；许道明：《中国现代文学批评史》，江苏文艺出版社，1995，第 51 页。
② 参见本书"言志"篇，第四节。

得到很好的解决。笔者对此谈一点看法。

从文献记载看，"诗言志"最早出现在今文《尚书·尧典》（古文《尚书·舜典》）中。研究"诗言志"产生年代的关键问题，是考证《尚书·尧典》的编写时间和所记载的真实程度如何。关于这个问题，目前学术界有四种观点：其一，尧时说。法国学者卑奥根通过对《尚书·尧典》的星象记载和汉儒解释的研究，认为这确实是尧时的天文记录（高鲁：《星象统笺》）；日本学者铃木虎雄《支那诗论史》认为，诗言志是"尧舜时代的诗论"。其二，远古说。范文澜认为，"《尧典》等篇，大概是周朝史官掇拾传闻，组成有系统的记录，……其为远古遗留下来的史实，大致可信"。① 如按范说，那"远古遗留下来的史实"，就不仅是指"禅让"，也应该指"诗言志"。顾易生赞同范说，认为诗言志说"属古已有之，非晚周儒家之徒所创立"。② 其三，春秋战国说。李学勤认为，"诗言志"的观点在春秋晚期肯定已经存在。③ 蒋善国将《尧典》中所涉及的历史文物和语义特征，与先秦有关典籍进行比较后认为，《尧典》出现于公元前 372 ~ 前 289 年之间，即墨子之后、孟子所生活的时代。④ 郭沫若和陈梦家等人也主张战国说。其四，秦汉说。陈良运认为，"'诗言志'这一观念的出现，当在秦汉之际"。⑤

综上所述，这些观点各有各的证据，各有各的道理，都有参考价值。然而，值得指出的是，大家在讨论这个问题时似乎存在着误区。笔者认为，《尚书》成书的时间，并非是《尧典》产生的时间；而《尧典》产生的时间，也并非是"诗言志"说的提出时间。因

---

① 范文澜著《中国通史简编》（修订本），第一编，人民出版社，1964，第 93 页。
② 顾易生、蒋凡著《先秦两汉文学批评史》，上海古籍出版社，1990，第 33 ~ 34 页。
③ 李学勤：《〈战国楚竹书·孔子诗论〉与先秦诗学》，《文艺研究》2002 年第 2 期。
④ 蒋善国：《尚书综述》，上海古籍出版社，1988，第 168 页。
⑤ 陈良运：《中国诗学体系论》，中国社会科学出版社，1998，第 47 页。

为，这些是不同历史层面的问题。在春秋以前，无私家（即个人）著述。一部书从形成到编定，往往要经过相当漫长的时间。《诗经》《周易》是这样，《尚书》也是这样。而且，尤其像《尚书》这样的历史性典籍，又经过了一个由口传历史到书写历史的漫长的传播过程。鉴于此，笔者对"诗言志"的产生年代作以下几点考证：

　　首先，以西周青铜器铭文证《尚书》成书年代。一个时代有一个时代的书面语言的表述方式。西周青铜器铭文作为西周时期的书面语言，这一点是不容置疑的。那么，只要我们找到《尚书》与西周青铜器铭文有相同的表述方式的证据，也就可以断定《尚书》的成书年代了。基本的证据有五点：一是钱宗武指出，《尚书》"没有结构助词'者'和句末语气助词'也'"，"这是一种非常特殊的语法现象"。① 之所以"非常特殊"，就是先秦其他典籍没有这种表述方式。钱先生对《尚书》语言有全面系统的研究，因而这话是可信的。笔者通过对西周"利簋""卫盉""商尊"和"折觥"等青铜器铭文的阅读，发现也没有"者"和"也"字。春秋以后的青铜器铭文中有"也"字，如战国"新郪虎符"铭文等。二是西周青铜器铭文与《尚书》在记载"年、月、日"等时间时，都要在句首冠以"惟"字。诸如：

铜器铭文

　　佳（唯）三年三月既生霸壬寅（卫盉）

　　佳（唯）五月，辰才（在）丁亥（商尊）

　　佳（唯）五月（折觥）

　　佳（唯）甲子（利簋）

《尚书》

惟元祀十有二月乙丑（《伊训》）

---

① 钱宗武：《今文尚书语法研究》，商务印书馆，2004，第16页。

惟十有二年六月庚午（《毕命》）

惟二月既望（《召诰》）

惟戊午（《泰誓中》）①

这并不是偶然的，说明两者关于时间有相同的表述方式。春秋时期的青铜器铭文对于时间的记载则有所不同。如春秋时晋国的"栾书缶"铭文，记载时间为"正月季春，元日己丑"。句首没有"佳"（唯）字。三是关于"武王伐纣"的具体日期，西周青铜器铭文与《尚书》的记载是相同的。西周最早的青铜器"利簋"铭文记载为："珷（武）征周，佳（唯）甲子涽（朝）"。②《尚书·牧誓》记载为："时甲子昧爽（周秉钧注云：'日未出时'），王朝至于商郊牧野，乃誓"。就是说，武王伐纣的战役是公元前1066年2月甲子日黎明开始的。这与《诗经·大雅·大明》"凉彼武王，肆伐大商，会朝（朱熹注云：'会战之旦也'）清明"的说法也是相同的。四是观点旁证。张其昀指出，西周"有些铭文，特别是一些前期铭文，就相当近乎《尚书》。"钱宗武指出，"今文《尚书》多为可信的商周古文，和商周金、甲文是共时的语言材料。"③张先生是古文字学专家，钱先生既是《尚书》学专家，又是先秦语言学专家。他们的观点都是经过大量研究后提出的，因而是可信的。五是文献旁证。孔子所处的那个时代能够见到的编成的专书是很少的。据《论语》所载：孔子中年之前读得最多的是《诗》与《书》，引用最多的也是《诗》与《书》，晚年才开始读《易》，至于礼、乐当时很可能还未成书。又据《左传》记载：鲁僖公二十七年（公元前633年），晋国大臣赵衰就谈到了《诗》

---

① 引自周秉钧注释《尚书》，岳麓书社，2001。

② 本节青铜器铭文均引自张其昀著《汉字学基础》，中国社会科学出版社，2005。其中将"佳"释读为"唯"，不如释读为"惟"字。这样更符合先秦人的用字习惯。

③ 参见上引张著第198页、钱著第7页。

与《书》。可见《诗》《书》在春秋初期就十分流行，而它们的成书时间还要早很多。总之，这五点证明，《尚书》成书于西周早期是完全可能的。

其次，从《尚书》"纪史"方式考证《尧典》（包括《舜典》）的成篇年代。今文《尚书》有三种纪史方式：一是按"年、月、日"等具体时间纪史，这是比较近的有具体时间可记的纪史方式，西周史多用此方式记载；二是没有具体时间的纪史，或时间模糊难记，或不必要记载时间，这是比较远的有零星资料可参考的纪史方式，殷商史多用此方式记载；三是在篇首冠以"曰若稽古"（笔者译为"据说古时候"）四字的纪史，这是很遥远的依据传说中的口述历史资料的纪史方式，先商史用此方式记载。这当然是《尚书》编著者的纪史体例。从这种编写体例中，可知《尧典》是根据先商以来口口相传的历史资料编写成的。但是，它的成篇年代是什么时间呢？笔者认为，大致在商后期。主要依据有三点：一是上古时期"纪史"权力只在朝廷。从今文《尚书》看，史官文化较发达者，只有商后期和西周早期。在28篇今文《尚书》中，殷商时代占5篇，西周武王至康王时代占16篇。这个数字表明，商代不仅开始设置史官，也是我国史官文化的第一个发达时期。二是书面历史记载也是从商代开始的。据日本学者岛邦男从甲骨文记载中所建立的"殷商世系表"（见《殷墟卜辞综类》第556页），就可证明这一点。事实上，甲骨文中也有关于"尧"的记载。从尧到商末有1950多年历史，又处于由口传文化向书写文化的转型时期，口传资源的丰富，书写文化的激情和责任，都会促使当时的"史官"将商前历史记载下来。三是今文《尚书·商书》中"言""志"的高频率用字，也是《尧典》成篇于商后期的最好证明。

最后，再谈"诗言志"的产生年代。这个问题比较复杂。如果按照人类文化史发展的历史逻辑来看，作为口传文化中的"舜时乐官文化"现象，它的产生肯定要比记载它的《尧典》成篇的时间要早很多。但是，问题并非如此简单。笔者认为，《尧典》关于"诗言志"的记载，内容复杂，可以分为两个层面来看：一是从先商文化（不一定是虞文化，也可能是夏文化）流传下来的信息，诸如诗（准确地说是"歌"）、乐、舞浑然一体，尤其是"击石拊石，百兽率舞""神人以和"等，反映了石器时代的文化面貌；二是商前期的文化信息，诸如"诗言志"等。很显然，"诗言志"并非是远古遗俗，而是从商前期萌芽的一种文化现象。殷商时期对于我国文化史的主要贡献是：进一步完善了文字（不仅是甲骨文，很可能还有书写在简册上的文字等，遗憾的是后者没有能够保留下来）；开创了书写文化（包括甲骨、简册等，如《尚书·多士》云："殷先人有册有典"）的新时代；还为后世萌发了"诗言志"的种子。《尚书·商书》中"言"和"志"字的使用频率较高，如"言""朕言""众言""誓言""矢言""逸言""大言""箴言""嘉言""吉言""德言"和"浮言"等，又如"志""有志""厥志""朕志"和"逊志"等。古文《尚书·商书·太甲下》云："有言逊于汝志"，就有"言志"的意思。同时，还有"殷人尚声"（《礼记·郊特牲》）的文化风气。这些都表明："诗言志"产生的大致年代是商前期。

综上所述，笔者的结论是："诗言志"产生的大致年代是商前期；《尧典》成篇的年代要晚一些，是商后期；《尚书》成书的年代要更晚一些，是西周早期。此三者产生的时间并不相同。目前学术界对此有所误解，应当纠正。

第三节 "诗言志"内涵的现代阐释

一 序言

"诗言志"，作为中国古典诗学"开山的纲领"，光被千载，影响深远。这个"纲领"何以有如此巨大的魅力呢？固然与儒家崇古的文学史观和"尚用"的文艺社会思想的导向不无关系；但是，长期以来，研究者们忽视了一个不容忽视的问题："诗言志"的魅力何在？笔者认为，这种魅力正在它自身。"志"是创作主体的一种心态，一种情绪，一种意向，一种灵感，或者是一种在内心世界里酝酿完成的潜在的诗；"言"，无论四言、五言、六言、七言，还是短言、长言、杂言、自由言，都是"志"的载体，是将内在的"志"转化为外在的"诗"的表现形式；"诗"是由"志"而"言"的文学创作的成果，是由满载着"志"的情化了的"言"所建筑成的美文学体裁。这是三个内容异常丰厚的沉甸甸的诗学术语；这是一个揭示诗歌创作过程由志而言而诗的简明公式；这是一部将诗歌创作过程中三个重要阶段的丰富内容高度浓缩的诗学著作！

二 志

1. 何谓志？面对中国古典诗学中的这个"哥德巴赫猜想"，历来的研究者们都要猜想一番，答案百出。如果仔细审视一番这些答案，就会发现它们有一个通病，即缺乏一种应有的历史意识和宏观意识。"志"，作为汉字的一个符号，它的原型意义是十分宽泛的。闻一多先生在《歌与诗》一文中指出："'志'从'㞢'从'心'，本义是停止在心上。停在心上亦可说是藏在心里。"从这个会意性的原型符号里，再形象不过地向我们揭示了一个简单的秘密：从人的"心"里萌发出一种想法，这就是"志"。这是中国古代心理学的"元观念"。"包管万虑，其名曰心"（孔颖达《毛诗正义》）。"心之官，则思"（《孟子·告子》）。就是说，心是人的思维器官。它是人类生产思想感情的原始基地。所以，先有"心"而后才有"志"。孔颖达《礼记·乐记》疏云："先心而后志"。心，是一种生理器官，一种物质。它可以生产"志"，储藏"志"，但它本身并不是"志"；而"志"则是从"心"里产生出来而且仍然"藏在心里"（闻一多语）的一种精神现象，一种内意识。孔颖达在《礼记·乐记疏》中将从心而发的志（"志从心发"）称为"内志"。这种思想还体现在他的《毛诗正义》中，认为"蕴藏在心，谓之为志"。因此，萌发于心，"犹未发口"（孔颖达《毛诗正义》），更未"发言"（《毛诗序》）的未经外化的内在的思想感情，便是原本意义上的"志"。①

2. 志从何来？在先秦诸子如孔子、孟子、庄子、荀子的心理学思想中，"志"被看作人的一种心理内容。汉代《毛诗序》继承了这种看法，认为"在心为志"。不可否认，"志"是"心"的产物。但是，这样理解并不全面。因为，这种理论的一个明显的不足是没有解答"心"何以能产生"志"的问题。直到唐代，孔颖达才运用先秦的"感物说"的理论，比较科学而全面地解答了这个问题。他认为，"感物而动，乃呼为'志'；志之所适，万物感焉"（《毛诗正义》）。从本原意义上讲，"心"只是产生"志"的机器。机器只是一种生产工具，没有生产资料，它是无法进行生产的。那么，"心"这台生产工具的生产资料是什么呢？是"物"。"物沿耳目"（刘勰语）进入人的心灵世界，引起"心"的"感动"，于是生产出一种新的东西，这便是"志"。朱熹《孟子·尽心》注云："心者，人之神明，所以具众理而应万事者也"。"众理"，指人的一切心理活动，也就是"志"；它的产生，是"万事""万物"感动人"心"的结果。

3. 志的本质是什么？我们只有从"事""物"动"心"而"心"生"志"的主体认知和把握世界的心理过程中来探究"志"的本质，才是比较科学的。如果我们把未感知"事""物"之前的"心"假设为"虚静"到几乎空白的心理状态，那么，"事""物"来感动"心"，就会产生一种与"事""物"性质相近的心理内容。"献岁发春，悦豫之情畅；滔滔孟夏，郁陶之心凝；天高气清，阴沈之志远；霰雪无垠，矜肃之虑深。"（《文心雕龙·物色》）

① 张伯伟认为："所谓'志'，在古文字中代表'识'，又可以训为'意''心''念'等，所以'志'可以理解为见识、意旨或心理。'言志'也就是'言识''言意'或'言心'。"（《"以意逆志"法的源与流》，见《文化：中国与世界》第二辑，第6页）这种看法可与笔者的观点相印证。

喜事动心则喜，悲事动心则哀。"心"感"事""物"而生"志"，乃是人的本性。什么样的"事""物"感"心"，便产生什么样的"志"。为了加以区别，才给它们取了各种各样的名字，诸如"气""情""意""理""欲"之类。荀悦《申鉴·杂言》云："凡情、意、心、志者，皆性动之别名也。"就是说，"情""意"与"志"本质上是相同的。为了明确"志"在人的心理世界中的位置，从而更准确地把握它的本质，我们不妨设计一个认知心理图式：

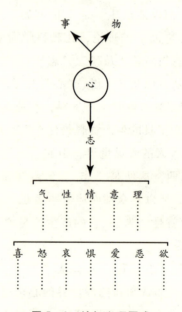

图 5-1　认知心理图式

心"感物而动，乃呼为'志'"。在现实世界中，"物"，不只一种；所以，在人的心理世界中，"志"也就不只一端。"万事"（朱熹语）、"万物"（孔颖达语）感动人心，必然会产生"万虑"（孔颖达语）、"众理"（朱熹语）。"万虑""众理"总称为"志"。

因此，"志"的本质首先取决于外在的"事"与"物"。它是"事""物"的认知反应。但是，主体的"心"并不是一个消极的感应器。事实上，在中国古代的心理学思想中，十分重视"心"

的能动作用。例如：

> "耳目之官，不思，而蔽于物，物交物，则引之而已矣；
> 心之官，则思，思则得之，不思则不得也"（《孟子·告子》）。
> "耳目者，视听之官也。心而无与于视听之事，则官得守
> 其分矣；夫心有欲者，物过而目不见，声至而耳不闻也"
> （《管子·心术》）。

耳目与物的关系，只是"物交物"的关系，因为没有"心"的参
与，它在"物"之上不会增添或减少什么内容；而"心"却能对
"物"进行"思"的加工改造，从而得到一种新的东西，这便是
"志"。"心"是一台相当复杂的机器。我们把人类没有感物的完全处
于空白状态的心，称为"前意识"的心，例如呱呱坠地的婴儿之心；
把感物之后而且积淀了丰富的心理内容的心，称为"后意识"的心。
人只有以"后意识"的心去感物，才能与物构成认知关系。孔颖达
《礼记·乐记》疏云："志意蕴积于中，故气盛；内志既盛，则外感
动于物，故变化"。只有带着这样一个积淀着"内志"的心理图式去
感物，才能使"外物"起到"变化"，成为"意象"，成为"志"。

但是，我们又遇到了一个更为复杂的问题：客观方面，有在时
空中不断运动着的"万事"（社会）、"万物"（自然）；主观方面，
有在心理结构中积淀着的"万虑""众理"。这主客观双方如何统
一或者说如何构成认知关系呢？或一事来感，心"不思"之；或
一物叩门，"心宫"（管子语）里却坐满了积淀着的"故人"，使
客人进不了门。对此，管子主张："洁其宫，开其门"（《管子·心
术》）。问题是，门开了，谁去迎接客人呢？从前边我们所设计的
心理图式中可以看出，积淀在心理世界中的任何一项内容，都几乎
是一个无穷的系列，如"情"。显然，让这些无穷的系列内容都去
迎接客人，既不可能也不礼貌。怎么办呢？"心"自有主张，它采
取了"秃逆秃，跛逆跛"的办法接待客人。《礼记·乐记》云：

奸声感人，而逆气应之；逆气成象，而淫乐兴焉。正声感
人，而顺气应之；顺气成象，而和乐兴焉。倡和有应，回邪曲
直，各归其分；而万物之理，各以类相动也。

正是在这样一个主客体的认知关系中，我们才清楚地看到"志"
内涵的宽泛性。有什么样的"事"与"物"，就有什么样的
"志"。"事""物"变化无穷，"志"亦变化无穷。有感遇之志、
触发之志、怀思之志、忧喜之志、美刺之志（吴宽《中园四兴诗
集序》）；有天下之志、众人之志、君子之志、大人之志、小人之
志（荀悦《申鉴·杂言》）、劳人之志、思妇之志（袁枚语）；有
直言志、比附志、寄怀志、起赋志、贬毁志、赞誉志（遍照金刚
《文镜秘府论·六志》）；有终身之志、一日之志、诗外之志、事外
之志、即事成诗之志（袁枚《再答李少鹤书》）；有高志、卑志、
大志、小志、远志、近志（叶燮：《原诗·外篇》）；有美志（曹丕
《与吴质书》）、宏志、僻志、秽志（荀悦《申鉴·杂言》）、乔志、
溺志（刘熙载《艺概·诗概》）、淫荡之志（沈祥龙：《论词随
笔》）；有得志之志、不得志之志（陆游《曾裘父诗集序》），等
等，不胜枚举。正如袁枚说的，"志字，不可看杀也"（《再答李少
鹤书》）。

由此可知，"志"在本质上是一个非常丰富而无限广阔的心理
世界。外在世界有多大，"志"这个内在的心理世界也就有多大，
甚至比外在世界还要大得多。孟子云，志气"至大至刚"，"塞乎
天地之间"（《孟子·公孙丑》）。王夫之说："加于天下者，皆我
之志气也"（《诗广传·周颂》）。孔夫子也很重视"志"。从他多
次所言之"志"，和他的学生几次"各言其志"的情况来看，
"志"的意域是十分宽泛的。春秋战国更是一个"尚志"的时代，
君臣之间、朝野上下和外交之际，人们动辄以诗言志。这时"志"
的意域仍然是十分宽泛的。孔子尽管企图以"道"来规范"志"
（《论语·述而》："志于道"），但却不得不承认："志"在人心之

内，是"不可夺"的（《论语·子罕》："匹夫，不可夺志"）。为"志"的意域划了第一道圈的是孟子。《孟子·尽心》有这样的记载：

> 王子垫问曰："士何事？"
>
> 孟子曰："尚志。"
>
> 曰："何谓尚志？"
>
> 曰："仁义而已矣。"

当汉儒的《毛诗序》"发乎情，止乎礼义"出来，"志"的意域圈就一缩而不可再收，加之历代儒者的推波助澜，到了宋明理学那里，偌大的一个"志"，就几乎只等于"理"了。"志"意域圈的缩小，使"诗言志"的理论越来越不能够解释诗歌创作的现象了，于是便有一些诗学大师出来做反拨的工作：郑玄云："志，意也"（《礼记·檀弓》注）。孔颖达云："情志一也"（《左传正义》）。邵雍认为，"志"乃"心中事"（《论诗吟》）。他们的这些努力，无非是想把缩小了的意域圈往大放一放，从而向"志"的本质义回归。这真是"早知今日，何必当初"呢？

4. 志的功能是什么？如果我们带着这个问题，进到中国古典诗学的殿堂里去观赏一番，就会发现"志"的功能主要表现在这样四个方面：

（a）"志"是滋生诗情的人性沃壤。作为"后意识"的"志"的心理世界，是人人皆有的。从本质上讲，"志"的意域里是不存在"圈"的。它与"意识"几乎是同一个概念，一个形而上的诗学概念。只要是心理健全的人，就都会有属于自己的"志世界"。由于人类所面对的客观世界是相同的，面对的生活课题是相同的，语言及行为模式是相同的，加之主体"异躯同构"的生理—心理机制，每个人的"志世界"也有十分神秘的同构性。这便是滋生诗情的人性沃壤。刘勰云："人禀七情，应物斯感，感物吟志，莫非自然"。"民生而志，吟歌所含"（《文心雕龙·明诗》）。袁枚说："诗言志，劳人思妇都可以言"（《与邵厚庵太守论杜茶村文书》）。鲁迅也说："凡人之心，无不有诗"（《摩罗诗力说》）。基于此，中国古典诗学十分重视"真实"和"自然"，主张诗歌创作应有志而言，自然发外，不假雕饰。正如明人王文禄说的："诗言志，亶然哉。有是志，则有是诗，勉强为之，皆假诗也"（《诗的》）。

（b）诗人特殊的"志世界"。在中国古代，有一种看法认为，"志"就是"诗"（《吕氏春秋·慎大览》高注云："诗，志也"）。这是一种十分糊涂的看法。"志"是滋生诗情的人性沃壤，它可以转化成诗，但却不等于诗。细心的研究者便会发现，这种看法是将"志"到"诗"中间的转化过程"言"给抽掉了，从而把"因"直接等于"果"。这是一个不能容忍的错误。因为，没有这个转化过程，就不会有诗。然而，也应该看到，并不是任何人都能够完成这个转化过程。这个转化过程的完成，需要有诗人特殊的心理结构即"志世界"和特殊的能力即"言"。黄山谷、王国维和鲁迅都谈过此类问题，特别是王国维，十分强调"诗人之眼"和"诗人之境界"（《人间词话删稿》三十七；《人间词话附录》十六）。叶燮的论述更有权威性。他认为，以广泛人性意义上的"志"为基础，再加上"才、胆、识、力"四种素质，便建构成了诗人特殊的"志世界"。有了这样一个特殊的"志世界"，才能"仰观俯察，遇物触景"，将"志"转化成"诗"（《原诗·外篇》）。

（c）"志"是诗歌创作的原动力。在诗人特殊的"志世界"里，"志"是创作主体的一种心态，一种情绪，一种意向，一种灵感，或者是一种在内心世界里酝酿完成的潜在的诗。它们勃勃骚动，寻求表现，从而形成了诗歌创作的原动力。这种原动力主要通过两种渠道作用于诗歌创作。一是灵感的冲动。"心"感"物"而生"志"，这种"志"如还未转化成一种"诗情"，便寻求不到表达，就会从意识层转入无意识层而积淀下来。如果积淀得多了，便由量（即志）的积累产生质（即诗情）的跃动，这时只要遇到外界同类性质的"物"的触发（即"遇物触景"），就会引动无意识积淀向意识层急遽回归，从而形成强大的灵感冲动力。沈约所说的"志动于中，歌咏外发"（《宋书·谢灵运传论》），以及袁枚所说的："有偶然兴到，流连光景，即事成诗之志"（《再答李少鹤书》），就是这样一种灵感冲动力。二是意象的内部合成。"心"感"物"而生"志"，这"志"在诗人特殊的心理世界中，是以"意象"的特殊形态而出现的。"志"积蕴多了，便会形成"意象"与"意象"的相互撞碰。《毛诗序》认为，"志"是处于不断运动状态的（"志之所之"）。陆机说的"志往神留"，以及沈约说的"志动于中"，也能证实这一点。钱谦益将"志"的运动过程描述得更为细致，"志之所之，盈于情，奋于气，而击发于境"（《爱琴馆评选诗慰序》）。各种运动着的"志"即意象，都有各自的"意象力"。这些"意象力"在意象的相互撞碰过程中，形成一股凝聚型的"合力"。在这股"合力"的作用下，"万涂竞萌"（《文心雕龙·神思》）的意象，就会"驱万涂于同归，贞百虑于一致"（《文心雕龙·附会》），然后"志以定言"（《文心雕龙·体性》），形成潜在的"胸中之诗"。它像一个成熟了的胎儿，会产生出强烈的分娩力，推动诗人进行创作。这就是金圣叹在《唐才子诗序》里所说的"眉睫动而早成于内"的意象合成力。

（d）"志"在欣赏、批评和理论中的功能。诗人将其"志"转化成诗，读者欣赏诗时便能够将诗还原成其"志"。"志"既是诗歌创作的出发点，又是诗歌欣赏的归宿点。孟子的"以意逆志"说总结了周至春秋战国"以诗观志"的文艺社会现象，在"诗言志"说揭示了诗歌创作的出发点之后，从理论上较早地揭示了诗歌欣赏的归宿点。这个理论在刘勰那里显得更为成熟。"缀文者情动而辞发，观文者披文以入情"（《文心雕龙·知音》）。"由心之所感，则形于声；声之所感，必流于心"（《刘子·辩乐》）。值得注意的是，读者"逆志"并非是向出发点简单地回归，而是有新的创造，即加入了自己的"意"；用鲁迅的话说，就是加入了自己的"心中之诗"。诗歌的艺术魅力也主要在于"志"。"古所谓惊风雨，泣鬼神，非以其奇崛突兀，以其志也"（刘将孙《魏槐亭诗序》）。"志"还被作为一个文学批评的尺度或术语，广泛地运用在文学批评的实践中。这在曹丕的《与吴质书》、刘勰的《文心雕龙》和遍照金刚的《文镜秘府论》的"六志"中看得很清楚。萧统在《文选》中为赋分类时，有一类就是"志"。"志"还是建构中国古代文学理论的一块奠基石。"批评家们且根据对'志'这个字的不同理解，提出种种不同的理论：认为'志'是'心愿'或'情感目的'的批评家，发展出了表现论；而认为它是'心意'或'道德目的'的批评家，则经常是把表现观念和实用观念混合在一起"（刘若愚《中国的文学理论》第104页）。以明代的文学理论为例，前者如焦竑的观点："古者贤士之咏叹，思妇之悲吟，莫不为诗。情动于中而言以导之，所谓诗言志也"（《陶靖节先生集序》）；后者如汤显祖的观点，他将"诗言志"解释为："志也者，情也。先民所谓发乎情，止乎礼义者，是也"（《董解元西厢题辞》）。

三 言

1. "在心为志，发言为诗"，《毛诗序》中的这句话，多少世纪以来被引用到令人生厌的地步，遗憾的是没有一个引用者注意到这句话里面所蕴含着的深刻的理论问题。现在该是我们破译这句话的时候了："在心为志"是解释"志"，它是蕴藏在诗人内心世界中的思想感情；"发言为诗"乃是解释"诗"，它是诗人用语言所表达出来的思想感情。这只是这句话的字面意思，历代诗学家走到这里就不再前进了。我们再往前走，就会发现一个更为关键的问题："志"成为"诗"，经过了一个"发言"的创作过程。那么，何谓"言"？如何"发言"？

2. 何谓"言"？"言"是人类认识世界的产物，是存在（即事物）的符号系统。"言"与"存在"的关系是名与实的指代性关系。2000 多年前的公孙龙在《指物论》中就对此作了论述。1000多年后，这个问题在欧洲结构语言学和符号学特别是在罗朗·巴尔特那里得到了新的论述。从本质上看，（a）"言"既是人类认识世界的产物，又是人类认识世界的工具。荀子云："稽实定数，此制名之枢要也"。"名定而实辨"（《荀子·正名》）。欧阳建云："名逐物而迁，……形存影附，不得相与为二矣"。"物定于彼，非名不辨"。"名不辨物，则鉴识不显"（《言尽意论》）。（b）"言"是人与人之间交流思想感情的一种工具。荀子云："彼（指君子）正其名，当其辞，以务白其志义者也。彼名辞也者，志义之使也，足以相通则舍之矣"（《正名》）。欧阳建云："理得于心，非言不畅"，"言不畅志，则无以相接"（《言尽意论》）。（c）"言"不仅是外化了的符号系统，而且也是一种心理现实，即未外化的内在的符号系统。这是人类的直接经验（即实践所得）和间接经验（即学习所得）在内心积淀形成的。因此，科学地讲，"言"是应该包括内心语言、口头语言和书面语言在内的符号系统。理解了这一点，我们才能够谈论"发言"的诗歌创作过程。

3. 如何"发言"？汉代以前的诗学家大多认为，"言"只是外化了的符号系统，在未外化之前叫做"志"。其实，"志"只是一种抽象的说法，它的具体存在形式也是"言"，即内心语言。因此，"发言"的诗歌创作过程，就是将内心语言外化为口头语言或书面语言的过程。这个过程可分为三个阶段：

（a）内心语言——诗情的酝酿。从心理学看，过去的经验总是以表象和言词的形式在人的心理世界中积淀着、珍藏着。而且，有一个表象，就有一个指称它的言词与之相系。艾青说："语言陈列在诗人的脑子里，有如菜蔬与果子陈列在市集的广场上，各以不同的性质与形式，等待着需要与选择"（《诗论·语言》）。这种珍藏在内心的语言，对于诗情的酝酿起着至关重要的作用。汉代以后，对这个问题有充分认识的则是刘勰。"思绪初发，辞采苦杂"

（《文心雕龙·熔裁》）。这就要对杂沓纷呈的辞采进行构思。"心虑言辞，神之用也"（《文心雕龙·养气》）；"心生文辞，运裁百虑"（《文心雕龙·丽辞》）。经过"运裁"的表象和言词，还要经过一个内部合成的过程，这就是"委心逐辞"（《文心雕龙·熔裁》）和"驱辞逐貌"（《文心雕龙·明诗》）的过程。即使在由内部语言向书面语言转化的具体表达过程中，"建其首，则思下辞而可承；陈其末，则寻上义不相犯；举其中，则先后须相附依"（《文镜秘府论·论体》），内心语言仍起着重要作用。甚至有时，一首诗的整体面貌和细微末节都会以内心语言的形式浮现于胸中，成为"心中之诗"。正如普雷斯科特说的："真正意义上的诗歌，显然不是局限在书页上或诗集里的某种东西，适得其反，它由一系列思考和情感所组成，而这种思考和情感则因读者头脑里彼此衔接的印刷符号而产生"（《诗歌与神话》）。

（b）口头语言——寻找诗情的表达符号。陆贾《新语·慎微》云："在心为志，出口为辞"。王充《论衡·自纪篇》云："口言以明志"。这里所谓的"口辞""口言"，就是口头语言。中国古典诗歌是由歌词演变来的，因而十分讲究音乐性。它不仅能歌能唱，而且读来也要朗朗上口，有声，有韵，有节奏，掷地也能作金石声。要使诗句取得这样的艺术效果，在创作中必须试之以口，寻找诗情的表达符号。所以，古代中国人将写诗称作"吟诗"，因为，他们的诗多半是从口中吟出来的，而不完全是从手中写出来的。陆机所说的："思风发于胸臆，言泉流于唇齿"（《文赋》），就是指此而言。刘勰说得更为周详，认为："吐纳律吕，唇吻而已"；"吹律胸臆，调钟唇吻"。口头语言灵活性大，它既是检验诗歌语言音乐性的关口，又易于改动和选择，对于寻找诗情的表达符号是极为有利的。诗人经过一番"左碍而寻右，末滞而讨前"（《文心雕龙·声律》）的上下求索，便会"吟咏之间，吐纳珠玉之声"（《文心雕龙·神思》），写出"声转于吻，玲玲如振玉；辞靡于耳，累累如贯珠"（《文心雕龙·声律》）的好诗来。李渔谈他的创作经验时，也说过一些十分精彩的话：

　　"既以口代优人，复以耳当听者，心口相维，询其好说不
好说，中听不中听"。

　　"笠翁手则握笔，口却登场，……试其声音，好则直书，
否则搁笔，此其所以观听咸宜也。"

（《闲情偶寄·词曲部·宾白》）

　　这虽是指填词而言，但却与作诗一理。中国古典诗歌大多从民歌
演变而来，所以口语化的倾向比较突出。这是一个优良的传统。
白居易写诗，往往得力于此，所以影响极大，"自长安抵江西，
三四千里，凡乡校、佛寺、逆旅、行舟之中往往有题仆诗者，士
庶、僧徒、孀妇、处女之口每每有咏仆诗者"（《与元九书》）。在
中国古代诗歌史上，人们还常常以口头语入诗来反对文人的形式
主义诗风。

　　（c）书面语言——诗情的定型。这是诗歌创作的完成阶段，
即内心语言转化为经过选择了的口头语言，然后落到纸面上来变为
书面语言。这即是陆机说的"选义按部，考辞就班"，"笼天地于
形内，挫万物于笔端"（《文赋》）的阶段，也即是刘勰说的"寻
声律而定墨"，"窥意象而运斤"（《文心雕龙·神思》）的阶段。
正因为有了这个阶段，诗情才能由诗人的内在现实变为外在现实，
成为真正意义上的诗，从而进入社会传播流程，实现其永恒的审美
价值。书面语言是诗歌的客观存在形式。中国古典诗学对书面语言
十分重视，从宏观上有两种截然不同的观点，一种是尚质，一种是
尚文。前者以孔子"辞达而已矣"（《论语·卫灵公》）为纲领，
主张真实地抒写主体的情志。汉代以前的诗歌创作根柢于此。"诗
言志"，许慎云："直言曰言"（《说文》）。董仲舒云："诗道志，
故长于质"（《春秋繁露·玉杯》）。汉代诗歌不尚文彩，讲究辞藻
是赋的特点，"美丽之文，赋之作也"（皇甫谧《三都赋序》）。后
来，扬雄批评汉赋的形式主义文风时，所说的"诗人之赋丽以则"
（《法言·吾子》），就是受尚质文学观的影响；后者以孔子"言之

无文，行而不远"（《左传·襄公二十五年》）为旗帜，主张诗歌语言要华丽美观。魏晋至唐代的诗歌创作根柢于此。曹丕云："诗赋欲丽"（《典论·论文》），陆机云："诗缘情而绮靡"（《文赋》），梁元帝萧绎说得更明确，"吟詠风谣，流连哀思者，谓之文"，"至如文者，惟须绮縠纷披，宫徵靡曼，唇吻遒会，情灵摇荡"（《金楼子·立言》）。宋代以下的诗歌创作两者皆有之。作为书面语言的诗，不仅要有口头语言的美听性，还要有美观性。为了达到美观性，除了讲究辞藻之外，还要创造具有画面感的意境。王维"诗中有画"的审美追求成为后世诗人的圭臬。李梦阳说："言不直遂，比兴以彰，假物讽谕，诗之上也"（《秦君饯送诗序》）。所以，钱谦益说："宣己谕物，言志之方也"（《徐元叹诗序》）。这种方法具体点说，就是："作者内激于志，外荡于物，志与物泊然相遭于标举兴会之时，而旖旎佚丽之形出焉"（顾起元：《锦研斋次草序》）。这样写出的诗歌语言，"字字立得起，敲得响，……勃然生动"（黄子云：《野鸿诗的》），具有很高的审美价值。

　　这就是诗歌创作"发言"的全部过程。

　　4. 总之，"言"，无论内心语言、口头语言、书面语言，以及四言、五言、六言、七言，还是短言、长言、杂言、自由言，都是"志"的载体，是"诗"的表现形式。不能简单地将"言"看作是"志"与"诗"之间的中介转换环节，它一头扎根于内，与"志"重合；一头延伸于外，与"诗"重合。它是贯穿于"志"与"诗"之上的符号形式系统。其中，"志"与"言"的关系尤为密切。"志"为主帅，"言"为兵卫。约定俗成的"言"呈散乱状态内化在诗人的心理世界之中。只有"志"才在这个潜藏的"语言库"里选择了"言"[如黄图秘云："择词必须合意"（《看山阁集闲笔·曲有合情》）]，并进而使"无序的言"变为向同一目标组合的"有序的言"。这就是索绪尔说的"言"由"选择轴"向"组合轴"的转化。恽敬把"志"比作"的"，将"言"比作"矢"，也是这个道理（《与纫之论文书》）。"意能遣辞"（杜牧：《答庄充书》），"辞为心使"(《文心雕龙·章表》),"志以定言"(《文心雕龙·体性》),"志"起着决定性的作用。尽管如此,"志"离开"言"也不行。"言"是"志"的载体,"不言,谁知其志?"(《左传·襄公二十五年》)"词非意则无所动荡而盼倩不生,意非词则无所附丽而姿制不立"(陈子龙《佩月堂诗稿序》),两者难舍难分。至于"言"与"诗"的关系就更容易理解,因为没有"言"就不会有"诗"。

四 诗

1. 诗歌创作由"志"而"言",到文本的完成,就是"诗"。那么,何谓"诗"呢?纵观中国古典诗学遗产,其答案之多不下几十种。这里选择主要的六种,分别予以评析:

(a)"乐辞曰诗"(《文心雕龙·乐府》)。中国古典诗歌是由歌词演化来的,正如班固所说:"诵其言谓之诗,咏其声谓之歌"(《汉书·艺文志》)。宋代以前的诗与音乐的关系十分密切,能诵亦能歌。所以,"诗歌"成为中国诗的特有名词。这与古希腊的诗脱胎于戏剧是大不相同的。这种观点根柢于《尚书·尧典》。它从诗的本源和诗与音乐的关系方面来把握诗的本质,有一定的可取之处。用这种观点衡量汉代以前的诗,是再合适不过了;但用它来权衡魏晋以降的诗,则未免捉襟见肘了。

(b)"发言为诗"(《毛诗序》)。孔颖达也云:"发见于言,乃名为诗"(《毛诗正义》)。这种观点也是根柢于《尚书·尧典》。这种观点主要着眼于"言"。"言",作为动词,是朗诵、抒写;作为名词,是口头语言和书面语言。它是把相对于音乐表达的语言表达,看作诗或诗的活动。这种观点与第一种观点大同小异。它的缺点是划分不清诗与其他文学样式的界限,诸如散文、词赋等。

(c)"诗,志也"(《吕氏春秋·慎大览》高注)。这是由文字破译而得出的一种观点。"诗"古文写作"𤯔"。而"𤯔"与"𡔖"(志)很可能就是一个字,只是结构稍有变通而已。所以,许慎《说文》云:"诗,志也"。刘若愚说:"'诗'和'志'即使不是相同的字，也是同源的字，而这隐含着古代中国的一个原始主义的诗歌观念"（《中国的文学理论》第 102 页）。这种观念是将《尚书·尧典》的"诗言志"的中介转换环节"言"抽掉，而将"诗"与"志"直接等同起来。固然，"诗"与"志"是有十分内在的联系，但两者毕竟不是一个东西。这种观点的严重错误是不仅否定了诗歌创作，也否定了诗歌自身。正如郁沅说的："从'诗言志'到'诗'等于'志'，原有的合理成分丧失了，诗歌艺术成了与抽象的思想毫无区别的东西，抹杀了诗歌自身的特点"（《中国古典美学初编》第 14 页）。

（d）"诗以道情"（王夫之《古诗评选》）。当"诗言志"说被儒家导入理性化的怪圈时，在极度活跃的楚文化中升起了另一面诱人的诗学旗帜，这就是屈原的"发愤以抒情"（《九章·惜诵》）。而且，屈原也多次用到"志"，甚至"情""志"并用，但这是与儒家不太一样的"志"。西汉辞赋家庄忌，在哀伤屈原的《哀时命》中，明确提出了"抒中情而属诗"的命题。这种观点直到陆机的"诗缘情"说出来后，才影响广被。到唐代，"言志、缘情，二京斯盛"（骆宾王《和道士闺情诗启》），与"诗言志"说形成双峰对峙的局面。在人的心理要素中，"诗"与"情"的关系最为密切，因而，这种观点直到现在还支配着我们的"诗观念"。然而，这种观点的缺陷是只从题材来说明诗的本质，如"有所记述之谓文，吟咏情性之为诗"（元好问《杨叔能小亨集引》），并不能把握诗这种体裁的特点。

（e）"言之精者之谓文，诗又文之精者也"（苏伯衡《雁山樵唱诗集序》）。"精"这个范畴是庄子提出来的。云："可以言论者，物之粗也；可以意致者，物之精也"（《庄子·秋水》）。"精"，小巧、精致。写文章，为了阐明一个中心思想，除了立意、炼意之外，在语言运用上还必须炼字、炼词和炼句，所以是"言之精者"；一首诗特别是唐以后的近体诗，由于声律和篇章结构的限制，从内容和形式上要求更加精致。所以，"诗又文之精者"的观点有一定的道理。它从形而上的思辨层面把握诗的本质，具有方法论的意义。

　　（f）"言之美者为文，文之美者为诗"（司马光《赵朝议文稿序》）。梁启超认为，诗是"人类好美性"的表证，"好歌谣纯属自然美，好诗便要加上人功的美"（《中国之美文及其历史》）。在梁氏看来，诗就是"中国之美文"。这种观点是在审美的层面上把握诗的本质。季札和孔子虽以"美"论过诗，但仅仅是一种判断。从理论来看，这种观点很可能是根柢于曹丕的"诗赋欲丽"（《典论·论文》）。因为，"丽者，美也"（徐上瀛《溪山琴况》）。这种观点到现在仍很有影响。著名诗歌评论家李元洛就认为，"诗，是美文学"（《序：诗歌园林的导游》）。确实，诗是文学世界中的美神。

　　2. 以上第二种和第三种观点都根柢于"诗言志"说。2000多年来，人们皆以为"诗言志"是诗的本质论，其实这是误解。"诗言志"是诗歌创作过程的逆向概括，是诗歌的功能（"言志"）的阐释。因此，说它是创作论和功能论，可以；说它是本质论，却万万不可。因为，它并没有回答"什么是诗"的问题。所以，笔者就没有把它作为本质论评析。在上列诸种本质论中，笔者基本上同意"文之美者为诗"的观点。但这种观点仍然有失笼统，它没有具体说文美到什么程度才是诗。不过，有一种观点可以作为它的补充。这便是：

　　　　问曰："诗、文之界如何？"
　　　　答曰："意岂有二？意同而所以用之者不同，是以诗文体制有异耳。文之词达，诗之词婉。书以道政事，故宜词达；诗以道性情，故宜词婉。意喻之米，饭与酒所同出。文喻之炊而为饭，诗喻之酿而为酒。文之措辞必副乎意，犹饭之不变米形，瞰之则饱也；诗之措词，不必副乎意，犹酒之变尽米形，饮之则醉也"（吴乔《围炉诗话》）。

如果用《毛诗序》："在心为志，发言为诗"的观点揭示诗的本质，显然是不行的。因为，广义的"文"包括散文、赋颂、小说等也是用"言"写的，拿同一个标尺去度量不同的文学体裁是有点荒唐。"文之美者为诗"，加之吴乔的具体阐扬，这种观点就愈加有权威性。尽管，"诗"与"文"有时所面对的题材是相同的，即"意（或者志）同"，"意喻之米，饭与酒所同出"；但是，不同却是根本的，有时两者所面对的题材并不相同，文"以道政事"，"诗以道性情"。这主要表现在：（一）体裁不同，"诗文体制有异"。（二）创作方法不同。差异又有三：对题材的利用不同，"意同而所以用之者不同"；表现手法不同，一为"炊"，一为"酿"，前者是对题材的同质处理，后者是对题材的异质处理；表现形式不同，一为"措辞必副乎意"，一为"措词不必副乎意"。（三）语言风格不同，"文之词达，诗之词婉"。（四）作品的成果形式和本质不同，一为"文"，一为"诗"；"文喻之饭"，"饭之不变米形"，这是说"文"求"形似"，求"真"；"诗喻之酒"，"酒之变尽米形"，这是说"诗"求"神似"，求"美"。（五）审美效果不同，"文"让人"饱"，"诗"令人"醉"；一为功利性满足，一为审美性满足；两者虽都能给人带来美感，但美感的程度是不同的。像吴乔这样，站在诗学的高度，从题材、体裁、创作方法、语言风格、作品本质和审美效果等诸多方面，全方位地观照和把握诗的本质，无疑是合理的。

3. 从以上吴乔对诗本质的论述中，使我们对"什么是诗"的问题有所悟解。然而，我认为，"诗"之所以成为"诗"，关键是吴乔说的"变尽米形"的超常性的异质审美创造。

（a）语言的超常性审美创造。如果将日常语言也比作"米"，散文、小说和诗歌都是运用这种语言创作的，尽管散文、小说的语言是"言之精者"和"言之美者"，但它毕竟是一种"不变米形"的语言，即日常语言的同质操作；而诗歌语言就不同了，它是一种"变尽米形"的语言，即超常语言的异质操作。"劝君更尽一杯酒，西出阳关无故人"。在生活中你若真这样为即将分别的朋友饯行，他不以为你是喝醉了酒，也会以为你的神经有点毛病了。但如果你说明自己在吟诗，他会立即神领你的一片深情。中国古典诗歌与西方古典的诗不同，它完全是一种音乐化了的美文学。所以，中国古典诗的语言也完全是一种音乐化了的语言。它是将日常语言纳入音乐旋律的轨道之中，"欲使宫羽相变，低昂互节，若前有浮声，则后须切响。一简之内，音韵尽殊；两句之中，轻重悉异"（沈约《宋书·谢灵运传论》），形成语言的音乐化运动。正如宗白华先生说的，"音乐的作用"，令人从诗歌的"文字中可以听出音乐式的节奏与协和"（《新诗略谈》）。

（b）意境的超常性审美创造。中国古典诗歌主于写意，而"意翻空而易奇"（《文心雕龙·神思》）；中国古典诗歌长于造境，"诗人之境"不同于"常人之境"（《人间词话附录》）。因此，中国古典诗歌的意境大多是一种超常性的审美创造。这主要表现在象征、变形和含糊的意境方面。象征，是中国诗人的传统技能，在古典诗学中叫做"兴"。它是将"人"的意寄寓到"非人"的境，使意境的空间层次感和立体感增强。比如，"兴观群怨，皆一一委之于草木鸟兽"的《硕鼠》，"虬龙鸾凤，以托君子；飘风云霓，以为小人"的《离骚》，就是象征意境的杰作。塑造变形意境，是诗更成为诗的一条途径。其实，形变境变乃是诗人意变情变的结果。所谓"意之所至，无不可也"；"心之营构，则情之变易为之也"（章学诚《文史通义·易教下》），正指此而言。诸如"狂风吹我心，西挂咸阳树"；"南风知我意，吹梦到西洲"；"山歌缠在鞭杆上，马车送来一个秋"；以及"三月的太阳是绿的"，等等。含糊意境，犹如戴面纱的美女，更为人喜爱。谢榛云："作诗妙在含糊"（《四溟诗话》）。汤显祖也云："诗以若有若无为美"（《如兰一集序》）。如"月傍九霄多"，是月多乎？九霄多乎？还是月照之境多乎？"晨钟云外湿"，是钟湿乎？钟声湿乎？还是云外之物湿乎？这种意境在当代朦胧诗人那里更是举不胜举。欣赏这样的诗，令人有"如朝行远望，青山佳色，隐然可爱，其烟霞变幻，难于名状"（《四溟诗话》）的美感。

（c）诗体的超常性审美创造。诗体；是意境的载体，是诗人用文字构筑的仙阁迷楼。闻一多将它比作"建筑美"，艾青说它是"造型美"和"雕塑美"。与散文的体式相比，诗歌的体式创造有许多超常性，中国古代的律诗、绝句是方块结构，甚至有回文诗、圆圈诗、宝塔诗和"以意写图，令人自悟"的"神智体"；海外，有法国的"图画诗"、苏联的"楼梯诗"、意大利的"十四行诗"、日本的"和歌俳句"、波斯的"柔巴依体"四行诗。近几年来，台湾的"后现代主义"诗人又创造了"录影诗""视觉诗""复数化创作"等诗体。

4. 以上所谈诗歌的语言、意境和诗体，都属于"变尽米形"的超常性的异质审美创造。但是，也有"不变米形"的同质审美创造，如杜甫、白居易等人的一些写实性较强的诗歌。像《北征》、"三吏三别"、《杜陵叟》《卖炭翁》之类诗，语言、意境与散文相去不远，虽诗犹文；而像庄、列之文，"幽渺以为理，想象以为事，惝恍以为情"（叶燮《原诗·内篇》），虽文犹诗。王国维认为，这是"写境"与"造境"的不同。但笔者还是倾向于吴乔的看法，只有"变尽米形"的超常性的异质审美创造出来的作品，才是真正意义上的诗。这样的诗，"如空中之音，虽有所闻，不可仿佛；如象外之色，虽有所见，不可描摹；如水中之珠，虽有所知，不可求索"（黄子肃《诗法》），具有很高的审美价值。所以，一首诗只有"诵之行云流水，听之金声玉振，观之明霞散绮，讲之独茧抽丝"（谢榛《四溟诗话》），才算是达到了胡应麟说的"全美"境界（《诗薮·内编》）。

五　结语

当我们依照诗歌创作过程，分别论述了"志""言""诗"三个横断面上的理论问题之后，我们所面对的将是一个新的问题，即"志—言—诗"的纵向关系问题。在中国古典诗学中，对于这种关系解答，有两种截然相反的思想体系：

（a）根柢于儒家思想体系的解答。孔子云："言以足志，文以足言"（《左传·襄公二十五年》）。就是说，口头语言能够准确地表达思想感情，书面语言又能准确地表达口头语言。所以，人们才能够因言知意，以诗观志。这一思想还体现在《乐记》中："情动于中，故形于声；声成文，谓之音"。后来，《毛诗序》对这一思想作了系统阐扬。这种思想充分肯定了"志"的可表达性、"言"与"诗"的能表达性以及三者的一致性和主体认知的能动性，从而奠定了儒家诗学的理论基础。"夫情动而言形，理发而文见，盖沿隐以至显，因内而符外者也"（《文心雕龙·体性》），刘勰对创作过程的描述；"胸中之竹，并不是眼中之竹也；""手中之竹，又不是胸中之竹也"（《题画》），郑板桥对主体创造性的肯定；"志非言不行，言非诗不彰"（《师友诗传录》），王士祯对"志—言—诗"纵向关系的揭示；以及"曲尽人情莫若诗"（邵雍《伊川击壤集》）和"诗者，人之性情也"（袁枚《随园诗话》）的著名观点，都是在这个理论基础之上生发出来的诗学理论，对中国古典诗歌创作的影响极大。

（b）根柢于道家思想体系的解答。庄子云："意之所随者，不可以言传也"。"君之所读者，古人之糟魄已夫"（《庄子·天道》）。这种观点认为，"意"（即"志"）是丰富多彩、飘忽不定和难以捉摸的东西，当这种东西流露在口头语言中时已失去了些许光彩，当你用手把它再写出来时则恐菁华殆尽了。如果把"意"（即"志"）比作一个热源核，那么它的热量流到"口"时温度还尚可，流到"手"时就只剩余温了。所以，"言不尽意，文不尽言"。这种观点，重意轻言，贵内贱外，尚自然而反人为。当然，它看到了"志"有不可表达性的一面，"言"与"诗"亦有不能表达性的一面，以及三者的不一致性，刚好是对于儒家思想的补充。这种思想对于中国古典诗学和美学的影响极大，陆机的"文不逮意"说（《文赋》）；刘勰"方其搦翰，气倍辞前，暨乎篇成，半折心始。何则？意翻空而易奇，言征实而难巧也。是以意授于思，言授于意，密则无际，疏则千里"（《文心雕龙·神思》）的论述；袁宗道"口舌代心者也，文章又代口舌者也。展转隔碍，虽写得畅显，已恐不如口舌矣；况能如心之所存乎"（《论文》）的观点；以及司空图的"韵味说"、严羽的"兴趣说"和王士禛的"神韵说"等诗歌美学思想等，都属于道家思想体系。如果我们将两者结合起来，儒道互补（刘勰在这方面开风气之先），对于全面认识"志—言—诗"的纵向关系则是大有益处的。

综上所述，可以看出："志""言""诗"是代表诗歌创作三个阶段的内容丰厚的沉甸甸的诗学术语；"志⇆言⇆诗"是揭示诗歌创作过程的双向关系的公式，而且，"志""言""诗"均为变量，这个公式也就永远不会被淘汰。因为，它概括了文学和艺术创造的一般规律。这，就是"诗言志"的历史魅力和当代意义。如果说，"诗言志"是中国古典诗学"开山的纲领"的话，那么，笔者就是在这一"纲领"的指导下，写成这样一部微型的中国古典诗学论著。是非功过，恭候评说！

第四节 "诗言志"的转换与当代文学理论建设

1992年，钱中文先生明确提出了"中国古代文论的现代转换"的问题。10多年来，这个问题一直是学界谈论的热点，有持肯定意见者，也有持否定意见者。笔者对于这个问题是持肯定意见的。1996年9月，笔者撰写了《中国古代文论的现代转换》一文，从宏观上谈了我对于这个问题的基本看法。笔者认为，"所谓'转'，就是'通'，就是'传'，就是继承；所谓'换'，就是'变'，就是'易'，就是创新。两者结合就'穷则变，变则通，通则久'。中国古代文论之所以历史悠久，辉煌灿烂，就是不断转换的结果。"① 也就是说，从发展史的角度看，中国古代文

---

① 钱中文、杜书瀛、畅广元：《中国古代文论的现代转换》，陕西师范大学出版社，1997，第143页。

论不仅在现代有一个"转换"的问题，在古代也同样有一个"转换"的问题。本节从个案研究的角度，谈谈中国古代文论的经典命题"诗言志"的古代转换和现代转换的问题，进一步拓展和深化笔者对这个问题的看法。

一　"诗言志"的古代转换

众所周知，"诗言志"是中国古代文论的经典命题。它最早出现于《尚书·尧典》之中。其经典性的形成主要取决于以下三个方面的原因：一是最早记载它的《尚书》从春秋以来就成为经典，汉代以来又成为儒家经典；二是它是假借舜帝之金口说出的；三是春秋时期的"赋诗言志"和"借诗言志"的文化思潮。所以，"诗言志"就成为历代学人谈诗论文时所信奉的圭臬，屡屡被引用不绝。正是在这些引用活动中，"诗言志"被传承着、丰富着和发展着，一句话被转换着。

首先，谈"转"的方面。自从《尚书·尧典》提出"诗言志"以来，就成为权威的诗学思想，不断被后世学人引用和传承。诸如，先秦的孔子、庄子和荀子，汉代的董仲舒、班固和郑玄，魏晋南北朝的挚虞、刘勰和萧统，唐代的孔颖达，宋代的邵雍，明代的王守仁、李攀龙，清代的顾炎武、叶燮，近代的刘熙载、陈世宜等人，都引用过"诗言志"。因此，"诗言志"就是通过这些人一代代"接力传承"了下来。在"传承"这一方面，他们只是引用，只是"照着说"，一般不作大的发挥。所以，"诗言志"才能被原汁原味地传承下来。

其次，谈"换"的方面。"诗言志"的传承只是问题的一个方面，更重要的则是"换"即创新的一面。"诗言志"作为中国古代诗学和文论的经典命题，人们传承它，是为了更好地使用它，为各自的诗学批评和文论建设服务。所以，人们在传承它的同时，也根据各自时代的诗学批评和文论建设的具体需要，结合各自时代的思想资源和个人的认识水平，大多会对

"诗言志"作出重新阐释和理论发挥。这样以来，"诗言志"的理论内涵就在增值，就在丰富，就在拓展和深化。具体说，有以下几个方面：

一是对于"诗"的重点阐释。诸如：《礼记·乐记》说："诗，言其志也"；贾谊《新书·道德说》说："诗者，此之志者也"；王逸《楚辞章句·悲回风》注说："诗，志也"；许慎《说文·言部·诗》说："诗，志也"；高诱《吕氏春秋·慎大览·慎大》注说："诗，志也"；孔颖达《尚书·尧典》疏说："诗是言志之书"。以上各家对于"诗言志"的阐释，其重点是"诗"。只有孔颖达所说的"诗"是狭义之诗，即特指《诗经》；其他各家所说的"诗"则是广义之诗，即文体之诗。这从《礼记·乐记》的那段文字可以看得很清楚。它是将"诗"与"歌""舞"相提并论，很显然这是指文体之诗了。汉代学者用"言志"或者"志"为"诗"定义，可见是一个比较流行的看法。汉代是一个儒家经典大行其道的经学时代，文字训诂是其主要的研究方法。以上所举汉代各例，便明显带有汉代经学色彩。尽管它有忽视"言"的倾向，并有将"诗"与"志"二者等同之嫌；但是它强调文体之"诗"，并作出界定其概念的努力，却是难能可贵的。与前代相比，这是一个新的拓展。

二是对于"言"的重点阐释。这是从孔子开始的。《左传·襄公二十五年》记载孔子的话说，"言以足志"，"不言，谁知其志?"杜预注云："足，犹成也"。即"言"是成全、显示和表达"志"的。由此可见，"志"是一种心理状态，是内在的、隐蔽的；只有用"言"表达出来才能为人所知。所以，孔子强调"言志"的重要性。在《论语》中，他多次要求其学生言志。近年发现的上博简《孔子诗论》也说"诗亡隐志"。多数专家将"亡"解释为"无"，而笔者认为应解释为"勿"才能说得通。"诗勿隐志"，反过来说，就是"诗应言志"。这与孔子重视"言志"的思想是一致的。《毛诗序》也突出强调"发言"和"形于言"。许慎《说文》

进一步明确提出了"志发于言"①的观点。清人吴淇将诗看作是
"言之所之"即语言运动的产物，其《六朝选诗定论》卷五说：
"志之所至，言亦至焉"，有什么样的"志"，就有什么样的
"言"，也就会有什么样的"诗"。其中，"言"系着两头，是至关
重要的。最值得注意的是从审美的角度来拓展"诗言"的内涵。
宋代人司马光《赵朝议文稿序》说："在心为志，发口为言。言之
美者为文，文之美者为诗"。由此可见，"诗言志"的"言"，并非
是一般的日常语言，而是一种诗化的审美语言。这种审美语言，对
于古代诗歌来说，就是一种讲究声韵、文采和意象的语言。这种诗
歌审美语言，从《诗经》开始萌芽，经过魏晋南北朝文人的努力，
到唐代成熟。难能可贵的是，司马光所说的审美语言，包括诗歌语
言和散文语言，基本上是以"诗"与"文"为主的古代传统文学
的语言。这又是一个新的拓展。

　　三是对于"志"的重点阐释。从《毛诗序》以来，对于"诗
言志"的阐释重点大多放在了"志"上。这固然与作诗的动因和
诗的内涵有关，也与儒家的政治伦理化的诗学思想有关。《毛诗
序》对于"志"的阐释最具有原创性。它认为，"在心为志"，志
是一种心理状态，而且具有情感内容（情动于中）。"诗言志"的
过程，就是"志之所之"即志的运动过程。这是一个由志而言、
由内到外的表达过程。在《毛诗序》之后，人们对于"志"的阐
释活动，基本上是沿着两个方向对"志"的内涵进行了拓展。一
个是从心理学层面上来拓展。诸如郑玄《尚书·尧典》注说，"诗
所以言人之志意也"。其中将"志"与"意"相提并论，也即是认
为两者意思相近。《说文》说："志，意也"。又说："意，志也"。
可见在汉代"志"与"意"两字可以互训。那么，"诗言志"也
可以说是"诗言意"。其实，这不是一个简单的文字互训，而是对

①　今本《说文》无此四字，杨树达据《韵会》引《说文》补入，参见杨树达的
　《释诗》一文。

于"志"在心理内涵上的一次放大，一次拓展。到此为止，加上《毛诗序》对于"志"阐释的情感倾向，"志"的心理内涵就拓展出了"心""情"和"意"三个新的元素了。所以，荀悦《申鉴·杂言》说："凡情、意、心、志者，皆性动之别名也"；另一个是从社会学层面上来拓展。汉代学者运用《礼记·乐记》提出的"物感说"理论，解释"志"的产生原因时，形成了《毛诗序》的"情动说"和班固《汉书·艺文志》的"心感说"两种观点。虽然，没有明说，却有一个隐含的"物"或"社会"的因素存在。后来，王逸在运用"诗言志说"解读屈原作品时，赋予"志"一定的社会内涵。到宋代时，邵雍对于"志"的社会内涵作了极为精彩的论述。他在《伊川击壤集序》中说，"怀其时则谓之志，感其物则谓之情"。"且情有七，其要在二；二谓身也、时也。谓身，则一身之休戚也；谓时，则一时之否泰也。一身之休戚，则不过贫富贵贱而已；一时之否泰，则在夫兴废治乱者焉。"因此，"志"不仅与一个人的生活经历有关，也与社会的兴废治乱有关。所以，"志"的内容就丰富多彩了。从主体的角度看，有如荀悦《申鉴·杂言》所说的有天下之志，有众人之志，有君子之志，有大人之志，有小人之志；从本体的角度看，有如叶燮《原诗·外篇》所说的有高志，有卑志，有大志，有小志，有远志，有近志。正如袁枚《再答李少鹤书》所说，"志字，不可看杀也"。

　　四是从横向对于"诗言志"的使用范围进行了拓展。"言志说"最早只是针对"诗"而言的，后来逐渐向其它文学体裁和艺术种类拓展。从文学体裁方面看，骚，朱彝尊《九歌草堂诗集序》说："《骚》也者，继诗而言志者也"；赋，刘勰《文心雕龙·诠赋》说，"赋者，……体物写志也"。刘熙载《艺概·赋概》也说："余谓赋无往而非言志也"；词，沈祥龙《论词随笔》说："诗言志，词亦贵乎言志"；文，刘熙载《艺概·文概》说："志者，文之总持。文不同而志则一"；小说，冯梦龙《情史序》说："《情

史》,余志也"。从艺术种类方面看,音乐,《礼记·乐记》说:
"志微,噍杀之音作"。刘勰《文心雕龙·乐府》说:"志感丝簧,
气变金石";其《文心雕龙·明诗》又说:"民生而志,咏歌所
含"。舞蹈,《毛诗序》说,诗言志,言之不足,则咏歌之;"咏歌
之不足,不知手之舞之、足之蹈之也"。戏曲,汤显祖在《董解
元西厢题辞》中运用"诗言志说"评价《西厢记》,并说:"志
也者,情也……董以董之情,而索崔、张之情于花月徘徊之间;
余亦以余之情,而索董之情于笔墨烟波之际"。书法,刘熙载
《艺概·书概》说:"写字者,写志也"。绘画,郭熙《林泉高
致》说:"画之志思,须百虑不干,神盘意豁"。总之,诗言志,
骚言志,赋言志,词言志,文言志,小说言志,音乐言志,舞蹈
言志,戏曲言志,书法言志,绘画言志,等等。可以说,这是
"言志说"由诗学向文学和艺术学领域横向拓展的结果,或者说
是"转换"的结果。因此,"言志说"也由一种经典的诗学思想,
演变成一种中国传统的艺术精神,提升为一种表现形态的中国美
学理论。

最后,谈"转换"的方面。正因为,"诗言志"有"转"的
一方面,又有"换"的一方面,即有传承又有创新,才从古代走
到了近代,构成了其古代转换史。在"诗言志"的古代转换过程
中,形成了四种经典,即《尚书·尧典》《乐记》《礼记》和《毛
诗序》。《尚书·尧典》是最初的元典,大概在殷商时期就提出了
具有原创性的"诗言志"说。《乐记》对于"诗言志"有杰出的
贡献,就是从艺术创作主体的表现心理层面,对于"诗言志"作
了令人耳目一新的经典论述。其《乐象篇》说:"诗,言其志也;
歌,咏其声也;舞,动其容也;三者本于心,然后乐气从之"。其
《师乙篇》又说:"故歌之为言也,长言之也。说之故言之,言之
不足故长言之,长言之不足故嗟叹之,嗟叹之不足,故不知手之舞
之、足之蹈之也。"后来,这两段话成为《毛诗序》的理论基础。
《礼记》的贡献是提出了"五至说",即《孔子闲居篇》所说的

"志之所至，诗亦至焉；诗之所至，礼亦至焉；礼之所至，乐亦至焉；乐之所至，哀亦至焉"。《毛诗序》除了传承《乐记》的思想外，主要有两个创新点，一是提出"在心为志，发言为诗"的观点，对"诗言志"作了权威解释；二是提出"志之所之"的观点，将"诗言志"看作是"志"的运动过程，即由内到外、由心到言和由志到诗的运动过程。由于《乐记》关于"诗言志"的内容被收入《礼记》之中，所以也可以看作三个经典。这三个经典就成为后世学者祖述和不断引用的原典。笔者根据贾文昭主编的《中国古代文论类编》和《中国近代文论类编》所选"诗言志"条目统计，引用《尚书·尧典》27 次，引用《毛诗序》23 次，引用《礼记》8 次。有些是只引用其中的一个经典，有些是两个经典同时引用，有些是三个经典同时引用。这些基本上反映了三个经典对于后世的具体影响程度。

二　"诗言志"的现代转换

"诗言志"作为中国古代诗学的"开山纲领"和经典命题，并没有随着古代史的终结而终结。它不仅被现代学者传承了下来，而且有了新的发展。就是说，"诗言志"已经被"转换"到现代诗学和文论的知识体系中了。

从"转"的方面看，有三种情况：一种是，对于《尚书·尧典》《乐记》和《毛诗序》等经典中的"诗言志说"予以引用。现代诗学论著一旦涉及传统诗学，或者谈论诗的本质问题时，都会引用"诗言志说"。谢文利、曹长青的《诗的技巧》（1984）一书，曾先后多次引用《尚书·尧典》和《毛诗序》中的"诗言志说"。吴思敬的《诗歌基本原理》（1987）第一编也引用了"诗言志"的有关资料。同时，在现代文学理论教材中，诸如以群主编的《文学的基本原理》（1979 年修订本）、十四院校合编的《文学理论基础》（1985 年修订本）和童庆炳主编的《文学理论教程》（1992）等都引用了"诗言志说"；另一种是，通过对"诗言志"的专题研

究来传承它，如朱自清的专著《诗言志辨》（1947）和蔡育曙的
《中国诗论的开山之纲——诗言志》（1982）、吴奔星的《"诗言
志"新探》（1986）及古风的《建构"诗言志"的理论体系》
（1997）等专题论文；还有一种是，在对中国古代诗学、文学、美
学和文艺心理学的研究中，从各学科的角度引用和研究"诗言
志"，并通过这种方式来传承它。诸如，陈良运的《中国诗学体
系论》（1992），顾易生、蒋凡的《先秦两汉文学批评史》
（1990），郁沅的《中国古典美学初编》（1986），朱恩彬、周波
主编的《中国古代文艺心理学》（1997）等。总之，"诗言志"
成为现代学者研究古代诗学、文学、美学和文艺心理学时都绕不
开的一个话题。

从"换"的方面看，现代学者从各自所处的学术语境出发，
运用当下比较流行的理论思想和新的研究方法，对于"诗言志说"
进行了新的阐释、开发和拓展。笔者将这些内容概括为以下九种观
点：

第一，训诂说。1939 年，闻一多先生撰写《歌与诗》一文，
从文字训诂的角度对"诗言志"作了新的阐释。认为，"志与诗原
来是一个字。志有三个意义：一记忆，二记录，三怀抱。"志"本
义是停止在心上，停在心上亦可说是藏在心里"。他通过文字训
诂，得出了两个结论：一是认为，从中国古代诗歌源头上看，"当
时所谓诗在本质上乃是史"；二是认为，"'诗言志'的定义，无论
以志为意或为情，这观念只有歌与诗合流才能产生"。[1] 这对"诗
言志"的本义是一种权威的阐释，被学者们援引不绝。

第二，表现说。1935 年，朱光潜先生撰写的《诗论》一书，
在引用《尚书·尧典》的"诗言志"与《史记·滑稽列传》的
"诗以达意"后指出，"所谓'志'与'意'就含有近代语所谓
'情感'（就心理学观点看，意志与情感原来不易分开），所谓

---

[1] 闻一多：《神话与诗》，华东师范大学出版社，1997，第 201~209 页。

'言'与'达'就是近代语所谓'表现'"。接着他进一步指出，"人生来就有情感，情感天然需要表现，而表现情感最适当的方式是诗歌"。[①] 1946 年，傅庚生先生也说："'言志'为文学上感情元素之表现"。[②]

第三，史观说。1932 年，周作人先生在辅仁大学的系列讲演中指出，由于文学与宗教的关系，所以"在文学的领域内马上又有了两种不同的潮流：（甲）诗言志——言志派，（乙）文以载道——载道派。""这两种潮流的起伏，便造成了中国的文学史。我们以这样的观点去看中国的新文学运动，自然也比较容易看得清楚"。[③] 这种观点在当时就引起了学界的讨论，朱自清、朱光潜和傅庚生等人都发表了各自的看法。这个讨论一直延续到 20 世纪 40 年代中期，甚至为后来的学者留下了说不完的话题。

第四，文艺说。1946 年，朱光潜先生在《文学与人生》一文中指出，诗言志说"以为文学的功用只在言志，释志为'心之所之'，因此言志包涵表现一切心灵活动在内。……'言志'是'为文艺而文艺'。""美是文学与其他艺术所必具的特质"。[④] 按笔者的理解，朱光潜先生所谓的"为文艺而文艺"，就是把文艺作为文艺的唯一目的，在文艺之外没有其他目的。这与周作人先生所说的"文学只有感情没有目的"[⑤] 的观点是基本上接近的。这是一种"纯文学"观念，或者说是"美文学"观念。

第五，原始说。1947 年，朱自清先生在《诗言志辨·序》中说："'诗言志'是开山的纲领"。这成为被学界纷纷引用的著名观点。1975 年，具有中西文化背景的美籍华人学者刘若愚先生，为了向西方读者介绍中国古代文学理论，撰写了《中国的文学理论》

---

① 朱光潜：《诗论》，生活·读书·新知三联书店，1984，第 5 ~ 6 页。
② 傅庚生：《中国文学批评通论》，商务印书馆，1946，第 214 页。
③ 周作人：《中国新文学的源流》，河北教育出版社，2002，第 17 ~ 18 页。
④ 朱光潜：《谈文学》，安徽教育出版社，1996，第 2 ~ 6 页。
⑤ 周作人：《中国新文学的源流》，河北教育出版社，2002，第 17 ~ 18 页。

一书。他认为，"古代中国原始主义的诗的观念，结晶在'诗言志'这句话中。它的字面意义是：'诗以言语表达心愿/心意'，可以活译为：' poetry express in words the intent of the heart (or mind)'。"在刘先生看来，所谓"原始的"，就是"最早的"，处于中国诗歌源头的。他还说："中国最早的诗歌观念似乎是原始主义的诗歌观念，诗是情感的一种自然表现"。或者说，他认为，"诗言志"作为古代中国原始主义的诗学观念，其实就是一种"早期的表现理论"。①

第六，政治说。1980 年，胡征先生在《诗义》一文中说："'诗言志'即是'诗言政'"。② 后来，陈伯海先生也说："我们对'诗言志'的意义似还可作较为宽泛的理解，即把它看作强调诗歌内容与社会政治的联系，就这一主题而言，'诗言志'的说法显然未曾过时，它同现代文论中'文艺与政治'的命题可以接上轨"。③ 这种观点既符合传统，又与"五四"以来的现代文论相一致。

第七，人民说。1984 年，谢文利、曹长青在其合著的《诗的技巧》一书中，结合当时的学术语境，对"诗言志"作了新的诠释。认为，"一切优秀的诗歌作品，都应该是时代的产物；一切优秀的诗人，都应该用自己的作品深刻地反映丰富的社会内容和当时的时代精神，这是'诗言志'的一个基本要求"。其关键所在是诗歌不仅要言"小我"之志，而且要"言人民之志"。所谓"言人民之志"，就是要表达"广大人民群众所普遍具有的反映了历史发展进程的感情、要求、意志和理想"。④ 其实，这个思想与唐人孔颖

---

① 刘若愚：《中国的文学理论》，田守真、饶曙光译，四川人民出版社，1987，第99～103 页。杜国清译本："意义"译为"意思"；"活译"译为"意译"。（江苏教育出版社，2006，第101 页。）

② 《人文》杂志编辑部：《文丛》（内部发行），人文杂志社，1980 年印刷，第35 页。

③ 《文学遗产》编辑部：《世纪之交的对话：古典文学研究的回顾与展望》，上海古籍出版社，2000，第304 页。

④ 谢文利、曹长青：《诗的技巧》，中国青年出版社，1984，第67～68 页。

达《毛诗序正义》中所说的意思基本接近。孔颖达说："其作诗者，道己一人之心耳，要所言一人心，乃是一国之心。诗人览一国之意以为己心，故一国之事系此一人使言之也"。不过谢、曹二人所言是仍有时代新意的。

第八，体系说。这个观点是由笔者提出来的。1989 年，笔者撰写了《"诗言志"的历史魅力与当代意义》一文，认为，诗言志，"这是三个内容异常丰厚的沉甸甸的诗学术语；这是一个揭示诗歌创作过程由志而言而诗的简明公式；这是一部将诗歌创作过程中三个重要阶段的丰富内容高度浓缩的诗学著作"。1993 年，笔者又撰写了《建构"诗言志"的理论体系》一文，从"诗言志"三字中开发出了"发生论、本质论、创作论、构成论、形态论、鉴赏论和功能论"的内容，建构了"诗言志"的理论体系。"这个理论体系本身就是笔者的一大发现"。①

第九，特色说。王文生先生旅居海外多年，精通中西诗学和文论。2001 年，他在《论情境·前言》中指出，"从历史来看，滥觞于'诗言志'的中国文学思想……是世界上历史最悠久、内容最丰富而又最具特色的文学思想"。那么，"诗言志"作为中国文学思想的"最早纲领"和经典命题，也应该是"最具特色的"。② 陈伯海先生也说，"'诗言志'的'志'确实是一个非常独特的范畴，它指思想，也含感情，而且不是一般的思想感情，特指一种积淀着社会伦理内涵、体现出社会群体规范的思想感情。这样一个范畴，在西方文论和我们的现代文论中还找不到恰切的对应物"。③ 就是说，"诗言志"是最具特色的中国古代文论范畴。

----

① 前文见于《社会科学战线》1991 年第 2 期；后文见于《古代文学理论研究》丛刊，第 18 辑，上海古籍出版社，1997。
② 王文生：《论情境》，上海文艺出版社，2001，第 1 页。
③ 《文学遗产》编辑部：《世纪之交的对话：古典文学研究的回顾与展望》，上海古籍出版社，2000，第 304 页。

总之，以上九种观点，基本上能够代表现代学者对于"诗言志"的新阐释、新开发和新拓展，也就是"诗言志"的现代转换的具体表现。无论将"诗言志"作为被阐释的对象，还是作为被引用的对象，都证明了它在现代的广泛存在。

三 "诗言志"与当代文学理论建设

前不久，笔者在西安召开的一次关于文学经典的学术讨论会上提出，"诗言志"产生的大致年代是殷商时期。① 那么，"诗言志"从殷商时期走到今天，至少说也有3000多年的历史了。请问："诗言志"是如何从3000多年前走到今天的呢？我的回答只有两个字："转换"！

具体说，这个"转换"经过了两个大的历史阶段，即"古代转换"阶段和"现代转换"阶段。在"古代转换"阶段，人们大多怀着"宗经"的情结，采用引用的方式传承（即转），采用阐释的方式发展（即换）。其主要成果是三个方面：一是将"诗言志说"一代代传承了下来；二是形成了关于"诗言志"的两个新的经典《乐记》和《毛诗序》；三是将"诗言志说"由诗拓展到了骚、赋、词、文、小说、音乐、舞蹈、戏曲、书法、绘画等文艺领域。尽管，这个阶段人们都很崇尚"诗言志说"，把它当作经典和信条来传承与拓展，但是这种工作主要局限于经学和诗学范围内。到了"现代转换"阶段，情况发生了大的变化，经学时代终结了，科学时代来临了。人们对于"诗言志"的兴趣，不再是经学的兴趣，而是诗学的、文论的和美学的兴趣。所以，人们不再满足于对"诗言志说"的引用和阐释，而是侧重于对"诗言志说"的专题研究和理论建构。因此，才出现了"九种观点"和众多的

① 2006年4月25日至28日，中国社会科学院《文学评论》编辑部与陕西师范大学文学院联合召开学术研讨会，讨论"文学经典的传承与重构"问题。笔者向大会提交的论文是《从"诗言志"的经典化过程看古代文论经典的形成》，并作了大会发言。该论文发表于《复旦学报》2006年第6期。

研究成果。

　　1983 年，赛义德写过一篇很有名的文章《旅行的理论》，"意在强调理论是从欧洲，尤其是法国和德国这两个国家'引进'到美国这样一个事实"。① 如果把"批评理论"的"引进"看作是空间上的"理论旅行"，那么"诗言志"从殷商时期发展到今天，则可以看作是时间上的"理论旅行"。在这个旅行过程中，"诗言志"沿着"转"与"换"两条线发展着，一条线是将"原始"的"诗言志"传承下来，另一条线则是与时俱进的发展着的"诗言志"。然而，这只是理论上的两条线，事实上两者是很难分清楚的。所以，在"诗言志"的理论旅行过程中，其总的趋势是"增值"的。也就是说，《尧典》的"诗言志"，不同于《乐记》的"诗言志"；而《乐记》的"诗言志"，又不同于《毛诗序》的"诗言志"。为什么？就是因为"诗言志"古代转换的结果。同样，闻一多的"诗言志"，不同于朱自清的"诗言志"；而朱自清的"诗言志"，又不同于刘若愚的"诗言志"。这则是"诗言志"现代转换的结果。所以，虽然说"诗言志"是 3000 多年前的十分古老的诗学思想，但它在今天并没有消亡，还依然存活在现代文论和批评的话语中。事实上，在现代文论和批评中，除了"诗言志"之外，还存活着大量的古代文论话语，诸如"神韵""意象""意境""性灵""结构"和"风格"等。这些都是"转换"的功劳。

　　因此，在当前的文学理论建设中，如何处理好古代文论与当代文论的关系，仍然是摆在我们面前的一个重要任务。在刚刚过去的一个世纪里，在中国现代文论的建设中，通过几代学人的艰苦探索和尝试，我们终于明白了一个道理。这就是：中国当代文论的建设，决不能走"全盘西化"的道路，也不能走"纯民族

---

① 〔美〕加布理尔·施瓦布：《理论的旅行和全球化的力量》，国荣译，刊载于《文学评论》2000 年第 2 期。

化"的道路，而只能走民族化的和中西融合的道路。其中，民族化的道路是前提，也是主要的。而要走好民族化的道路，就要以古代文论为重要的资源，继续做好古代文论的现代转换工作。在这方面，"诗言志"的古代转换与现代转换的成功经验，为我们提供了重要的借鉴。

第六章
意　境

第一节　"意境"范畴存活概述

　　"意境"一词最早出现于唐代,是王昌龄在《诗格》中提出来的。当时,他只是将"意境"与"物境"和"情境"并举。但是,由于后人的大量运用,"意境"范畴才大为流行,而"物境""情境"则很少有人再提起了。经过1300多年的发展,"意境"兼容了"物境""情境""情景"和"意象"等概念的内涵,逐渐演变成为一个中国传统文论范畴。尤其是经过梁启超和王国维等人的现代转换,"意境"范畴一直存活到了今天,成为我国现代诗学、文论和美学的重要范畴。

　　完全可以这样说,在中国传统文论话语中,"意境"是一个生命力最强、适用范围最广的文论范畴。目前,它不仅存活在中国现代诗学、文论与美学的各类教材、著作和论文中,也被广泛地运用在中国现代的诗歌、散文、小说、戏曲、电影、电视、音乐、舞蹈、绘画、书法、篆刻、雕塑、建筑、园林、摄影、盆景、工艺、服饰和广告等批评话语中。因此,"意境"成为一个"现代化"程度最高的中国传统文论范畴。它是古代的,也是现代的。在"意境"范畴中积淀着十分丰富的传统诗学、文论和美学的内容，成为中华民族审美心理的对应物，因而它也是一个最具有中国民族特色的诗学、文论和美学范畴。它是属于中国的，也是属于世界的。

第二节 现代语文视阈中的"意象"与"意境"

近 30 年来，国内学界谈论"意象"和"意境"的人很多，有从美学角度谈的，有从文学理论角度谈的，有从文学批评角度谈的，有从作品鉴赏角度谈的，也有从比较诗学角度谈的，等等。但是，却很少有人从现代语文教学的角度谈，本节就此做点尝试。所谓现代语文教学的角度，也就是只关注其知识和使用的角度。

一

"意象"有 3000 多年的发展史。先秦时期，在《尚书》《左传》《国语》《老子》《庄子》和《乐记》等典籍中就出现了"象"的术语。《易传》初步建立了"意"与"象"的关系，并奠定了其哲学基础。东汉初期，王充《论衡·乱龙篇》将"意"与"象"合铸为一个术语。齐梁时，刘勰首次将"意象"术语引入文学领域，使其成为一个文论范畴，标志着"意象"范畴的形成。唐宋以来，"意象"范畴被广泛地用于文艺评论中。

可见，"意象"是一个古老的范畴，其中积淀着非常丰富的历史信息，加之古人在运用"意象"时比较随意，缺乏精确的概念界定，于是"意象"又成为一个内涵复杂的范畴。要理解它，有两个关节点值得注意：其一，意中之象。这种意涵本原于《文心雕龙·神思》篇所说的："窥意象而运斤"。此"意象"是指作家正在构思、还未表达的内心表象；其二，达意之象。这种意涵本原于《易传·系辞上》所说的："立象以尽意"。"象"成为达"意"

的工具，成为"意"的载体。后来此"意象"是指已经表达在文艺作品中的艺术形象。

事实上，从语源学角度看，"象"是一个母范畴，"意象"只是其中的一个子范畴。此外，"象"还衍生出许多子范畴，诸如"物象""兴象""形象""景象""境象""气象"等。不过其中只有"意象"和"兴象"的使用率较高，影响也较大。"象"最早用于文艺领域是从《乐记》开始的，唐宋以降与"意象"并行于文艺评论中。实际上，文艺中的"象"就是"意化之象"，或者是"意中之象"。虽然不言"意"，其实"意"就蕴含在"象"之内了。这样说来"象"和"意象"在内涵上并没有多少区别，几乎是等义使用的。

在西方文论著作的中译本里，也大量存在着"意象"范畴。其实这些"意象"是对于英语"image"的意译，有三个基本意涵：其一，是指过去的经验表象在记忆中重现，是一个心理学层面的概念，类似于我国的"意中之象"，又译为"心象"；其二，是指文学作品中的艺术形象，类似于我国的"达意之象"，又译为"形象"；其三，是英美意象派的关键术语，是接受了我国汉字和古典诗歌影响的产物。前两个意涵的"意象"只是一种翻译，其实与我国的"意象"无关；后一个意涵虽与我国的"意象"有一些关系，但意象派的代表人物庞德其实并没有接触到我国的意象理论，而只是从我国汉字和古典诗歌中悟出了"意象"的存在和特点。所以，千万不要以为西方文论中也有与我国相同的"意象"范畴，其实两者是不大相同的。

二

与"意象"相比，"意境"稍显年轻些，但是也有2300多年的发展史。在《商君书》《庄子》等先秦典籍中，"境"只是一般术语，多指疆土范围。东汉时才成为一个文艺术语，如蔡邕《九势》以"妙境"论书法。后来，嵇康《声无哀乐论》以"甘境"

论音乐，刘勰《文心雕龙·隐秀》以"境玄"论文学。到了唐代，王昌龄《诗格》提出了"三境说"，其中就有"意境"术语，标志着"意境"范畴的形成。明清以来，"意境"被广泛地用于文艺评论中。

从语源学角度看，"境"也是一个母范畴，"意境"只是其中的一个子范畴。它与"物境""情境"等"同胞兄妹"一起，被"诗天子"（王昌龄的尊称）亲笔御封为诗神，分管着咏物诗、抒情诗和哲理诗。此外，"境"还衍生出许多子范畴，诸如"事境""实境""虚境""神境""化境""佳境""妙境""美境""诗境""词境""写境""造境""有我之境"和"无我之境"等等。如果仔细辨析，其中有些是本体层面的境（如"物境""情境""意境""事境"等），有些是创作层面的境（如"写境""造境""实境""虚境"等），有些是文类层面的境（如"诗境""词境""文境""曲境"等），有些是批评层面的境（如"妙境""佳境""神境""美境"等）。从使用频率看，"境"最高，其次才是"意境"。同样，"境"也是"意化之境"，或者是"意中之境"。所以，"境"即是"意境"。在现代社会，由于人们习惯运用"意境"术语，就使"意境"显得格外突出，成为所有"境"的"大共名"（荀子语）了。

那么，什么是意境呢？这是近百年来人们一直想说清楚但又说不清楚的难题。据统计，学术界对于"意境"概念的定义有20多种。为什么会有这样多呢？既有客观原因，也有主观原因。从客观方面看，古人对于"意境"概念没有严格的定义，运用时比较随意，各人的用法也很不一致。甚至除了"意境"术语之外，还将"境""情景""意象""境界"等作为"意境"术语用，衍生出许多处于同位概念的"别名"（荀子语）。再加之"意境"与"兴寄""神韵""意趣""韵味"等概念有些暧昧关系，就使"意境"显得更加难以理解。从主观方面看，各人阐释"意境"的方法不同，有"以古释古"的，有"以今释古"的，也有"以西释古"

的。加之处在学术创新的语境里，人们都想标新立异，自成一说。
这样以来，既促使"意境"研究繁荣，也造成了"意境"内涵的
泛化。笔者认为，既然"意境"是古代文论范畴，那么阐释时就
要充分尊重古人的意见。因此，笔者倾向于"以古释古"。近几年
来，笔者对于"意境"泛化现象做了一些清理的工作，并对"意
境"概念重新界定。所谓意境，就是情景交融、意溢象外和人与
自然审美统一的意象结构和美感形态。

三

现在，来谈谈"意象"与"意境"的关系问题。在古代文论
史上，对于"意象"和"意境"术语的使用，呈现出一团乱糟糟
的现象。但是，从上文简单梳理的情况来看，"意象"与"意境"
有各自独立的发展史，似乎不存在什么关系。其实不然。王昌龄在
首创"意境"范畴的那段文字中，就同时用了"境象"术语，不
久又用了"意象"术语。近人林纾在标题为《意境》的一节文字
（见《春觉斋论文》）中，与"意境"同时用了"景象"和"气
象"术语。所以，至少在他们两人看来，"意象"与"意境"是有
关系的。至于明清时许多人将"意象"当作"意境"使用，就更
能证明它们之间存在着关系了。

那么，"意象"与"意境"有什么样的关系呢？古人虽没有明
确地论述这个问题，但还是有所考虑的。现结合古代资料，谈谈笔
者的看法：

首先，谈"意象"与"意境"的不同点。如上文所说，"意
象"扎根于《易传》，萌生于《论衡》，形成于《文心雕龙》；"意
境"扎根于《庄子》，萌生于《九势》，形成于《诗格》，两者各
有渊源，各有自己的发展史。此外，两者最大的区别是"象"与
"境"不同。所谓"象"，即物象，指单个自然景物。旧题白居易
撰《金针诗格》云："象，谓物象之象，日、月、山、河、虫、
鱼、草、木之类是也。"所谓"境"，即众象，指由多个自然景物

构成的艺术图画。皎然《诗议》说"境"是"义贯众象"。王昌龄《诗格》说的"张泉石云峰之境",即指此"境"是由泉、石、云、峰四种意象构成的。清人蔡宗茂《拜石山房词抄序》说:"始读之,则万萼春深,百色妖露,积雪缟地,余霞绮天,一境也。再读之,则烟涛澒洞,霜飙飞摇,骏马下坡,泳鳞出水,又一境也。"可见此两"境"都分别是由众多意象合构而成的。所以,象单,境复;象小,境大;象是属概念,境是总概念。

其次,谈"意象"与"意境"的相同点。共有三点:一是两者都有"意"元素,而且都是"意"字当头,揭示了我国文艺抒情写意的民族特色;二是两者都是指称自然景物的审美范畴,揭示了我国抒情文艺的审美传统;三是两者都是主观(意)与客观(象、境)的审美统一,揭示了我国美学重视人与自然审美关系的审美精神。自古以来,我国文人就具有"模山范水,友风恋月"的自然情结。如明代文人钟惺编订的《胜境》、卫泳编辑的《闲赏》和吴从先的《赏心乐事五则》等,就是这种自然情结的最好见证。所以,歌德发现中国文学的特点是:"人与大自然生活在一起"。其实,这也就是"意境"的特点。

四

最后,回到解读笔者的"意境"定义上来,再顺便谈谈如何运用"意境"的问题。这个定义有三个关节点:一是"情景交融的意象结构"。"情景交融"是本于唐宋明清人的共同看法。这是"意境"的第一层要义,从文艺创作的角度,概括了我国抒情文艺的文本特征;二是"意溢象外的美感形态"。"意溢象外"是本于南朝宋以来人的共同看法。这是"意境"的第二层要义,从文艺欣赏的角度,概括了我国抒情文艺的审美特征;三是"人与自然审美统一",是笔者对于"意象""意境"和"情景交融"的理论概括。这是"意境"的第三层要义,从文艺批评的角度,概括了我国抒情文艺的美学特征。

那么，从语文教学的实际出发，如何判断文学作品有无意境？如何判断文学意境的优劣？

首先，"意境"的构成有"情"与"景"两个基本元素。判断文学作品有无"意境"，就要看它有没有"情"和"景"。两者都有，就是有意境；两者缺一，就是没有意境。其中自然景物（景、象）是很关键的元素。我国诗歌自古以来就具有"写景"的优良传统。《诗经》有"鸟兽草木之名"（孔子语），《楚辞》以写"云龙香草"见长。南北朝诗歌"窥情风景之上，钻貌草木之中"（刘勰语）。据统计，《唐诗三百首》有日72次，月96次，草42次，木51次，鸟31次；《花间集》有春203次，花155次，风131次，月125次，柳97次，雨74次，云68次，莺57次，燕47次，鸳鸯46次；等等。所以，黄宗羲《景州诗集序》说："以月、露、风、云、花、鸟为其性情，其景与意不可分也。"刘熙载《艺概·诗概》说："花鸟缠绵，云雷奋发，弦泉幽咽，雪月空明，诗不出此四境。"这些都是对意境特点的揭示。

其次，关于文学意境优劣的判断，有三条标准：（1）有无情、景；（2）情景是否交融；（3）有无象外之意。此三条都具备者为优，具备其中两条者为良，具备其中一条者为劣。如果此三条都不具备者，就没有意境可言了。根据这些标准就可以分析一切抒情文艺的意境了。如"红杏枝头春意闹"，是以景胜；"感时花溅泪"，是以情胜。此两句有情，有景，有交融（只是程度不同），故是状写意境的佳句。钟惺《唐诗归》评张若虚《春江花月夜》诗说："将春、江、花、月、夜五字，炼成一片奇光，分合不得，真化工手。"所以，这首"孤篇盖全唐"的诗就成为状写意境的精品。一般说来，意境大多表现在抒情作品中，当然叙事作品也是可以表现意境的。如《西厢记》写张生、莺莺看月时各有各的心情。金圣叹评云："字字写景，字字是人"；"写人却是景，写景却是人"。可见其意境是很美的。

第三节 意境与当代审美

本节主要从两个方面论述意境与当代审美的关系问题：其一，从历史与逻辑结合的角度，论述意境由诗学范畴向文艺学范畴和当代美学范畴转化；其二，论述意境在当代审美实践中的广泛应用。

一 意境作为当代美学范畴

首先，意境是一个中国古典美学范畴，这是我们讨论问题的前提。

目前，国内美学界人士普遍认为，意境是中国古典美学的一个范畴，而且是核心范畴。现在的问题是，这一观点在理论上能否成立？虽然表面看来这似乎不能成为一个问题，但却从未有人对此做过论述。实际情形只不过是你这样说，他也这样说，如此渐渐约定俗成而已。

关于意境是一个中国古典美学范畴的问题，我们可以从逻辑的角度和历史的角度加以论证。从逻辑的角度看，"美学"是舶来之物，在中国的发展也就是 100 年左右的时间。这说明，在中国古代是没有美学的，那么，意境又怎能成为中国古典美学的范畴呢？这似乎是个悖论，其实不然。美学作为一个学科，到现在也不过只有 250 年左右的历史。如果说中国古代没有美学，那么西方古代也同样没有美学。应该看到，美学学科的产生，是人类审美文化长期积累的产物。也就是说，鲍姆嘉登并不是偶尔心血来潮才创立了美学学科，而完全是历史赐予他的机遇。美学的产生是必然的，鲍姆嘉登不做这件事，还会有人来做的。在他的同时代，有许多学者对美的问题进行了专门的探讨，诸如英国学者荷迦兹的《美的分析》、休谟的《论审美趣味的标准》、法国学者狄德罗的《论美》、德国学者康德的《审美判断力的批判》，等等。再说，如果没有笛卡儿、斯宾诺莎、莱布尼兹和沃尔夫的哲学研究作为基础，也就不会有鲍姆嘉登的《美学》。特别是沃尔夫对鲍氏的影响更大。他"就想到在沃尔夫的逻辑学，即清晰的认识方法前面增添一门更在先的科学，即感觉的或朦胧的认识方法，叫做'埃斯特惕克'。"① 所以，西方美学就不能狭隘地指鲍姆嘉登以后的美学，也包括他以前的许多时代的美学。正因为如此，鲍桑葵的《美学史》就从"苏格拉底时代"写起，并声明他是写一部"审美观念史"，或者说写一部"审美意识的历史"，"而不是一部美学家的历史"。② 俗话说："爱美之心，人皆有之"，西方人爱美，有审美意识，那么中国人也是如此，这就好比西方人会吃饭，中国人也会吃饭一样简单。尽管有西餐和中餐之别，但一样是吃饭。只要翻阅中国古代的文化典籍，大量谈论美和美感的文字就会纷纷扑面而来。这是客观存在着的事实。即使对中国美学抱有偏见的鲍桑葵，也不得不承认"这种审美意识"③ 的存在。所以，无论在古代西方，还是在古代中国，都大量存在着关于"美"的意识、观点和理论。审美是人类共同的心理需求和普遍的文化现象，也是人类文明结构中的基本内容。这些古已有之的关于"美"的意识、观点和理论，是形成美学学科的渊源和基础。正因为有了前者，才会出现后者。后者是美学，那么前者也应该是美学，是一种"前美学"或"潜美学"。尽管西方有西方形态的美学，中国有中国形态的美学，但两者都是美学，这是毫无疑问的。

　　既然中国古代也存在着一种"潜美学"④，那么接下来的问题就是"意境是不是中国古典美学的范畴"了。"意境"一词最早出现在唐代诗学领域，宋元以后扩展到文艺学领域，是古代中国人审美意识、审美趣味和审美理想的高度集中的凝聚。而且，从逻辑的

---

① 〔英〕鲍桑葵：《美学史》，张今译，商务印书馆，1985，第 240 页。
② 〔英〕鲍桑葵：《美学史》，张今译，商务印书馆，1985，第 5 页、第 6 页、第 2 页。
③ 〔英〕鲍桑葵：《美学史》，张今译，商务印书馆，1985，第 2 页。
④ 古风：《〈诗经〉的潜美学思想》，载《人文杂志》1988 年第 5 期。

深层看，意境的产生和发展，还有一个"天人合一"的哲学基础和一个"观物取象""借景抒情"的民族审美心理基础，是情景交融、人与自然审美统一的产物。所以说，意境是中国古典美学的范畴，从逻辑上是能够成立的。

当然，这还需要从历史的角度加以论证。从历史的角度看，意境不仅有一个自身孕育、产生和发展的历史，而且还关涉中国人审美意识、观念和理论的美学史，甚至关涉更为宽泛的审美文化史。这是一个十分复杂的学术问题，需要专门研究。这里要说的是，意境从作为诗学范畴、文艺学范畴到美学范畴，不仅有一个逻辑的转化问题，还有一个历史的发展问题，两者是结合在一起进行的。从逻辑的转化来看，意境最早是一个诗学范畴。司马光《赵朝议文稿序》云："言之美者为文，文之美者为诗。"梁启超《中国之美文及其历史》也认为，诗是"人类好美性"的表征。由此可见，诗便是"美文"，是"人类好美性"的艺术显现。季札观乐，一连用了 11 次"美哉"的审美判断，就是最好的证明。诗是中国人最重要的审美对象之一，因而诗学精神也就是美学精神。意境作为中国人诗学审美意识上升到观念和理论高度的产物，由诗学范畴转化为美学范畴，便是自然而然的了。从历史的发展来看，意境在唐代到宋元时期，主要是诗学范畴；宋元以后到近代，则转化为文艺学范畴，即在诗、词、曲、文、小说、音乐、绘画、书法和园林等领域都得到广泛的使用。① 近代以来，随着西方美学的引入和中国美学的建构，意境就再由文艺学范畴转化为一个美学范畴了。这种转化在梁启超和王国维那里就基本完成了。

其次，我们要讨论的问题是，意境也是一个中国当代美学的范畴。中国现代美学还只是一种处于启蒙状态的美学，即主要是对于西方美学的翻译、介绍和模仿，或者说是"以西方美学为美学"。

---

① 如清代书法家周星莲在其《临池管见》一书中认为，书法作品应是由"置物之形"与"输我之心"相结合的产物，因而能"于洒落处见意境"。

中国现代美学还没有自立门户，只是西方美学的学生。因此，意境在中国现代美学中还没有确立其地位。尽管宗白华先生于 1936 年在《妇女月刊》第 6 卷第 5 期上就发表了那篇著名的意境论文，但目的只是"对旧文化的检讨"，并"给予新的评价"。① 这只是对中国古典美学范畴（如意境等）的现代阐释和转化，还不属于真正的中国现代美学建构。发表于 1937 年的张其春的《中西意境之巧合》和周振甫的《抒情与境界》也是如此。中国当代美学，特别是进入 20 世纪 80 年代以来的中国美学研究，才开始尝试着建构中国自己的美学体系。也就在这时，意境才逐渐成为中国当代美学的一个重要的范畴。这大概是从李泽厚先生开始的。1957 年，他在《"意境"杂谈》一文中明确指出，意境"仍然是我们今日美学中的基本范畴"。但在中国当代美学界真正确立起这种观念则是 20 世纪 80 年代了。诸如蓝华增的《意境——诗的基本审美范畴》（1981）、潘世秀的《略论意境说的美学意义》（1981）、张少康的《论意境的美学特征》（1983）、陈伟的《试论艺术意境的美学性质》（1984）、郭东培的《意境的审美模糊性》（1986）、张文勋的《论"意境"的美学内涵》（1987）、李元洛的《从中西美学思想的比较看"意境"》（1987）和郁沉的《意境的审美特征与创造规律》（1990），等等。这一系列论文表明，当代学者不仅确立了意境美学范畴的观念，而且将它作为当代美学中的重要问题来研究。特别是在当代文艺理论和当代美学理论体系的建构中，都把意境范畴当作一项重要的内容。诸如在当代文艺理论方面，有黄世瑜主编的《文学理论新编》（1986）和童庆炳主编的《文学理论教程》（1992）；在当代美学理论方面，有杨辛、甘霖的《美学原理》（1983）和丁枫、张锡坤的《美学导论》（1986）；在当代部门美学理论方面，则有肖驰的《中国诗歌美学》（1986），金学智的《中国园林美学》（1990）和胡经之的《文艺美学》（1989）等。将意

---

① 宗白华：《艺境》，北京大学出版社，1987，第 150 页。

境范畴纳入中国当代美学体系之中，这是中国传统美学资源开发和现代转换的成功范例，也是中国当代美学自立门户、创构体系的一个良好开端。

二 意境与当代审美实践

蔡元培先生说："中国人是富于美感的民族。"① 这说明中国人很重视审美实践。虽然中国人不像擅于思辨的德国人那样为人类创立一门美学，但中国人的这种"富于美感"，也许更接近于"美学"，或者说是一种名副其实的"美学"，而不是德国人的那种名不副实的"感性学（Aesthetik）"。从原始彩陶、敦煌壁画到明清园林，从锦衣绣服、红木家具到雕梁画栋，大到长城、故宫，小到扇子、耳坠，都能够看到这些饱经沧桑的美感的存在。至于历代文献典籍中所记载的美的观点、思想和理论，则是多不胜举。中国人审美的太阳，普照在日常生活的方方面面，这种审美文化的传统一直延续到当代。所以，虽然经历了近代、"五四"和新时期三次西方美学的洗礼，但是中国当代审美实践仍然与传统审美文化一脉相承。正是由于这个原因，中国传统美学范畴之一的意境，不仅在当代美学理论体系的建构中占有一席重要地位，而且在当代审美实践领域得到了广泛的应用。

1. 诗

大庆诗人柳迎彬有一组诗名是《意境后面的风》，分别由"月落乌啼""无边落木""清明时节"和"野渡无人"② 四首诗构成，是对唐诗意境的现代重写。

2. 散文

当代诗人、评论家龙彼德说："焦菊隐的《槐香》的成功就在

---

① 蔡元培：《蔡元培美学文选》，北京大学出版社，1983，第 181 页。
② 载《延安文学》1996 年第 1～2 期合刊本，第 145 页。分别是唐代诗人张继《枫桥夜泊》、杜甫《登高》、杜牧《清明》和韦应物《滁州西涧》的名句。

于意境。""我、失意人、槐花三者融为一体，达到了情景交融、虚实相生的地步。"①

3. 小说

陆文夫《漫话情节》说："现今的小说有了很大发展……有的简直谈不上什么故事，只是一种意境，一种感受而已。"王蒙说："还有许多抒情性强的小说，其主要追求不在塑造人物，而在创造意境、情趣。"何立伟也说："我以为短篇小说很值得借镜它（引者按：指古典诗词特别是唐人绝句）那瞬间的刺激而博取广阔意境且余响不绝的表现方式。"②

4. 戏曲

当年，梅兰芳偶尔在朋友家里看到一幅《散花图》，引起了创作的灵感。后来，他与朋友们一起参考了许多木刻、石刻和敦煌壁画，创作了戏曲《天女散花》。他说："当演员（引者按：梅兰芳扮演天女）在台上表演的时候，要使观众有同样的感觉，就需要把绸带舞起，才能有飞翔的意境。"当关羽面对江水，深情唱到"好似当年英雄血一般"时，便是戏曲《单刀会》的"意境的所在"。③

5. 电影

剧作家谢逢松认为："意境是电影的灵魂"。韩尚义也认为，在当今电影美术设计中，应重视意境的创造。④

6. 音乐

在声乐上，各地的民歌都生动活泼，富有情趣和意境。特别是流行于山西河曲、保德、偏关和陕西府谷、神木一带的山曲，"在意境上也较辽阔、深远"。而器乐曲，"则往往利用联觉构成分外美妙的意境"。"如《高山流水》，便将对崇高的追求，转化为对意

---

① 龙彼德：《散文诗艺术技巧100种》，华夏出版社，1998，第246页。
② 转引自蒲震元的《中国艺术意境论》，北京大学出版社，1995，第65页。
③ 梅兰芳述、许姬传记《舞台生活四十年》第3集，中国戏剧出版社，1981，第49页；薛宝琨：《怎样欣赏戏曲艺术》，花山文艺出版社，1987，第136页。
④ 蒲震元：《中国艺术意境论》，北京大学出版社，1995，第67页。

境的向往"。①

7. 舞蹈

当代著名舞蹈理论家吴晓邦先生认为，"舞蹈是一种由对客观事物的情感而引起的，又通过想象产生意境和形象的一门艺术。""舞蹈家必须塑造好形象，从凝聚情感去产生出舞蹈意境来。"②

8. 绘画

北宋画家王诜的《渔村小雪图》，"构图严谨，笔墨精练，气象浑成，意境深远。"现代画家徐悲鸿的《牧童》，"一个小孩牵着水牛，站立在水草丛生的地方，"远处"是一片空白"，留下了令人遐想的"意境"。③

9. 书法

"书法在创作时，要求诗文意境与笔墨意境之间相吻合。""金冬心的漆书的笨拙平实与郑板桥的六分半书的欹侧佻达，不啻也反映出了两人心目中各别的韵趣标准，因而他们的意境也就判若宵壤了。"④

10. 篆刻

"意境是篆刻美学中的一个重要范畴"。"如吴昌硕的'明月前身'朱文印，是他六十六岁时怀念其未婚妻的作品……用小篆朱文，留空较多，表现了清秀、娟美之姿，明月皎洁、清朗之意和恬静、幽深之境。加之边壁之造象，也是以婉转、娟秀之线和大块空白之景，铸成与印面同样的意境，显得很谐调一致"。⑤

11. 雕塑

中国古代雕塑家受传统美学思想的影响，把意境视为雕塑艺术

---

① 郭兆胜：《乡韵悠悠——中国优秀民歌赏析》，天津人民出版社，1997，第85页；叶纯之、蒋一民：《音乐美学导论》，北京大学出版社，1988，第72页、第190页。
② 吴晓邦：《舞蹈新论》，上海文艺出版社，1985，第1页、第85页。
③ 郑重：《美术欣赏》，四川人民出版社，1986，第150页、第57页。
④ 陈振濂：《书法美学》，陕西人民美术出版社，1993，第179页、第176页。
⑤ 刘江：《篆刻美学》，中国美术学院出版社，1994，第63页、第66页。

的生命，"而形体只是为了更好地表达意境"。如"霍去病墓石雕，以简练的轮廓线刻，传达无尽的意境，逸笔草草，尽得风流。"①

12. 建筑

"从美学上讲，建筑以造型美、色彩美和意境美满足人的视觉享受。"中国传统建筑是最讲究意境美的。"自东晋以后，在建筑处理上渐渐重视空间的艺术处理，如纡余委曲，如含蓄、意境之类。到了唐代，便沿着这种建筑艺术方向发展，把建筑与园林相结合，并运用其他艺术门类的意境，所谓'诗情画意'，来丰富建筑艺术"。如天坛建筑群就是这样。"皇帝在每年冬至要到圜丘来祭天。由于这个仪式似向天帝'报告'，所以在建筑上要象征出皇帝（天子）和天帝之间的'直接'会面的意境。"②

13. 园林

当代著名园艺大师陈从周先生说："文学艺术作品言意境，造园亦言意境。……园林之诗情画意即诗与画之境界在实际景物中出现，统名之曰意境。""造园一名构园，这其中还是要能表达意境。"他批评上海淀山湖"曲水园"竹子种得太少，劝园林工作者体会一下杜甫"名园依绿水，野竹上青霄"的意境。③

14. 盆景

"意境是盆景作品的灵魂。没有意境或意境浅薄的作品是没有生命力的。因此，在盆景造型之前，首要的问题是确定意境。""有人认为盆景是园林、绘画、文学等艺术的结晶"，"故在盆景中表现出的意境又是复杂多样，千变万化的。"所以，"为盆景确定一个好的景名，可以点明境界，突出情感内容，深化意境。"④

---

① 古今：《雕塑造型与装饰鉴赏》，中国致公出版社，1994，第5页、第2页。
② 鲁斌：《20世纪大建筑》，21世纪出版社，1993，第68页；沈福煦：《建筑艺术文化经纬录》，同济大学出版社，1989，第93页、第131页。
③ 司马玉常选《陈从周天趣美文》，广东人民出版社，1999，第56页、第134、第138页。
④ 潘传瑞：《盆景造型艺术》，四川科学技术出版社，1986，第33页、第36页、第37页；邵忠：《中国盆景技艺》，上海科学技术出版社，1993，第208页。

15. 摄影

自然风景的摄影作品更能够表现出意境。诸如，"在摄影艺术创作中，风的表现有助于动感、气象、意境的渲染。""在风景摄影中，雾经常被运用到画面之中，或美化画面，遮挡掉一些不必要的景物；或构成意境，产生朦胧含蓄之美。""摄影师们常常将云与景相联系，表现某种意境、情思或气氛。""在以群山为拍摄对象的作品中，意境的表达，要求作者选择富有审美价值的山景局部为画面内容。"①

16. 服饰

中国的服饰"不着眼于突出人体的外形，它在造型方面就取得了更广阔的回旋余地，使种种服装造型为意境服务，这就是中国的写意服饰艺术体系。""写实的服饰也能反映出某种意境，但它以人体美为前提；写意的服饰也能创造出体态的美，但它着力追求的是意境。"②

17. 雨花石

藏石界普遍认为，"若能集质、色、纹、形之美于一石，出图像，出意境之石，当更属上乘。""石上的画面符合诗的意境，以诗句命名者称诗趣。""魏毓庆珍藏一枚'清晖玉臂寒'，冷月西斜，少妇沉思，意境幽深。""在南京雨花石协会成立十周年纪念展出时，纵光出一石，有月亮如有晕，端圆晶透，意境不凡。"③

从以上所列举的众多资料中，可以看出"意境"范畴已被广泛地使用于当代审美实践活动中。也许各人的意境观念不尽相同，但这并不妨碍"意境"范畴的使用和交流。这对于进一步开发和

① 高琴：《图说景物摄影》，福建科学技术出版社，1995，第3页、第15页、第22页、第36页。
② 张雪扬：《服饰艺术与美》，重庆出版社，1987，第43页、第44页。
③ 池澄：《雨花石谱》，南京出版社，1995，第148页、第240页、第250页、第252页。

利用传统美学资源具有示范性意义。还值得一提的是季素彩、朱金兴等人对"幽默意境"做了开发性的研究，并认真辨析了幽默意境与其他喜剧意境诸如讽刺意境、滑稽意境的细微差别。[①] 这是传统意境理论在当代审美实践中的新发展。这充分说明，意境作为传统美学范畴，不仅成功地走向了中国当代的审美实践和美学理论，其活力、生命力和建构力都异常旺盛，而且正在走向世界。[②] 只要我们以开放的胸怀，以世界的眼光，去开发利用传统美学的资源，走中国人自己的美学之路，中国美学的前途就一定是光明的！

第四节　意境理论的现代化

意境虽然是中国古代文论和美学的核心范畴，但它并没有随着中国古代史的终结而终结，而是一直存活到了现在，且保持着愈来愈旺盛的生命力。正如钱锺书先生说的，它"埋养在自古到今中国谈艺者的意识田地里，飘散在自古到今中国谈艺的著作里，各宗各派的批评都多少利用过。"[③] 这便是意境发展的实际情形。从梁启超的"新意境说"，到王国维的"境界说"，便拉开了意境理论现代化的序幕。随后，从宗白华、朱光潜和李泽厚的意境研究，到20世纪80年代以来的"意境热"，经过我国文论和美学界广大学人的百年奋斗，意境理论已基本上现代化了。[④]

意境理论的现代化有三种情形：一是以现代的眼光、现代的意识和现代的方法，从中国古代文论和美学的角度，来研究意境：或

---

① 季素彩、朱金兴等：《幽默美学》，河北教育出版社，1997，第386页、第403页。

② 古风：《意境理论的现代化与世界化》，载《中国社会科学》1998年第3期。

③ 钱锺书：《中国固有的文学批评的一个特点》，《钱锺书散文》，浙江文艺出版社，1997，第390页。

④ 古风：《现代意境研究述评》，《社会科学战线》1997年第2期。

对意境原始资料进行梳理、类编和校注；或对意境范畴术语进行新的阐释；或研究古代文论家的意境思想；或研究古代文艺作品中的意境呈现形态；或溯源探流、建构意境发展史；或从哲学、美学、佛学、文化学、文艺学、心理学和教育学等不同学科的角度研究意境；或运用比较的方法、系统论方法、符号学方法和模糊数学方法来研究意境；等等。有些学者还以现代文艺学科为参照，建构了意境学科体系，形成了"意境学"的新学科。二是以现代文论和美学为参照，给意境范畴注入了现代的血液，并将它建构在现代文论和美学体系之中。20 世纪 30 年代，老舍先生将意境范畴和司空图、严羽、王夫之等人的意境观点，引入《文学概论讲义》之中。40 年代，朱光潜先生在《诗论》中，专列一章谈"诗的境界"问题。这是最早将意境范畴引入现代文艺学科建构所做的努力。进入 80 年代以来，大大加快了意境理论现代化的步伐：或将其建构在当代文艺理论体系中，如黄世瑜的《文学理论新编》和童庆炳的《文学理论教程》等；或将其建构在当代美学理论体系中，如丁枫、张锡坤的《美学导论》和杨辛、甘霖的《美学原理》等；或将其建构在部门美学理论体系中，如肖驰的《中国诗歌美学》、金学智的《中国园林美学》和胡经之的《文艺美学》等。三是将意境作为现代文论和美学的一个术语，广泛地用于中国古代文艺、现当代文艺和外国文艺的研究、赏析和评论领域。蓝华增先生在他的《意境论》一书中，不仅用意境论赏析了唐代诗人李商隐的《锦瑟》和《夜雨寄北》的意境美，同时也赏析了艾青的《太阳》和陈继光的《谜语》的新诗意境，而且还用大量的篇幅论述了当代藏族诗人饶阶巴桑诗歌意境的创造问题。蓝华增先生旨在探讨"意境说的古为今用的问题"，[①] 是一个意境理论现代化的成功范例。对于意境理论现代化的追求，是当代创作界、批评界和理论界的一种普遍的心理趋向。在这里，有艾青、郭小川、贺敬之对新诗意境的论述，有杨朔、刘

①　蓝华增：《意境论》，云南人民出版社，1996，第 315 页。

白羽对散文意境的论述，有张庚对戏曲意境的论述，有李可染对新国画意境的论述，有陈从周对园林意境的论述，也有韩尚义等人对电影意境的论述，等等。80 年代以来，在"淡化情节"的背后，是陆文夫、宗璞、王蒙、何立伟对于小说意境的营造。① 此外，意境术语也被广泛地应用在报告文学、童话、民间文学、音乐、舞蹈、雕塑、建筑、书法、工艺和盆景等文艺的鉴赏中。

意境理论的现代化，就是意境范畴的现代转换。转即通，是对传统意境论的继承；换即变，是对意境论的发展。但重点是后者，即将现代的新思想"化"入意境论之中。那么，"化"入意境论中的新思想是什么呢？要搞清楚这个问题是困难的。这不仅因为时间长，研究者众，成果多，难以概括；还因为"所有的文化，本国的，外国的，过去的，现在的，像洪水般灌进我们的头脑"，② 给研究工作带来了复杂性。大概说来，"化"入意境论中的新思想，有两个方面：

其一，以现代思想"重写"传统，并在传统意境论的基础上增值和发展。如李渔认为，意境"不出情景二字，然二字亦分主客。情为主，景是客"（《窥词管见》）。王夫之、吴乔、王国维也持这种看法。在现代意境研究中，持这种看法的人很多，其代表人物是李泽厚先生。

他认为，意境是"生活形象的客观反映方面和艺术家情感理想的主观创造方面"③ 的统一。他用哲学反映论和艺术形象说阐释意境，并强调其创造性特点，还扩展了"情"与"景"的内涵，使意境的概念更为丰富、明确和科学。再如鹿乾岳认为，意境有内外之分，"神智才情，诗所探之内境也；山川草木，诗所借之外境也"（《俭持堂诗序》）。谢榛、陈匪石等人也持这种看法。在现代

---

① 蒲震元：《中国艺术意境论》，北京大学出版社，1995，第 65 ~ 67 页。
② 〔法〕丹纳：《艺术哲学》，人民文学出版社，1963，第 98 页。
③ 李泽厚：《美学论集》，上海文艺出版社，1980，第 326 页。

意境研究中，也有人以此为基点来阐释意境。如刘若愚先生认为，意境是"生命之外面与内面的综合"。所谓"外面"，"不只包括自然的事物和景物，而且包括事件和行为"；所谓"内面"，"不只包括感情，而且包括思想、记忆、感觉、幻想"，[①] 发展了前人的观点。又如方士庶认为，意境有虚实之分，"山川草木，造化自然，此实境也；因心造境，以手运心，此虚境也"（《天慵庵笔记》）。这种看法自皎然和司空图以来也很普遍。在现代，蒲震元先生就是以此为逻辑出发点研究意境的。他认为，"意境创造表现为实境与虚境的辩证统一"；"意境是特定形象与丰富的象外之象和言外之意的总和"。[②] 其中"化"入了辩证法和形象说的现代思想。

其二，以西方现代文艺美学思想来阐释意境，给传统意境论注入外来血液，使现代意境研究产生了重大的变革。梁启超所追求的"新意境"，就是"欧洲之真精神、真思想"（新意），与欧洲的物质文明（新境）的统一，其实质是"欧洲意境"。王国维站在中西文化的交汇点上，以邵雍和叔本华的哲学思想来阐释意境，给传统意境论赋予了一个现代思想体系的框架。朱光潜先生以克罗齐的"艺术即直觉"论阐释意境。认为，意境"是用'直觉'见出来的"，是"情趣与意象的融合"。[③] 在这种阐释的背后，弥漫着传统"情景说"和尼采、叔本华、博克、里普斯的影响。进入 20 世纪80 年代以来，还有用西方"形象说""典型说""意象说""模糊说"和接受美学等观点来阐释意境的。意境范畴里"蕴含有理论的金块"（刘若愚语）。这些现代淘金者们虽然用的思想武器各异，但目的却是相同的，即借石攻玉，以"西来意"为"东土法"（钱锺书语），使意境理论现代化。

意境理论现代化的最高理想是对意境范畴的重构。由于篇幅所

---

① 刘若愚：《中国诗学》，台湾幼狮文化公司，1977，第 144 页。该书大陆版，河南人民出版社，1990，第 113 页。文字翻译不同。

② 蒲震元：《中国艺术意境论》，第 14 页、第 20 页。

③ 朱光潜：《诗论》，生活·读书·新知三联书店，1984，第 48 页、第 58 页。

限，这里省去论证，只直陈己见。笔者认为，意境范畴的重构，主要有两个方面：

一是净化范畴。近代以前，在意境术语的运用上，有情景、境、情境、事境、意境、境界等。黄维樑先生说："情景也好，情境也好，意境也好，境界也好，名虽有别，其实则一。"① 这好比一个人起了许多名字，使用起来混乱且不说，还会掩盖此人的本来面目。这种以多种术语指称一个范畴的"杂语同名"现象，是历史形成的。其实，每个术语都有各自的义域圈，相同之处并不很多，于是就导致了意境范畴的泛化，引起了文艺理论和批评的混乱。在现代文艺批评中，意境术语的运用逐渐聚焦在"意境""境"和"境界"之上。请看表 6-1 中的一组统计数字：

表 6-1　当代意境术语的运用状况

作　者	作　品	意境	境	境界	评论对象	出处
俞兆平	《二元构合中的诗心与诗艺——论香港新诗的特质》	3 次	3 次	1 次	诗	《文学评论》1997年第 4 期
叶嘉莹	《论苏轼词》	12 次	2 次	3 次	词	《文学探讨撷英》（上），1998 年
冯健男	《废名的小说艺术》	6 次	3 次	2 次	小说	《文艺理论研究》1997 年第 3 期
卢新华	《读刘巨德的水墨画》	14 次	7 次	23 次	画	《名作欣赏》1996年第 3 期

这三个术语皆来源于佛教内典。唐释道世《法苑珠林·摄会篇》中有"意境界"一词，是佛教"六根境界"之一。

在现代意境研究中，最为夹缠不清的是"意境"和"境界"的关系，不知人们为此费了多少口舌，打了多少笔墨官事。其实，"境界"的词义和操作域多限定在"范围""境地""程度"和

---

① 黄维樑：《中国古典文论新探》，北京大学出版社，1996，第 100 页。

"水平"之上，几与"意境"无涉。所以，今后不再将它作为"意境"术语使用。至于"境"则可看作是"意境"的简称。如艺术意境简称为"艺境"，诗歌意境简称为"诗境"，奇妙意境简称为"妙境"等。因此，"境"与"意境"便可以看作一个术语。这样，我们就达到了净化意境范畴的目的。

二是明确特点。意境有四个基本特点：一为"情"。"意"中有意、理、情，"情"为核心，意、理皆须带情韵以出，故有抒情性。二为"景"。"境"中有人、事、景，"景"为核心，人、事亦须依景象（自然景物的形象）而生，故有写景性。三为"虚"。言外之意，情外有韵，景外有景，象外有象，境外有境，以少总多，以实求虚，故有虚灵性。四为"美"。意境中的意、理、情和人、事、景皆须美化，经作者灵光照耀，达到审美融合，成为艺术整体，故有审美性。其中，情、景、美是构成意境的基本因素，三者缺一，就没有意境可言。传统意境论认为，情景交融，即有意境。应该指出的是，这不是一般的交融，而是审美交融。如果离开了主体审美灵光的照耀，即使情景交融，也不能算是有意境。这是意境的基本层面。由"X 外"虚境系列所构成的结构层面，是意境的超象层面。蔡嵩云说："境贵曲折"（《柯亭词论》），就是意境的多层结构，多则曲，曲则多，才有意味无穷之美。

因此，通过这样两个方面的工作，即净化范畴和明确特点，我们就能够将"意境"的内涵和操作，由混乱导入井然，由无序引向有序，从根本上治理"意境"的泛化现象。

第七章
美

第一节 "美"范畴存活概述

在我国早期的甲骨文和金文中就有"美"字。虽然,我国汉字与时俱进,代有变化,经历了甲骨文、金文、大篆、小篆、隶书、楷书、繁体、简体等演变,但是却数千年一直延续下来。全世界古代文字能够如此传承和存活到今天的,恐怕就只有我国汉字了。这是人类文字史上的伟大奇迹!从甲骨文"美"字到现代简体汉字的"美"字几乎没有多少变化。这是我国古代"美"范畴能够存活至今的主要原因之一。

在我国上古早期文献中,就有十分丰富的谈"美"资料。诸如《周易》的"美""美利"等,《诗经》的"美人""美目"等,《山海经》的"美玉""美桑"等,《论语》的"尽美""五美"等,《老子》的"美言""美行"等。季札以"美"论乐,孔子以"美"谈诗,到了齐梁时期又出现了"美文"概念。因此,这些谈"美"范围已经涉及了自然美、社会美和艺术美等审美对象。这些古代关于"美"的观念和思想也一直传承和延续到了今天。后来,西方美学传入之后,更加激活了古代的美学观念和思想。这是我国古代"美"范畴能够存活至今的主要原因之二。

　　总之，我国虽然没有发明美学学科，但是却具有十分丰富的审美思想和十分悠久的审美传统。"美"范畴主要是通过这个审美传统一直存活至今。西方美学作为外来的文化因素，只是起到了辅助的作用。

第二节　羊女为美：对"美"的另一种解读

　　中国古代人原初的审美观念是什么？人们从对汉字"美"的字源学分析中，提出了"羊大为美"和"羊人为美"两种观点①，在当今美学界颇为流行。笔者认为，此两说确有道理，也能够说明一些问题。但是，中国古代原初的审美观念是一个十分复杂的问题，仅仅靠此两说是不够的。其实还有一说应引起我们的注意，这就是近人马叙伦提出的"羊女为美。"笔者接着马氏的观点说，即由"羊女为美"的字源学观点出发，结合考古与文献，从历史与逻辑的演进中，推导出和论述了"以女色为美"的原初审美观念，对中国古代原初审美观念问题进行了新的探讨。

　　马叙伦在《说文解字六书疏证》一书中指出："（美）字盖从大，羊声……（美）盖媄之初文，从大犹从女也"。② 在马氏看来，"羊"只是读音，没有意义，"美"字涵义主要与"大"有关。他也认为，这个"大"是"人"，而且是"女人"。因为，"美"是"媄"的初文。许慎《说文解字》云："媄，色好也，从女，从美"。所以，这还不是一般的"女人"，而是"美女"。也就是说，中国古代的"美"的观念本源于观赏有姿色的美女。因此，

<hr/>

① "羊大为美"是由宋人徐铉提出的观点。他在《校定说文解字》"美"字条下说"羊大则美"。"羊人为美"是由淮阴师范学院萧兵教授提出的观点。他在《从"羊人为美"到"羊大则美"》一文中认为，"'美'的最古解释是'羊人为美'"（《北方论丛》1980 年第 2 期）。

② 马叙伦：《说文解字六书疏证》（第二册），上海书店出版社，1985，第 119 页。

笠原仲二先生说："马氏把所谓'色'——美人所给予的美的感受性，看作是中国人原初的美意识形成的一个重要契机。"① 由于马氏在表述上不是很明确，因而这个观点没有引起美学界人士的重视。

那么，如果再深究一步，"美"与"美女"的什么有关呢？许慎《说文解字》云："媄，色好也"，即"美"与"女色"有关。这样我们从古人留下的字源学资料中，就推演出"以女色为美"的观点来了。这是一种能够反映中国古代人原初审美观念的重要思想。

其实，这是一种十分古老的观念。甲骨文"色"写作"𦥯"，左边是一个男人，右边是一个怀有身孕的女人。可见"色"的原始本义与"性"和"生育"有关，而"性"和"生育"在早期人类看来是一件很神圣的事。所以，甲骨文中的"色"字大多用作神祇名和祭祀名。② 这一点还可以从后来的"色"字篆文写法中得到证实。许慎《说文解字》中"色"的篆文写作"𢒸"。有趣的是，甲骨文"色"字中的一男一女取"背靠背"的并列姿势，但到了篆文中却变成了"男上女下"的重叠姿势，性事活动形象历历在目。《周易》的"咸"卦（䷞）也是一个很好的旁证。它由"兑"卦（☱）和"艮"卦（☶）上下重叠而成。"兑"为少女之卦，"艮"为少男之卦。如将"咸"卦（䷞）放成横的看，为男女并列之象，与甲骨文的"色"字相似，为"求爱"之象。尚秉和释云："少女在前，少男在后，而艮为求"，即少男向少女求爱。如《诗经·关雎》："窈窕淑女，君子好逑"之意。如将"咸"卦（䷞）放成纵的看，则为男女重叠之象，与篆文"色"字相似，为"作爱"之象。程颐《周易程氏传》云："男志笃实以下交，女心悦而上应"。因此，韩康伯《周易注》云："柔上而

---

① 〔日〕笠原仲二：《古代中国人的美意识》，魏常海译，北京大学出版社，1987，第4页。
② 崔恒昇编著《简明甲骨文词典》，安徽教育出版社，2001，第250页。

刚下，感应以相与，夫妇之象，莫美乎斯"。这是以少男少女的
性事为"悦"（"兑"卦为"悦"）为"美"。[1] 可以想象，当时人
对于"性"的感受首先是快感（包括生理快感和心理快感），其
次才是神秘感和神圣感，也即是原始道德感。在只知其母而不知
其父的母系社会，女性是性事活动的主导者，也是生命的孕育和
子女的养育者，因而受到社会的尊重和崇拜。如古代神话中的女
娲，《说文解字》云："古之神圣女，化万物者也。"从字源学上
看，女娲是远古时期的生育女神。女娲，也名女包娲（《路史·
后纪二》）。《说文解字》中没有"女包"字，但从"包"字中可
以透见出一些信息。《说文解字》云："包，𠤕，象人裹妊，巳在
中，象子未成形也。"又云："胞，𦙄，儿在裹也。"由此可见，
"女包"也是一个有关妊娠生育的字。这从"女娲造人"的神话
传说中可以得到证实。《风俗通》云："俗说天地开辟，未有人
民。女娲抟黄土作人。剧务，力不暇供，乃引绳于泥中，举以为
人"（《太平御览》卷七十八引）。史前考古发掘工作也为我们提
供了十分充足的证据。例如：甘肃泰安大地湾出土的人头形器口
彩陶瓶就是一个很好的例证。从这个女性头部看，有整齐的刘海，
柔顺的长发，瓜子脸，杏仁眼，翘鼻子，小嘴巴，显得匀称漂亮。
尤其是橄榄型的瓶身，巧妙地表现了一位年轻孕妇的形象。瓶体
上的红底黑色几何花纹，仿佛为这位少妇穿了件华丽的裙装。还
有在辽宁喀左县东山嘴发现的两件陶塑裸体孕妇像，虽已残缺，
仍可见丰硕的大腿、臀部和隆起的腹部。这些距今 5000 多年前的
作品，与甲骨文"色"和篆文"包"中的孕妇符号是比较一致
的。正如有学者所指出的那样："在考古发掘中，有这样一个耐
人寻味的事实，即所有出土的母系氏族阶段的文化遗物，凡是人
面雕像，乃至器物塑像，几乎全部为女性。""女子，特别是怀有

---

[1]　参见尚秉和《周易尚氏学》，中华书局，1980，第 152 页；李树政、周锡䪖：《实用易学辞典》，三环出版社，1993，第 161 页。

身孕的女子，就是当时人们心目中最美的偶像。"① 即使到了殷商时期，仍然残留着母系社会的某些信息。如崔恒昇编著的《简明甲骨文词典》中收入"帚女""帚井""帚丰""帚白"等以"帚"（即妇，已婚女子）字冠头的双音妇女名就有 92 个，而收入"子央""子戈""子安""子美"等以"子"冠头的双音男子名只有 63 个。当然，母系社会对于女性的尊重和崇拜，是由其社会地位决定的。如果说当时的男性对于女性具有审美意识，也是先有崇拜意识，其次才有审美意识的。而且，这种审美也是以生育为美，以圣德为美，弥漫着原始的宗教神秘气氛。古代神话中只言女娲超人之行和神圣之德，而不言其美，就是很好的证明。

到了父系社会后，男性成为性事活动的主导者，也成为对于女性的占有者。相对于女性来说，男性的生育观念和养育子女的责任感都要淡化许多。男性更看重"性"的生理快感和心理满足。正是在这一点上，男性们的"眼球"大多关注着女性而不是子女。这一点也可从动物中得到验证。其实人类也差不多。这是由男性的"性本能"决定的。因此，到了父系社会，"色"字的意涵有了根本性的转化。《说文解字》云："色，颜气也。"又云："颜，眉目之间也"。这时，"色"指男女额头或脸面的气色，尤其多指女性面容的气色之美。这是一个很大的转变，即"色"由性事活动到对女性面容美的观赏的转变。《诗经·鄘风·君子偕老》写其美女，"鬒发如云"，"扬且之皙也"。朱熹注云："鬒，黑也；如云，言多而美也"，"皙，白也"。发黑脸白，是面容美之颜色。所以，"言容貌之美，见者惊犹鬼神也。"《诗经·卫风·硕人》写美女，"螓首蛾眉，巧笑倩兮，美目盼兮"。朱熹注云："倩，口辅之美也；盼，白黑分明也，此章言其容貌之美。"《诗经·郑风·有女同车》写美女，"有女同车，颜如舜华。"朱

---

① 廖群：《中国审美文化史》（先秦卷），山东画报出版社，2000，第 42~43 页、第 47 页。

熹注云："舜，木槿也，树如李，其华朝生暮落……言所与同车之女其美如此。"这些诗中的美女面容如花似玉，楚楚动人，就是"色"的最好注脚。再到后来，女色之美不仅指面容，而是指全身。如《诗经·卫风·硕人》这首诗就写了美女的手、肤、颈、齿、首、眉、目、口等，而且以手指柔长、眼睛有神、身材高挑、肌肤丰满洁白为美。宋玉是写美女的高手。在他的笔下，神女"美貌横生，烨乎如花，温乎如莹。五色并驰，不可殚形……眸子炯其精朗兮，瞭多美而可观。眉联娟似蛾扬兮，朱唇的其若丹"。（《神女赋》）宋玉"称邻之女，以为美色。""增之一分则太长，减之一分则太短；著粉则太白，施朱则太赤；眉如翠羽，肌如白雪，腰如束素，齿如含贝；嫣然一笑，惑阳城，迷下蔡。"（《登徒子好色赋》）由此可见，在男性心目中，美女之美，在于颜色或姿色。一般说来，是脸上的颜色要白里透红，若芙蓉，如桃花；全身肌肤的颜色要细嫩洁白，宛若美玉。因此，"色"或"美色"就成为美女的代名词了。清人朱骏声《说文通训定声》云："通谓女人为色。"上文所举宋玉笔下的"美色"、"好色"的"色"就是如此。其中也暗含着"性"的内容，如"好色"即"好性"也。孔子所说："吾未见好德如好色者也"（《论语·子罕》）。《毛诗序》所说的"忧在进贤，不淫其色"。此处之"色"也是指女人或指性事。

所以，以女色为美有两个层面的内容，一是性欲之美，二是姿色之美。前者是触觉美，后者是视觉美。诸如《韩诗外传》卷五云："目欲视好色"。《淮南子·说林训》云："佳人不同体，美人不同面，而皆悦于目。"因此，"色"的内涵由性欲向姿色（主要是"面"之颜色和"体"之姿态，合称"姿色"）的转变，也即是古代中国人原初美感由触觉向视觉的转变。这是一次十分重要的提升。因为，满足视觉的姿色之美，按照笠原仲二先生所说，"不仅是一般地指女性的洁白的肌肤、漆黑的头发、脸上色彩美丽的粉妆（眉黛和颊、唇的胭脂），也多指肉体、肢体形态所具有的性的魅力。"① 这些原初的审美观念也表现于其他以"女"为原型的一系列汉字中。诸如，"好"是一女一男交合的性感美，"妙"是少女之美，"媌"是半老徐娘之美，"媄"是艳丽动人的美女。② 这些本源于女性美的"美""好""妙"等作为审美关键词，被广泛地用于审美评价的活动中。

第三节　中国古代原初审美观念新探

一　问题的提出

一般来说，中外学者关于"美学史"的研究，都是从有文字记载的资料开始的，诸如"西方美学史"研究从毕达哥拉斯、苏格拉底开始，"中国美学史"研究从孔子、老子开始。很显然，这些仅仅是"开始"，并不是"原初"。那么，我们要问"中国古代人原初的审美观念是什么？"这是一个很棘手、难度较大的研究课题。目前学界涉足者虽多，但无突破性的成果出现。

困难在于研究者可以利用的能够反映人类原初审美信息的载体并不是很多。就以"中国美学史"的研究来说，有人利用史前考古发现的石器、岩画和彩陶来研究中国古代人原初的审美意识。这种研究虽然存在着较多的主观阐释色彩，但仍有可取之处。问题是这种研究方法用于"原初审美意识"的研究是可行的，但对于"原初审美观念"的研究则行不通。按笔者的理解："原初审美意识"是早期人类对于"美"的朦胧的、感性的和飘忽不定的心理

---

① 〔日〕笠原仲二：《古代中国人的美意识》，魏常海译，北京大学出版社，1987，第 10 页。

② 《说文》云："好，美也，从女子"。徐错曰："子者，男子之美称"。又云："媌，美女也"。又云："媄，色好也，从女从美"。《说文》没有收入"妙"字，是一大失误。因为，在先秦典籍中已有"妙"字。笔者以为，"妙"字也指美女，而且是指美少女。总之，"好""媌""媄""妙"皆与美女有关，是在观赏美女活动中产生的文字。

感受,其历史更为久远;而"原初审美观念"则是上古人类对于"美"的比较明确的、稍有理性的和较为稳定的看法,一般表现在文字信息之中,其历史要晚于前者。

那么,研究中国古代人的"原初审美观念"要用什么方法呢?实践证明,行之有效的方法则是字源学的方法,即从剖析和解读"美"这个汉字符号来把握中国古代人的"原初审美观念"。因为,正如宗白华先生所说:"'字'就是慨念,表现人的思想。"① 所以,从"美"字探析中国古代人的"原初审美观念"的方法是比较科学的。对于这种研究方法,汉代许慎开其先河,后继者承其余绪,多有发挥。但真正从美学角度研究者,当推日本学者笠原仲二先生和我国学者萧兵先生。② 关于"美"的字源学研究,从古至今形成了以下三种主要观点:

其一,羊大为美。许慎《说文解字》说:"美,甘也,从羊,从大。"宋初徐铉《校定说文解字》明确提出"羊大则美"的观点。清人段玉裁《说文解字注》进一步发挥说:"羊大则肥美","五味之美皆曰甘",将"美"与人的味觉美感联系起来。笠原仲二继承了以上各家的观点,并从美学角度做了深入分析和阐释。他认为,"中国人最原初的美意识,就起源于'肥羊肉的味甘'这种古代人们的味觉的感受性"。③ 因此,"羊大为美"、"美"源于早期人类的味觉美体验的观点,在现当代美学界有较大的影响。

其二,羊人为美。这是萧兵在1980年发表的《从"羊人为美"到"羊大则美"》一文中所提出的观点。他认为,"羊大则

---

① 宗白华:《美学散步》,上海人民出版社,1982,第50页。

② 〔日〕笠原仲二:《古代中国人的美意识》,魏常海译,北京大学出版社,1987(日文版于1979年10月);萧兵:《从"羊人为美"到"羊大则美"》,刊于《北方论丛》1980年第2期;萧兵:《〈楚辞〉审美观琐记》,刊于《美学》第3期。

③ 〔日〕笠原仲二:《古代中国人的美意识》,魏常海译,北京大学出版社,1987,第2页。

美"的"大"最初的意思不是"大",而是"人"。"'美'的最古解释是'羊人为美'"。他在随后发表的《〈楚辞〉审美观琐记》一文对这个观点作了更为明确的概括,认为:"'美'的原来含义是冠戴羊形或羊头装饰的'大人'('大'是正面而立的人,这里指进行图腾扮演、图腾乐舞、图腾巫术的祭司或酋长),最初是'羊人为美',后来演变为'羊大则美'。"也就是说,"羊人为美"是更为原初的审美观念。此论一出,很快得到美学界同行的肯定。尤其是著名美学家李泽厚先生和刘纲纪先生在《中国美学史》(先秦两汉编)和《华夏美学》中肯定和引用了萧兵的观点后,① 使这一观点在美学界影响俱增,广为流行。

其三,羊女为美。这是马叙伦在《说文解字六书疏证》中提出的观点。他认为,"(美)字盖从大,羊声,……(美)盖媄之初文,从大犹从女也"。② 在马氏看来,"羊"只是读音,没有意义,"美"字涵义主要与"大"有关。他也认为,这个"大"是"人",而且是"女人"。因为,"美"是"媄"的初文。许慎《说文解字》云:"媄,色好也,从女,从美"。所以,这还不是一般的"女人",而是"美女"。也就是说,中国古代人的"美"的观念本源于观赏有姿色的美女。因此,笠原仲二先生说:"马氏把所谓'色'——美人所给与的美的感受性,看作是中国人原初的美意识形成的一个重要契机。"③ 由于马氏在表述上不是很明确,因而这个观点没有引起美学界人士的重视。

以上三种观点各有特色:徐铉等人认为"美"本源于"味"和味觉美的感受;马叙伦认为"美"本源于"色"和视觉美的感受;萧兵认为"美"本源于"图腾"和原始巫术活动。笔者认为,

---

① 参见李泽厚、刘纲纪《中国美学史》(先秦两汉编),安徽文艺出版社,1999,第75页;李泽厚:《华夏美学》,中外文化出版公司,1989,第2页。

② 马叙伦:《说文解字六书疏证》(第二册),上海书店出版社,1985,第119页。

③ 〔日〕笠原仲二:《古代中国人的美意识》,魏常海译,北京大学出版社,1987,第4页。

中国古代人原初审美观念的起源不可能是一元的、简单的，而应该是多元的、复杂的。也就是说，以上三种观点皆言之成理，自成一说，都揭示了中国古代人原初审美观念的一些真实情况。因此，笔者主张兼采三说，合立一论，否则在探讨中国原初审美观念时就不会得出全面而科学的结论。前两种观点都有较充分的论证，已被学界所认同，而后一种观点目前还缺少令人信服的论证。笔者在上一节中，从马氏"接着说"，从字源学出发，给合考古与文献，已对此问题进行了一些新的探讨。①

二　色之一：以五色为美

"色"除了女色之义外②，另一个意思就是"色彩"。古代不叫"色彩"而称"颜色"，这是本源于"脸色"和"女色"而来的。《论语·泰伯》云："正颜色，斯近信矣。"屈原《渔父》云："颜色憔悴，形容枯槁"。此"颜色"指"脸色"。陆机《拟青青河畔草》云："粲粲妖容姿，灼灼美颜色"。白居易《长恨歌》云："回眸一笑百媚生，六宫粉黛无颜色。"此"颜色"指"女色"或"美色"。上一节已经论述了这方面的问题，笔者概括出了"以女色为美"的原初审美观念；接着论述"色彩"（颜色）对于原初审美观念的影响。

"色"或"颜色"作"色彩"理解的用法也很古老。《尚书·益稷》云："以五采彰施于五色，作服。""五色"即五种色彩。杜甫《花底》诗云："深知好颜色，莫作委泥沙。""好颜色"即此花"色彩美"。色彩对于人类认识事物和审美观念的生成都具有十分重大的影响。因为，自然界中的万物都有各自的色彩，诸如蓝天、红日、白月、彩云、黄土、绿水、青草、黑鸟以及各种色彩的鲜花等，人类祖先所看到的已是一个色彩绚丽的世界了。由于人类

---

①　参阅本书第七章第二节相关内容。

②　"色"之本义是"以女色为美"，参见上一节。

祖先对于万物色彩的长期观赏，既将色彩作为认识事物的一个途径，也滋生了对于色彩的视觉快感和美感。在此基础上，人类祖先发现和掌握了制作色彩的技术，并逐渐用色彩来装饰和美化自己的生活。现以史前考古文物中的色彩为例作以说明：

> A. 红色：彩陶中半坡类型、马家窑类型等均以红色为基本色。广西扶绥、崇左、龙州、宁明等岩画上，红色几乎笼罩了所有的造型；贵州开阳境内的岩画"用赭红色"之笔涂绘；云南碧江县、沧源县等岩画也采用土红色的刚劲线条画成。

> B. 黑色：它在彩陶中的表现仅次于红色。在马家窑文化的彩陶上，黑色几乎占据了主导地位。齐家文化、卡约文化也较为普遍地使用红色、黑色单彩。

> C. 黄色：在马家窑文化的彩陶上，它以底色的面貌出现。陶质的许多近似黄色的黄褐、土褐等颜色丰富了黄色的表现力。

> D. 白色：在彩陶中，白衣的造型手法被广泛应用，白色在纹样的描绘中虽不占重要位置，但它的点缀、穿插作用乃是纹样生动性的一个因素。

> E. 蓝（青）色：在马家窑文化、辛店文化以及屈家岭文化的彩陶上，蓝（青）色积极参与了纹样的绘制，并和底色形成特定的调子。①

以上是我国史前陶器和岩画中所出现的五种色彩，即红、黑、黄、白、蓝（青）。当然，大自然中的色彩比此要多，这分明是人类祖先们长期对色彩认识和选择的结果。为什么这样说呢？就因为这五种色彩与《尚书》中所记载的"五色"是如此巧合，而且多为正

---

① 张晓凌：《中国原始艺术精神》，重庆出版社，1992，第228页。

色。《尚书·益稷》中记载有"五色"的概念。一般认为，此五色即是青（蓝）、黄、赤（红）、白、黑。在上古文献中，这是关于"五色"最早的记载。学界多数人认为，"五色说"受了"五行说"的影响。笔者以为这是值得商榷的。因为，学界大多认为"五行说"① 出现于战国时期，难道"五色说"的出现会晚于"五行说"吗？事实却不是如此。《尚书》是孔子之前的文献，按其记载："五色说"出于《夏书·益稷》，而"五行说"出于《夏书·甘誓》和《周书·洪范》；另按《左传》记载，"五色说"出现于鲁桓公二年（前710年），而"五行说"出现于鲁文公七年（前620年）。可见"五色说"比"五行说"出现略早一些，谁受谁影响还很难说，这是其一；其二是"五色说""五行说"的出现皆早于战国时期，尤其是"五色说"出现于夏代是极有可能的，可以看作是彩陶用色的经验总结。

"五色说"在春秋战国时期十分流行。诸如《左传·昭公二十五年》载云："为九文、六采、五章，以奉五色。"《老子》云："五色令人目盲。"《庄子·马蹄》云："五色不乱，孰为文采。"《吕氏春秋·孝行览》云："树五色，施五采，列文章，养目之道也。"《黄帝内经·素问》云："五色微诊，可以目察"，等等。后来，"五色"不仅仅是指五种色彩，而且还被赋予了更丰富的文化内涵。现略述如下：

① 关于"五行说"的起源，至今众说纷纭，而无定论。张岂之主编《中国思想史》认为出现于西周初年（西北大学出版社，1993，第9页）；梁启超认为《尚书·洪范》成于战国，故"五行说"也出现于战国时期（见《古史辨》第五册，上海古籍出版社，1982）；朱志荣《商代审美意识研究》认为出现于商代（人民出版社，2002，第55页）。笔者认为，论定"五行说"出现年代的关键有三点：其一，判定《尚书》出现的真实年代；其二，有人认为"五行说"由"八卦说"演变而来，论述其两说的关系；其三，有人认为"五行说"中有"金"，是金属出现之后的产物。学界大多认为"五行说"出现于战国时期，其实是误解。如按刘学智先生的说法："《洪范》讲五行，但不讲阴阳；《周易》讲阴阳，但不讲五行，战国末齐稷下学者才把它们结合起来"，形成了"阴阳五行说"（见《中国哲学的历程》，陕西人民出版社，1993，第143页）。"五行说"在战国时期很流行，并不是说它就出现于战国时期。这是两个不同的问题，不能混淆。

（1）黄：《说文》云："黄，地之色也，从田。"在古代文化中，"黄"为至尊之色。有人认为，是尊地重农。《周易·坤卦》云："地黄"。王充《论衡·验符》云："黄为土色。"有人认为，是尊帝。《吕氏春秋·季夏》云：黄乃中央之色、黄帝之色，"天子驾黄骝，载黄旂①，衣黄衣，服黄玉"；刘师培先生则认为，"尊黄"与我国人种有关，因为"古代人民悉为黄种"（《古代以黄色为重》）。黄色为吉祥之色、尊贵之色，已成传统。历代皇帝住的宫殿、穿的龙袍、坐的龙椅和乘的龙舆等，皆为黄色。佛教亦多用黄色。

（2）青：《说文》云："青，东方色也。"青色本源于草色。《说文》云："苍，草色也。"因为在古代"青"与"苍"通用，如郑玄《礼记·月令·孟春》注云："苍，亦青。"在古诗中，"青"常用作草色，如《古诗十九首》云："青青河畔草"。今天汉语中仍保留了"青草"的说法。由于春天草木返青，所以"青"也成为春天之色。因此，到了春天，天子要"驾苍龙，载青旂，衣青衣，服青玉"（《吕氏春秋·孟春》）。

（3）赤：《说文》云："赤，南方色也。"赤的本源有两说，一说本于火。段玉裁《说文解字注》云："火者，南方之行，故赤为南方之色。"另一说本于太阳。《释名·释采帛》云："赤，赫也，太阳之色也。"阳盛则为夏，故赤为夏天之色。每到夏天，天子"驾赤骝，载赤旂，衣赤衣，服赤玉。"（《吕氏春秋·孟夏》）在中国民俗文化中，赤

---

① 在上古时代，"常""旂"与"旗"皆为旗帜名称，但有区别。"常"，上画日月，为国王所用的旗帜。《周礼·春官·司常》云："日月为常…王建太常"；"旂"，上画蛟龙，为诸侯所用的旗帜。《周礼·春官·司常》云："蛟龙为旂，…诸侯建旂"；"旗"，上画熊虎，为将帅所用的旗帜。《释名·释兵》云："熊虎为旗，军将所建，象其猛如虎。"后来，"常"不大用，故天子所用旗帜也称为"旂"。

（红）也是喜庆之色，凡嫁娶、节日和喜庆多用红色。

（4）白：《说文》云："白，西方色也。""白"本源于日出，为黎明之色。商承祚先生说，白"象日始出地面，天色已白，故曰白也。"（《〈说文〉中之古文考》）白为秋天之色。《尔雅·释天》云："秋为白藏。"宋邢昺疏云："秋之气和，则色白而收藏也。"每到秋天，天子"驾白骆，载白旂，衣白衣，服白玉。"（《吕氏春秋·孟秋》）古人认为，女人肤色以洁白为美，历来书画也以"留白"为美。曹植《洛神赋》写美女"延颈秀项，皓质呈露"，就是说其白美。白又为阴丧之色。《说文》云："阴用事，物色白"。民间治丧事皆穿白衣，戴白冠，穿白鞋，佩白花。古代戏曲中，奸臣多为"白脸"。生活中厌恶他人时也用"白眼"。

（5）黑：段玉裁《说文解字注》云："黑，北方色也"黑又为冬天之色。每到冬天，天子"乘玄辂，载玄旂，衣黑衣，服玄玉。"（《吕氏春秋·孟冬》）古人认为，发以黑为美。蔡邕《青衣赋》写美女"玄发光润"，就是言其发美。中国书画皆以黑色为美。

由此可见，"五色"具有十分丰富的审美文化内涵。不仅如此，战国以降，随着"五行说"的盛行，"五色"还与"五行""五时""五方""五味""五音""五脏"等相匹配，构成了一个五色斑斓的审美文化网络。现根据《吕氏春秋》"十二纪"、《礼记·月令》和《黄帝内经》的记载，[①] 见表 7-1。

---

① 《尚书》中就有关于"五色""五声""五行""五味"等记载。春秋战国时，《左传》和诸子也常常谈及。但是，真正将"五色""五声""五行""五味"等之间的关系打通、理顺和形成系统的，乃是《吕氏春秋》一书。至于《礼记·月令》则是承袭了《吕氏春秋》的学说，不过《黄帝内经》一书则有创造性的运用。

表7-1　五色文化网络地图

其他＼五色	青	赤	黄	白	黑
五　行	木为青	火为赤	土为黄	金为白	水为黑
五　时	春为青	夏为赤	季夏为黄	秋为白	冬为黑
五　方	东方青	南方赤	中央黄	西方白	北方黑
五　味	青味酸	赤味苦	黄味甘	白味辛	黑味咸
五　音	角为青	徵为赤	宫为黄	商为白	羽为黑
五　脏	脾为青	肺为赤	心为黄	肝为白	肾为黑

　　在古代，以儒家为主导的传统文化是一种"尚中"或者"中庸"的文化。所以，五方贵中，五色贵黄，五行贵土，五味贵甘，五音贵宫，五脏贵心，以中、黄、土、甘、宫、心为美。这也就是许慎以"甘"释"美"和刘勰以"心"为"美"的奥秘所在。①

　　从美学的角度看，单一的色彩还不能成为审美对象。古人是懂得这个道理的。西周末年的史伯就说过："声一无听，物一无文"的话。同样，"色一则无美"，仅靠一种色彩也是绘不出美丽图画的。一花独放不是春，万紫千红春才美。其实，现实事物的美也是如此。白居易《上阳白发人》诗云："脸似芙蓉胸似玉"，是指白里透红的颜色美（白与红两色之搭配）。如果"人老珠黄"成为黄脸婆（只有黄一种色），就不美了。陆游笔下的那一双很美的"红酥手"，就是因为手背白如酥，手掌心透着一点点红，而且是细腻柔软的美手。如果这双手是一色白，或是一色红，则怪吓人的，何美之有？在上古时期，人工调合五色的最美的东西是彩绣，因为真正的绘画艺术是魏晋以后才发展起来的。因此，《考工记》云："青与赤谓之文，

---

　　① 许慎《说文解字》云："美，甘也"。刘勰《文心雕龙·序志》云："心哉，美矣，故用之焉"。至于古人为什么有"尚五"思想，按《周易》的说法，"五"是天数之一；又按《吕氏春秋》"十二纪"的说法，春用八、夏用七、季夏用五，秋用九，冬用六，其中"五"刚好处于"中"的位置。因此，笔者认为"尚五"是"尊天贵中"思想的产物。当然"五行说"的影响也是有的。《说文》云："五，五行也，从二，阴阳在天地间交午也"。

赤与白谓之章,白与黑谓之黼,黑与青谓之黻,五彩备谓之绣。"彩绣成为先秦表现色彩审美理想的典型作品,因而常被人们用来谈论视觉之美。如《荀子·正名》云:"目视黼黻而不知其状"。又《荀子·礼论》云:"黼黻文章,所以养目也。"《礼记·郊特牲》云:"黼黻文绣之美"。后来,彩绣还被当作"审美模子"广泛用于文学艺术的审美批评之中。笔者对此已另撰文论述了。[①]

需要指出的是,古人所谓的"五色"皆为正色,如果连间色包括在内,那色彩要丰富得多。所谓间色,即杂色,由两种以上的正色混合而成,如红与黄合成橙色,黄与青合成绿色,青与红合成紫色等。间色与间色相混合,还可以生出更多色彩来。古人对此是有所研究的。如《说文》云:"红,帛赤白色";"紫,帛青赤色";"绿,帛青黄色也";"缅,帛赤黄色";"缥,帛青白色也";等等。这样色彩就会更加丰富多样。所以,《淮南子·原道训》云:"色之数不过五,而五色之变,不可胜观也。"这一点已为现代色彩科学的发展所证实。目前,我国印刷行业用三原色以每色 10 个层次叠印出色谱,色彩达到 1630 种。有的国家已印出 9000 种色样。根据色彩专家的研究和计算,世界上大约有 1000 万种以上的色彩。[②] 但是,从审美思想上看,儒家有贵正色而轻间色的倾向。《论语·阳货》云:"子曰'恶紫之夺朱也'。"朱熹注云:"朱,正色;紫,间色。"刘勰《文心雕龙·情采》云:"正采耀乎朱蓝,间色屏于红紫,乃可谓雕琢其章,彬彬君子矣。"因此可见,由史前彩陶开创的"以五色为美"的原初审美观念得到了异常丰富的发展。

三 色之二:以文采为美

"色"还有一层含义是"文采"。"文"即"纹",指花纹或图案;"采"即"彩",指色彩。所以,"文采"的本义是"有色彩

---

① 古风:《丝织锦绣与文学审美关系初探》,《文学评论》2007 年第 2 期。

② 吴东平:《色彩与中国人的生活》,团结出版社,2000,第 8 页。

的花纹"。这是有关"色"的原初审美观念的第二个层面的内容。

"文采"的观念起源于丝织锦绣的生产。《老子》第五十三章云："服文采。""采"，王弼本作"綵"，广明本作"丝"。① 可见"文采"即"纹綵"或"纹丝"，就是美丽的丝织锦绣。"文采"亦作"文彩"。宋臣徐铉《说文》校定本增补云："彩，文章也。"而据前引《考工记》的说法，"文"、"章"是彩绣的两种不同的样式。可见"文彩"即"纹绣"，也是丝织锦绣，即《考工记》所说的："五彩备谓之绣"。又《汉书·货殖传》云："其帛絮细布千钧，文采千匹"。颜师古注云："文，文绘也；帛之有色者曰采。""文绘"的"绘"，并不是绘画，而是"文绣"。《说文》云："绘，会五采，绣也。"而且"文采"用"千匹"作量词，均证明是指丝织锦绣而言。以上三例均证明"文采"的本义是"有彩色花纹的丝织锦绣品"，甚至成为丝织锦绣的专用名词。诸如《墨子·辞过》云："女工作文采"；"饰车以文采"；"女子废其纺织，而修文采，故民寒。"《管子》卷十七云："主好文采，则女工靡。"《庄子·马蹄》云："五色不乱，孰为文采。"其中"文采"即"文绣"或"彩绣"。

"文采"的观念其实是一种本源于"色"的原初审美观念。因为，它涉及视觉审美的两个基本因素：一是形，即花纹图案（即文）。《尚书·益稷》对上古人衣服上的花纹图案有所记载。云："予欲观古人之象（衣服上的花纹图案），日、月、星辰、山、龙、华虫（野鸡），作会（绘，即绣）；宗彝（虎纹）、藻（水草纹）、火（火纹）、粉米（絖纹）、黼（斧纹）、黻（已纹），絺绣（缝绣）"。② 可见这些花纹图案都来自上古人的生活感观意象；二是色，即色彩（即采）。远古人类的色彩感觉来源于色彩缤纷的大自

----

① 成复旺主编《中国美学范畴辞典》"文采"条（黄保真撰），中国人民大学出版社，1995，第49页。

② 参考周秉钧《尚书》注释，岳麓书社，2001，第29页。但也有笔者的看法，如"虎纹"、"水草纹"、"火纹"、"絖纹"等。《说文》云："絖，绣文，如聚细米也"。所以，周注："粉米，白米"，是错误的，应该为"絖纹"。

然，但是对于色彩的实践创造主要表现于彩陶和彩绣之中。由于彩陶时代，人类对于色彩还处于感性认识阶段，还不能够进行理性认识和总结。这从汉字中有关色彩的文字没有一个与彩陶相关就足以证明了。有关古陶器的字，《说文解字》中只收了三个。如云："虘，古陶器也。"但是在"从豆"、"从皿"表示古代食器和祭器的文字中，没有一个与色彩相关。"蓝"在《说文解字》中从草，是"染青草"，与草有关。

但是，到了彩绣时代，情形则大不同了。人类对于色彩不仅有了理性的认识，由"五采"（正色）向"多采"（间色）发展，而且对于各种色彩进行了"命名"。因此，在汉字中关于色彩的各种名称都与彩绣有关。这一点从《说文解字》中就可以得到证明。诸如："红，帛赤白色"；"绿，帛青黄色也"；"紫，帛青赤色"；"绛，大赤也"；"缁，帛黑色也"；"缃，帛浅黄色也"；"绯，帛赤色也"。这七个色彩名称已成定名，至今沿用。有关色彩的彩绣还有：素、缚、褛、株、绌、缩、缙、绪、绖、𫄸、纶（以上为单色），缥、缇、缘、绀、纲、纂、缎（以上为杂色），绮、绣、绘、绚、繻、𫄸、绒（以上为五色），纨、缟、缲、缤、䌷（以上为不定色），共44种之多。可见上古人对于色彩美认识领域的拓展和丰富，是本源于彩绣业的发展。尤其是许多色彩的名称本源于丝织锦绣，作为上古人色彩美感的原初形态，对于中国古代原初审美观念的生成起了奠基的作用。正因为如此，丝织锦绣才成为"审美的模子"，被广泛地运用于文学审美活动之中。诸如王充说："文如锦绣"（《论衡·定贤篇》）；鲍照评颜延之诗说："君诗如铺锦列绣，亦雕绘满眼"（《南史·颜延之传》）；刘勰评左思说："太冲动墨而横锦"（《文心雕龙·时序》）。古代中国人不仅发明了丝织锦绣，而且还从彩绣中发展出了一种很特殊的审美观念。在世界美学中，这是一种很特殊的审美文化现象。这是笔者近些年来的一大发现。① 长期

---

① 古风：《丝织锦绣与文学审美关系初探》，载于《文学评论》2007年第2期。

以来，没有人能认识到这一点。

　　由于古人常以锦绣文采之美来言说文学，所以，"文采"也指书面的语言文字之美，尤其是指文学作品的语言文字之美。这是"文采"本义的拓展。魏晋以降，文学"以文采为美"的思想根柢于此。在这个意义上，"文采"又称为"文彩"、"词采"或"词藻"等。《韩非子·难言》云："捷敏辩给，繁于文采"。《文心雕龙·熔裁》云："文采所以饰言"。《史通·自叙》云："然刘、范之重雄者，盖贵其文彩"。《京本通俗小说·菩萨蛮》："郡王听了，大笑道：'好诗，却少文采'"。文学作品语言的文采美，体现在色、形和音三个方面。所谓文采的色，就是有关色彩名词的合理运用。刘勰对此有一段精彩的论述。认为："至如《雅》咏棠华，或黄或白；《骚》述秋兰，绿叶紫茎；凡摛表五色，贵在时见，若青黄屡出，则繁而不珍"。① 如司马相如《上林赋》云："于是乎卢橘夏熟，黄甘橙楱……扬翠叶，扤紫茎，发红华，垂朱荣。"五色斑斓，虽为文字，宛若彩绣；所谓文采的形，主要指文字偏旁结构和笔画多少的合理配置。刘勰认为，偏旁部首相同的字连用（即联边）不美，同一字重复出现（即重出）不美，笔画少的字（即瘠字）连用不美，笔画多的字（即肥字）连用也不美。因此，他主张"省联边"，"调单复"。只有这样，才有"参伍单复，磊落如珠矣"（《文心雕龙·练字》）的美感；所谓文采的音，主要指语言文字的声韵美。刘勰认为，文学作品的声音应和谐押韵，抑扬顿挫，"则声转于吻，玲玲如振玉；辞靡于耳，累累如贯珠矣"（《文心雕龙·声律》）。文学作品语言文字的色、形、音做到以上三点，便具有"视之（色、形）则锦绘，听之（音）则丝簧"（《文心雕龙·总术》）的美感。这就是文学作品的文采美。当然，文采美其

---

　　① 语出《文心雕龙·物色》篇。这是以《诗经》和《楚辞》为例，谈论色彩词的合理运用。诸如《诗经·小雅·裳裳者华》云："裳裳者华（花），或黄或白"。《楚辞·九歌·少司命》云："秋兰兮青青，绿叶兮紫茎"。

实包含的内容极为丰富，诸如"编字不只，捶句皆双，修短取韵，奇偶相配"等，凡是美化文字的一切修辞技巧，都是有文采的表现。因为，与锦绣文采一样，语言文字本身也是有色彩的。正如王骥德《曲律》所说："工句字，故以色泽胜"。此"色泽"即是语言文字的色彩，就是"文采"。因而，人们常常把修改文章称为"润色"，即使其增加文采之美。

从上文第二部分的图表中所知，古人认为，音乐也是有色彩的，即角为青，徵为赤，宫为黄，商为白，羽为黑。因此，五音构成音乐，便与五色构成彩绣是相同的。所以，陆机《文赋》云："暨音声之迭代，若五色之相宜"。李善注云："言音声迭代而成文章，若五色相宜而为绣也"。文章音律，与音乐相同（可参见《文心雕龙·声律》），故可互证。这样我们便可以理解《左传》何以要将"五色"与"五声"并言的奥秘了。

因此，古人不仅认为音乐有色彩，而且还认为音乐也有"文采"。这个观点来自《乐记》。云："广其节奏，省其文采"；"文采节奏，声之饰也"。那么，什么是音乐的文采呢？郑玄注云："文采，谓节奏合也"。这也就是《乐记》所说的"节奏合以成文"。在古人看来，音乐中的"文"与"采"是有区别的。宫、商、角、徵、羽五音（可与"五色"相对应）各有不同的音色，音声迭代便形成"采"；"屈、伸、俯、仰、缀、兆、舒、疾，乐之文也"（《乐记·乐论》）。"文"即是音乐的节奏。《国语·郑语》谈论音乐时所说的"清浊、大小、短长、疾徐"是"文"，"哀乐、刚柔、高下、周旋"是"采"，两者合之便是"文采"。音乐之所以有"文采"，就因为它是经过装饰和美化了的，即"文采节奏，声之饰也"。疏云："声无曲折则太质素，故以文采节奏而饰之使美"。《尚书·尧典》所说的"律和声，八音克谐，无相夺伦"，也是指"文采"而言。音乐有了文采，便具有"上如抗，下如队（同坠），曲如折，止如槁木，倨中矩，句中钩，累累乎端如贯珠"（《乐记·师乙》）的审美效果。这样以来，"文采"便由视觉美形式转换为听觉美形式了。

四 "目观为美"观念的形成

笔者从"羊女为美"的字源学观点出发，按历史与逻辑的演进关系，分别论述了"以女色为美"→"以五色为美"→"以文采为美"的原初审美观念。这三个原初审美观念之间有一个逻辑抽象的演化过程："以女色为美"产生得最早，从原始生殖崇拜的神秘感演化为对女色的审美感。这是本源于以"女人"为对象的原初审美观念；与女人所从事的彩绣业相关，又先后衍生出了"以五色为美"和"以文采为美"的原初审美观念。这是本源于"物"（彩绣）和"言"（文章）的原初审美观念。其逻辑演化的路径是由"女人→彩绣→文章"或者由具象到抽象的过程。在此基础上，最后形成了"目观为美"的原初审美观念。这是在一个具有"形而上"层面上所概括出来的审美观念。如图 7 - 2 所示。

图 7 - 2 中国古代原初审美观念逻辑演化路径

从语法角度看，"目观为美"是一个不完全句式，实际上应该是"目观（色）为美"。这个"色"是从"女色"→"五色"→"文采"中抽象出来的。首先，"女色"是"目观"的审美对象，并不单单是"性"的生理对象。在这一点上，古人还是比较高雅的。《庄子·齐物》云："毛嫱、丽姬，人之所美也，……四者孰知天下之正色哉？"有时也指男色。《孟子·告子上》云："目之于色也，有同美焉"。但在具体论证时只举古代美男子都，而多数情形下指女色而言。汉乐府诗《陌上桑》中行者、少年、耕者、锄者"观罗敷"，就是看美女，停留在"审美"（观）的层面；只有"使君"以权势欺人，不仅"观"而欲"占"，考虑到"性"的问题。傅毅《舞赋》写了目观美女后的感受是"观者称丽，莫不怡悦"。他们追求的大多是精神层面上的审美满足。"女色美"表现在容色、体色和服色等方面。墨子说，美人应"食必粱肉，衣必文绣。"为什么呢？因为，"食饮不美，面目颜色不足视也；衣服不美，身体从容丑羸不足观也"（《墨子·非乐》）。其次，"五色美"的典型是黼黻，它也是"目观"的主要审美对象。荀子云："黼黻文章，所以养目也（《荀子·礼论》）。"萧统《文选序》云："黼黻不同，俱为悦目之玩。"再次，古人之所以追求"文采美"，也是为了满足读者的视觉美。汉代人的辞赋写作，"文必极美"，"辞必尽丽"，十分讲究文采。被刘勰称为"铺采摛文"，"蔚似雕画"（《文心雕龙·诠赋》）。因此，"美丽之文，赋之作也"（皇甫谧：《三都赋序》），赋成为美文的杰出代表。汉代人讲究文采，就是追求"美丽之观"（王充：《论衡·佚文》）的视觉审美效果。同样，魏晋六朝人崇尚华丽，经营文采，也是为了追求"悦目"（陆机：《文赋》）的视觉美效果。如扬修赞扬曹植文采之美时说，"观者骇视而拭目"（《答临淄侯笺》），就是如此。

　　总之，在"羊女为美"的原初审美观念中隐含着丰富的审美信息和思想内涵。"女色美"是视觉美，"五色美"是视觉美，"文采美"也是视觉美，三者都是"目观"之对象。这样，从此三者中又可以概括出"目观"的行为和"美"的效果，加之从"女色""五色"和"文采"中概括的"色"，就可以总结出"目观（色）为美"的原初审美观念。再简略地说则是"目观为美"。这就是"目观为美"的逻辑演化和历史形成过程。这是对目前流行着的"羊大为美"和"羊人为美"观念的重要补充。

　　"目观为美"的说法出自《国语·楚语上》，是楚国大臣伍举对楚灵王筑章华台且"以土木之崇高、彤镂为美"的评论。这种"以目观为美"的审美观念，在春秋战国时期是比较流行的。诸如"美不过以观目"（《国语·周语下》）；"目之所美"，"目知其美"（《墨子·非乐》）；"目之于色也，有同美焉"（《孟子·告子上》）。审美主体之"目"，与审美对象之"色"，构成审美关系，展开审美活动，最后都指向"美"的审美效果。当时人谈"美"时，大多会提到"女色"（美女）、"五色"（彩绣）和"文采"（文章）。此三者成为"美"的典型形态，而且都是由"目"看出来的。值得注意的是，当时人谈"目"必谈"美"，谈"美"也必谈"目"，好像"美"是"目"的必然的审美效果（"耳"的必然的审美效果是"和"）了。有趣的是，当时的文化也几乎成为视觉文化了，文字是象形文字，哲学是八卦图画哲学，思维是直觉——意象思维。这几乎决定了中国文化的基本特征，于是也形成了一种"目观为美"的审美文化传统。这一点是有别于西方文化和美学的。美国学者 W. 爱伯哈德十分敏锐地发现了这个特点。他说："中国人是一个喜欢用眼睛来观察事物的民族"。[①] 确实如此，据说仓颉"见鸟兽蹄远之迹"创造文字；伏羲"仰则观象于天，俯则观法于地，见鸟兽之文与地之宜"（许慎《说文解字序》），始画八卦。当然，这并不是说西方人不重视"眼睛"。古希腊时也曾经有过一种观点认为，视觉所产生的快感是美的，能使人产生视觉美感的对象有"美的人、颜色、图画和雕刻"。[②] 这种观点与中国古代人有些相似。尽管这种观点受到了苏格拉底等人的否定，但是在西方美学史上，从苏格拉底到鲍姆加登，也有人重视视觉和感性，这是美学学科建立之本意。从"视觉"与"美"的关系来看，古代中国人的观念与古代西方人的观念有一致的地方。这是世界美学的共同规律。区别在于西方主流美学更崇尚逻辑与理性，而中国美学却始终坚持了感性原则，成为名副其实的"Aesthetik"（感性学）。

五　五觉与全美：本源于生活的原初审美观念

现在，让我们再回到开头的问题。虽然在关于中国古代原初审

---

① 〔美〕W. 爱伯哈德：《中国文化象征词典》（陈建宪译），湖南文艺出版社，1990，第98页。

② 北京大学哲学系美学教研室编《西方美学家论美和美感》，商务印书馆，1980，第30页。

美观念探讨中，"羊大为美"、"羊人为美"和"羊女为美"各执一说，互不相让；虽然笔者对"羊女为美"作了比较全面和深入的探讨；但是，笔者还是主张兼采三说，合立一论。因为，中国古代原初审美观念的发生是多元的和复杂的，单凭任何一说来做结论，都会显得以偏概全，遮蔽事实。这当然不是我们想要看到的。

"羊大为美"说认为，中国古代原初审美观念本于味觉美；"羊女为美"说认为，中国古代原初审美观念本于视觉美；"羊人为美"说则认为，中国古代原初审美观念与巫术有关，本于心觉美。这三说都从各自的角度，揭示了中国古代原初审美观念发生的某些事实。其实还应该加上听觉美。上古音乐特别发达，而且浸透到巫术、宗教、政治、军事、外交、婚嫁、丧葬和节庆等生活的方方面面，也是中国古代原初审美观念发生的一个重要维度。因此，中国古代原初审美观念是在视觉美、听觉美、味觉美和心觉美等维度同步发生的，奠定了中国美学的基本特色。这可以从两个方面得到证明。

其一，先秦人谈美时，涉及视觉美、听觉美、味觉美和心觉美不同的层面。诸如：

（1）视觉美：美目（《论语·八佾》），美眉、美须、美色（《黄帝内经·灵枢》），面容美、形体美（《墨子·非乐》），美服（《老子》第八十章），西施美（《庄子·天运》）、毛嫱美（《庄子·齐物》），美锦（《左传·襄公三十一年》），黼黻文绣之美（《礼记·郊特牲》），台美（《国语·楚语》），美石、美贝（《山海经·东山经》）、美玉（《山海经·北山经》），等等。

（2）听觉美：耳美（《黄帝内经·灵枢》），《韶》美、《武》美（《论语·八佾》），音乐美（《左传·襄公二十九年》），美言（《老子》第八十一章），等等。

（3）味觉美：美食、饮食美（《墨子·非乐》），酒醴之美（《礼记·郊特牲》），美谷、美枣（《山海经·中山经》），美味（《荀子·正名》），等等。

（4）心觉美：人格五美（《论语·尧曰》），宗庙之美（《论语·子张》）、先王之道美（《论语·学而》），才美（《庄子·人间世》），美德（《荀子·尧问》），祭祀之美（《礼记·少仪》），等等。

我们的古人所面对的审美对象，品类繁多，是一个开放的世界；而审美主体的眼、耳、口、心又形成一个各自独立、互动互补的感觉共同体，不断地感受来自各方面的审美信息，形成了视觉美、听觉美、味觉美和心觉美等不同的美感。中国原初审美观念是在视、听、味、心等诸觉维度同步发生的。

同时，我们还发现先秦人谈论问题时，喜欢"五觉并置"，似乎意识到了相互间的关系。诸如：老子云："五色令人目盲，五音令人耳聋，五味令人口爽，驰骋畋猎，令人心发狂"（《老子》第十二章）。孟子云："口之于味也，有同嗜焉；耳之于声也，有同听焉；目之于色也，有同美焉；至于心，独无所同然乎？"（《孟子·告子上》）荀子云："形体、色、理，以目异；声音清浊、调竽奇声，以耳异；甘、苦、咸、淡、辛、酸、奇味，以口异；……说、故、喜、怒、哀、乐、爱、恶、欲，以心异"（《荀子·正名》）。笔者认为，这不是偶然的现象，而事实上先秦人已形成了"五觉互动"的思维方式。早在几年前，笔者就提出了这个问题。尤其是在审美方面，"中国人在美感结构中，始终坚持了主体'五觉互通共用'的认识论原则，并没有随着艺术的升华而分化……中国人对于文化和艺术的审美，也始终坚持了'五觉合通'（主要是视、听、心觉的合通）的'全美'（全方位美感满足）的审美原则，即要求达到'目悦'、'耳悦'和'心悦'（刘向语）的审美统一。"[1] 在审美活动中，五觉互动共用，必然会提出"全美"的审美要求。如图7-3所示：

---

[1] 古风：《意境探微》，百花洲文艺出版社，2001，第211页。关于古代"味论"的研究，请参见拙文《古代中国文艺理论的"味"》，载于《东方丛刊》1992年第2辑，署笔者原名。

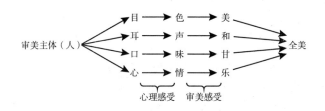

图 7 - 3　人类审美活动的基本图式

由图 7 - 3 所知，人类的审美活动分两个阶段，即心理感受阶段和审美感受阶段。具体说，由目→色、耳→声、口→味、心→情等，是心理感受阶段。这是审美活动的心理基础和认知基础；由色→美、声→和、味→甘、情→乐等，是审美感受阶段。它是在心理基础和认知基础上的升华。这是一个独具特色的审美感受系统和审美思维方式。

"全美"的观点是司空图在《与李生论诗书》中提出的，明人胡应麟作了比较准确的解说。认为："綦组绵绣，相鲜以为色；宫商角徵，互合以成声；思欲深厚有余，而不可失之晦；情欲缠绵不迫，而不可失之流……一篇之中，必数者兼备，乃称全美"（《诗薮·内编》）。关于这一点，胡氏之前也有人论述过。刘勰认为，好的作品要让读者"视之则锦绘，听之则丝簧，味之则甘腴，佩之则芬芳"（《文心雕龙·总术》）。谢榛也说，好诗要"诵之行云流水，听之金声玉振，观之明霞散绮，讲之独茧抽丝"（《四溟诗话》）。也许这"全美"的奥秘也藏在"美"字中，因为，"美"字中有"美味"（羊大为美），有"美色"（羊女为美），也有"美意"（羊人为美）。所以，我们认为，"五觉全美"是中国特有的一种古老的审美思维方式，由此产生了具有民族特色的中国美学。

其二，先秦人谈"美"时，也涉及衣、食、住、行等日常生活的各个方面。诸如：

（1）衣美：美服（《老子》第八十章），衣服美（《墨子·非乐》），服美（《左传·襄公二十七年》），衣美（《韩非子·解老》），黼黻文绣之美（《礼记·郊特牲》）等。

（2）食美：美食、饮食美（《墨子·非乐》），美味（《荀子·正名》），酒醴之美（《礼记·郊特牲》），美谷、美枣（《山海经·中山经》）等。

（3）住美：居室美（《论语·泰伯》），美宫、美室、美台、美池（《韩非子·八奸》），丹漆雕几之美（《礼记·郊特牲》）等。

（4）行美：美行（《老子》第六十二章），美车（《左传·襄公二十七年》），车席泰美（《韩非子·外储说》），车马之美（《礼记·少仪》）等。

先秦人谈"美"，都是来自日常生活的实际需要和实践经验，都是具体的和实实在在的。庄子对此有深刻的认识。他说，人"所乐者，身安、厚味、美服、好色、音声也……所苦者，身不得安逸，口不得厚味，形不得美服，目不得好色，耳不得音声；若不得者，则大忧以惧"（《庄子·至乐》）。在人的日常生活中，只有先满足了其衣、食、住、行的基本需要时，其情才"乐"，其感方"美"。否则，只有"忧"而"惧"，哪里还有什么美感可言呢？因此，墨子说："食必常饱，然后求美；衣必常暖，然后求丽；居必常安，然后求乐"（《墨子佚文》）。人类只有先满足了其生存需要，然后才有审美的需求和创造。审美是需要有物质条件的。《礼记·少仪》所说："国家靡敝，则车不雕几，甲不组縢，食器不刻镂，君子不履丝屦"，就是这个道理。所以，我们认为，中国古代原初的审美观念本源于日常生活。诸如"羊大为美"的"味"，"羊女为美"的"色"，"羊人为美"的"巫"（舞）等，都是本源于日常生活的。这一问题在西方美学中直到普列汉诺夫和车尔尼雪夫斯基那里才有所认识。但在中国美学中，先秦的思想家们早已提出和解决了这个问题。这是中国古代人对于世界美学所作出的杰出贡献。

第四节　20 世纪中国古代美学研究方法反思

一

在谈论中国古代美学研究方法之前，应该先对 20 世纪中国古代美学研究做个简单回顾。笔者认为，20 世纪中国古代美学研究的情形大致是这样：它萌芽于 20 年代，起步于 50 年代，繁荣于 80 年代，90 年代以来有所深化。前 50 年的研究成果很少，真正做出成绩的是后 50 年。

萌芽时期的研究成果，只有王国维的《红楼梦评论》（1904）、蔡元培的《美学的进化》（1921）和朱光潜的《无言之美》（1924）等。这些论文只是涉及一些中国古代文论和美学的资料，还不是专题研究。当然，这只是早期的情形。那时，国内美学界的主要任务是引进、介绍和研究西方美学，中国古代美学的研究还没有摆到桌面上来。到了 40 年代，才出现了一些专题研究，诸如宗白华的《论〈世说新语〉和晋人的美》（1940）和孙道升的《嵇中散的美学思想》（1945）等。从 50 年代开始，国内美学界才重视对中国古代美学著作的整理和研究。所以，自觉的、专门的和全面的中国古代美学的研究工作就起步于这个时期。随后，于民、叶朗等人选编《中国美学史资料》；宗白华主持编写《中国美学史》，并发表了《中国书法里的美学思想》（1962）等论文。但是，刚刚起步的研究工作受到了"文革"的影响而中断。进入 80 年代，长期受到压抑的美学研究的激情得以大释放，长期积累下来的中国古代美学研究的成果也纷纷得以出版和发表，于是出现了中国古代美学研究的大繁荣。诸如宗白华的《美学散步》（1981），李泽厚的《美的历程》（1981）和《华夏美学》（1989），于民的《春秋前审美观念的发展》（1981），刘纲纪的《中国美学史》（与李泽厚合著，1984 年出版第一卷，1987 年出版第二卷）和《书法美学简论》

（1985），蒋孔阳的《先秦音乐美学思想》（1986），叶朗的《中国小说美学》（1982）和《中国美学史大纲》（1985），栾勋的《中国美学概观》（1984），曾祖荫的《中国古代美学范畴》（1986），敏泽的《中国美学思想史》（全三卷，1987～1989），郁沉的《中国古典美学初编》（1986），皮朝纲的《中国古代文艺美学概要》（1986），张少康的《古典文艺美学论稿》（1988），张文勋的《儒道佛美学思想探索》（1988），袁济喜的《六朝美学》（1989），刘绍瑾的《庄子与中国美学》（1989），北京大学哲学系美学教研室编《中国美学史资料选编》（1980 年出版上册，1981 年出版下册），胡经之主编《中国古典美学丛编》（全三册，1988），本书编写组的《中国少数民族古代美学思想资料初编》（1989），等等，一些重要的影响比较大的中国古代美学研究论著多数出版于这个时期。至于在报刊杂志上发表的中国古代美学研究论文更是不胜枚举。90 年代以来，中国古代美学研究向着更为全面、系统和深入的方向发展。由于研究成果太多，这里仅举两种，以见大概。一是蔡锺翔、邓光东主编的"中国美学范畴丛书"共 30 种（2001 年出版第一辑 10 种，2005 年出版第二辑 10 种，第三辑 10 种也即将出版），对中国古代美学的重要范畴进行了全面、系统和深入的研究，达到了较高的学术水平；二是陈炎主编的四卷本《中国审美文化史》（2000），不仅在文化背景上研究美学，而且将"审美"活动本身看作是一种文化行为，逻辑与实证结合，图文并茂，是中国美学史编著范式的新探索。

总之，100 多年来，经过几代学者的不懈努力，中国古代美学研究从无到有，从小到大，逐渐繁荣，成为"美学"学科属下的一个重要的分支学科。

二

元代学者揭曼硕说："学问有渊源，文章有法度。……凡世间之一能一艺，无不有法。得之则成，失之则否"（《诗法正宗》）。

所以，对于学术研究来说，方法问题是事关成败的大问题。鉴于目前学界还很少有人专门谈论中国古代美学的研究方法问题，笔者就来谈谈这个问题。其实，中国古代美学研究也没有自己专门的方法，有许多研究方法应该说是美学研究通用的。因此，这里要借鉴两篇谈论中国现代美学研究方法的文章。一篇是刘纲纪的，他指出"历史的方法""辩证的方法"和"逻辑的方法"①；另一篇是封孝伦的，他指出"译介法、注经法、归纳法、演绎法、比较法、'三论'法、结构主义方法、解构主义方法、辩证逻辑方法等"②。参照刘纲纪和封孝伦的观点，笔者认为，20世纪中国古代美学研究方法主要有以下几种：

第一，借用法。所谓"借用法"，就是借用西方美学的方法，或者借用中国现代美学和当代美学的方法，来研究中国古代美学。20世纪，我国学者在引进西方美学的同时，也借用西方美学的研究方法，来研究中国古代美学。如王国维就借用西方美学的方法来研究《红楼梦》的美学价值。事实上，在中国古代美学研究中，研究者所面对的只是一大堆书面资料，要从其中研究出"美学"来，还真有无"法"下手之感。于是借用西方美学的研究方法就成为不错的选择。西方美学的方法不仅成为参照，成为工具，也成为我们到达古代审美王国的津梁。如赵盛德的《文心雕龙美学思想论稿》（1988）一书，就是借用西方美学方法和中国现代美学方法写成的。该书第二章用了四节的篇幅，分别从"美的本质""自然美""人文美""艺术美"四个方面，论述《文心雕龙》的美学理论体系。大凡熟悉《文心雕龙》的人都知道，刘勰确实也谈到了诸如此类的问题，但并没有一个如此的"美学理论体系"存在。这是赵盛德借用西方美学方法和中国现代美学方法

---

① 刘纲纪：《中西美学比较方法论的几个问题》，湖北省美学学会编《中西美学艺术比较》，湖北人民出版社，1986，第62~70页。
② 汝信、王德胜主编《美学的历史：20世纪中国美学学术进程》，安徽教育出版社，2000，第168页。

"研究"出来的。如第二节关于自然美的论述中，既有当下美学界关于自然美讨论的背景，又引用了黑格尔、马克思和朱光潜、蔡仪、李泽厚等人的观点。又如第三章第二节系统的审美方法，就是借用了当时盛行的"系统论方法"进行研究的。再如朱志荣的《中国审美理论》（2005）一书，运用中国当代美学的研究成果，借用西方美学和中国当代美学的研究方法，为中国古代美学建构了一个"审美理论体系"的框架。这个体系框架分别由"审美活动""审美对象""审美关系""审美特征""审美意识""审美意象""审美风格"和"审美化育"等八章组成。作为该书逻辑起点的"审美活动"，最早是由前苏联著名美学家鲍列夫提出的。20 世纪 70 年代，鲍列夫在《美学》一书中提出，"美学是审美活动的理论"。① 他的理论根据又是从马克思在《1844 年经济学哲学手稿》中提出的"人的活动"理论那里来的。所以，朱著的主要方法来自西方美学，其中也有一些方法来自中国当代美学。总的来看，在 20 世纪中国古代美学研究中，对于"借用法"的使用是较为普遍的现象，不只是这里所提到的赵、朱二人。可以这样说，凡是西方近现代比较有影响的研究方法，几乎都被我国美学研究者借用过。正如王德胜说的："20 世纪中国美学从西方那里接过了包括近代以来几乎所有的学术方法系统。……从世纪之初的介绍性引进，到 80 年代轰轰烈烈的'方法热'，几乎每一次方法论层面上对于'西方'的热切追踪，结果总是带来中国美学研究形态的某种阶段性转换活动。"② 确实是这样，有借用心理学方法研究司空图《二十四诗品》的，有借用后现代主义的方法研究庄子美学的，也有借用符号学、神话原型批评、阐释学、接受美学、文化人类学、生态学和女性主义批评的方法研究中国古代美

---

① 〔俄〕鲍列夫:《美学》，乔修业、常谢枫译，中国文联出版公司，1986，第 20 页。
② 汝信、王德胜主编《美学的历史：20 世纪中国美学学术进程》，安徽教育出版社，2000，第 383 页。

学的。值得肯定的是，"借用法"是策略，是工具，是时代的需要，也是研究者与时俱进、学术视野不断扩展的结果，由此推动了中国古代美学研究的发展。但是，也存在着问题。譬如有位学者仅仅通过"反权威倾向""反艺术倾向"和"多元化倾向"等几点比较，就断定庄子美学中具有"后现代意蕴"和"后现代内涵"。① 请问：在 2300 多年前中国的庄子美学思想中，怎么会有 2200 多年后的西方"后现代主义"的"意蕴"和"内涵"呢？尽管作者也承认两者之间存在着根本的差异，但还是得出了这种违反历史和违反逻辑的结论。笔者认为，这不仅是方法论的错误，也是观念的错误；或者是由方法论而导致的观念上的错误。所以，方法的借用一定要遵守科学的原则，不能"乱借"，更不能死板硬套。否则，就会闹出笑话的。

第二，解释法。所谓"解释法"，就是在解读"原文"的基础上，进行合理的阐释和解说的方法。这种方法是"汉学"与"宋学"的统一，既重视"我注六经"，也善于"六经注我"。在 20 世纪中国古代美学研究中，此种方法得到了十分普遍的运用。这是受研究对象所决定的。因为，有了"汉学"方法的基本功，才能读懂大量的古籍文献资料，才能深入到古人精神世界的细微处；有了"宋学"方法的运用，才能目光独具，看到古代文献背后更为广阔的历史语境和学术世界。如刘纲纪的《周易美学》（1992）就是用的"解释法"。第一章第一节对《周易》中出现"美"字的四条材料，逐一进行解释；第二节又对"元、亨、利、贞"四个字，逐一进行解释。作者在该书"绪论"中介绍了自己的研究方法，就是"文字的训诂考证与思想的理论分析相结合。"具体说，"（1）借助文字训诂，结合历史背景（包括思想史的背景），弄清《周易》原文的意思；（2）在此基础上分析《周易》的哲学思想；

① 樊美筠：《中国传统美学的当代阐释》，中国社会科学出版社，1997，第 310 ~ 333 页。

（3）根据《周易》的哲学思想分析其中所包含的美学思想"。"不仅'我注六经'，而且'六经注我'。"① 又如寇效信的《文心雕龙美学范畴研究》（1997）一书，也是用的"解释法"。该书先后对"文德""神思""志气""风骨""体势""文质""奇正"和"通变"等美学范畴进行了阐释，而且在 17 个章节题目中标有"释""解释"和"理解"等文字。总之，"解释法"是一种传统的治学方法，受到广大学者的认可，也是中国古代美学研究经常要用到的方法。它的优点是能够准确把握古代文献的"原义"，规避"过度阐释"的发生；其缺点是容易陷入繁琐考据之中，影响理论水平的发挥。

第三，归纳法。所谓"归纳法"，是一种收集和运用资料，并在此基础上进行推理的研究方法。它有两种表现方式，一是收集资料的方式，即从古代文献中将相同或相近的资料收集到一起；二是运用资料的方式，即在论著中列举一系列相同或相近的资料，并以此为依据进行推理，然后提出观点来。这两种方式常常是结合在一起使用。由于我们的古人没有"美学"的理论自觉性，所以他们不会专门地和集中地谈论"美"的问题，而是七零八碎地夹杂在其他问题中来谈论。因此，在古代文献中，关于"美"的资料就显得特别分散和零碎。正是这个缘故，在 20 世纪中国古代美学研究中，便常常会用到"归纳法"。如施昌东的《先秦诸子美学思想述评》（1979）一书就使用了"归纳法"。在该书首篇《孔子的美学思想》中，作者将《论语》中有关"美"的 8 条资料分两个方面列举出来，并在此基础上分析论证，提出观点。该书末篇《韩非的美学思想》也用了"归纳法"，将韩非论"美"的 9 条资料分三种情况进行归纳，并在此基础上分析论证。还有陈良运的《美的考索》（2005）一书，也多次使用"归纳法"。该书第一章第二节先列举《诗经》中有关"美男"资料 3 条、"美女"资料 8 条；

---

① 刘纲纪：《周易美学》，湖南教育出版社，1992，第 16～17 页。

随后列举《左传》中关于"美"的资料 17 条，进行分析论证。这种"归纳法"有许多优点，但弄不好则容易犯断章取义的毛病。所以，在分析论证时，一定要结合上下文语境理解"原义"，才能够使论证有坚实的基础。

第四，比较法。所谓"比较法"，是将不同国家、民族和地区的美学进行比较研究的方法。自 20 世纪 80 年代以来，"比较法"在我国美学界得到了普遍的使用。著名美学家蒋孔阳先生就较早地提倡用"比较法"研究中国古代美学。1982 年，他发表了《中国古代美学思想与西方美学思想的一些比较研究》一文，指出："怎样把中国古代的美学思想拿来和西方的美学思想进行比较研究，就成了很迫切的课题。""谈到比较研究，首先，它不是比高低，而是比特点。……找到了各自的特点，也就为相互的学习和借鉴，找到了客观的根据。"[①] 1984 年，蒋孔阳先生又发表了《对中西美学比较研究的一些想法》一文，指出："在中西美学思想相互比较的当中，来开掘和整理中国古代的美学思想。""我们比较的第一个目的，就是要在表面差异很大的中西美学思想之间，探寻出共同的规律。只有探寻到了这一共同的规律，我们才能把我们的美学思想，纳入世界范围和世界水平上来思考，以探求我国美学思想应当发展的道路。"[②] 因此，蒋孔阳先生在方法论的高度为"比较法"的运用指明了具体的方向。这期间，出现了一大批中西美学比较研究的学术成果。如周来祥、陈炎的《中西比较美学大纲》（1992）一书，就对中国古代的经验美学与西方古代的理论美学、中国古代的伦理美学与西方古代的宗教美学、中西古代和谐美的思想等进行了比较研究。当然，这是一种宏观上的比较研究，而更多的则是微观上的比较研究。如韩湖初在《文心雕龙美学思想体系初探》

①　蒋孔阳：《中国古代美学思想与西方美学思想的一些比较研究》，《学术月刊》1982 年第 3 期。
②　湖北省美学学会编《中西美学艺术比较》，湖北人民出版社，1986，第 41 页、第 38 页。

（1993）一书中，就用"下编"占全书一半多的篇幅，对刘勰与黑格尔的美学思想进行了全面而深入的比较研究。这两本书在当时的比较美学研究中是具有代表性的，因为他们对于"比较法"的运用都达到了"浑化之境"（邱世友评语，见韩著《序》），而无"类比"之嫌。在这种方法的运用中，形成了一个"比较美学"的新学科。

第五，分析法。所谓"分析法"，就是逻辑分析的研究方法。这种方法与"归纳法"不同，它不是从资料出发，而是从作者的观念（因为它省略了研究过程）出发。在"归纳法"中，资料是始点，观点是终点。但是，在"分析法"中，观念（包括"观点"，但不等于"观点"，它比"观点"的内涵和外延要大很多）是始点。这种方法省略了研究过程，而直接从"结果"（观念）出发。它往往运用逻辑分析的方法，或证明某种观念（观点），或将某种观念（观点）予以拓展和深化。所以，从某种意义上说，"分析法"就是"哲学法"。在20世纪中国古代美学研究中，这种方法也有比较多的运用。如李泽厚的《华夏美学》（1989）一书，就是从"人类学本体论"（或心理本体）的中国哲学观念和"以儒为主，以庄、屈、禅为副"的中国古代思想史观念出发，来研究华夏美学的。其实，他的这些观念早在此前撰写的《美的历程》（1981）和《中国古代思想史论》（1986）二书时就形成了。正如《华夏美学·前记》所说，该书只不过是"从美学角度论述这一事实"而已。我们从该书末尾的那张"图表"里，可以看出"分析法"在该书中的具体运用情况。虽然，它有一条从"先秦两汉"到"明清近代"的历史线索，但是在写作时却采取了"隐史显论"的方法而突出理论。所以，正如作者自己说的，该书是中国古代的"审美的形上学"，而不是"中国古代美学史"。因为，作者对刘若愚的《中国文学理论》和熊秉明的《中国书法理论体系》的研究方法不满意，便立志要写一部具有"本土的真正精神"的《华夏美学》。所以，该书是用"分析法"所作的理论建构的成功范例。

又如祁志祥的《中国美学原理》（2003）一书，从"美是普遍愉快的对象"的美本质观点出发，分"美的共相""美的殊相"和"美的感知"三编，建构了一个中国古代美学的理论框架。该书由于"分析法"运用得当，也建构了一个具有中国本土特色的美学理论体系。还有潘知常的《中国美学精神》（1993）一书对于"分析法"的运用也比较好。作者通过分析研究，将中国美学精神概括为四个方面，即"本体视界""价值取向""心理定位"和"感性选择"，并分别以先秦美学、魏晋美学、禅宗美学和心学美学作为相对应的研究对象，从而对中国美学的根本内涵、深层结构和现代价值等问题进行了较为充分的论述。作者自己说他用的是"接着讲"的方法，其实在笔者看来这就是"分析法"，是一种面对历史事实（即"接着"）的、而又有研究主体自由阐发（即"讲"）的"分析法"。

第六，历史法。所谓"历史法"，就是指马克思和恩格斯所发明的历史唯物主义的研究方法。这种方法主要用于研究中国古代美学史。当然，"美学史"的写法可以有许多种，或写成"美学的历史"，或写成"美学家的历史"，或写成"审美意识的历史"（鲍桑葵语），或写成美学范畴史，或写成美学思想史，或写成审美文化史，等等。目前，国内美学界比较流行的写法模式是"概况＋美学家"的著史方法，就是先写某个时代的美学发展概况，然后再选择具有代表性的美学家（或美学论著）来写。这种方法的优点是容易操作，而缺点是容易流于模式化和教条化。但是，我们这里所说的"历史法"，是一种更本质、更深层和更科学的研究方法。它的特点是：联系人类的审美实践活动来考察其审美意识、审美观念和审美思想的发展，联系人类的其他实践活动和思想来探讨其审美实践活动和思想的本质特点。因此，用这种方法研究"美学史"，就会得到社会实践的物质的"实证"基础和支持，故使"立论"坚实而不空疏，并容易把握"美学史"的发展规律和特点。所以，这种方法在中国古代美学史的研究中得到了比较普遍的运用。如李泽厚、刘纲纪的《中国美学史》一书，以马克思历史唯物主义哲学思想为指导，运用历史分析与逻辑分析结合的方法，即本文所谓的"历史法"进行研究，对中国古代美学史上的一些重要问题的研究都获得了新的进展，因而影响较大。又如叶朗的《中国美学史大纲》一书，也是采用了"历史法"进行研究的。作者在该书《后记》中所说的处理"点、面、线"关系的方法；以及把握"历史上每个时期美学思想的本身面貌和发展线索"，"阐明美学思想和整个社会文化思潮的联系，阐明美学思想的社会经济根源"的所谓"两步法"，就是"历史法"。总之，在 20 世纪的"中国美学史"的研究中，"历史法"的运用较为普遍，大多数学者都具有这种方法论的自觉。

综上所述，这六种方法是 20 世纪中国古代美学研究的主要方法。除此之外，当然也还有一些其他的方法，由于篇幅的限制，就不再论及。

三

接下来，笔者要对"方法"和"方法论"两个概念谈点看法。笔者认为，对于学术研究来说，所谓"方法"，就是指研究和解决某一学术问题的具体操作方式。它是非常具体的，具有可操作性。如上文所说的"解释法""归纳法""比较法"和"分析法"等，就是方法。所谓"方法论"，就是指某种学术研究方法的理论原则。它包含着"方法"，但与"方法"相比，又多出了"理论"元素。它既是具体的，具有可操作性；同时又是抽象的，具有理论性和原则性。如上文所说的"借用法"和"历史法"，就属于"方法论"的范畴。因为，"美学"是西方近代产生的一门新兴学科，引入我国的时间并不长。所以，我国学者在引进西方美学学科的同时，并借用西方美学的研究方法来研究中国古代美学，就是很自然的事了。因此，"借用法"就既是一种方法，又是一种观念（如"拿来主义"）和原则（如"洋为中用"），即"方法论"。至于

"历史法"，即"历史唯物主义的方法"，就更是如此了。它是马克思主义哲学的重要内容，不仅为中国古代美学的研究提供方法，而且还提供了理论上的指导。也可以这样说，"方法论"是大方法、总方法和根本的方法，而"方法"则是小方法、分方法和具体的方法。这两者之间既有联系，又有区别。目前，国内美学界有一些学者在观念上和使用上对于两者混淆不清，值得注意。

在 20 世纪的中国古代美学研究中，有单一的方法，也有综合的方法。前者如"解释法""归纳法""比较法"和"分析法"等，单一方法相当于"方法"；后者如"借用法""历史法"等，综合方法相当于"方法论"。因为，就以"历史法"来说，只是一个总方法，但在具体研究过程中，可以采用许多具体的方法来研究。诸如，可以采用文献考据法、文物考古法、田野调查法、社会分析法和数据统计法等，只要不违背"历史法"的理论原则，什么方法都是可以采用的。在 20 世纪的中国古代美学研究中，有单一方法促进美学研究发展的情况，如"比较法"的广泛运用，带来了比较美学的研究热潮，发表了一大批研究成果，成为 20 世纪末一道亮丽的美学景观。当然，也有综合方法促进美学研究繁荣的情况。事实上，在一部美学著作中，也不可能只用一种研究方法就能够奏效的。所以，综合方法的运用倒是很多的。如敏泽的《中国美学思想史》一书对于综合方法的运用就具有典范意义。在该书中，既有传统的朴学法，也有分析法、比较法和历史法，还有人类学、心理学和符号学的方法等。又如王振复的《中国美学的文脉历程》（2002）一书也较好地运用了综合方法。在该书中，有传统的小学法、文献考据法和文物考古法，也有解释法、分析法和图表法等。尤其是薛富兴的《东方神韵——意境论》（2000）一书，对中国古代美学范畴研究的方法论进行了自觉的探索，将微观与宏观结合、抽象与具体结合和逻辑与历史结合三者有机地统一起来，在当时的美学界是有新意的，著名学者吴中杰和周来祥两人不约而同地对该书的研究方法给予了高度评价（见该书序一、序二）。

　　总体来看，20 世纪中国古代美学的研究方法是多种多样的，其研究成果也是丰富多彩的。其中，有对前辈学者研究方法的运用和拓展。如 1925 年，王国维在《最近二三十年中中国新发见之学问》一文中，提出了将"纸上之学问"（即"文献"）与"地下之学问"（即"文物"）结合的研究方法。这种方法首先在史学界得到了重视和运用，并取得了重要的研究成果。1980 年，著名美学家朱光潜和宗白华两位先生几乎同时强调，要结合"文物"研究中国古代美学。朱先生在《中国古代美学简介》一文中指出，文物"也是中国美学的第一手资料"。① 宗先生在《关于美学研究的几点意见》一文中号召：要"对这些文物从美学等方面加以深入的研究，我们专门搞美学的同志要好好利用这些无价之宝。"② 于是，结合文物研究中国古代美学的方法便受到美学界的重视。李泽厚的《美的历程》一书对此方法的运用起到了示范作用。随后，常智奇的《中国铜镜美学发展史》（2000）和朱志荣的《商代审美意识研究》（2002）就是用这种方法研究的重要成果。又如 1932 年，鲁迅先生在谈论诗歌时，最早将刘勰的《文心雕龙》与亚里士多德的《诗学》做了比较③，在研究方法上也具有示范作用。王毓红的《在〈文心雕龙〉与〈诗学〉之间》（2002）一书，用了 30 多万字的篇幅对此作了丰富和拓展。因此，著名美学家的研究成果在方法上往往具有示范的作用。如霍然的《唐代美学思潮》（1989）和《宋代美学思潮》（1997）两书，从研究方法上走的就是李泽厚《美的历程》的路子。当然，也有新方法的运用，多数是受了当代新文化思潮的影响。诸如，文艺美学思潮来了，就有了文艺学与美学交叉的研究方法，也就出现了肖驰的《中国诗歌美学》（1986）、叶朗的《中国小说美学》、姚文放的《中国戏剧美学

---

① 蒋孔阳主编《中国古代美学艺术论文集》，上海古籍出版社，1981，第 2 页。
② 该文刊于《文艺研究》1981 年第 2 期。
③ 鲁迅：《集外集拾遗补编·某书读后记》。

的文化阐释》（1997）、蔡仲德的《中国音乐美学史》（1995）、陈方既的《中国书法美学史》（1994）、郭因的《中国绘画美学史稿》（1981）、金学智的《中国园林美学》（1990）和刘江的《篆刻美学》（1994）等一大批研究成果；接受美学思潮来了，就有人对接受美学的方法论感兴趣，也就出现了张思齐的《中国接受美学导论》（1989）之类的研究成果；审美文化思潮来了，文化阐释学的研究方法便大行其道，就出现了陈炎主编的《中国审美文化史》之类的研究成果；生态文化思潮来了，又有了生态学的研究方法，也就有了曾繁仁的《试论老庄道家古典生态存在论审美观》（2003）的长篇论文；大众娱乐文化思潮来了，便有了刘巨才的《选美史》（1997）等研究成果。由此可见，20世纪中国古代美学研究的种种方法，是与时俱进、受了时代文化思潮影响的产物；但是，我们也应该看到，有些研究方法的运用却是由具体的研究对象所决定的。如姚文放的《中国戏剧美学的文化阐释》一书，由于上、中、下三篇研究的具体对象不同，便分别采用了"逻辑分析法""文化阐释法"和"中西比较法"，由于方法与对象的紧密结合，因而达到了作者的预期目标。

最后需要指出的是，20世纪中国古代美学的研究方法，也还存在着诸多不尽如人意之处。有些已经在上文指出了，这里只是再强调一下。如在"解释法"的运用中存在着"过度阐释"的弊病；在"比较法"的运用中存在着"拉郎配"的"乱比"现象等。因此，我们要认真总结经验教训，改进研究方法，提高研究质量，将中国古代美学研究不断推向前进。

结论
存活论的基本观点聚焦

通过以上研究，我们对于中国传统文论话语的存活问题既做了宏观的调查与分析，又做了微观的透视与论述，发表了我们的基本看法。这些基本看法分散在全书各处，是由一系列新见解、新思考、新拓展、新表述和新观点等构成的，最后凝聚成为一个新理论。这就是"中国传统文论话语存活论"（以下简称"存活论"）。现在，我们将"存活论"的基本观点总结如下：

（一）我们提出了中国传统文论话语"存活"的新课题。100多年以来，随着中国传统文化的现代化，中国传统文学和中国传统文论也必然要进行现代化。中国"现代化"的实质即是"西化"，也就是说中国传统文化的"现代化"不是通过本土文化的内部调节来进行，而是通过引进西方先进文化的方式进行的。中国文学和文学理论的现代化也是如此。从"五四"时期的白话文运动到各个时期大量地引进日本、俄苏和欧美的文学理论等，都充分地证明了这一点。从我们调查的情况来看，20世纪共引进外国文论话语533个，其中常用文论话语大约有162个。因此，20世纪是中国文论现代化的世纪。中国文论现代化的一个主要标志，就是从外国引进了一套新的文论话语，而且这些外来的文论话语成为主流话语，并由此建构了一个新的文学知识谱系。所以，在一般的文学理论和批评活动中，我们似乎只是听到了这些外来文论话语的声音，而听不到中国传统文论话语的声音，难道它们都消亡了吗？我们对此问题产生了浓厚的学术兴趣，于是提出了这样一个研究课题。这是一个在学界还没有人提出过的新问题，也是一个具有挑战性的前沿问题。

（二）我们发掘出了中国传统文论话语"存活"的文艺学现象。多年以来，学界普遍认为，我国现代文论使用的是外来话语，传统文论话语基本上没有进入现代文论体系，也就是说消亡了。难道真是这样吗？我们的回答是否定的，因而提出了"存活"的新概念。所谓"存活"，主要是指古代文论的一些传统话语并没有死亡，而是被"隐性传承"了下来，以及在现当代文论和批评中的使用情况。我们认为，确实有一些古代文论话语并没有死亡，还仍然存活在现当代文论和批评的话语之中。这是一个不容否认的事实。不过在目前的文学理论研究中，人们对于这一事实有所忽视，形成了学术研究上的一个盲点。

因此，我们将中国传统文论话语的"存活"当作一种文艺学现象来研究。

在研究中，我们发现在中国现代化的进程中，始终伴随着"传统"与"现代"的矛盾和冲突。诸如"五四"时期的"打倒"传统、"文革"时期的"批判"传统和新时期的"反思"传统等。因此，中国的现代化是以疏远传统、搁置传统甚至抛弃传统为沉重代价而进行的。这就给人们造成了一个错觉，即认为中国现代文论是完全利用外来文论资源，尤其是利用西方文论资源建构起来的。这样就忽视了中国传统文论话语的存在。通过研究，我们认为，虽然"传统"成为"现代化"运动的对立面和被否定的对象，但是却始终能够看到它的影子。就是说，中国传统文化虽然被边缘化了，但是却并没有死亡。中国传统文论话语的情形也是如此，它们也没有消亡，而是还"存活"着。经过调查，我们发现：一是目前大约有 134 个传统文论话语还存活在现代文论与批评之中。二是这些存活着的传统文论话语大致分布在以下几个方面,即本体论话语系列有 26 个,创作论话语系列有 26 个,文体论话语系列有 9 个,修辞论话语系列有 16 个,风格论话语系列有 22 个,鉴赏论话语系列有 35 个。三是从这些传统文论话语的存活能力的大小来看,最具有活力的话语有两个,一个是"意象",使用率为 8 次;一个是"意境",使用率为 7 次。最具有活力的话语系列也有两个,一个是本体论话语系列,使用率在 4 次以上(含 4 次)者有 7 个;一个是风格论话语系列,使用率在 4 次以上(含 4 次)者有 4 个。存活力较差的是文体论话语系列,使用率在 3 次以上(含 3 次)者为"0"。四是目前存活在现代文论里的传统文论话语中,常用话语大约有 56 个。这些话语主要是围绕着"诗""文"等正统文学所展开的,真正是属于"诗文评"的理论话语。这与我国传统文论的基本状况是十分吻合的。总之,中国传统文论话语的"存活"是一个客观存在着的事实,是一个被学界长期以来所忽视和所遮蔽了的文艺学现象。我们将这个文艺学现象发掘出来,就既是一个新的发现,也是对于中国文论研究的一个新的贡献。

(三)话语理论和转换理论是"存活论"的理论基础。首先,谈话语理论,这是"存活论"的切入点和方法论。"话语"是一个外来概念,也是国内外学界的一个热门话题。笔者在回顾和总结 30 年来国内学界关于"话语"研究的基础之上,对于话语理论有两点创新。

第一,是对于"话语"概念做了重新界定。认为,所谓话语,是指人类对话关系中的术语、范畴和表述方式。那么,文学话语即是指人类在文学对话关系中的术语、范畴和表述方式。按照这个"话语"新观点,我们就会对于中国传统文论话语构成作出新的论述。具体说来,中国传统文论话语由三个方面的内容构成:一是"诗""文""言志""意境""神韵""虚实""比兴""绮丽""典雅"等术语和范畴系统。二是丰富多彩的表述方式,有诗、赋、文，有序、传、论，有选、注、疏，有批、评、话，有书、记、札，等等。这些表述方式完全取决于实际应用，服务于文学作品的阅读、欣赏和传播。三是具体的对话关系，以及现实与传统结合的文化语境。这是中国传统文论话语的完整概念。在本书中，笔者主要以"术语和范畴"的论述为主，至于"对话关系""表述方式"和"语境"等内容，则融化在全书的具体论述之中。特此说明，以免除读者的误解。

第二，是笔者进一步拓展了"话语"内涵空间，从话语生产的角度提出了四个"子话语"概念，即"个人话语""民族话语""国家话语"和"世界话语"，形成了"话语四层面论"。所谓个人话语，就是在个人知识领域的平台上，进行对话的术语、范畴和表述方式。个人话语不属于他人所有，而只属于某个人所有。一个学术话语的生产，从最原初的发生学上看，是来源于某个学者的个人话语。所谓民族话语，就是在民族公共知识领域的平台上，进行对话的术语、范畴和表述方式。民族话语不属于个人所有，而属于全民族所有。所谓国家话语，就是指在国家公共知识领域的平台上，以国家官方语言文字为媒介，以国家主流意识形态为指南，以国家文化实践经验为基础，进行对话的术语、范畴和表述方式。国家话语不属于个人和民族所有，而属于全国人民所有。所谓世界话语，就是在世界公共知识领域的平台上，进行对话的术语、范畴和表述方式。世界话语不属于个人、民族和国家所有，而属于全世界人民所有。按照这个观点来看，中国传统文论话语的构成就比较复杂，其中既有个人话语，又有民族话语；既有国家话语，又有世界话语。如以"意境"为例，它最早是由唐代诗人王昌龄在《诗格》中提出来的，当时只是个人话语；后来，"意境"范畴得到了历代学者的认同和广泛使用，成为能够概括汉语诗歌审美意蕴的诗学范畴。这时，它就由个人话语提升为民族（汉族）话语；汉语历来是中国的国语，汉语诗学中的"意境"范畴，也就由民族话语再次提升为国家话语；从唐宪宗元和元年（806 年）之后，"意境"

范畴和理论先后传播到了日本、朝鲜和欧美等国家，已经成为一个
具有世界影响的诗学话语了。

　　因此，我们运用这个新的话语理论，论述了全球化语境中的
"中国话语"问题，以及从话语视角谈了文学理论的创新问题。
我们认为，"话语"是文学理论构成的主要元素，也是浓缩着文
学思想的理论构件和载体。所以，"话语"对于文学理论的创新
来说极具重要性。文学理论"话语"的创新是一项十分复杂的系
统工程，大致可以在个人话语、民族话语、国家话语和世界话语
四个层面上进行。其中，个人话语的创新是基础，也最关键，其
他三个层面的话语创新都要通过个人话语创新来实现。所以，我
们要从中国立场出发，以中国文学经验为基础，不断提出和解决
中国文学问题，创造中国文论话语，并进而建构中国文论体系。
只有这样，我们才不仅能够在世界文论中取得"中国话语权"，
而且还能够为世界文论建设不断输送中国的新鲜材料，作出中国
文论家应有的贡献。

　　其次，谈转换理论，这是为中国传统文论话语"存活"提供
具体路径和理论支撑。中国是一个很重视历史传统的国家，同时又
是一个善于创新的国家。譬如汉字传统经过数千年一直存活至今，
也经过了从甲骨文、金文、大篆、小篆、隶书、楷书、行书、繁
体、简体等一系列新的变化。但是，万变不离其宗，汉字的基本形
体和基本精神没有变化。这种"变"与"不变"的辩证统一，就
是中国文化的基本精神。中国传统文化生生不息的生命密码就在于
此。所以，黑格尔说，中国既是"最古老"的国家，"同时又是最
新的帝国。"① 它之所以"最古老"，就因为它有历史悠久的文化传
统；它之所以是"最新的帝国"，就因为它善于创新。《周易·系
辞传》将这种文化精神概括为"通变"精神。所谓"通"，就是强
调继承传统，要一脉贯通；所谓"变"，就是强调创新。"变通者，

---

① 〔德〕黑格尔：《历史哲学》，王造时译，上海书店出版社，1999，第123页。

趣（古风按：'趣，即趋也'）时者也。"所谓通变，就是要与时俱进，根据时代的需要或通或变。中国传统文论话语之所以能够"存活"下来，也是因为"通变"，或者说"转换"。

因此，中国传统文论话语的现代转换，就包括"转"与"换"两个方面。所谓"转"，就是《周易》所说的"通"，就是继承传统；所谓"换"，就是《周易》所说的"变"，就是创新。继承与创新的辩证统一即是"转换"。我们认为，在古代文论话语与现代文论话语之间，需要一个沟通的和过渡的中介，这就是"转换"。"转"者，通也，即贯通古今，重在传承；"换"者，变也，即吐故纳新，重在创新。这就是《周易·系辞传》所提倡的"通变"精神。刘勰《文心雕龙·通变》篇云："变则可久，通则不乏。""望今制奇，参古定法。"所以，在古今之间，在古代文论话语和现代文论话语之间，只有通过"转换"，古代文论话语才能够存活，现代文论话语也才能够从传统中汲取营养，蓬勃发展。我们认为，古代文论的现代转换，既包括形式的转换，又包括内容的转换，是全方位的转换。具体说来，主要有范畴的转换、观点的转换、方法的转换和体系的转换等不同层面的转换。由于受课题的限制，本书主要论述范畴的转换，其他方面的转换留待以后再进行研究。我们要从现代文论建设的实际需要出发，用当代的眼光和意识，对古代文论进行辨析、选择、阐释和创新，从而化古为今，建构一种新型的中国文论体系。

（四）通过对于中国传统文论话语"存活"路径的研究，我们提出了"隐性传承"的新概念。我们认为，在中国文论现代化的过程中，传统文论逐渐被边缘化了。尤其是在那些极端"反传统"的政治运动和阶级斗争年代，传统文论几乎没有立锥之地。即使在这些极其困难的岁月里，仍然会有一些酷爱文学的人，在暗暗地保留着传统文论的文脉。所以，传统文论话语在边缘地带里，采取了隐蔽的方式存活和延续了下来。我们把这种文艺学现象称为中国传统文论话语的"隐性传承"。因此，所谓"隐性传承"，是指我国传统文学理论话语在经过了近百年的"现代化"浪潮之后，虽然被边缘化了，但是并没有消亡，而是依然顽强地存活着。从表面看来，"传统"好像不复存在；其实，从深层来看，"传统"并没有远去，而就在我们身旁。不过它采用了极其"隐蔽"的存在方式，好像穿着"隐身服"一样，一般不会被人们察觉似的。如果将传统文学理论比作一条"龙"，即被伟大的文学理论家刘勰所"雕"过的那条"龙"；那么，这条"龙"进入现代社会以后便隐藏了起来，有时会露出一鳞或半爪。但是，它并没有死亡，而是一条"活龙"。它的生命力不是暴露在"表面"，而是隐藏在"深处"。用《周易》的话说，这就是一条"潜龙"。表面上看，好像"潜龙勿用"，实际上则是"用"在隐蔽之处，用在深处。我国传统文化（包括传统文论）绵延数千年，至今魅力不衰。这在世界文化史上，都是十分罕见的奇迹！这就是"中国潜龙"的奇迹！这便是我们所提出的"隐性传承"概念。

学界有人认为，中国现代文论发展是"单线"发展，即与传统文论没有关系，或者甚至与传统文论断绝了关系；只是在不断引进外国文论，并按照外国文论的模式在建构和发展。我们认为，这种看法是片面的。中国现代文论发展是"双线"发展，即一条是利用外国文论资源、参照外国文论模式的发展；一条是利用传统文论资源、延续传统文论文脉的发展。前者是主线，是明线；后者是辅线，是暗线；前者是走着"洋化"（包括欧化、苏化和西化）的道路，后者是坚守着"本土化"的道路。所以，中国文学理论的"现代化"也应该包括这两个方面，即"洋化"和"本土化"。有些人将中国文学理论的"现代化"等同于"西化"，这是不符合历史事实的。因为，近百年来，关于我国现代化问题的讨论，无论怎样表述，是"中体西用"也好，是"西体中用"也好，还是"中西互补"也好，都包括了"中"和"西"两个方面，而不是只有"西"一个方面。当然，提倡"全盘西化论"者大有人在，但是这种观点一直受到国人的质疑、批判和排斥。事实上，我国现代化的发展也没有选择"全盘西化"的道路，而是一直走着具有"中国特色"的现代化道路。所以，中国文学理论"现代化"的发展也是如此。在我们这"三个调查"中，第一个调查就是要搞清楚"洋化"的问题，第二个和第三个调查则是要搞清楚"本土化"的问题。我们的结论是：在我国文学理论"现代化"的过程中，引进外国文论话语是主线，也是主要的成绩；延续传统文论的文脉是辅线，是次要的成绩。前者是明线发展，后者则是暗线发展。因此，由于延续传统文论的文脉是暗线发展，所以我们将这种文艺学现象称为"隐性传承"。

（五）我们还提出了"传统再生机制"的新观点。我们认为，对于人类来说，无论是一个民族或者一个国家，都有各自的文化传统。这些文化传统是一个民族或者国家的语言、宗教、信仰、风俗、习惯、伦理、道德、礼仪、文学、艺术，以及生产方式、生活方式和思维方式等构成的"文化共同体"。因此，文学和文学理论只是传统文化中的一个元素。这些传统是"人"创造的，也是通过"人"显现和传承的。人类的生命是一代代延续的，人类文化传统也是通过一代代传承和发展的。所以，文化传统是一个由传承和创新所构成的动态结构。从这个意义上来看，文化传统就融化在我们的日常生活中。只要人类不灭亡，文化传统也就不会消亡。中国是一个拥有13亿人的人口大国，也是一个具有悠久历史传统的文化大国。因而，从理论上说，中国传统文化包括传统文学和传统文论是不会消亡的。尽管，遭遇到了"现代化"的挤压、排斥和批判，中国传统文化包括传统文学和传统文论被边缘化了，但是它们没有消亡，它们还存活着。这是我们应该看到的一个客观事实。

但是，需要特别指出的是，文化传统的存活，并不是简单的"复古"，而是"再生"。所谓"再生"，不是对于文化传统的照搬，而是在继承中创新和发展。根据这个认识，我们提出了"传统再生机制"的新观点。即认为，中国文论传统的"再生"是一个十分复杂的系统工程，主要由语言、文字、文学和理论所构成的中国传统文论话语，与由现代教育、写作、传媒和阅读所构成的现代传承机制，两者多元互动便建构了"传统再生机制"。就是说，文论传统是一个多元的动态结构，它的传承和发展也是需要通过多元的复杂的社会文化系统来实现。譬如，以中国传统文论话语来说，它们就是通过以下几条路径而"存活"下来的。

其一，它们存活在汉字文献之中。近百年来，我们虽然经历了从古代汉语到现代汉语、从繁体汉字到简体汉字的变通和转型，但是汉语和汉字的本质没有变。这样以来，就为中国传统文论话语的"存活"提供了基本的条件和保障。印度梵语文论话语之所以没有存活下来，就是因为梵语和梵文的衰落、甚至以英语取代印地语和梵语等所造成的。

其二，它们存活在高等教育之中。这主要体现在"中国古代文学批评""中国古代文学理论""中国古代美学""中国古代诗歌理论与批评""中国古代小说理论与批评""中国古代戏剧理论与批评"等一系列本科生和研究生的专业课程的教学中；也体现在"文学概论""文学批评原理""美学概论""文艺美学"等一系列专业基础课程的教学中。从我们所作的调查报告来看，这些教材中也适当地吸纳了中国传统文论话语。通过教学，使中国传统文论话语深入人心，获得了传承和再生的机会。

其三，它们存活在学术研究之中。20 世纪关于中国传统文论的研究，出现过三个高潮：即 20 至 30 年代，随着高校教学的需要，出现了"中国文学批评史"的研究热潮，陈钟凡、郭绍虞、罗根泽、朱东润、方孝岳、傅庚生等都有著作出版；60 年代，为了摆脱"苏联影响"，在周扬主持下统一编写文科教材。周扬说，编写教材时，不仅要"一手伸向外国"，还要"一手伸向古代"，要整理我们的"理论遗产"，要总结"中国文学的经验"，要发展"中国的文艺学"。①他还多次谈到"言志""载道""意象""意

---

① 引自童庆炳主编《新时期高校文学理论教材编写调查报告》，春风文艺出版社，2006，第 166 页、第 189 页、第 13 页。

境""情境""比兴"等中国传统文论的话语。在周扬的指导下，这个时期，有郭绍虞等人主编的《中国历代文论选》（四卷本），有郭绍虞、罗根泽主编的"中国古典文学理论批评专著选辑"（近40 种）等，带动了古代文论研究；从 80 年代以来的 30 多年里，古代文论研究达到了高潮，发表的论文和出版的专著多得难以统计。这些研究不仅将中国传统文论话语传承了下来，而且将中国传统文论话语直接带进了现代文论和批评之中。

其四，它们存活在外国文论的翻译之中。在用汉语翻译外国文论话语时，实际上是将外国文论话语转换成汉语文论话语。翻译的过程就是中（汉语）外两种语言的对话过程。100 多年来，这个工作主要是由从事传教的外国汉学家、中国学者和日本学者共同来做的，其中日本学者做出了重要的贡献。在 20 世纪 50 年代以前，西方文论话语主要是通过日本学者的翻译为中介而进入中国的，有人将这种学术现象称为"日本桥"现象①。大致说来，主要有三种类型：一是运用中国传统文论中已有的话语翻译外国文论话语。诸如"诗"（poem）、"散文"（prose）、"小说"（novel）、"戏剧"（drama）、"形象"（image）、"意象"（imagery）、"性格"（nature）、"体裁"（genre）、"结构"（mechanism）、"作者"（author）、"读者"（reader）、"评论"（review）、"批评"（criticism）、"叙事"（narrate）、"抒情"（express ones emotion）、"流派"（school）、"美"（beautiful）、"含蓄"（implicit）、"自然"（naturally）、"格律"（meter）、"趣味"（taste）等。这些话语既是中国传统文论话语，也是外国文论话语，简直让人分不清哪些是中

---

① 据笔者所知，这种说法可能是王向远较早提出的。1996 年，他在其博士论文中说："日本文论是西方、俄苏文论和中国文论之间的媒介和桥梁。"（参见王向远《中日现代文学比较论》，湖南教育出版社，1998，第 210 页）另外可参阅彭修银等：《中国现代美学发生、发展中的"日本桥"之作用》，收入其《东方美学》，人民出版社，2008，第 359—376 页；刘悦笛：《近代中国艺术观源流考辨——兼论"日本桥"的历史中介功能》，《文艺研究》2011 年第 11 期。

国的、哪些是外国的了。其实，这些话语揭示了中外文学和文论的"共同现象和规律"，是可以写进人类"一般文学理论"的。二是虽然在中国传统文论中找不到"对等"的话语，而运用其他中国古典文献话语来翻译外国文论话语。诸如："文学"（literature）、"艺术"（art）、"风格"（style）、"作家"（writer）、"情感"（emotion）、"想象"（imagination）、"虚构"（feigning）、"情节"（plot）、"故事"（tale）、"典型"（typical case）、"怪诞"（grotesque）等。这些古代话语虽然不是文学话语，但是通过翻译（意译）外国文论便存活了下来，成为中国现代文论的常用话语。三是根据汉语构词法规律，运用两个或两个以上的汉字组合成一个新词，用来翻译（意译）外国文论话语。诸如："纯文学"（belles lettres）、"创作"（invention）、"作品"（works）、"诗歌"（poetry）、"灵感"（inspiration）、"移情"（empathy）、"象征"（symbolize）、"夸张"（hyperbole）、"隐喻"（metaphor）、"喜剧"（comedy）、"悲剧"（tragedy）、"美感"（aesthetic feeling）、"现实主义"（realism）、"浪漫主义"（romanticism）、"意识形态"（ideology）等。① 这些文论话语虽然不是汉语中本来有的词汇，但是由于符合汉语构词法的基本规律，因而使我们感到亲切。事实上，这些外国文论话语已经"中国化"了，成为中国现代文论的主要话语。如果按照高名凯等人的说法②，这些意译的外来文论话语也就成为中国现代文论话语了。还需要指出，以上所论的绝大部分外来文论话语是通过日本学者的翻译为中介而进入中国的。所

---

① 以上所论根据以下材料：中国传统文论话语的选择，来源于彭会资主编《中国文论大辞典》，百花文艺出版社，1990。中国古典文献话语的选择，来源于《辞源》（合订本），商务印书馆，1997。外国文论话语的选择，来源于陈慧、黄宏煦主编《世界文学术语大辞典》附录Ⅰ《外来术语英汉对照表》，河北教育出版社，2001，第787～806页。

② 高名凯等人认为，"'意译'的词并不是外来词"，即将意译的"外来词"看作"汉语词"了。参见高名凯、刘正埮《现代汉语外来词研究》，文字改革出版社，1958，第3页。

以，郭沫若说："中国的新文艺是深受了日本的洗礼的。"①因此，通过翻译外国文论话语，使一些中国传统文论话语存活了下来。

其五，它们存活在古今转换之中。中国历代文论家既重视对于传统文论话语的继承，即"通"，即"转"；又重视创新和发展，即"变"，即"换"。所以，中国传统文论话语才能够穿越数千年的茫茫历史烟云而存活至今。诸如："诗""文""文章""情""景""象""境""言志""载道""传神""意境""形似""神似""神韵""韵味""境界""比兴""虚实""浓淡""疏密""详略""阳刚""阴柔""豪放""婉约""绮丽""典雅""平淡""空灵""言外之意""象外之象"等中国传统文论话语，就是从古代一直传承下来的，至今还存活在中国现当代的文学理论和批评中。这些传统文论话语不但存活着，而且生命力还很旺盛。

其六，它们存活在当代学者的运用之中。中国传统文论话语之所以是"话语"，就因为它们在现当代的文学对话中没有退场，没有失效，仍然发挥着比较重要的作用。这些从以上所论的四个方面可以得到充分的证明。尤其是有很多当代学者还在使用中国传统文论话语。譬如在笔者认识的学者中，就有两位在运用传统文论话语评论现当代文学作品方面做出了杰出的贡献。一位是云南学者篮华增。从 20 世纪 80 年代以来，他就以研究"意境"驰名于世，出版有《说意境》（1984）和《意境论》（1996）等著作。在《意境与当代诗歌》中，他运用"意象""意境""有我之境""无我之境"等意境系列话语，评论云南当代藏族诗人饶阶巴桑的诗歌作品。随后，他一发而不可收，在《司空图〈诗品〉与云南诗人》中，运用"雄浑""冲淡""典雅""含蓄""豪放"等 24 个风格话语，分别评论现当代云南诗人公刘、梅绍农、赵藩、罗庸、马瑞

---

① 郭沫若：《桌子的跳舞》（1928），《沫若文集》第 10 卷，人民文学出版社，1959，第 333 页。

麟、林耀、廖品卓、欧小牧、赵仲牧、孙志能等人的作品。① 另一
位是港台学者黄维樑。他用《文心雕龙》的"位体""事义"
"置辞""宫商""奇正""通变"等"六观"话语评析台湾当代
作家白先勇的短篇小说《骨灰》（1986）。随后，他又用"六观"
话语评析了大陆学者乐黛云、孙玉石、李元洛，香港学者林以亮、
梁锡华，台湾学者余光中、马森、欧阳子和美籍华裔学者夏志清、
刘若愚等 10 位当代学者的论文。他还用《文心雕龙·知音》篇中
"酝藉"和"浮慧"两个话语，评析鲁迅的《药》、吴组缃的《官
官的补品》和钱钟书的《围城》等现代小说的创作技巧。② 因此，
判断一个传统的文论话语还有无生命力，关键是要看其后人是否
在使用它。如果使用，它就能够存活，它的生命就能够得以延
续，它的精华就能够得以传承；否则，它就成为一具干瘪了的
"木乃伊"。前者如中国传统文论话语，它的生命从古至今、毫
无间断地延续了下来，已经有数千年的历史了；后者如印度传统
文论话语，今天除了个别梵文学者的研究之外，基本上已经死亡
了。

总之，以上六条路径互动互补，合构成一个巨大的社会文化网
络和系统，即"传统再生机制"。中国传统文论话语就是通过这个
"传统再生机制"而存活下来的。

（六）对于"文学""言志""意境"和"美"等四个使用频
率高、建构力强的传统文论话语，依次进行了微观的个案研究。研
究的主要问题有：其一，这些范畴和话语的原始出处、基本内涵、
历史演变和理论体系等；其二，这些范畴和话语在现代文论、现代
文学批评、现代文学研究、现代美学体系和现代审美文化中的存活

① 参阅蓝华增《意境论》，云南人民出版社，1996，第 275～313 页；蓝华增：
《诗论》，云南人民出版社，2010，第 3～104 页。
② 参阅黄维樑《中国古典文论新探》，北京大学出版社，1996，第 9～23 页、第
27～34 页；黄维樑：《中国文学纵横论》，台北东大图书股份有限公司，2005，
第 167～184 页。

状态描述；其三，古代传统文论话语与现代文论话语之间的对接、转换的契机和路径；其四，在古代传统文论范畴和话语的现代化过程中，中西文论范畴和话语的遭遇、翻译和对话等。总之，通过这些具体的个案研究，比较全面地论述古代文论范畴的现代存活状态，比较有深度地揭示其在现代的存活规律，从而引证了宏观研究。由于这四个文论话语都具有数千年的历史，所以研究每一个文论话语，即是在作一部这个文论话语的概念史。其实，这四个传统文论话语的存活路径是各不相同的。"文学"是通过翻译英语"literature"而存活的，汉字符号没有变化，而内涵却发生了根本的变化，"换"上了西方现代文学观念。这是"中体"（汉字"文学"）与"西用"（literature 的内涵）的结合，是古代"文学"概念内涵的现代转换。从某种意义上说，是英语"literature"激活了古代汉语的"文学"术语，使它获得了继续得以存活下去的生命力。"美"的概念则是另外一种情形了。如果说"文学"与"literature"两个概念在原始含义上是不大相同的话，那么"美"与"beautiful"两个概念的原始内涵却是比较接近的。就是说，汉语与英语里都有表示"美"的术语，而且两者的内涵也比较接近，这说明"爱美之心，人皆有之"。因此，以汉语"美"翻译英语的"beautiful"，只是文字符号的转换，而内涵却不需要转换。从表层来看，这是汉、英两种语言的对等交换；但是从深层来看，这却是中西文论和美学的一次平等对话。还有一点不同的是，古代汉语的"文学"术语如果不是遭遇到了"literature"，就有消亡的危险，不大可能存活到现在；但是，古代汉语的"美"术语即使没有遭遇到"beautiful"，它也仍然能够存活到现在。因为，它在汉语语言中数千年来一直就没有离开过"我们"（即从古至今的中国人）。中国人的审美意识延续了数千年，其内涵和思想越来越丰富，但是汉字"美"的符号却没有多大的本质变化。所以，它的存活是必然的，即使没有对于"beautiful"的翻译，也会活得好好的；有了对于"beautiful"的翻译，只是更加丰富了它的内涵而已。至于"言志"和"意境"的文论术语，完全走的是"本土"路线，即通过数千年来的"传统"管道一直走到现在。类似这样的文论话语外国是没有的，因而它们才真正是中国传统文论话语，因为它们代表了中国数千年来的文学精神。这类话语活力四射，魅力无穷，具有极强的传承力和再生力。它们就像是一种"文化基因"，融化在我们的文化血液里，存活在我们的文化生命里。尤其是"意境"术语就更是如此。目前，它被广泛地应用在诗歌、散文、小说、戏曲、电影、电视、音乐、舞蹈、绘画、书法、篆刻、雕塑、建筑、园林、盆景、摄影、服饰、雨花石、广告等审美文化领域，甚至被运用在日常生活、宗教、政治、伦理、道德、哲学、美学、心理学等社会文化和学术领域。对于这些传统文论话语的存活路径的研究，可以给予我们很多的理论灵感和学术启迪。

（七）对于中国现代文论话语体系提出了新的看法。我们认为，到目前为止，中国文学理论已基本完成了现代化的任务，形成了中国现代文论体系的基本格局。中国现代文学理论体系主要由四种形态的文学理论构成，即文学基本理论、西方文论、马克思主义文论和中国古代文论。其中，西方文论是指由我国现代学者所研究和建构起来的西方文论体系；马克思主义文论是指由我国现代学者所研究和建构起来的马克思主义文论体系；中国古代文论是指由我国现代学者所研究和建构起来的中国古代文论体系。这三种形态的文学理论都只是特殊的文学理论，它们的理论都具有特定的"能指"和"所指"。具体地说，西方文论是由西方文学话语、观念和思想所构成，主要适用于西方文学研究；马克思主义文论是由马克思主义代表人物的文学话语、观念和思想所构成，主要适用于马克思主义的文学研究；中国古代文论是由中国古代文学话语、观念和思想所构成，主要适用于中国古代文学研究。因而这三种形态的文学理论基本上存在于学术研究的层面。这只是问题的一个方面。另一方面，我们还要看到：中国学者研究西方文论，必然会有中国视角、中国需求和中国选择等，因而这种西方文论也就会染上中国色彩，是一种中国化了的西方文论①；中国学者研究马克思主义文论，也必然会有中国问题、中国需求和中国选择等，因而这种马克思主义文论也就会具有中国特色，是中国学派的马克思主义文论；中国现代学者研究中国古代文论，也必然会有现代意识、现代需求和现代方法，因而这种中国古代文论也就会带有现代色彩，是一种现代化了的中国古代文论。所以，这三种形态的文学理论，从本质上讲就都属于中国现代文学理论的范畴，而且合构成中国现代文学理论的基本内容。

　　因此，中国现代文论话语体系也是由这四种文论话语形态构成，即文学基本理论话语形态、西方文论话语形态、马克思主义文论话语形态和中国古代文论话语形态。它们之间的关系是：西方文论话语、马克思主义文论话语和中国古代文论话语，都会给文学基本理论提供话语资源；文学基本理论话语也会为这三种形态的文学理论研究提供话语参照。从时间维度看，文学基本理论虽立足于当代，却也从古代、近代和现代的文论资源中汲取营养，以便超越当代；从空间维度看，文学基本理论虽立足于中国，却也从西方和东方其他国家的文论资源中汲取营养，以便超越中国。因而与西方的文学基本理论（诸如"文学批评"和"文学理论"等）相比，中国现代的文学基本理论是一种视野更为开阔、内涵更为丰富的文学理论。它力图在文学哲学的高度，研究人类文学活动的一般问题和一般规律。所以，研究中国传统文论话语的"存活"问题，既是研究中国古代文论话语的需要，也是研究文学基本理论话语的需要。这些都充分证明：中国现代文论话语是多元的和丰富多彩的，

---

① 高名凯等人认为，"外来语是中国国语的一个要素。"（《现代汉语外来词研究》第五章，转引自实藤惠秀《中国人留学日本史》，生活·读书·新知三联书店，1983，第337页。）笔者很认同这个观点。外来语之所以是中国国语的一个要素，就因为它已经中国化了。同样，外来文论话语也应该是中国现代文论话语的一个构成要素，因为它们也已经中国化了。

同时也是切合实际的和具有学理依据的。或者换言之，中国现代文论的话语生态是比较好的。

　　总之，以上七个方面就是我们关于中国传统文论话语"存活论"的基本观点，是本书的核心内容，也是本课题研究的理论创新之处。

附录
存活在现代文论中的
中国古代文论范畴研究

（最终成果简介）

扬州大学古风教授主持完成的国家社会科学基金项目"存活在现代文论中的中国古代文论范畴研究"（批准号：05BZW004），最终成果为《中国传统文论话语的边缘化与隐性传承——存活在现代文论中的中国古代文论范畴研究》。

一　本项目研究计划的执行情况

1. 本项目原计划按照"宏观研究"和"微观研究"两个方面进行。我们完成了这项计划：本成果由两编构成，"上编"属于"宏观研究"，"下编"属于"微观研究"。

2. 本项目原计划在"宏观"方面研究 7 个问题。我们基本上完成了这项计划：在本成果"上编"中，通过"调查"、"话语"和"转换"三个单元，运用大量的文献调查和数据分析，主要论述了中国传统文论话语被边缘化的原因、"存活"的现状和规律等问题，并进一步揭示了中国传统文论话语"隐性传承"的具体路径。

3. 本项目原计划在"微观"方面，选择若干个古代文论范畴进行个案研究。我们也基本上完成了这项计划：在本成果"下编"中，选择了"文学""言志""意境"和"美"等 4 个古代文论范畴进行了个案研究，比较全面地论述了古代文论话语的现代存活状态，比较有深度地揭示其在现代的存活规律，从而引证宏观研究。

4. 本项目原计划采用"宏观与微观互补""古今贯通、中西参照""历史与逻辑结合"三种方法研究。我们完成了这项计划，除了采用这三种方法之外，还采用了"文献调查法""图表统计法"和"术语考古法"等新的研究方法。

二　本项目的目的和意义

中国现代文学理论经过了近百年的发展，虽然取得了许多可观的成绩，但是存在的问题也不少。其中一个最主要的问题就是话语问题。从清末民初"新学语"之输入，100 多年来，我们分别从日本、苏联和欧美国家引进了大量的文论话语。结果发现：中国现代文学理论话语大都是外来的，我们是用别人的话语言说自己的文学问题。因此，我们患上了严重的"失语症"，即我们"失"去了属于中国本土的文论话语。那么，处于"失语"状态的文学理论能否阐释和解决中国当代文学问题呢？这样的文学理论又怎能跨出国门、走向世界呢？中国当代文学理论如何创新？出路在哪里？这些就是 21 世纪初中国文论界所面对的主要问题。

所以，本课题立项的目的就是在这个学术语境中，从"话语"视角切入，开发出一个被学术界长期忽视了的问题，即进入现代社会以后，中国传统文论话语真的死亡了吗？如果没有，它们又是如何"存活"的？我们通过本课题研究，就是要解决以下几个问题：中国文论现代化的过程如何？中国传统文论话语是如何被边缘化的？中国传统文论话语"存活"的数量有多少？"存活"的现状如何？在全球化时代，中国文学理论如何创新？我们如何去争取"中国话语权"？等等。通过对于这些问题的破解，从而为中国文论话语的重建寻找实证依据和理论依据，为中国当代文论建设做出实实在在的贡献。这不仅对于古代文论话语的研究是必要的，而且对于中国现代文论话语的研究和重建也是十分必要的。

三　本项目的主要内容

"存活在现代文论中的中国古代文论范畴"，这是一个被长期遮蔽和被长期忽视了的文艺学现象，是学术研究上的一个盲点，也是我们近年来开发出的一个具有前沿性的新课题。本项目以此为研究对象，共由两编 35 节内容构成。上编是宏观研究，通过"调查""话语"和"转换"三个单元，运用大量的文献调查和数据分析，主要论述了中国传统文论话语被边缘化的原因、"存活"的现状和规律等问题，并进一步揭示了中国传统文论话语"隐性传承"的具体路径。同时，还分析论证了引入"话语"理论、古今文论话语"转换"的学理依据和可能性问题。总之，通过对于这些问题的研究，从宏观上认识和把握传统文论话语的存活力和建构力，从而为重建中国文论话语谱系提供数据支持和理论参照。下编是微观研究，主要是在存活至今的古代文论范畴和话语中，选择"文学""言志""意境"和"美"等 4 个使用频率高、建构力强的古代文论范畴和话语，依次进行个案研究。研究的主要问题有：其一，这些范畴和话语的原始出处、基本内涵、历史演变和理论体系等；其二，这些范畴和话语在现代文论、现代文学批评、现代文学研究、现代美学体系和现代审美文化中的存活状态描述；其三，古代传统文论话语与现代文论话语之间的对接、转换的契机和路径；其四，在古代传统文论范畴和话语的现代化过程中，中西文论范畴和话语的遭遇、翻译和对话等。总之，通过这些具体的个案研究，比较全面地论述古代文论话语的现代存活状态，比较有深度地揭示其在现代的存活规律，从而引证宏观研究。

四　本项目的学术创新和主要贡献

1. 对于一些常用概念进行了新的阐释，诸如"现代化""全球化""话语""转换""失语症""文学""意境"等等。就以"现代化"为例：我国学界关于"现代化"的讨论长达数十年之久，发表的论文和论著多不胜数；提出的观点更是议论纷纭，莫衷一是。在本项目的研究中，我们对于"现代化"概念提出了新的看法。笔者认为，"现代化是人类社会发展的一种文明形态。它的基本特征是：个性化的生活方式、工业化的生产方式、民主化的社会制度和科学化的文化形态等"。"世界历史的经验证明，'现代化'是一个内涵丰富而复杂的概念，它没有固定的内涵和模式。所以，人类的'现代化'也应该是多元的、丰富多采的"。"'现代化'是一个全球性的政治、经济和文化的发展趋势，也是人类社会发展的共同目标。但是，每个国家和地区的现代化时间、方式和路径是不相同的，其发展程度也是极不平衡的。西方国家的现代化经历了300多年，中国的现代化（从'洋务运动'算起）经历了140多年；西方国家的现代化走的是资本主义道路，中国的现代化是在不断探索中前进的，经历了资产阶级民主革命、新民主主义革命和社会主义革命等阶段，到现在我们才终于成功地走出了一条有中国特色的社会主义道路。""在人类文化现代化的过程中，文学也在进行着现代化。文学现代化的主要标志是文学本体观念、形态和学科的建立。就以中国文学现代化的情形来看：在文学观念层面，是'纯文学'观念的建立；在文学形态层面，是'白话'的语言形态和'四分法'（即诗歌、散文、小说、戏剧）的文体形态的建立；在文学学科层面，是文学史、文学理论和文学批评等学科体系的建立。再进一步来看，中国文学理论的现代化，就是形成了文学基本原理、西方文论、马克思主义文论和中国古代文论的学科体系。"

　　2. 提出了一些新概念和新命题，诸如"存活""隐性传承""个人话语""民族话语""国家话语"和"世界话语"等。譬如目前学界普遍认为，我国现代文论使用的是外来话语，传统文论话语基本上没有进入现代文论体系，也就是说消亡了。难道真是这样吗？我们的回答是否定的，并于 2004 年提出了"存活"的新概念。认为，"有一些古代文论话语并没有死，还仍然存活在现代文论和批评的话语之中。这是一个不容否认的事实。在目前的古代文论话语和现代文论话语的研究中，人们对于这一事实有所忽视，形成了学术研究上的一个盲点。""所谓'存活'，主要指古代文论的一些传统话语并没有死亡，而是被'隐性传承'了下来，以及在现代文论和批评中的使用情况。其中有一些传统文论话语，诸如'意象''意境''神韵'等，已经完全'化'入现代文论和批评的话语之中了，几乎使人感觉不到它们是来自古代的文论话语。其实每个话语都有数百年乃至上千年的历史，都是一个文论话语的'活化石'。这些就是我们所认为的'存活'。但是，现代学者对于古代传统文论话语的研究，则不是'存活'，而是学术研究。"

3. 提出了一些新的理论，诸如"一学三支"论、"话语四层面"论和"传统再生机制"论等。譬如"话语"理论是 20 世纪80 年代初引入的新理论，但是语言学者、文学学者和文化学者对于"话语"概念的理解并不一致。所以，在理论认识上是相当混乱的。对此我们提出了新的理论。认为，"所谓话语，是指人类对话关系中的术语、范畴和表述方式。""'话语'生产有不同的层面，大致包括个人话语、民族话语、国家话语和世界话语四个层面，形成了各自不同的话语谱系。所谓个人话语，就是在个人知识领域的平台上，进行对话的话语。个人话语不属于他人所有，而只属于某个人所有；所谓民族话语，就是在民族公共知识领域的平台上，进行对话的话语。民族话语不属于个人所有，而属于全民族所有。所谓国家话语，就是指在国家公共知识领域的平台上，以国家官方语言文字为媒介，以国家主流意识形态为指南，以国家文化实践经验为基础，进行对话的话语。国家话语不属于个人和民族所有，而属于国家所有；所谓世界话语，就是在世界公共知识领域的平台上，进行对话的话语。世界话语不属于个人、民族和国家所有，而属于全世界人民所有。"这个话语理论可以具体运用于政治话语、经济话语和文学话语等研究领域，具有一定的普适性。

4. 开发出了一些新的研究课题。本项目就是笔者开发出的一个新的研究课题，同时笔者还开发出了"意境学"研究、锦绣与文学的审美关系研究、中国文论"走出去"研究、中国传统文论话语"存活"研究等新课题。由于受本项目研究的限制，这些新课题研究只是刚刚开了一个头，今后还要继续做下去。

5. 对于一些老问题作了新的论证，得出了新的结论。譬如关于"诗言志"产生的年代，一直以来是争议不绝的老问题。我们对此进行了新的考证，提出了新的看法，认为它大致产生于商代前期；再如关于我国引进了多少外国文论话语的问题，近些年来有一些学者在探讨，但是并没有得出明确的答案。我们经过调查研究，得出了新的答案。认为，20 世纪我国引进外国文论常用话语有 162个。此外，还有中国文论话语的现代化与边缘化问题，"意境"理论的现代化与世界化问题，中国古代原初审美观念的问题，1949年以来我国文学观念的发展问题，20 世纪我国文论主流话语的演变问题，等等。在本项目中，我们对于这些问题都作了新的论证，也提出了新的看法。

6. 提出了一些新的研究方法。诸如文献调查法、数据分析法、图表统计法和术语考古法等。诸如"文献调查法"：20 世纪中国文论的发展状况已经成为历史，其具体情形便定格在书面文献中。但是，100 多年来文论文献多如牛毛，如何展开调查，有很大的难度。我们在广泛搜集和阅读文献资料的基础上，采用抽样与比较相结合的方法，仔细斟酌，反复对比，最终遴选出"标本"文献。所谓"标本"文献，就是能够反映和代表一个时期的文学理论研究水平的、具有一定影响的文献。为了能够比较全面地反映 20 世纪中国文论话语发展的状况，我们分别从教材、论文和工具书三个方面遴选"标本"文献，工作量相当大。再如图表统计法。在本项目中，采用了 10 多个图式和 32 个表格，所有文论"话语"的统计全部是手工进行，一个一个地数，花费了很多时间。但是，笔者得到了一些比较科学的数据。如关于中外文论话语的比值，教材是 13.46%，论文是 15.79%，工具书是 10.71%，得出的数据十分接近，比较真实地显示出传统文论话语的"边缘化"状况。还有存活至今的中国传统文论话语究竟有多少？笔者统计的结果是常用文论话语存活数量为 56 个，其中本体论话语 16 个，创作论话语 7 个，文体论话语 2 个，修辞论话语 6 个，风格论话语 12 个，鉴赏论话语 13 个。

7. 尽量引用新材料。笔者奉行"不蹈浮言，不发空论"的治学原则，大量引用古今中外文献，尤其是密切关注国内外文学理论界的最新动态，引用最新文献，如本项目引用的最新文献截至2011 年 7 月。全书引用文献总量达到了 702 个，平均每篇 20 个左右。单篇引用文献最多达到 88 个。这些文献资料不仅有力地证实了笔者的观点，丰富了课题内容，而且它们本身就是全书的一道文化风景。

五 本项目的学术反响

本项目共发表论文 20 多篇，其中权威期刊 3 篇，核心期刊 7 篇，其他报刊 10 多篇。这些论文发表后产生了较大的学术反响，被转载 12 篇次，摘要 5 篇次，评论 6 篇次。其中《新华文摘》1 篇次，《高等学校文科学术文摘》3 篇次，人大复印资料 6 篇次，《中国古代文学研究年鉴》（2006）1 篇次，还有 1 篇被选入高校教材《20 世纪中国文艺思想史论》（葛红兵主编）。同时，另有多篇被《中国新时期文艺学史论》（曾繁仁主编）和《中国当代文学理论》（董学文等著）等学术史著作引用和评论，有 3 篇获得省级学术奖励。这些数据如实地反映了社会各界对于本项目的认同和评价。尤其是暨南大学教授、博士生导师刘绍瑾先生对于本项目给予了充分的肯定和评价。他认为，"'存活'的说法，由扬州大学的古风先生提出。他在 2004 年申报成功的国家社科基金项目，即题名《存活在现代文论中的中国古代文论范畴》。笔者很认同他的这一工作，并认为，如果我们认真研究在现代文艺批评、现代文艺美学建构中存活的中国古典文艺美学范畴、概念、术语，分析它们的古典意义及其在现代的生成、延展，那对我们思考中国传统美学的当代境遇、中国美学的古今转换，具有直接的、实质性的意义，中国古典文艺美学那种一以贯之、生生不息而又不断创化的精神，于斯可见。这样的研究比起那些口号上的倡导、宏观上的把握有价值得多。"①

总之，本项目的调查分析和统计数据，本项目所提出和论证的新问题，本项目的新观点和新理论等，对于深化传统文论话语研究，对于中国当代文论话语的重建，对于中国文学理论研究的学术创新，对于推进中国文论走向世界的步伐等，都具有十分重要的学术价值和应用价值。

---

① 刘绍瑾：《论中国文艺美学的古今对接之途》，《思想战线》2007 年第 2 期。

主要参考文献

一　中国传统文论部分

1. 郭绍虞主编《中国历代文论选》（共四册）上海古籍出版社，1979。

2. 张少康、卢永璘编选《先秦两汉文论选》，人民文学出版社，1999。

3. 郁沅、张明高编选《魏晋南北朝文论选》，人民文学出版社，1999。

4. 周祖譔编选《隋唐五代文论选》，人民文学出版社，1999。

5. 陶秋英编选《宋金元文论选》，人民文学出版社，1999。

6. 蔡景康编选《明代文论选》，人民文学出版社，1999。

7. 王镇远、邬国平编选《清代文论选》（上下册），人民文学出版社，1999。

8. 舒芜等编选《近代文论选》（上下册），人民文学出版社，1999。

9. 王运熙主编，邬国平、黄霖编著《中国文论选·近代卷》（上下册），江苏文艺出版社，1996。

10. 徐中玉主编《中国近代文学大系·文学理论集（1840～1919)》（共 2 册），上海书店出版社，1995。

11. 穆克宏、郭丹编《魏晋南北朝文论全编》（修订本），江苏教育出版社，2004。

12. 贾文昭编著《桐城派文论选》，中华书局，2008。

13. 彭会资主编《中国文论大辞典》，百花文艺出版社，1990。

14. 周振甫著《文心雕龙今译》，中华书局，1998。

15. 周振甫主编《文心雕龙辞典》，中华书局，1996。

16. 詹福瑞：《中古文学理论范畴》，河北大学出版社，1997。

17. 汪涌豪：《中国文学批评范畴及体系》，复旦大学出版社，2007。

18. 曾祖荫：《中国古代美学范畴》，华中理工大学出版社，1988。

19. 成复旺主编《中国美学范畴辞典》，中国人民大学出版社，1995。

20. 曹顺庆等著《中国古代文论话语》，巴蜀书社，2001。

21. 李剑波：《清代诗学话语》，岳麓书社，2007。

22. 吴兴明：《中国传统文论的知识谱系》，巴蜀书社，2001。

23. 马睿：《从经学到美学：中国近代文论知识话语的嬗变》，四川民族出版社，2002。

24. 王毓红：《言者我也：〈文心雕龙〉批评话语分析》，商务印书馆，2011。

25. 朱自清：《诗言志辨》，华东师范大学出版社，1997。

26. 刘九洲：《艺术意境概论》，华中师范大学出版社，1987。

27. 林衡勋：《中国艺术意境论》，新疆大学出版社，1993。

28. 蒲震元：《中国艺术意境论》，北京大学出版社，1995。

29. 篮华增：《意境论》，云南人民出版社，1996。

30. 薛富兴：《东方神韵：意境论》，人民文学出版社，2000。

31. 古风：《意境探微》，百花洲文艺出版社，2001。

32. 夏昭炎：《意境概说》，北京广播学院出版社，2003。

33. 胡经之主编《中国古典美学丛编》，凤凰出版社，2009。

34. 陈良运：《美的考索》，百花洲文艺出版社，2005。

35. 宗白华：《中国美学史论集》，安徽教育出版社，2006。

36. 李泽厚：《华夏美学》，天津社会科学院出版社，2004。

37. 叶朗：《中国美学史大纲》，上海人民出版社，1986。

38. 黄维樑：《中国古典文论新探》，北京大学出版社，1996。

二　中国现代文论部分

39. 王运熙主编，沙似鹏编著《中国文论选·现代卷》（上册），江苏文艺出版社，1996。

40. 王运熙主编，许道明编著《中国文论选·现代卷》（中册），江苏文艺出版社，1996。

41. 王运熙主编，张新编著《中国文论选·现代卷》（下册），江苏文艺出版社，1996。

42. 唐金海等编《新文学里程碑·评论卷》，文汇出版社，1997。

43. 童庆炳主编《二十世纪中国文论经典》，北京师范大学出版社，2004。

44. 葛红兵主编《20世纪中国文艺思想史论》（共三卷），上海大学出版社，2006。

45. 胡适编选《中国新文学大系·建设理论集》（1917~1927）（影印本），上海文艺出版社，2003。

46. 郑振铎编选《中国新文学大系·文学论争集》（1917~1927）（影印本），上海文艺出版社，2003。

47. 阿英编选《中国新文学大系·史料索引》（1917~1927）（影印本），上海文艺出版社，2003。

48. 王锦厚等编选《中国新文学大系·文学理论卷》（1937~1949）（共两卷），上海文艺出版社，1990。

49. 白烨选编《2000中国年度文论选》，漓江出版社，2001。

50. 白烨选编《2001中国年度文论选》，漓江出版社，2002。

51. 白烨选编《2002中国年度文论选》，漓江出版社，2003。

52. 白烨选编《2003中国年度文论选》，漓江出版社，2004。

53. 白烨选编《2004 中国年度文论选》，漓江出版社，2005。

54. 姚永朴：《文学研究法》，黄山书社，1989。

55. 刘永济：《文学论》，台湾商务印书馆，1967。

56. 赵景深：《文学概论》，上海世界书局，1932。

57. 姜亮夫：《文学概论讲述》，云南人民出版社，2000。

58. 舒舍予：《文学概论讲义》，北京出版社，1984。

59. 以群主编《文学的基本原理》（上下册），上海文艺出版社，1979。

60. 蔡仪主编《文学概论》，人民文学出版社，1980。

61. 刘衍文、刘永翔：《文学的艺术》，花城出版社，1985。

62. 十四院校合编《文学理论基础》（修订本），上海文艺出版社，1985。

63. 九歌：《主体论文艺学》，中国社会科学出版社，1989。

64. 童庆炳主编《文学理论教程》，高等教育出版社，1992。

65. 顾祖钊：《文学原理新释》，人民文学出版社，2000。

66. 董学文、张永刚：《文学原理》，北京大学出版社，2001。

67. 毛庆耆、谭志图汇辑《文艺理论教材史料汇编》（油印本），暨南大学中文系文艺理论教研室编印，1981。

68. 南帆主编《二十世纪中国文学批评 99 个词》，浙江文艺出版社，2003。

69. 傅莹：《中国现代文学理论发生史》，上海文艺出版社，2008。

70. 包忠文主编《现代文学观念发展史》，江苏教育出版社，1992。

71. 王文生主编《中国现代文学理论批评史》（共三册），贵州人民出版社，1986。

72. 黄曼君主编《中国 20 世纪文学理论批评史》（上下册），中国文联出版社，2002。

73. 包忠文主编《当代中国文艺理论史》，江苏教育出版社，1998。

74. 杜书瀛、钱竞主编《中国 20 世纪文艺学学术史》（共 5 册），上海文艺出版社，2001。

75. 董学文：《文学理论学导论》，北京大学出版社，2004。

76. 姜文振：《中国文学理论现代性问题研究》，人民文学出版社，2005。

77. 杨俊蕾：《中国当代文论话语转型研究》，中国人民大学出版社，2003。

78. 尹康庄：《20 世纪中国文学主流话语研究》，中国社会科学出版社，2006。

79. 盖生：《价值焦虑：新时期以来文学理论热点反思》，上海三联书店，2008。

80. 钱中文、丁国旗主编《文学理论前沿问题研究》，河南大学出版社，2011。

81. 钱中文、杜书瀛、畅广元主编《中国古代文论的现代转换》，陕西师范大学出版社，1997。

82. 古风：《当代文艺美学的多维思考》，中国文联出版社，2004。

83. 毛庆耆、董学文、杨福生：《中国文艺理论百年教程》，广东高等教育出版社，2004。

84. 陆梅林、盛同主编《新时期文艺论争辑要》（上下册），重庆出版社，1991。

85. 白烨编著《文学论争 20 年》，华中师范大学出版社，1998。

86. 《红旗》杂志编辑部文艺组编《文学主体性论争集》，红旗出版社，1986。

87. 王先霈主编《新世纪以来文学创作若干情况的调查报告》，春风文艺出版社，2006。

88. 童庆炳主编《新时期高校文学理论教材编写调查报告》，春风文艺出版社，2006。

89. 朱立元主编《新时期以来文学理论和批评发展概况的调查报告》，春风文艺出版社，2006。

三　外国文论部分

90. 〔美〕温彻斯特：《文学评论之原理》，景昌极、钱堃新译，上海商务印书馆，1924。

91. 〔日〕本间久雄：《新文学概论》，章锡琛译，上海商务印书馆，1925。

92. 〔苏联〕季摩菲耶夫：《文学概论》，查良铮译，平明出版社，1953。

93. 〔苏联〕依·萨·毕达可夫：《文艺学引论》，北京大学中文系文艺理论教研室译，高等教育出版社，1958。

94. 〔苏联〕维·波·柯尔尊：《文艺学概论》，北京师范大学中文系外国文学教研组译，高等教育出版社，1959。

95. 〔美〕韦勒克、沃伦：《文学理论》，刘象愚等译，生活·读书·新知三联书店，1984。

96. 〔苏联〕格·尼·波斯彼洛夫：《文学原理》，王忠琪等译，生活·读书·新知三联书店，1985。

97. 〔美〕乔纳森·卡勒：《文学理论》，李平译，辽宁教育出版社，1998。

98. 〔俄〕瓦·叶·哈利泽夫：《文学学导论》，周启超等译，北京大学出版社，2006。

99. 〔美〕艾布拉姆斯：《镜与灯：浪漫主义文论及批评传统》，郦稚牛等译，北京大学出版社，1989。

100. 〔美〕刘若愚：《中国文学理论》，杜国清译，江苏教育出版社，2006。

101. 〔俄〕别林斯基：《文学的幻想》，满涛编译，安徽文艺出版社，1996。

102. 〔美〕韦勒克：《批评的概念》，张今言译，中国美术学院出版社，1999。

103. 〔英〕彼得·威德森：《现代西方文学观念简史》，钱竞、张欣译，北京大学出版社，2006。

104. 〔法〕让·絮佩维尔：《法国诗学概论》，洪涛译，四川文艺出版社，1990。

105. 〔德〕卜松山:《与中国作跨文化对话》,中华书局,2000。

106. 〔法〕让·伊夫·塔迪埃:《20世纪的文学批评》,史忠义译,百花文艺出版社,1999。

107. 〔加拿大〕马克·昂热诺等主编《问题与观点:20世纪文学理论综论》,史忠义、田庆生译,百花文艺出版社,2000。

108. 〔美〕拉尔夫·科恩主编《文学理论的未来》,程锡麟等译,中国社会科学出版社,1993。

109. 伍蠡甫主编《西方文论选》(上下卷),上海译文出版社,1979。

110. 伍蠡甫、胡经之主编《西方文艺理论名著选编》(共三卷),北京大学出版社,2000。

111. 董学文主编《西方文学理论史》,北京大学出版社,2006。

112. 张大明编著《西方文学思潮在现代中国的传播史》,四川教育出版社,2001。

113. 〔英〕雷蒙·威廉斯:《关键词:文化与社会的词汇》,刘建基译,生活·读书·新知三联书店,2005。

114. 赵一凡:《西方文论关键词》,外语教学与研究出版社,2006。

115. 陈慧、黄宏煦主编《世界文学术语大辞典》,河北教育出版社,2001。

四　其他部分

116. 王顺贵:《明清及近代诗学演进史稿》,江西人民出版社,2010。

117. 王济民:《晚清民初的科学思潮和文学的科学批评》,中国社会科学出版社,2004。

118. 杨联芬:《晚清至五四:中国文学现代性的发生》,北京大学出版社,2003。

119. 本社编《中国近代文学的历史轨迹》,上海书店出版社,1999。

120. 马以鑫:《现代化进程中的中国人文学科·文学卷》,上海人民出版社，2005。

121. 王瑶主编《中国文学研究现代化进程》，北京大学出版社，1996。

122. 陈平原主编《中国文学研究现代化进程二编》，北京大学出版社，2002。

123. 舒新城编《中国近代教育史资料》（共三册），人民教育出版社，1981。

124. 白烨主编《中国文情报告（2004~2005)》，社会科学文献出版社，2005。

125. 冯天瑜：《新语探源——中西日文化互动与近代汉字术语生成》，中华书局，2004。

126. 沈国威：《近代中日词汇交流研究——汉字新词的创制、容受与共享》，中华书局，2010。

127. 彭修银、皮俊珺等：《近代中日文艺学话语的转型及其关系之研究》，人民出版社，2009。

128. 〔日〕实藤惠秀：《中国人留学日本史》，谭汝谦、林启彦译，生活·读书·新知三联书店，1983。

129. 王向远：《中日现代文学比较论》，湖南教育出版社，1998。

130. 王晓秋：《近代中日文化交流史》，中华书局，2000。

131. 〔德〕黑格尔：《哲学史讲演录》（共四卷），贺麟、王太庆译，商务印书馆，1997。

后　记

　　我奉献给读者的这本新书，是一个国家社会科学基金项目，即"存活在现代文论中的中国古代文论范畴研究"（05BZW004）。经过多位专家匿名鉴定，该项目以"良好"等级顺利结项。原来打算以该项目的名称作为本书的副标题，但考虑到丛书的统一风格，还是没有放上去。

　　写作这本书的初始动机是由于一个新的发现。长期以来，学界普遍认为，中国现代文论话语几乎全是外来的，即从日本、苏联和欧美国家引进的。那么，中国传统文论话语到哪里去了呢？难道真的如一些人所说的那样"消亡了"吗？这些问题经常困扰着我的思考。终于有一天，我眼前一亮，有了一个令我惊喜的新发现，似乎寻找到了答案。这就是：中国传统文论话语并没有完全消亡，其中有一些文论话语还存活着，即存活在中国现当代的文学理论和批评中。对于这样一个客观事实，长期以来人们竟然没有看到。所以，我对于这个新的发现感到很兴奋，于是就产生了这本书的最初构想。

　　2004 年，我根据这个发现，提出了"存活在现代文论中的中国古代文论范畴研究"的新课题，并成功申报了国家社科基金项目。这是一个长期被遮蔽和被忽视了的文艺学现象。在本书中，我们在广泛调查研究的基础上，对于传统文论话语的具体"存活"状况，以及"隐性传承"的路径和规律等问题，进行了较有深度的探讨，也提出了一系列新观点。其中有些章节的部分内容，先后在《中国社会科学》《文学评论》《学术月刊》《社会科学战线》《贵州社会科学》《陕西师大学报》《思想战线》《文艺报》和《中国社会科学报》等报刊上发表，受到了学界同人的关注、认同和好评。

在本项目的申报过程中，得到了许多专家学者的支持、鼓励和肯定。尤其是暨南大学文学院刘绍瑾教授，他在《思想战线》2007 年第 2 期撰文说："'存活'的说法，由扬州大学的古风先生提出。他在 2004 年申报成功的国家社科基金项目，即题名《存活在现代文论中的中国古代文论范畴》。笔者很认同他的这一工作，并认为，这样的研究比起那些口号上的倡导、宏观上的把握有价值得多。"后来我才知道，当年刘绍瑾教授就是通讯评审专家之一。他不仅对本项目申报工作大力支持，而且还撰文予以介绍、鼓励和评价。对此，我深受感动！

这个项目的研究涉及中国古代文论、中国现代文论和外国文论等学科，还涉及这些文论背后更为复杂的社会历史文化语境，同时还要密切关注当前学界有关文论和批评话语研究的最新进展等，因而难度较大。且不说理论创新的难度了，仅"文献调查"和"数据分析"两项工作，就占用了我大量的时间。因为，在现代文论中，传统文论话语的"存活"是散在的，材料也是杂乱的，文献调查从何处下手？文献"标本"如何选定？以及文论话语的寻找和统计，数据的分析和论证等，这一切如何做才是科学的？这些问题很折磨人，常常让我寝食难安。为了能够比较全面地反映 20 世纪中国文论话语发展的基本状况，我们从大量的文论教材、专著、论文和工具书中遴选"标本"文献，工作量相当大。在数据分析方面，我们采用了 10 多个图式和 32 个表格，所有"话语"的统计全部是手工进行，一个一个地寻找，一个一个地归类，一个一个地统计。为了保证数据统计的精确无误，同样的工作有时要反复很多次，耗费了很多时间。但是，令人欣慰的是，我们得到了一些比较科学的数据。譬如20世纪引进外国文论常用话语的数据和存活在现代文论中的传统文论常用话语的数据等。因此，这本书写得比较艰难，耗时甚多，加之教务繁忙①，琐事缠身，致使课题研究一再延期。

总之，本书从构想、写作到出版的过程，既是一个阅读、思考和研究的过程，也是一个思想沉淀、深化和提升的过程。法国存在主义思想大师萨特曾经说过，他最好的书是他正在写的书②。因为，天赋的智慧和卓越的才华足以使他如此自信。但是，我却恰恰相反，总是对正在写的书不满意。所以，我殷切盼望同行专家、学者和读者朋友，多提宝贵意见，以便今后修订时再完善和提高。

本书的出版得到了许多领导、同事和朋友的关心与支持，因此，我要：

感谢丛书编委会主任周新国副校长、副主任姚文放教授和社会科学文献出版社谢寿光社长给予我这个出书的机会！

感谢扬州大学人文社科处秦兴方处长、蒋鸿青副处长和社会科学文献出版社王绯老师的大力支持！

感谢责任编辑孙燕生先生以及为本书校对、印刷和发行付出艰辛劳动的所有朋友们！

---

① 我每个学年要担任本科生的"中国文学批评史""中国古典美学"，文艺学硕士生的"中西比较文论研究""东方美学研究"，艺术理论硕士生的"艺术哲学""中国艺术史论"，文艺学博士生的"中国古代文论研究学术史""域外中国古代文论研究"等8门不同的专业课程教学。同时，还要指导本科生、硕士生、博士生和博士后等不同层次的学位论文（或出站报告）的写作，尤其是每年上半年除了教学，所有时间都用在学位论文的指导、鉴定和答辩上了，几乎没有时间和精力再去从事课题研究工作了。

② 〔法〕萨特：《文字生涯》，沈志明译，人民文学出版社，1997，第208页。

感谢国家社会科学基金项目的资助！

感谢参与本项目的评审、鉴定和管理的所有专家们的支持！

感谢孔令辉、李静和张贝贝等研究生同学的帮助！

古　风

2012 年 11 月 8 日

于扬州湖东阁寓所

图书在版编目（CIP）数据

中国传统文论话语存活论/古风著. —北京：社会科学文献
出版社，2013.6
（人文传承与区域社会发展研究丛书）
ISBN 978 - 7 - 5097 - 4610 - 3

Ⅰ.①中…　Ⅱ.①古…　Ⅲ.①中国文学 - 古代文论 - 研究
Ⅳ.①I206.2

中国版本图书馆 CIP 数据核字（2013）第 101272 号

·人文传承与区域社会发展研究丛书·

中国传统文论话语存活论

著　　者/古　风

出 版 人/谢寿光
出 版 者/社会科学文献出版社
地　　址/北京市西城区北三环中路甲 29 号院 3 号楼华龙大厦
邮政编码/100029

责任部门/社会政法分社　（010）59367156　　　　责任编辑/孙燕生
电子信箱/shekebu@ ssap. cn　　　　　　　　　　　责任校对/张成海
项目统筹/王　绯　　　　　　　　　　　　　　　　责任印制/岳　阳
经　　销/社会科学文献出版社市场营销中心　（010）59367081　59367089
读者服务/读者服务中心（010）59367028

印　　装/三河市尚艺印装有限公司
开　　本/787mm×1092mm　1/20　　　　　　　　印　　张/18.6
版　　次/2013 年 6 月第 1 版　　　　　　　　　　 字　　数/321 千字
印　　次/2013 年 6 月第 1 次印刷
书　　号/ISBN 978 - 7 - 5097 - 4610 - 3
定　　价/69.00 元